ELLE JOUE

NAHAL TAJADOD

ELLE JOUE

roman

ALBIN MICHEL

« Une histoire qu'on raconte
n'est pas la même que celle qu'on écoute... »

Ingmar Bergman
à propos de son film *Persona*

La maison étroite

L a maison est étroite, une longue chose qui se termine par un beau jardin. Son père, me dit-elle, a planté de ses mains chaque fleur. Elle est capable, en fermant les yeux, d'évoluer encore entre les parterres, sans déranger les tiges, sans les secouer, sans écraser un seul bourgeon. Son nom est Sheyda. C'est un état, comme si l'on disait de quelqu'un qu'il est enivré, exalté, enflammé, quoi d'autre ? Son nom signifie « amoureuse, atrocement amoureuse ».

La maison a deux étages. Au deuxième habite une dame respectable, descendante d'une vieille famille. Elle a toujours mal quelque part et il faut monter les deux étages, à n'importe quelle heure, pour la soulager. « Aïe, cette douleur qui grésille, crépite, étincelle. Ça fait *zogh-zogh-zogh-zogh*. Je n'en peux plus, l'arthrose, la guerre, les bombardements, les abris, les tickets de rationnement, le lait pourri, le pain industriel, la poussière, la chaleur. Ah, j'étouffe Malakeh *djoun*, j'étouffe. »

Malakeh *djoun*, c'est la mère. La mère de Sheyda. Elle est fine et fluette. À peine pèse-t-elle quarante kilos, *extra*

extra small. C'est elle qui doit monter, c'est elle qui monte quand les articulations de la dame respectable du deuxième étage se mettent à grésiller. Elle monte parce que personne d'autre ne le fait. Elle est comme ça, la mère, elle a des principes, des règles de vie. La dame du deuxième a mal quelque part, peu importe où, il faut monter, et la mère monte, pour la soulager, même la nuit quelquefois, même en plein sommeil.

Au premier étage habite l'arrière-grand-mère, Abadji. Elle est bahaïe. Sheyda me le dit sans peur, sans frousse, comme ça, comme une balle qu'on reçoit en pleine figure. Bahaïe. C'est-à-dire « une hérétique, une pestiférée ». Une renégate.

Le mari d'une de mes tantes était lui aussi bahaï et, pendant toute sa vie, il l'a caché aux bons musulmans de son entourage, à la famille de son épouse, à ses amis intimes. Lorsque, dans les dîners, au détour d'une phrase, entre le récit d'un voyage à Londres et de quelque achat immobilier, les invités évoquaient soudain l'influence secrète des bahaïs sur le régime du Shah – on commençait à murmurer que l'éternel Premier ministre était bahaï –, des gouttes de sueur coulaient lentement sur le front de mon oncle. Comment garder son sang-froid et ne pas montrer qu'il était lui-même bahaï, que sa communauté n'a pas cessé d'être persécutée, que chez les musulmans pratiquants les bahaïs ont toujours été considérés comme des êtres impurs et néfastes, qu'après leur passage il fallait laver la vaisselle à sept eaux ? Le Premier ministre bahaï ? Et pourquoi pas ? Ma tante quittait la salle à manger, prise d'une quinte de toux, de peur que son mari, excédé, n'avouât sa foi clandestine et ne renvoyât les convives.

Mais mon oncle ne disait rien. Il se maîtrisait, il essuyait discrètement sa sueur. Il lui suffisait d'attendre, dans le calme, que la conversation revînt sur les placements immobiliers. Ma tante regagnait alors la salle à manger. Elle ne toussait plus. Les amitiés restaient intactes.

J'avais pris l'habitude, moi aussi, de ne pas révéler la religion de mon oncle. D'ailleurs, à l'école, une amie bahaïe, de peur d'être identifiée, assistait assidûment aux classes de catéchisme islamique, alors que les juifs et les Arméniens, eux, dispensés d'apprendre le nom des douze imams des shiites, jouaient au ping-pong dans la cour.

Mon oncle aimait les longues promenades. Je me rappelle les trottoirs de Téhéran, de Stockholm et de Paris que nous arpentions ensemble, et je n'ai pas oublié sa voix, presque un monologue, qui parlait de ses idéaux : élimination de la pauvreté et de la richesse extrêmes, instauration d'une communauté mondiale des nations, établissement d'une paix universelle et définitive. Ainsi vivait-il sa religion, en essayant, tout en marchant, de convertir, à voix très basse, une petite fille.

Il n'y réussit pas. Plus tard, cependant, je me pris d'amour pour la poétesse Tahereh, figure majeure du bahaïsme, première Iranienne à avoir retiré son voile, en 1845, devant une assemblée d'hommes. Une contemporaine de George Sand. Sur le chemin de la libération, elle se débarrassa, comme de vieux haillons, de son mari, de ses enfants, de son foulard et de sa vie. Elle fut étranglée, à Téhéran, dans une petite chambre de la maison du chef de la police.

Sheyda elle aussi est éprise de Tahereh. C'est en rappelant à son père, au bout du fil, le nom de Tahereh qu'elle essaiera de se justifier, d'expliquer la raison pour laquelle, un siècle et demi après la poétesse, elle a osé elle aussi se montrer sans foulard, mais hors des frontières de l'Iran islamique, sur un tapis rouge, et sans manches longues. Premier affront dans une longue série, encore à venir.

Ce jour-là elle était à New York avec son mari, ils venaient de quitter l'Iran et devaient assister au lancement d'un film américain. Dans le placard de sa chambre, deux tenues : l'une indienne, avec pantalon, tunique et foulard ; l'autre occidentale, une robe dévoilant ses bras et ses jambes. Elle laisse le placard ouvert et fixe longuement les vêtements. Exposé sur les cintres, son destin se joue là, dans le choix de l'un des ensembles. Si elle opte pour le modèle indien et se couvre les cheveux, il lui sera possible de retourner en Iran. L'autre modèle bloque, brusquement et définitivement, toutes les portes. Elle hésite. Son mari décroche la robe courte, la lui tend et met un terme à ses incertitudes. Quelques heures plus tard, lorsqu'elle prendra la pose sur le tapis rouge, sourire aux lèvres, personne ne pourra deviner qu'en adoptant ce choix vestimentaire, elle vient de renoncer à son pays.

Une fois son voile retiré, Tahereh avait été appelée « la Pure ». Sheyda, dont le nom fut tapé quinze millions de fois sur Internet ce jour-là – le jour où elle apparut sans foulard –, fut, elle, qualifiée de « frivole », de « superficielle », de « légère ». « Tu n'as pas pensé à nous ? » lui reprocha son frère. Non, sa tête était ailleurs. Elle pensait à Tahereh, à celle qu'on avait étranglée dans une chambre. Elle voyait la Pure déambuler parmi son auditoire en assurant que la loi qui ordonnait aux femmes de se voiler n'existait plus. Elle voyait les hommes qui, pris de frayeur, se cachaient le visage avec leurs mains, avec un bout de tissu, ou avec leurs poignards. « Non, non, tout sauf ça, la sainte Tahereh sans le voile, non ! » Certains gardaient leurs yeux farouchement fermés. D'autres la traitaient de « folle », de « possédée ». Il fallait la frapper, oui, la frapper à mort, donner une bonne fois pour toutes une leçon aux femmes de son espèce, qui lisaient, qui lisaient nuit et jour, qui argumentaient avec les shaykhs. Oui, allons-y, frappons-la, blessons-les, ces femmes, tuons-les ! N'hésitons plus, finissons-en avec cette espèce insupportable ! Un des chefs, le fondateur du bahaïsme en personne, s'approcha de Tahereh et jeta sur elle son vieux manteau. Tout devint noir. La frapper, la blesser, la tuer : partie remise. Elle avança à tâtons dans le noir, repliée sous l'*aba* de Bahaollah.

Sheyda à New York, les flashs des photographes et le noir des paupières closes. Cent cinquante ans plus tard, en Iran, les mêmes appréhensions, les mêmes anathèmes : « Honte à celle qui ose se montrer sans le *hedjab* islamique. Deux places lui seront à jamais destinées : la prison ici-bas et l'enfer là-bas, dans l'au-delà. »

Le premier étage de cette maison, donc, est celui d'Abadji, l'arrière-grand-mère bahaïe. Abadji ne parle pas bien le persan. Elle a grandi au Turkménistan, à Ashkabad, où était exilée sa famille par décision du pouvoir qadjar. Celui-ci voulait déjà, au XIXe siècle, effacer de l'Iran toute trace des infidèles. « Vous êtes bahaïs ? » Des index montraient immédiatement les frontières. « Hors d'ici, hors de l'Iran ! Partez, et plus vite que ça ! »

La famille d'Abadji s'en va. Sa langue, par la force des choses, devient le russe. Même ses yeux se brident. Adaptation totale et réussie. Sauf que... Des années plus tard, Staline lance sa politique de déportation intégrale des minorités nationales. Turkmènes, Kirghiz, Kazakhs, tous dans le même sac et la famille d'Abadji avec. Destination : la Sibérie. Ils doivent quitter Ashkabad, son quartier russe avec ses grandes et larges rues plantées d'arbres, ses maisons décorées de meubles européens, son orchestre militaire, ses magasins, ses rues éclairées, la nuit, au pétrole. Partir, tout laisser derrière. Partir, une nouvelle fois.

« Abadji a même vu Staline », me dit Sheyda. De loin, mais quand même. En tout cas, vu ou pas vu, Abadji gagne l'Iran – on a beau dire, c'est tout de même mieux que la Sibérie – et s'établit à Téhéran. La maison étroite lui appartient. Son frère, lui, poète pourtant, musicien et bel homme, « très bel homme », est envoyé en Sibérie, dans la contrée des zibelines, des renards, des hermines et des barbelés. Le beau musicien iranien, adepte de la foi bahaïe, se suicide. « Il s'est suicidé en Sibérie ! » précise Sheyda. Comme si le suicide, là-bas, était plus exotique, plus étonnant.

La famille d'Abadji est ultraconservatrice. En un siècle et demi, la nouvelle religion – dérivée de l'islam – qui se prétendait libératrice s'est érigée en dogme à son tour. Les bahaïs du premier étage, dans la maison étroite, récitent leur prière quotidienne, ne boivent pas, jeûnent chaque année pendant dix-neuf jours, ne jouent pas aux cartes et rejettent toute relation sexuelle entre hommes et femmes en dehors du mariage. Toujours menacés, ils pratiquent leur culte dans la clandestinité la plus totale. La mère, Malakeh *djoun*, mariée à un musulman, s'est résignée : elle a renoncé à la foi de ses ancêtres.

La République islamique a pris cette religion en haine. En conséquence, au premier étage, il faut surveiller son langage. Le jeûne annuel devient diète, régime ou abstinence. Pas un mot sur les dix-neuf jours de cette prétendue privation alimentaire. Le nombre 19 rappelle trop les bahaïs, pour lesquels l'année est divisée en dix-neuf mois de dix-neuf jours tout comme les premiers initiés sont au nombre de dix-neuf. Sheyda elle-même ne sait pas que la famille de sa mère adhère à cette « hérésie maudite ». Elle l'apprendra plus tard, lorsque la maison, identifiée comme appartenant à une bahaïe, sera scellée et confisquée.

Le rez-de-chaussée est aux parents de Sheyda. Elle est née en pleine guerre Iran-Irak, en 1983. Ce soir-là son père, poursuivi par la police secrète en raison de ses engagements politiques, ne put regagner la maison. Il s'en approcha le plus possible, puis il en fit le tour, une fois, deux fois, neuf fois. À chaque fois, des bruits de pas, des phares de voitures, des cris aigus de chats le dissuadèrent de rentrer. L'étreinte du nouveau-né fut reportée.

L'enfance de Sheyda a été celle des sirènes d'alarme, des abris, des explosions, des bombardements chimiques, des slogans sacrificiels, de l'interruption soudaine des dessins animés, non, du seul dessin animé de la télé, à l'approche annoncée d'un chasseur irakien. Toute une semaine à attendre la suite et, subitement, la sirène, la voix froide de la présentatrice : « Attention ! Attention ! Le son que vous entendez actuellement correspond à une alerte rouge et à une situation de danger. Gagnez les refuges et gardez votre calme ! »

La mère les appelle, un par un, à descendre dans l'abri, sous les escaliers. En femme avisée et prudente, elle y a préalablement déposé des couvertures ininflammables, des sifflets, des boîtes de conserve, des biscuits : une petite maison dans une maison étroite.

Ils sont là, dans l'abri, repliés sur eux-mêmes. Personne ne parle. Dehors, le son des bombardiers, le noir absolu. La seule lumière lui vient des yeux d'une femme déchiquetée, peinte par sa mère. Le tableau est accroché sur le mur d'en face.

Un bruit d'explosion. Elle sursaute. Non, elle ne doit pas montrer sa peur. Décision maternelle : ne pas montrer sa peur. Elle sent cette obligation, même petite, même recroquevillée dans le refuge, même tourmentée par les yeux d'un personnage, sur un tableau. Elle connaît un secret : sa mère a un plan pour elle. Elle ne sera pas comme ses deux autres enfants, ni comme tous les autres enfants. Elle sera à part. Comment ça, à part ? Qu'est-ce que ça veut dire, à part ?

La sirène s'interrompt. La radio annonce « situation blanche ». Ils peuvent quitter leur abri. L'électricité revient. La télévision reprend ses programmes, mais le dessin animé est terminé. Sheyda devra attendre le mercredi suivant pour retrouver les personnages grisonnants, bleuâtres, même pas drôles.

Elle se rend dans la cuisine, où le frigo est presque vide. Elle se débrouille, pourtant, avec le peu qu'il y a. Ils font partie de ces privilégiés qui ont encore du beurre et du lait. Une petite tartine, ça lui suffit largement. S'empiffrer n'a jamais été le genre de la maison. Mais ailleurs, dans les foyers modestes, les nourrissons manquent de lait en poudre, les hôpitaux sont en rupture de médicaments, les voitures elles-mêmes ne peuvent pas circuler, faute d'essence. Dans la bouche des grands certains mots reviennent : « embargo », « mirage ». Aucun des deux n'est un mot persan. Elle est assez sensible pour comprendre que l'embargo entraîne la privation des choses de la vie et que le mirage – non pas le phénomène optique, l'avion – donne la mort.

Aujourd'hui elle sait que ces mirages, plus exactement appelés « Mirage F1 », étaient de fabrication française et vendus à Saddam Hussein pour bombarder l'Iran, Téhéran, le quartier Youssef-Abad et leur maison étroite. Aujourd'hui elle sait que la France n'était pas la seule à soutenir ce leader arabe, que le monde entier était avec lui, de son côté, bouche cousue sur l'attaque irakienne, aucune condamnation, pas de réunion à l'ONU : « Oui, oui, vas-y, nous ne te dirons rien, nous serons avec toi, nous te vendrons tout ce que tu voudras, buffet à volonté, des mirages, des blindés, oui, par dizaines, des armes de destruction massive, elles sont pour toi, nous te le garantissons, elles ne seront qu'à toi, ô raïs adoré… »

Un jour, alors qu'elle attend la diffusion de son dessin animé, elle entend à la télévision qu'un avion civil – je précise le vol Iran Air 655 – vient d'être abattu par des missiles américains : deux cent quatre-vingt-dix victimes dont soixante-six enfants. Aujourd'hui, elle cherche encore, sur le Net, dans les déclarations officielles, dans les archives internationales, une petite excuse du gouvernement américain, une condamantion, du bout des lèvres, de l'ONU. En vain.

Aujourd'hui, elle sait que l'Iran, à ce moment de son histoire, était seul, que la guerre était vraiment « imposée », qu'elle coûta à notre pays trois cents milliards de dollars et qu'un million d'hommes y perdirent la vie.

Printemps 2011. Sheyda vit à présent à Paris. Je la croise, de temps à autre, dans des projections, des concerts, des soirées. Elle vient m'embrasser, demander de mes nouvelles – « Un nouveau livre, une conférence sur Roumi ? » – puis, nonchalamment, au détour d'une phrase ordinaire, banale même, elle me glisse une révélation inattendue, troublante, sur sa propre vie. Je la quitte, elle, mais la phrase ne me quitte pas. Un jour, suivant mon intuition, je lui demande si elle accepterait de devenir un personnage de roman. « Oui, oui, oui ! » me dit-elle au téléphone. Une semaine plus tard, elle vient chez moi et nous travaillons.

Un jeune peintre iranien, de passage à Paris, nous a laissé quelques dessins, des tortionnaires, des femmes enceintes allongées sur des tombes, des mourantes encore convoitées. Elle saisit un des dessins – un tortionnaire vu de dos – et me dit : « Voilà à quoi ressemblaient les dessins animés de mon enfance, ceux que j'implorais le ciel de ne pas couper. »

La télévision iranienne doit avoir d'autres priorités que les loisirs des enfants. Elle est chargée de préparer les jeunes à la guerre, de les exalter, de les pousser à se porter volontaires. Elle doit leur promettre, comme lors des prières du vendredi, les clés précieuses du paradis, l'union quotidienne avec les belles houris toujours vierges, les demeures splendides, les vêtements en soie, les coupes en or, le miel, le vin délicieux – enfin le vin ! – et la béatitude qui ne connaît ni fatigue, ni lassitude, ni ennui. Immense programme. Éternel programme. Aucune place pour Mickey. La télévision prépare les enfants au paradis.

En face des escaliers de la maison étroite, de l'autre côté du couloir, se trouve la bibliothèque du père. Il est acteur et metteur en scène. Il a connu sa femme, la Malakeh *djoun* qui monte, même dans la nuit, soulager les douleurs de la dame du deuxième, à Kargah namayesh, dans les années soixante-dix.

Kargah namayesh et le festival de Shiraz sont, pour moi, des noms tellement familiers que je pourrais les associer à des membres de ma famille. Comme si Sheyda me disait : « Mes parents se sont connus chez ta tante ! »

Kargah namayeh (littéralement « atelier de théâtre ») se trouvait au centre de Téhéran, dans un petit immeuble résidentiel d'une rue modeste. Deux étages, à peine deux cents mètres de surface, deux ou trois chambres transformées en salles de spectacle et une minuscule cage d'escalier où se bousculaient acteurs, metteurs en scène, écrivains – parmi lesquels ma mère –, peintres, musiciens et l'inoubliable directeur des lieux, Abbas Nalbandian, silhouette filiforme, longs cheveux, moustache épaisse et vastes lunettes.

Dans deux cents mètres, à peine, tout le théâtre iranien.

Je me rappelle, à la sortie de l'école, j'allais chercher ma mère (et non l'inverse) à Kargah. Là, je la retrouvais étendue par terre sur une grande nappe blanche, entourée de comédiens, écoutant les indications d'un très jeune metteur en scène, Arby Ovanessian – lui aussi lunettes noires, moustache abondante et talent profond, exigeant. Ils répétaient une pièce qu'elle avait écrite, *Vis et Ramin*. J'essayais de me faire discrète, mais en vain. Il me remarqua et me demanda d'intégrer le groupe. Je déposai mon cartable par terre, je traversai la salle sur la pointe des pieds et je pris place entre elle et lui. Ma vie venait de m'apparaître. Alors j'ai grandi avec eux, dans les années soixante-dix, en suivant l'enchaînement des pièces : *Le pupille veut être tuteur* de Handke, *Comme nous avons été* d'Adamov, *Créanciers* de Strindberg, *La Cerisaie* de Tchekhov, *Nagahan* de Nalbandian. J'ai croisé Jerzy Grotowski, Peter Brook, Anthony Page. Après l'école et le théâtre venaient toujours le temps des grandes vacances et les descentes sur Shiraz, au festival d'art, où je retrouvais les mêmes acteurs, mais dans le cadre ô combien majestueux – trop peut-être – de Persépolis. Combien de fois je me suis assise deux rangs derrière l'impératrice à épier le moindre de ses gestes, ce mouchoir qu'elle prenait dans son sac à main, cette brochure qu'elle glissait sur une table.

Et Sheyda ? Ses parents se sont donc connus à Kargah namayesh. À Kargah namayesh, oui, mais pas au festival de Shiraz. Non, certainement pas. Le père n'a jamais voulu aller à Shiraz. Le roi et la reine ? Très peu pour lui. Ses préoccupations étaient la Savak, la police secrète, les interrogatoires et les courts séjours en prison.

Lorsqu'elle décrit son père, elle dit *baba* auteur, *baba* acteur, les amis de *baba*, la bibliothèque de *baba*, mais jamais *baba* avec sa moustache grise, ses cheveux plutôt longs et sa taille plutôt petite. Je n'ai rencontré son père qu'une seule fois et je le dépeindrais en effet par sa moustache grise, ses cheveux plutôt longs et sa taille plutôt petite. Mais ce que j'ai retenu de lui c'est sa voix, une voix chaude, de canicule, température quarante-deux degrés, une voix de fièvre aussi, quand elle dépasse les trente-huit, c'est le contraire d'une voix intérieure, sourde et souterraine, c'est une voix bien de chez nous, d'un conteur d'épopée, visant de son bâton, sur une immense toile peinte, une cavalière armée : « Elle dissimula ses tresses sous sa cuirasse. Et sur sa tête elle ajusta son casque. »

Pour moi son père est une voix. Et quand au téléphone – mis sur le mode haut-parleur – Sheyda lui rappelle que, dans sa jeunesse, il boycottait le festival de Shiraz alors que ma propre mère y participait, la voix répond, sur un ton caniculaire : « Mais non, je ne rejetais rien. Je me produisais alors à Shoush ! » Et je l'imagine, pointant de son bâton, sur la toile peinte, un quartier très populaire du sud de Téhéran. Dans le vocabulaire culturel occidental, il venait de dire : « Je n'allais pas à Bayreuth. Moi, je restais à Belleville ! »

Le père n'a pas de diplôme, la mère est d'ascendants bahaïs. Obstacles qui ne sont pas nécessairement infranchissables. Le père s'inscrit à l'université et elle renonce à la foi de ses parents. De la famille maternelle, à leur mariage, n'est présente qu'Abadji. Le père de la mariée, séducteur et peintre à ses heures, s'est juré de ne pas aller à la fête : « Que mes pieds se fracassent si jamais je vais là ! » Il n'y va pas et, à partir de ce jour, ne prononce plus jamais le prénom de cette fille qui a eu le tort d'épouser un musulman. Malakeh : syllabes maudites, exclues de sa parole, de ses projets, comme de son héritage. « Rien pour la traîtresse, la sœur de..., la mère de..., comment s'appelle-t-elle déjà ? » Il a oublié.

Les jeunes mariés partent en France pour leurs études. Ils sont à Strasbourg quand éclate la Révolution. Été 1978. Vite, vite, ils rentrent en Iran et veulent être parmi les premiers à savourer ce qu'ils appellent le « goût de la liberté ».

Aujourd'hui Sheyda me dit que son père a été emprisonné pour que ses enfants soient, eux aussi, à leur tour, emprisonnés. « Tant de luttes, de sacrifices, de captivité pour arriver à quoi ? À quoi ? » Au foulard, à la lapidation, à huit ans de guerre, aux meurtres en chaîne, aux délations accumulées, aux exécutions sommaires. Elle courbe le dos, comme si, subitement, un immense poids venait de l'accabler, et continue : « Un million de martyrs, pendant la guerre. Ça, personne ne le conteste. Mais nous, vidés de notre sang, nous sans futur, nous apeurés, nous maudits, exilés, anéantis, sommes-nous autre chose que des martyrs ? »

C'est dans la bibliothèque de la maison étroite que le père contestataire reçoit – discrètement – ses amis de gauche. En vidant des bouteilles d'arak, ils énumèrent une fois de plus, l'une après l'autre, les interdictions proclamées par la République islamique : interdiction, tout d'abord, de boire du vin ou de l'alcool, interdiction de sortir du territoire, d'effectuer toute transaction commerciale ou immobilière, de monter sur scène, de jouer de la musique, de publier, d'enseigner, de se réunir. Ainsi, comme la plupart des membres de son entourage, le père est interdit de travail. Que fait un acteur, s'il ne peut pas jouer, lire, traduire ou transmettre ? Il s'en va. Du groupe de Kargah namayesh ne restent qu'une poignée de comédiens qui vivotent et son directeur qui finit par se suicider.

Le père de Sheyda, cependant, refuse de s'effondrer. Il cite à tout bout de champ une phrase de Brecht : «Celui qui combat peut perdre, mais celui qui ne combat pas a déjà perdu.» Le combat du père sera de sauvegarder la maison. Elle est menacée, car la propriétaire est de confession bahaïe. De plus, la bibliothèque, le bureau, les étagères et tous les tiroirs regorgent de photocopies de photocopies de titres de propriété, d'assignations à en-tête coranique et d'actes notariaux marqués de timbres à l'effigie du Shah. La maison a deux ennemis, les bombes irakiennes et le procureur de la Révolution. La mère, telle une infirmière, assure la survie de la famille en cas d'alerte aérienne, et le père, en bon soldat, lutte contre la confiscation de la maison. Dans le rôle des parents, une infirmière et un soldat.

Dans cette bibliothèque, Sheyda évolue littéralement

entre les jambes des invités. Elle a cet âge où elle arrive à peine aux cuisses des gens. Un ami du père la soulève : « Tu seras ma belle-fille ! » Et il la projette en l'air. Il est grand, costaud et, pense-t-elle, assez solide pour la protéger d'une mort sous les décombres, assez influent aussi pour imposer à la direction de la télé la diffusion régulière de son dessin animé.

Un soir, alors que les amis sont réunis, elle remarque l'absence de son futur beau-père. Aucun pantalon ne correspond au velours côtelé, de couleur moutarde, qu'il porte d'habitude. Elle redresse la tête, monte sur une chaise. Aucune trace du beau-père. Dans les conversations, elle capte des mots qui lui font peur, « descente de police », « prison », « interrogatoire ». Elle se dit qu'il n'est pas possible que son protecteur ne soit pas à ses côtés alors qu'elle a besoin de lui pendant les alertes rouges, les coupures de courant, les arrêts brutaux de son dessin animé ! « C'est quoi cette histoire de prison ? »

Plus tard, dans une autre réunion, alors qu'elle cherche, parmi tout un amoncellement de tenues noires, le pantalon en velours côtelé de couleur moutarde, elle entend qu'on parle de cet homme au passé : « Il était... », « Il riait... », « Il disait... » Toujours au passé. Elle quitte la bibliothèque en portant le deuil de son futur mariage.

Les fenêtres de sa chambre, comme toutes les autres fenêtres de la maison, comme toutes les fenêtres de l'Iran, sont couvertes de rubans adhésifs, censés les protéger contre les vibrations des bombardements.

Une des deux chambres qui donnent sur le beau jardin est destinée à Sheyda et à son second frère. Là, ils jouent, dessinent et attendent dans l'impatience le dessin animé du mercredi. Là se trouve aussi le piano. Elle en joue tous les jours.

Dès l'âge de six ans, elle lit, écrit, joue du piano, elle enchaîne des longueurs dans la piscine et achète elle-même le pain. Décision maternelle. Sheyda est docile. Elle ne s'étonne pas quand sa mère retire de la corde à linge les vêtements du père, du frère et même de la dame du deuxième étage, sauf les siens. Elle n'est pas non plus surprise lorsque les mercredis, au moment de regarder la télé et d'admirer les personnages grisonnants et bleuâtres de son dessin animé, la mère lui désigne le fauteuil inconfortable. Elle ne s'insurge pas. Rien ne l'étonne, rien ne l'irrite. La mère a un plan pour elle. Sheyda le sait.

Au second frère, légèrement plus âgé, sont destinés les canapés moelleux, le linge plié, les pains tout chauds. Mais aucun plan pour lui. Il est tourmenté par les ressuscités dans *Thriller* de Michael Jackson, par les amis de son père exécutés, par les martyrs de la guerre, par les choix macabres que font les extraterrestres dans les films venus d'ailleurs – « C'est ton intestin que je veux, et pas celui de quelqu'un d'autre ! » –, par les accidents de voiture, par les maladies mortelles, par le trépas de l'âne en peluche, des poissons de l'aquarium, de l'oiseau Abi. Elle ne dit pas que ce frère semble fragile. Elle dit juste que la mère le protège.

J'ai une fille qui a l'âge de Sheyda à ce moment-là de son récit et je me demande si, pour l'immuniser dès que possible contre la hantise de la mort, je ne devrais pas la priver de son matelas douillet, la faire coucher carrément par terre, la laisser rentrer seule de l'école, descendre à la station Pigalle, passer devant tous les sex-shops comme une grande et, avant de composer le code de l'immeuble, se rendre à la boulangerie pour nous acheter, chaque jour, du pain. Je devrais, peut-être.

« Quand j'étais petite, un voisin... » Sheyda est couchée sur son lit de la maison étroite, prête à s'endormir. L'homme pénètre dans la pièce, s'étend sur le sol et baisse son pantalon. Elle le regarde. Cela se répète pendant plusieurs soirées. C'est leur secret. Dès qu'ils sont seuls, il baisse son pantalon et lui montre son sexe. Les parents, pourtant, ne sont jamais bien loin. Une fois, la mère est dans la cuisine. Le voisin soulève la fillette. Elle est tellement petite que ses pieds ne touchent pas le sol. Il essaie de lui enlever le slip, elle crie : « Non, Non ! »

Là, maintenant, devant moi, elle me dit, la voix calme et neutre : « Notre secret devenait danger, péril ! » Dès qu'elle crie, il la repose par terre. La mère passe sa tête hors de la cuisine et s'inquiète : « Sheyda ne s'est pas montrée trop impolie, au moins ? »

Sheyda me parle de « ça » sans émotion particulière. Je me demande même si je dois l'écrire. Jusqu'à l'âge de vingt ans, ajoute-t-elle, elle n'en a parlé à personne. Mais aujourd'hui elle doit expulser tout cela d'elle-même. Elle doit le jeter. Elle me lance : « À toi la décision, tu en fais ce que tu veux ! » Que dois-je en faire ? Une mère est en cuisine. Sa fille est soulevée de terre par un homme. Il essaie de lui enlever sa culotte. Elle crie, elle se défend. Et moi je le note, je l'écris. Voilà, c'est fait, c'est écrit, deux fois écrit. Et après ?

Je retiens : la maison étroite est aussi celle où un voisin baisse son pantalon devant la petite fille. C'est ainsi.

Je retiens aussi, comme une leçon, de ne pas laisser ma fille descendre à la station Pigalle et rentrer seule à la maison. Je retiens aussi qu'il faut se méfier des amis qui s'isolent avec elle. Je lui parle des hommes qui peuvent caresser les filles, des dangers d'Internet, de certains films qu'il ne faut vraiment pas voir. Quand elle était plus petite, je lui lisais, avant qu'elle ne se couche, tous les livres qui parlaient de « ça » : *Lili se fait poursuivre, Lili se fait piéger...* Chaque fois que je vais en Iran, je fais irruption à l'improviste dans une pièce où elle joue sur son ordinateur, collée à ses partenaires, des adolescents surdimensionnés – je ne sais pas pourquoi les adolescents d'aujourd'hui sont aussi grands en Iran, comme en France, comme partout. J'essaie, comme toutes les mères, de garder les yeux ouverts et même grand ouverts. Où est le danger ? Où est l'ami qui peut baisser son pantalon ?

Sheyda grandit. Cette fois, si on la soulève, ses pieds toucheront le sol. Après huit ans de guerre, l'Iran et l'Irak font la paix, une paix qui, pour l'ayatollah Khomeyni, est « plus amère qu'une coupe de ciguë ». Pour lui, certainement, mais certainement pas pour les peuples endeuillés.

La paix. La mère de Sheyda range la couverture ininflammable et les boîtes de conserve. Elle retire les bandes adhésives des fenêtres. *Froutch !* Sheyda fait de même. Mais on n'efface pas la trace de huit ans de guerre en un seul geste. Oubliés, le million de victimes, les sept cent mille invalides, les gazés, les sinistrés, les défigurés.

Pendant très longtemps, les fenêtres elles-mêmes gardent ici ou là – malgré l'usage excessif de l'acétone par la mère et le grattage du doigt par Sheyda – des fragments de scotch marron, réminiscence des jours de peur. Comme les fenêtres, le frère ne guérit pas, lui non plus, de toutes ses appréhensions.

La menace sur l'Iran est momentanément écartée mais celle qui pèse sur la maison se fait de plus en plus lourde. Si la mère, dans son rôle d'infirmière, peut se détendre, le père voit ses espoirs s'éloigner un à un. Partout où il va, les portes se ferment. Aucun religieux, aucun homme influent ne veut l'écouter. Le sort de la maison étroite est bel et bien classé.

Immense compensation : le soir défile chez eux toute l'intelligentsia iranienne, «la vraie noblesse, la seule aristocratie qui soit», me dit-elle. Elle me cite des noms de cinéastes, de metteurs en scène, de poètes, d'auteurs et de comédiens qui se réunissent dans la maison étroite et discutent jusqu'à l'aube de la tournure d'une phrase dans un dialogue de femmes. Son père écrit une pièce qu'il est, enfin, autorisé à présenter au Théâtre de la Ville et la mère, qui joue le rôle principal, est obligée de laisser ses enfants seuls. Aussi les amis, « ces vrais nobles et aristos », viennent-ils jouer les baby-sitters et raconter à Sheyda, et à son frère, des histoires extraites de leur propre livre. Certains soirs, faute de nounou intello-aristo, le frère et la sœur sont conduits au théâtre. Alors l'arrière-salle, l'avant-salle, la grande salle et les trois petites salles deviennent leur terrain de jeu. Un-deux-trois-soleil, elle se retourne et voit des centaines de spectateurs qui investissent le hall. Quand la pièce se termine, elle se glisse derrière les rideaux, qui, à ses yeux, montent jusqu'au ciel, et elle regarde la grande salle. Pas un siège vide. Les escaliers menant à la scène et la scène elle-même sont investis par le public, qui applaudit fort. Quand tout se termine, dans les loges, elle rencontre un homme, venu du fin de fond d'une province, tenant dans ses mains le fruit de son labeur, une panière débordante de pains : un simple boulanger qui, de cette manière, remercie le père.

Si jamais elle joue au théâtre, je sais ce que je lui apporterai.

Un jour, alors que les enfants sont à l'école et les parents au théâtre, la dame du deuxième étage, celle qui a toujours mal quelque part, s'en va, sans avoir réglé les arriérés de loyer, sans avoir rendu les clés, sans un au revoir ni un merci à la mère. Les parents ne tarderont pas à apprendre que les clés de l'appartement se trouvent au bureau du procureur de la Révolution. La dame respectable, descendante d'une vieille famille, avait traîné ses vieilles articulations, par zèle ou par peur, jusqu'à cette instance redoutable.

Peu après, les gardiens de la Révolution font irruption chez eux et mettent les trois appartements sous scellés. Portes cadenassées. Sur le cadenas, le sceau de la République islamique. « Allez, tout le monde dehors. »

La mère s'installe sur le trottoir d'en face. Après les huit années de guerre, repliée sous la rampe d'escalier, doit-elle, maintenant, élire domicile sur le trottoir ? Elle s'est toujours contentée de peu. Il y a quelque chose de japonais en elle, cette attitude particulière que possèdent les gens, là-bas : le *meiwaku*. Des milliers de personnes attendent, après un tremblement de terre, une couverture, une bouteille d'eau, de la nourriture. Ils ne se bousculent pas. Ils ne se lamentent pas. Ils réceptionnent le lot, inclinent la tête et se plient en deux, en signe de remerciement.

La mère assiste aux va-et-vient incessants des forces de l'ordre. Comme sous les bombardements irakiens, elle pense à s'organiser, à acheter, avant que tombe la nuit, un réchaud à gaz, une lampe torche, des sacs de couchage. Le père revient, non pas du Théâtre de la Ville, mais des bureaux du procureur, et il arrache, d'un seul coup, le sceau posé sur leur porte. Advienne que pourra. Les débris rouges de la cire tombent par terre. Sheyda, qui rentre à la maison, craint de les piétiner. La mère quitte le trottoir, sans avoir eu le temps d'y prendre pied. Et quand ils sont réunis à l'intérieur, Sheyda apprend alors de la bouche de sa mère que sa famille est bahaïe et que, à cause de la religion de ses ancêtres, la maison est confisquée.

Maintenant Sheyda est au courant. On le lui avait caché, jusque-là, par prudence. Sa mère lui explique que son propre cousin est emprisonné dans une ville de l'Est, ainsi qu'une amie d'enfance et une vieille connaissance. À la longue liste des amis écroués du père vient s'ajouter une nouvelle liste, celle des bahaïs séquestrés. Le frère, qui est là, tend l'oreille pour enregistrer le nom d'un bahaï tué. Un nouveau mort dans son inventaire.

Chaque matin, très tôt, le père se lève et va faire la queue devant le bureau du procureur de la Révolution. Par moments, un des gardiens le reconnaît et le fait passer en tête de la file. Mais rien ne change. L'ayatollah en charge du dossier est absent. Un jour, il est dans la ville sainte de Qom, le lendemain au Parlement, le surlendemain au cimetière. Le père, qui s'est déchaussé pour entrer dans le bureau – ainsi l'exige la coutume –, remet ses souliers et rentre chez lui. Il reviendra.

Un jour, un camion arrive sans prévenir. Il transporte une famille de deux enfants ; la mère *tchadori* est entièrement voilée et le père arbore la barbe des croyants, pas très longue, pas très courte, une raie méticuleuse, inhabituelle, placée très bas sur le côté, et une déformation frontale (due à la prière à répétition). Sheyda, quand elle me parle, le définit comme un *Homo islamicus* et précise qu'il correspond, dans la longue évolution de l'être humain, à la phase qui précède, de peu, l'*Homo sapien*s. Un gardien de la Révolution les installe au premier étage, dans l'appartement qu'occupait, avant son départ pour l'Europe, Abadji, et qui devient dorénavant leur appartement. Il leur donne les clés sous l'œil de Sheyda qui est là, sur le seuil, debout.

D'un seul coup, elle n'est plus chez elle. Elle est chez eux. Les enfants qui viennent d'arriver sautent sur le canapé qu'Abadji recouvrait toute l'année d'une housse en cotonnade pour ne l'exposer que le jour du nouvel an. Les envahisseurs investissent aussitôt le jardin. Aucun respect pour le rosier, ni pour l'abricotier, ni pour le cerisier, objet de tous les soins du père, qui, l'été, l'arrosait toujours trois fois par jour pour que, avant la greffe en écusson, la fente fût bien en sève.

La mère arrache les cordes du linge et range le lit sur lequel, des heures durant, la famille et les amis jouaient aux cartes. Le jardin ? Elle n'y mettra plus les pieds. Porter le foulard, au milieu de ses propres arbres, et quoi encore ? Sheyda tire le rideau de sa chambre sur les immenses bûches des fêtes du feu, sur les cuves remplies de raisin, sur les marelles à cloche-pied, sur les acrobaties à vélo, sur l'eau froide du tuyau d'arrosage, l'été.

Écran noir. Fini. Tous les soirs, *bababam*, ils entendent, venant du premier étage, le bruit du marteau qui casse, interminablement, le pain de sucre.

Entre les envahisseurs du premier et eux, pas un mot, pas même un bonjour. La mère, pourtant, fait un effort constant. Les envahisseurs dorment dans la chambre de sa propre grand-mère et, cependant, quand elle les voit, elle incline la tête et se plie. *Meiwaku ?* Peur ? Le père passe ses journées, à l'extérieur, à établir des contacts pour pouvoir, enfin, mettre la main sur le procureur. Il part à la recherche d'un ancien électricien devenu préfet. Il se rend dans le village de son enfance pour rencontrer le vieux puisatier dont le fils, paraît-il, est maintenant le numéro trois du régime. Mais en vain. Tout cela en vain. Quand il rentre, pas de repos, *bababam*. La femme *tchadori* du premier étage casse du sucre au-dessus de leur tête.

La vie continue, mais sans le jardin, sans les fêtes, sans la musique et les poèmes. Écran noir et silence radio.

Sheyda dessine, elle entend un bruit de chute. Une météorite dans le jardin ? Un ovni égaré ? Elle ouvre le rideau et aperçoit, écrasée sur le sol, gisant au milieu d'une flaque de sang, la fille du premier. Elle crie au secours. Son père saisit la blessée, la met dans sa voiture, la conduit à l'hôpital, défonce l'entrée des urgences et la sauve.

« La main de Dieu ne fait pas de bruit ! » dit Sheyda en

me décrivant la scène. C'est une des rares fois où elle emploie le mot « Dieu ». Je m'aperçois soudain que le mot « Dieu » est absent de son vocabulaire. Moi qui ai fréquenté le lycée français de Téhéran et grandi dans l'Iran moderne du Shah, j'use et abuse de ce mot : *inshallah*, « si Dieu le veut », « à Dieu ne plaise », « Dieu sait », « que Dieu vous entende »... Des années de mission laïque française et toujours ce déluge de lexique divin. Sheyda, elle, a fait ses études primaires dans une école publique avec pour maîtresse une femme *tchadori* et moustachue (la femelle de l'*Homo islamicus*) qui n'avait de cesse de leur promettre le paradis et les jardins d'Eden. Résultat : Dieu est exclu de son langage comme de sa vie.

La même maîtresse distribue, le jour de la naissance de la fille du Prophète, Fatima, célébrée comme fête des Mères, des cadeaux aux filles qui portent le même nom. Sheyda signifie « amoureuse ». Pas un seul cadeau pour elle, durant les six années du primaire. Mais que de fois, pour le 8 mars, la journée mondiale de la Femme, elle a aidé son père à décharger une camionnette remplie de fleurs, à composer amoureusement des bouquets et à les offrir à des comédiennes âgées, diminuées, mais ô combien estimées, respectées. Le lendemain, lorsqu'elle regagnait l'école, elle montait sur une petite estrade et, comme Lénine derrière sa tribune, levait le bras et scandait : « Vive la liberté entre hommes et femmes ! Vive le droit de vote pour les femmes ! Vive... » Les filles l'écoutaient et gare à celle qui osait l'interrompre en parlant de Fatima et de la fête des Mères.

À l'âge de neuf ans, elles sont cinq cents, enveloppées dans des tchadors blancs à fleurettes roses, traitées comme des petites mariées, attendant la fin de la lecture coranique pour se ruer sur un énorme gâteau à la vanille et à la fraise – blanc et rose –, sur lequel est marqué : « Anges du ciel, bénie soit votre fête du culte. » Dès qu'elles ont avalé leur part et soufflé les bougies, les fillettes sont considérées comme des musulmanes à part entière : elles doivent prier, jeûner, porter le foulard et, si l'occasion se présente, convoler en justes noces.

En 1992, lorsque les cinq cents filles, et parmi elles Sheyda, entrent dans l'« âge des devoirs », elles peuvent, par conséquent, se marier. Ou être mariées. Le gâteau à la vanille et à la fraise : un avant-goût de la pièce montée avec les figurines des conjoints, le jour du mariage. Et le tchador blanc ? Rien d'autre qu'une promesse de tulle, de satin, de ruban et de plumes. Ce n'est qu'en 2004 que l'âge légal du mariage sera porté de neuf à quinze ans !

Toujours à neuf ans, elle doit apprendre avec la table de multiplication les quatre *rakat* de la prière. L'enchaînement de l'*iqama*, du *tashahud* et des salutations finales est cent fois pire que la table de 7. D'autant plus que, tous les matins, il faut se déchausser avant d'entrer dans la pièce de recueillement, qui sent horriblement mauvais, et prier devant la maîtresse moustachue. *Subhana rabi al...* Sheyda bégaie : « *Subhana rabi al*, quoi ? 7×8 ? » La maîtresse la met à la porte.

Alors Sheyda remet ses bottes et arpente la cour de récréation. Muni d'une longue pelle en bois, un homme déblaie la neige et ouvre, péniblement, un passage entre les bâtiments et la porte d'entrée. Elle rentre ses mains dans ses poches. « *Subhana rabi al-azim*, gloire à mon Seigneur, le Très-Grand », qui tolère qu'en son nom une fillette soit chassée de la classe et tremble de froid. Elle entre dans les toilettes et, jusqu'à ce que sonne la cloche, s'occupe en lisant les graffitis. Des fleurs, des papillons, des poèmes, des noms de filles qui s'additionnent : « Taraneh + Somayeh = ♥ »

Dring-dring. Elle sort et souhaite que jamais, jamais la maîtresse moustachue ne puisse se marier. Malédiction terrible aux yeux d'un système qui prépare ses fillettes, dès l'âge de neuf ans, au mariage, et à rien d'autre.

« La main de Dieu… », me dit-elle. Je ne connais pas cette expression. Mais je présume qu'elle doit signifier que Dieu arrange les choses, ordinairement, sans faire de tapage. Quand la fille du premier étage, hors de tout danger, regagne la maison, sa famille cesse de casser du sucre, de descendre dans le jardin et de provoquer le père. Sheyda entrouvre craintivement le rideau.

Les envahisseurs du premier se font rares. Pourtant, à l'intérieur de la maison, surgit un autre envahisseur, inattendu. Il est, lui, de la même famille : mêmes gènes, même chair, même sang. C'est le frère de Sheyda devenu religieux pratiquant, à tendance conservatrice. Métamorphose. Chaque matin, il se lève tôt et se rend à la mosquée voisine pour effectuer sa prière. Le saxophone ? Il l'a rangé dans une boîte noire qu'il a fourrée dans le petit cagibi du premier étage, là où toutes les affaires des femmes bahaïes sont entassées, chambre honnie, maudite. Il n'écoute plus « Nothing else matters » de Metallica mais les versets coraniques en boucle, à la radio, à la télévision,

dans son walkman. Il se rend au comité révolutionnaire de
son quartier et se porte volontaire pour faire partie de la
milice, des redoutables *bassidji*, qui font irruption dans les
soirées, cassent les bouteilles d'alcool, font main basse sur
les vidéos et embarquent filles et garçons. Il est de ceux
qui fouillent les bibliothèques à la recherche d'ouvrages
interdits, de ceux qui arrêtent les communistes, les bahaïs,
tous les suspects, de ceux qui sont désormais les maîtres
absolus de la rue. Une simple carte du comité révolutionnaire dans la poche et tous les droits sur autrui. Son frère.

À la maison, on commence à cacher l'arak et le vin. Le
père dissimule un peu partout ses revues politiques. La
mère, qui n'a jamais pratiqué le bahaïsme, par peur de
son propre fils, vide ses tiroirs de tout objet de culte : une
étoile à neuf branches, un sceau gravé sur une bague.

Au premier étage, comme dans la chambre de Sheyda,
les enfants, à heures régulières, se plient aux devoirs
islamiques. Quand le frère prie, Sheyda doit cesser de
jouer du piano. Elle reste immobile. Bach se tait devant
Allah Akbar.

Avec le frère aîné, ils sont à l'étroit dans la maison
étroite. Mais ils ne déménagent pas. Ils y restent parce
que le père, sans la maison, ne comprend pas sa vie. Le
père a quelque chose de la mère dans *Un barrage contre
le Pacifique.* Il se rend, tous les matins, au bureau du
procureur de la Révolution comme la mère de Duras qui
construisait des barrages pour sauver sa concession du
flot. Peine perdue, dans un cas comme dans l'autre.

Mais un jour, le père annonce qu'après treize ans
d'efforts, il vient de remporter le combat de sa vie, et que

la maison est dorénavant à eux. Oui, il vient de recevoir une lettre de la plus grande instance du régime, « de celle contre qui si tu dis un mot, tu ne vois plus la couleur du jour et tu dépéris à jamais ». Le très haut personnage, à la tête de la grande instance, s'avoue tellement ému par une des interprétations du père qu'il a décidé, dans son immense magnanimité, de restituer au très talentueux acteur sa propre maison.

Quelques jours plus tard, un camion s'immobilise dans la rue et emporte les affaires des envahisseurs. Ils s'en vont sans un mot. Sheyda monte en courant au premier étage. Tout le monde est parti. L'appartement est vide. Les rideaux sont déchirés, les toilettes arrachées – ils préféraient les modèles turcs aux cuvettes occidentales, tenues pour impies –, les murs encrassés, les dalles cassées. Le premier étage ressemble à un champ de bataille, avec des mines, des bombardements, des victimes. Toutes les pièces sentent le renfermé. Les envahisseurs avaient-ils peur du vent, des flocons de pissenlit voletant dans l'air de la chambre ? Elle ouvre la fenêtre qui donne sur la rue. Assise sur le trottoir d'en face, la femme *tchadori* regarde, hébétée, les gardiens de la Révolution qui jettent pêle-mêle, comme ça, avec une évidente maladresse, toutes leurs affaires dans la benne, « tout ce qu'ils ont et tout ce qu'ils n'ont pas ». Sheyda reste à la fenêtre jusqu'au départ du camion, de la femme *tchadori*, de tout leur bric-à-brac, du marteau qui servait à casser le pain de sucre. Les flocons de pissenlit entrent en rangs serrés par la fenêtre. Ils explorent la chambre. On dirait qu'ils hésitent à se poser quelque part. Quelques-uns ressortent.

On installe Sheyda au premier étage : un appartement rien que pour elle. Le plus petit membre de la famille occupe le plus grand espace de la maison. La mère n'y voit aucun inconvénient. Cela correspond à son plan, sans doute. Sheyda possède même sa propre ligne téléphonique.

Elle est en secondaire, au Conservatoire de musique. Abandonnés, derrière elle, *bye bye,* la maîtresse moustachue du primaire, les interminables saluts aux imams, la cérémonie du *taklif*, où le pouvoir religieux fête à coups de galas l'entrée des fillettes dans l'âge des devoirs.

Quand elle ne joue pas du piano, quand elle ne dessine pas, Sheyda ne pense qu'à explorer la pièce honnie, celle qui renferme les affaires d'Abadji, le saxophone abandonné du frère, les ouvrages prohibés du père et les toutes petites boîtes de la mère, petites comme la mère elle-même.

La boîte du saxophone est toujours là, couverte de poussière et posée sur de vieilles malles en bois, avec des poignées en métal, des sangles en cuir, des clous en cuivre et des étiquettes en russe, vestiges du séjour d'Abadji à Ashkabad.

C'est dans ces malles, avec des indications en alphabet cyrillique, qu'elle cherche un souvenir du grand-oncle suicidé, une photo, un vieil instrument, une chemise parfumée à l'eau de Cologne. Elle dépose le saxophone par terre. Un bruit, une résonance. Elle sait, instinctivement, que ce qu'elle veut ne doit pas se trouver là, à portée de la main. Aussi retire-t-elle posément tous les objets accessibles, cartons, classeurs, valises. Par moments, elle s'attarde même sur un cahier, un agenda, un livret de banque. Dans une des boîtes, elle trouve deux ou trois bijoux de sa mère. Ils ne semblent pas de grande valeur, non. Pas de diamant, pas de rubis, pas de saphir. Juste une agate gravée d'une étoile à neuf branches, un des emblèmes des bahaïs. Elle pense qu'elle devrait, un jour, les descendre au rez-de-chaussée.

Elle continue à épousseter le couvercle d'une des malles. Dommage qu'elle ne lise pas le russe. Tant d'indications incomprises et peut-être même l'adresse de la maison d'Abadji. Mais pourquoi perdre son temps? À quoi bon? Elle cherche une photo, une photo du beau musicien, avant son suicide. Elle ouvre une malle. La naphtaline, c'est ce qu'elle sent en premier. Et puis du linge, un vieil album, quelques chapeaux et une cassette vidéo, une cassette comme on en trouve sur tous les trottoirs de Téhéran, une cassette qui n'a rien à voir avec l'histoire d'une famille expulsée un demi-siècle plus tôt d'Ashkabad. Elle la prend, la glisse dans sa poche et poursuit sa fouille. Elle ouvre l'album. Quelques photos, parmi lesquelles une du beau musicien. Mais son cœur est dans sa poche, avec la cassette. Elle laisse la malle entrebâillée, le linge pêle-mêle, l'album ouvert. Elle branche le magnétoscope, introduit la cassette et attend.

Après quelques grésillements, voici sa mère. Sa mère s'adresse à la caméra. Elle témoigne, comme devant un juge. Sheyda est sur le point d'arrêter la lecture. «Je ne regarde pas, je range la cassette et j'oublie!» Elle n'en fait rien. La mère dit: «J'étais sur la terrasse, j'avais cinq ans.

J'ai vu des gens qui retiraient du bassin une chose noire, une femme noire, comme un morceau de bois brûlé. C'était *mama*. Elle venait de s'immoler. Quelqu'un apporta une couverture et enveloppa la chose noire, *mama*. Un autre l'emmena à l'hôpital. Un autre fut chargé de me conduire, moi aussi, à l'hôpital. J'avais cinq ans. Je n'arrivais pas encore à la hauteur du lit. Mais sur le lit blanc était posée la chose noire et brûlée, *mama*.» De nouveaux grésillements, la fin de la cassette. Sheyda la regarde, la regarde encore et encore. Au moment de me parler, elle a encore ces images dans la tête : sa mère parlant de sa mère immolée, une chose noire.

Depuis, elle essaie de savoir pourquoi. Elle dit, comme une vérité implacable, comme deux et deux font quatre, que sa grand-mère était maniaco-dépressive. Les étés, elle se mettait à danser, à chanter, à rire continuellement. Alors son mari l'expédiait à l'asile, dans l'Est. Après l'été, après ce mal d'été, une fois qu'elle regagnait sa dignité et son sérieux, on envoyait quelqu'un pour la ramener.

Une fois, elle rentre de l'asile, avec son frère, plus tôt que prévu. Quand ils arrivent à la maison, ils surprennent le grand-père en train de peindre une femme nue, qui est sa maîtresse. Après trois mois d'enfermement, la grand-mère ne supporte pas cette humiliation, d'autant que tout se passe sous les yeux de son propre frère. Être trahie, oui, mais de préférence sans témoin. Quelques jours plus tard, elle s'imbibe de pétrole, elle frotte une allumette et elle devient une chose noire.

Personne n'avait dit à Sheyda que sa grand-mère s'était immolée. «Elle est morte de tristesse !» Voilà, c'est tout, c'était la version officielle digne d'être racontée aux enfants et aux petits-enfants, sans danger, sans conséquence. La grand-mère est morte de tristesse, après la noyade de son propre fils. Encore une mort.

Sheyda compte sur ses doigts le nombre de suicidés dans sa famille maternelle. Il y en a de tous les côtés. C'est très confus : « D'abord, le frère d'Abadji, ensuite sa fille et puis... »

Elle me fait un croquis, un arbre généalogique des suicidés.

Que faire de cette immolation ? Qu'en dire ? La mère s'est exprimée dans une cassette. Sheyda se met alors, en hommage à la chose noire, à danser et à chanter. C'est d'ailleurs le début de l'été. Sheyda danse et danse jusqu'à en perdre la tête.

Quelque temps plus tard, le frère endoctriné monte dans la pièce honnie, saisit le saxophone et souffle, timidement, dans le bec de l'instrument. Il n'a pas oublié sa toute première leçon. Le maître lui avait dit d'humecter l'anche de salive, de la placer sur la table du bec, d'accrocher le saxophone à la cordelière, de placer le pouce de la main gauche sur le bouton noir, le pouce de la main droite sur le butoir, d'inspirer profondément, de laisser tomber les épaules et enfin de souffler comme pour raviver la braise d'un feu de cheminée. Après des années de rejet, le frère souffle de nouveau dans son instrument et c'est sa propre âme qui se ravive. Il en a fini avec la milice. Il en a fait le tour. Une fois, alors qu'il assistait à une arrestation de jeunes gens, des adolescents de son âge, il monta, par solidarité, dans le car qui les conduisait au comité révolutionnaire. Ils n'avaient rien fait d'autre qu'écouter de la musique dans la rue. Le juge à la tête du Comité, voyant l'aspect on ne peut plus islamique du frère de Sheyda – cheveux courts, barbe naissante, chemise boutonnée et pantalon large –, le renvoya en s'excusant de cette méprise. « Non, il faut que je reste. Traitez-moi comme eux ! » On le libéra de force. Il n'osa pas ajouter que lui aussi aimerait tant écouter de la musique dans la rue.

Il joue du saxophone jusqu'à l'aube. Fin de l'expérience islamique, fin des retours des mosquées avec des chaussures à l'arrière rabattu – un usage qui facilite le déchaussement cinq fois par jour, pour chaque prière –, fin des réprimandes de la mère : « Où sont tes belles Timberland ? » et des mots difficiles à dire : « On me les a volées. »

Un jour, le père annonce que, pour éviter une nouvelle confiscation, il vient de vendre la maison.

Voilà. La maison est vendue. Fin de l'enfance.

Sheyda s'achète une caméra et elle filme la maison, comme on filme un parent qui va mourir, de fond en comble, de l'abri à la cuisine, elle filme les coins et les recoins, les nervures, les artères, le cœur. Elle place la caméra par terre, sous le canapé, et filme la perspective d'une boule de poussière. Jusqu'à la promenade d'un cafard.

Quand elle marche dans la maison, elle sait qu'elle ne lui appartient déjà plus. La maison est pourtant là, sous ses pieds, sous ses yeux. Étroite. Deux étages et un joli jardin. Le cerisier du père est même en fleur. Mais la maison s'enfuit, et à toute allure. Elle est loin, de plus en plus loin. Sheyda lui court après, les bras tendus, pendant très longtemps, elle court encore derrière sa maison au moment même où elle me parle.

Ni Sheyda ni moi, nous ne sommes, aujourd'hui, en mesure de pousser la porte de nos maisons d'enfance. La sienne est apparemment en ruine. Et la mienne a été vendue par ma mère, peu après la mort de mon père et la confiscation de ses terres par la Révolution. Raisons économiques.

Avant de déménager, ma mère alla dans le jardin et prit au hasard, les yeux presque fermés – pour ne pas faire de jalouses –, une dizaine de plantes en pots, celles que mon père chérissait le plus. Dans l'appartement, adossés aux portraits de *baba*, ces végétaux grandirent démesurément. Bientôt le salon devint trop petit. Il fallut choisir entre eux ou le canapé, eux ou les fauteuils, eux ou les invités. Ma mère décida de les installer sur la terrasse. Ils jaunirent et dépérirent l'un après l'autre. Je la surpris plusieurs fois, le matin, très tôt, quand elle pensait que tout le monde dormait, penchée sur les feuilles malades d'un philodendron, en train de leur parler, de les caresser. Mais rien n'y fit. Ils rejetèrent les longs doigts de ma mère comme ses chuchotements.

Elle convoqua son vieux jardinier, celui-là même qui les avait jadis plantés. Il arriva, retira ses chaussures, jeta un coup d'œil au salon, bien plus petit que celui de la maison, et, après une ou deux tasses de thé, se rendit sur la terrasse. Ma mère resta à l'intérieur. Le jardinier se mit à l'œuvre. Et après le *bismillah* d'usage et les prières à l'âme de feu mon père, il énuméra à haute voix toutes les étapes de son travail : «Je vais placer un tesson au-dessus du trou au fond du pot, ah, voilà, aïe, ce dos, aïe, aïe. Maintenant je vais couvrir le fond avec un nouveau mélange de terre. Ah, ces terreaux d'aujourd'hui qui ne valent rien. On ne sait pas de quel mélange ils sont faits. Sûrement chimiques. Même les terreaux étaient mieux avant. Pourquoi Madame a déménagé? Maintenant, je dépose la plante avec sa motte dans le nouveau pot.» Cela prit toute une journée. Il put en sauver quatre. Toute une vie en quatre pots.

Ma mère engagea le gardien de l'immeuble pour venir arroser les plantes pendant ses longues absences. Un salaire fut fixé, avec toutes les règles d'une embauche officielle : treizième mois, congés payés, repos le week-end. À la mort de ma mère, le gardien vint présenter sa démission. Je le priai, le cœur battant, de poursuivre sa tâche. Habitant Paris, je ne voyais pas qui d'autre aurait pu se charger de l'entretien des plantes. L'année dernière, le gardien a pris sa retraite. Il eut même droit, pour l'entretien des philodendrons, à une prime de départ. Ensuite, trois des quatre plantes moururent. Sur les ordres de ma tante, on descendit la survivante pour l'installer devant l'accueil de notre immeuble. Elle me l'annonça avec mille précautions : « Tu verras, maintenant la plante est arrosée deux fois par jour et tout le monde l'apprécie. Elle n'est plus seule. »

Avec le départ de la plante, plus rien ne subsiste de l'unique, du vrai, du seul endroit qui pût être appelé « maison ». Encore aujourd'hui, trente ans plus tard, je suis toujours incapable de me rendre dans le quartier où elle se trouve et de la regarder, même de loin.

Pour Sheyda comme pour moi, la maison, c'est celle qui n'existe plus, celle qui est en ruine, celle qui est habitée par d'autres. Sheyda a ses racines dans une maison étroite menacée par la guerre, menacée par des envahisseurs, et dont, un jour, elle a dû se séparer, elle aussi.

Nous sommes toutes les deux en France, elle depuis trois ans et moi depuis dix fois trois ans. Pendant tout ce temps, j'ai dû vivre dans plusieurs maisons sans que jamais, dans aucune d'elles, je ne me sente vraiment chez moi. La maison de Paris est celle de mon mari. J'ai du mal à dire « notre maison ». Et celle du Midi, dans laquelle est né mon mari et où nous passons toutes nos vacances, cette maison, oui, cette maison-là, ah, je prends mon souffle, je me permets, oui, j'ose l'associer à notre fille. Elle a une maison, dans un coin de la France, à l'abri des révolutions. Sa maison. Et la mienne reste pour toujours celle de mon enfance, où après tant d'années je garde encore, dans un recoin de ma mémoire olfactive, l'odeur de la bibliothèque de mon père.

Sheyda non plus n'a pas de maison. Impossible. Elle aime errer. Une nomade, sans domicile fixe. C'est tentant. « Si tout va mal, j'irai en Inde : une clocharde en Inde, c'est plus joli qu'une mendiante à Paris, non ? » Et pourtant, au moment même où elle me parle d'errance et d'instabilité, elle a les pieds enracinés dans toutes les maisons de tous ses films. Elle n'a pas que la maison étroite, qui possédait deux étages et un joli jardin, mais une vingtaine, une trentaine de demeures. Elle les a toutes en elle. Impossible de la déloger. Si tout va mal, elle n'ira pas en Inde, non. Elle a l'embarras du choix. Les portes de chacune des trente maisons lui seront ouvertes.

D'ailleurs, au moment où elle me parle, elle doit déménager. Je ne la décourage pas : bouche cousue sur la difficulté de louer un appartement à Paris, même petit, même très petit. Dossier de candidature, contrat de location, garantie bancaire, fiches de paie, assurance : combien d'obstacles, avant de déposer sa valise et de se désaltérer ?

Elle est au tout début d'un long exil. Elle n'était pas préparée pour vivre en France. Elle doit tout apprendre, la langue – bien qu'elle la connaisse déjà –, mais aussi la truffe, qu'elle doit apprendre à apprécier comme le saint-émilion, le roquefort, le discours de De Gaulle à la libération de Paris, Arletty, Gabin et leurs répliques : « Atmosphère, atmosphère » et « T'as de beaux yeux, tu sais », le Tour de France, Mai 68, la Nouvelle Vague, et une enfilade de noms, ah, des noms d'acteurs, de cinéastes, d'écrivains – Proust, n'oublie pas Proust, surtout –, de sportifs – d'Anquetil à Yannick Noah –, de restaurants, d'hôtels, de villes, d'échéances politiques – les cantonales, les régionales –, de jours fériés – Assomption ou Ascension ? Le lundi de la Pentecôte ? Ah, que de travail pour toi qui ignores même qui est Dominique Strauss-Kahn !

Mais aussi quelle chance.

Elle est née avec la République islamique. À cette époque, j'étais déjà en France, étudiante en chinois et consciente que mon avenir ne se situerait plus en Iran. Trente ans ont passé. Installée à Paris, elle commence à réaliser, elle aussi, que son avenir ne sera peut-être plus en Iran. Entre nous, trois décennies de République islamique et la même douleur. Le même exil, ou presque.

À quoi ressemble-t-elle ? Dessine-moi un mouton… Non, dessine-moi des yeux, des yeux dans lesquels tu regardes et tu te noies, des yeux ivres, des yeux sans fard, ne les souligne surtout pas de khôl, ni de mascara, ni de liner. Juste des yeux noirs qui s'étirent. Puis, si tu te sens capable, dessine-moi aussi des lèvres, les plus parfaites, des lèvres charnues, galbées, botoxées non, siliconées surtout pas. Prends le dictionnaire, jette un coup d'œil sur les adjectifs qu'on associe au mot « lèvres » et mets-toi à l'œuvre. Dans la littérature persane, les belles bouches sont des bourgeons. Shirin, Leyli et Vis en sont toutes pourvues. Inspire-toi du bouton d'une rose ou d'une pivoine et ajoute en bas des yeux, je te fais confiance pour respecter les proportions, une bouche recourbée, ourlée. J'ai oublié les sourcils. Là aussi, excuse-moi mais il faut que je revienne à nos poètes classiques, les Nezami, les Hafez, les Djami. Pour eux, les sourcils ne peuvent être que des arcs, des arcs et basta : une arme de jet. Je pense soudain à l'Arash de nos épopées, celui qui devait par sa flèche établir la frontière de l'empire iranien. Il gonfla ses poumons, banda son arc et tira loin, très loin des limites imaginables, puis il mourut. Je pense aussi à Arjuna l'Indien, à Mardouk le Babylonien, à Yi le Chinois. Dessine des arcs dignes d'eux, de leurs exploits, pas des sourcils pour pince à épiler s'il te plaît. Et prends tout ton temps. Et le nez ? me demandes-tu. Le nez ? Là, il faut absolument que tu évites de dessiner un nez iranien. Regarde du côté des Grecs, parce que les nez iraniens, ah, il leur faudrait tout un chapitre. Ils sont tous voués au bistouri, ceux des femmes comme ceux des hommes. Dessine un nez parfait, petit, court, droit, légèrement retroussé et sans bosse. Quand on en vient au nez, bouche cousue chez nos poètes. Leurs recueils pullulent d'yeux en amande, de bouches en bourgeon, de sourcils en arc, mais pas de nez, aucune image pour le nez. J'ai feuilleté tout Nezami sans trouver une seule allusion au nez de Shirin. Bon, maintenant trace l'ovale du visage. Tu me pardonnes si j'ai tout mélangé. Je ne sais pas dessiner. D'ailleurs, je crois qu'il faut toujours commencer par un œuf auquel on ajoute, dans l'ordre, les yeux, le nez, les sourcils, la bouche (tout ça est fait), les oreilles et les cheveux. Vite, vite, fais des oreilles, de très belles, toutes petites, des oreilles qui de l'intérieur – rassure-toi, je ne te demanderai pas de tracer l'anatomie de cet organe, avec tympan, marteau, enclume et étrier – puissent être capables d'identifier une note musicale en l'absence de référence, autrement dit une oreille absolue. Dessine-moi une oreille absolue. Maintenant passe aux cheveux. Là, ouf, j'ai l'embarras du choix : des cheveux en lasso par exemple. Un lasso lancé sur une cible pour la capturer. Un lasso de cow-boy, de gaucho. Tu es d'ici, tout ça te parle. Ne me dessine surtout pas un seul et unique lasso tout autour du visage. Par « lasso », nos poètes entendaient des cheveux bouclés capables de ligoter solidement un cœur. Maintenant ajoute un cou, des mains – de pianiste, aptes à jouer le répertoire classique et les techniques transcendantes –, de petits seins, que tu verras plus tard sur une

photo contrariante, des cuisses, des jambes et des pieds
frôlant l'idéal même de la beauté persane. Rivalise avec nos
miniatures et fais apparaître Sheyda. Maintenant dessine-
moi un tchador et recouvre-la.

Le mouton que je te demandais est dans sa caisse, non ?

Un miroir, évidemment. Elle est devant moi comme un
miroir. Je me regarde en elle. Par moments, je m'y
reconnais. À d'autres, ce n'est pas moi. Elle est plus jeune
et pourtant plus âgée, elle pourrait être ma fille, mais elle
vient d'un monde que je croyais oublié, perdu, et que je
retrouve en elle. Un monde revenu de loin et à coup sûr
réinventé.

Dans quel sens marchons-nous ? En avant, en arrière ?

Mon miroir – mon très beau miroir – parfois se trouble
et même se brise. Il est infidèle et fragile, comme tous les
miroirs du monde. Il me livre des révélations qui me font
rire et qui me font mal. Il me ment, aussi, je le sais, mais
je ne peux pas dire quand ni pourquoi.

Conversation avec mon miroir. Questions sur la vie de
mon miroir. Que fait un miroir quand personne ne s'y
regarde ? Peut-être aspire-t-il à la liberté, à l'indépen-
dance ? Peut-être, quelquefois, a-t-il envie de se briser ?
S'est-il lassé de moi, depuis que je m'y regarde ? Ou peut-
être suis-je dans l'erreur depuis le début ? Peut-être est-elle
la seule vivante, la seule active, la seule respirante ? Peut-
être s'adresse-t-elle à moi comme à son miroir ?

En elle, je cherche cette partie de l'Iran qui m'a échappé,
dont j'étais, par la force des choses, privée. Elle est l'enfant
de la Révolution, de la guerre contre l'Irak, des otages
américains. Et pourtant, elle est là en face de moi, privée,

elle aussi, de son pays. Quand je lui parle d'une chaîne iranienne satellitaire qui double en persan des *telenovelas* colombiennes et dont, depuis trois ans, tous les Iraniens raffolent, elle dit qu'il y a beaucoup de choses de l'Iran qu'elle ne sait plus. Déjà. L'exil accélère l'oubli.

L'exil va vite. Il suffit de quelques mois parfois, d'une année ou deux, pour que le pays qui était le sien ne soit plus le même. Tout ce qui l'a faite, tout ce qu'elle a mangé, bu, respiré, aimé, tout ce qu'elle était n'est déjà plus. Elle croyait n'être partie que pour un instant, pour un aller-retour, pour une escapade, et elle est partie pour toujours. La voici loin de sa maison, loin de ses souvenirs, loin du temps, comme si son pays s'éloignait à toute vitesse. Elle est au bord d'une falaise, au bout de la terre, et elle le regarde s'éloigner. Pourquoi si vite ? Qui le rattrapera ? Qui le lui ramènera ? Comment son pays peut-il vivre sans elle ?

Elle est déjà quelqu'un d'autre. Je l'ai là devant moi en exilée novice. Et tout ce que j'ai à espérer c'est qu'elle n'aura pas à écouter, dans trente ans, une autre Iranienne lui parler de son pays et de ce qui, en elle, lui manquera, et pour toujours.

Elle me dit qu'elle n'aura jamais d'autre maison, comme si elle voulait me faire comprendre qu'elle n'aura pas d'autre pays. La maison, pour elle, c'est l'Iran, avec sa guerre, ses alertes, ses envahisseurs et ses hommes prêts à baisser leur pantalon.

Cercle dans cercle et dans cercle

Premier octobre 1997. Tout commence ce jour-là. Première séquence du premier film. On lui rase les cheveux devant la caméra. Elle a quatorze ans.

Aujourd'hui, quatorze ans plus tard, elle dit qu'on la prépara pour devenir un soldat, un soldat du cinéma. On te coupe les cheveux. Tu es à nous. N'oublie pas : tu n'es plus à toi-même, ni à quelqu'un d'autre. Tu es à nous, rien qu'à nous. La cérémonie a eu lieu. Elle a été filmée. Le document existe. Désormais tu ne peux plus te rétracter, ni changer de métier, ni d'entourage. Entre nous le pacte est scellé, à jamais, pour la vie. Tu es pianiste ? Oublie ! Les rêves de ta mère ? Pas notre problème ! Fini, tout ça. Tu es à nous. Enregistre-le, écris-le quelque part. Il paraît que tu as des petits cahiers noirs, sur lesquels tu marques tout. Allez, trouve une page et écris : «J'appartiens au cinéma, numéro d'immatriculation...» Ah, on a oublié de te tatouer. Montre-moi ton bras. À quoi pensaient-ils ce jour-là, ce 1er octobre 1997 ? Ils te rasent et ils ne te tatouent pas ? De nos jours, on ne peut faire confiance à personne.

«On me rasa la tête par-derrière...» Elle pense à la

tonte des moutons, avant le sacrifice et l'offrande. On t'a préparée pour le grand sacrifice. Même pas peur. Même pas une goutte de larme. Tu dis qu'ils s'attendaient tous à ce que tu pleures. Non, tu n'as pas pleuré. Tu as gardé la tête haute. Il paraît que deux ou trois jours avant les cérémonies de l'Aïd, les moutons bêlent, longuement, différemment. As-tu pleuré avant la première séquence ? As-tu caressé tes cheveux ? Les as-tu humés ? Sentaient-ils bon ? *Snip-snip.* Ils tombent par terre, mèche par mèche. Quelqu'un se charge-t-il de les ramasser ? Dans les salons de coiffure, un coup de balayette et hop, les cheveux ont disparu. Pour aller où ? Que fait-on des cheveux coupés ? Avec les moutons, c'est un peu plus compliqué. Leurs poils deviennent de la laine et finissent par nous couvrir et nous protéger. Mais qu'ont-ils fait de tes cheveux ?

Ma mère avait de très beaux cheveux. Un jour, à la suite d'un traitement médical, elle m'appela dans la salle de bains et elle arracha, non, elle tira, elle enleva de sa tête des touffes de ces cheveux que lui enviaient toutes les femmes, et qu'elle perdait. Elle me les déposa dans le creux de la main. Je sentais leur cœur, leur vie, leur poids. Comme un oiseau qui se débattait sur ma chair. Ma mère ne voulait pas les jeter par terre. En me les confiant, espérait-elle les récupérer plus tard ? Je savais qu'il n'y aurait pas de plus tard, que même si ses cheveux repoussaient, il n'y aurait plus jamais de plus tard, un plus tard qui ressemblerait aux jours d'avant la maladie, d'avant l'exil, d'avant la Révolution. Je suis sortie de la salle de bains avec, dans mes mains, un oiseau déjà mort. Le reste, je ne me rappelle plus. Les ai-je gardés, avalés, jetés, brûlés ? Je ne me rappelle rien.

On rase la tête de Sheyda. Elle pense aux moines bouddhistes. Elle n'a pas tort. On ne peut pas cheminer sur la voie du nirvana en couettes, en queue-de-cheval, en frange ou chignon. Sa tête est rasée.

Le moine-soldat est prêt au sacrifice.

Elle n'a que quatorze ans. Le tournage commence. Elle fait ce qu'on lui dit de faire. Le soir, enfin seule, elle tâte son crâne. Ronde, sa tête est un globe. Une sphère. Tu mets un compas sur le bout du nez et tu traces un cercle parfait, un cercle que t'envieraient tous les profs de maths. Elle n'arrive pas à dormir. C'est à cause de l'oreiller. L'oreiller ne reconnaît pas la peau du crâne nue, ou le contraire. Elle se lève. Elle se regarde dans un miroir et ne voit que des cercles : son visage en forme de cercle, sa tête en cercle, la Lune, la Terre et le Soleil en cercle. Elle est un cercle dans un cercle dans un cercle, et tout tourne. Elle se recouche et elle s'endort.

Deux mois sur les hauteurs de Téhéran, sans les parents, sans l'école, sans les cours de piano, de natation et d'anglais. Deux mois de tournage. Un répétiteur a été engagé pour qu'elle puisse suivre le programme scolaire et surtout rehausser son niveau d'instruction religieuse. En physique-chimie, elle domine la loi des tensions et les molécules n'ont aucun secret pour elle. Les équations du premier degré à une inconnue ? Fastoche. En histoire-géographie, elle retient, sans aucune difficulté, toutes les dates et tous les noms des rivières, même de celles qui coulent au bout du monde. Elle peut disserter sur le régime hydrologique de l'Amazonie, mais aussi « réciter comme un perroquet » la chronologie des musiciens : les baroques, 1600-1750, les classiques, 1750-1830, les romantiques… Mais le nom du neuvième imam des shiites ? Aïe. Un trou, un immense trou. Aussi le répétiteur a-t-il la charge de combler cette lacune, ô combien importante, pour lui permettre de percer, d'avancer, de devenir quelqu'un dans la République islamique.

Plus tard, si jamais elle décide de rester en Iran et d'y poursuivre ses études, elle devra passer, pour entrer à l'université, une première série de tests, parmi lesquels l'arabe, la discipline islamique et le Coran. Si elle rate ces examens, aucune issue. Même si elle est très douée, l'oubli d'un mot dans un verset peut lui être fatal. Tout se fermera devant elle.

Quand elle ne tourne pas, le répétiteur, inlassablement, lui fait recopier le nom des douze imams, les hadiths du Prophète, les pronoms personnels en arabe : *ana, anta, anti, huwa, hiya*… Elle n'y comprend rien. Jamais elle n'aura l'occasion de parler arabe. Elle a été programmée, par sa mère, pour aller en Autriche et jouer dans l'orchestre philharmonique de Vienne. À quoi lui servira l'arabe ? Même à Dubaï, tout le monde parle anglais et les immigrés iraniens ne s'expriment qu'en persan.

Quand elle ne tourne pas, elle se soumet, inlassablement, à ses devoirs. Le répétiteur appelle les parents et les rassure. Mais la mère ne pense qu'au piano. Deux mois d'absence, ça laisse des traces. Les doigts oublient. La production promet de faire installer un piano dans la chambre de Sheyda et de l'obliger à jouer au moins une heure par jour. «Ce n'est pas assez !» proteste la mère. Elle sait qu'avec une heure de piano par jour, sa fille ne pourra jamais rêver d'une carrière de pianiste. Mais elle sait surtout ce que signifient deux mois sans piano.

La mère n'est pas contre le cinéma, non. Son fils aîné, d'ailleurs, est déjà comédien. Mais pour Sheyda, son plan est tout autre. «Qui t'a entraînée dans cette histoire ? Quitter Téhéran et jouer dans un film !» C'est le frère aîné. C'est lui qui, en catimini – «Ne le dis à personne mais je t'emmène faire un essai» –, présenta Sheyda à un directeur de casting. Elle fut choisie. Voilà la vérité. C'est la faute au frère aîné. Sheyda n'y est pour rien. D'ailleurs, ce jour-là, elle n'a pas arrêté de sauter, de courir, de grimper les marches. «Fais attention, du calme, du calme !» lui chuchotait son frère. Sélectionnée malgré ses étourderies, ou à cause d'elles, allez savoir. Le résultat n'est pas pour plaire à la mère. Son plan était tout autre.

Les jours passent sans que Sheyda joue du piano. Maintenant, elle joue à autre chose. Elle incarne l'amour d'enfance du personnage principal. Elle est son souvenir, sa mémoire, son passé. Elle joue au milieu des noyers, des pommiers, des cerisiers et elle a une maison, la maison du film, entourée d'arbres, dans laquelle elle se sent vraiment bien. Cette maison, quoi qu'il arrive, ne sera pas menacée, ne sera pas prise d'assaut par des envahisseurs, ne sera ni vendue ni réquisitionnée. Dans dix ans, dans cent ans, elle existera toujours. Elle n'aura pas vieilli, pas pris une ride. Il suffit de voir le film pour y entrer et la retrouver telle quelle. Et même si le film n'est plus visible, s'il est perdu, détruit, la maison dans le film ne bougera pas. Elle sera là pour l'éternité.

En ce mois d'octobre, en Iran, pour ses copines du Conservatoire, c'est la rentrée scolaire : mathématiques, solfège, harmonie et contrepoint, physique-chimie, et – n'oublions surtout pas – cours de religion intensifs. Pour elle, à quatorze ans, c'est la joie, l'aventure, le bonheur, « une armée d'adultes à mes soins ». Sur les genoux du chef-opérateur, elle apprend à jouer au poker.

« Une main de poker est toujours constituée de cinq cartes » : première leçon, première nuit blanche, cinq cartes comme il y a cinq doigts dans une main. Cette main qui joue, maintenant, à quatorze ans, jusqu'à deux heures du matin au poker, qui bat le paquet de cartes, qui les coupe, était destinée à un tout autre usage. Jouer, oui, mais autre chose, jouer une toccata et une fugue, une sonate, un interlude. La mère est tenue à l'abri des informations inquiétantes. On lui dit juste que sa fille va bien, qu'elle fait tous ses devoirs et qu'un piano – qui n'arrivera finalement jamais – avec un maître de musique sont en route.

Grâce à ses progrès au poker, Sheyda acquiert le droit d'avoir sa propre chaise autour de la table ronde. Sans elle, la partie ne commence pas. Elle sait bluffer comme personne. Quand, avec une forte main, elle est sur le point de gagner, elle ne lâche pas ses adversaires, elle fait la chétive, l'indécise, la molle, pour qu'ils continuent à miser, et elle empoche alors des gains plus importants. Après un mois de tournage, elle a mis de côté un pactole de bonne taille.

Une fois, elle découvre, pourtant, une pièce qui lui est interdite. Une pancarte collée sur la porte indique très clairement : « N'entrez pas ! » Défense qui se traduit pour elle par : « Entrez, mais en cachette, sans qu'on le sache ! » Elle le fait, une nuit, bien après le poker. Elle attend les ronflements des hommes et descend, sur la pointe des pieds, vers le lieu défendu. La porte n'est pas verrouillée. Elle entre : personne. L'odeur est pourtant bizarre : du tabac et autre chose que du tabac. À l'intérieur de la pièce, rien d'effrayant, aucun pilote irakien, aucun extraterrestre, ni aucun des personnages bleuâtres et grisonnants des dessins animés de son enfance. Deux lits. Elle regagne sa chambre dans le désarroi, dans l'incompréhension totale. « N'entrez pas, mais pourquoi ? » L'odeur du tabac, mélangé à ce quelque chose de mystérieux, ne peut pas justifier le ton sérieux, impératif, de la pancarte.

Une autre nuit, par une toute petite fente dans le rideau, la chambre lui révèle enfin ses secrets : deux hommes sont penchés sur un camping-gaz. Ils commettent, forcément, une chose prohibée, pire que boire de l'alcool, une chose qu'il faut vraiment cacher aux yeux des autres, qui mérite la pancarte : « N'entrez pas ! » Mais quoi ?

Le lendemain, elle joue, devant les caméras, et elle joue dans son jardin. Il fait froid, elle lève la tête et s'adresse à son répétiteur qui la regarde d'une terrasse. Une buée sort de sa bouche, *houuuhhh*. Il descend vite et l'admoneste : « Tu fumes ? » Non, c'est le froid, la vapeur, sa respiration. En bon précepteur, il lui parle d'un autre monde, d'un univers enchanté auquel on peut accéder sans drogue, sans alcool, sans aucune substance, et il désigne, d'une main dédaigneuse, la chambre interdite. « Sheyda, écoute bien, les gens qui prennent ces choses-là s'arrêtent aux portes de ce monde, ils s'embrouillent dans la fumée et tournent indéfiniment dans le flou de ce passage. » Les deux techniciens, penchés sur le camping-gaz, qui fumaient de l'opium : de simples égarés sur le chemin de l'autre monde.

La pièce interdite ne l'intéresse plus. Pour elle, cette pièce à l'odeur étrange était, avec sa pancarte, l'antichambre de secrets primordiaux, essentiels : « N'entre pas, sinon les forêts brûleront, les océans se videront, les sources tariront, les morts ressusciteront ! Sheyda, n'y rentre pas, sinon les yeux de la femme, la femme déchiquetée du tableau de ta mère, te poursuivront toute la vie ! N'y rentre pas, sinon le voisin te trouvera à l'autre bout du monde et baissera son pantalon. N'y rentre pas, sinon, *bababam*, le bruit du marteau, cassant le pain de sucre, résonnera à jamais dans ta tête. »

Elle a très peu de contacts avec le monde extérieur. Le Conservatoire et ses copines font dorénavant partie d'une routine dépassée, vaporeuse. Soudain elle a trente ans de plus que toutes les filles de sa classe, soudain elle est une vieille qui a tout vu.

Un seul être, pourtant, émerge de ce flou, son petit ami, laissé à Téhéran. Il la rejoint, après le poker, après le déclenchement des ronflements, vers deux heures du matin, dans la rue du petit village. Ils se tiennent par la main et jouent à cache-cache avec les étoiles. C'est à ce moment-là, en cherchant une étoile à travers un nuage, qu'elle réalise qu'elle est devenue une femme. Ils ne s'embrassent pas, ils ne font pas l'amour. Elle devient une femme en cherchant une étoile dans le ciel.

Sur le tournage, elle est traquée par son partenaire, un jeune acteur. Comme dans le film, le garçon est amoureux d'elle. Comme dans le film, elle ne l'aime pas et le maltraite.

Son personnage se prend pour Jeanne d'Arc. Elle aussi. Endosser les habits d'un homme, commander une troupe de malfrats, participer au sacre d'un roi et brûler vive en criant trois fois : « Jésus ! », merveilleux. Elle en est capable, elle vous jure qu'elle le ferait ! Son personnage est une fille sérieuse de gauche qui ne lit que des livres politiques. Oui, oui, elle est tout cela à la fois : sérieuse et de gauche. Elle me dit : « Ce film a déterminé mon destin. Si aujourd'hui je suis à Paris, c'est peut-être à cause de la fillette du film qui, elle aussi, quittait l'Iran pour la France. » Elle regarde les arbres qui nous entourent, comme si elle la cherchait, cachée derrière un tronc. Elle attend quelques secondes, puis elle ajoute : « *Akh*, mais elle meurt jeune ! »

Clap de fin sur le tournage. Sheyda doit quitter sa chambre, son jardin, ses partenaires de poker, son personnage, son étoile. Après deux mois d'absence, ce n'est pas à la maison qu'elle rentre, ni au Conservatoire, mais à l'hôpital. On la met sous perfusion. Une cataracte de médicaments. Elle pleure, elle ne mange pas, elle dort peu, elle est très irritable. On l'entoure et des voix parlent de dépression. Rien n'y fait. Elle si solide, si espiègle, elle au-dessus de toute interdiction, fût-ce la découverte d'une fumerie, elle la partenaire au poker du très recherché chef-opérateur, se sent subitement cassée. Clap de fin et tout est fini, tout s'en va, les amitiés, les costumes, le décor. On jette le scénario à la poubelle. Elle me dit que c'était sans doute une leçon de vie. Déjà. À quatorze ans, son corps lui souffle que tout est éphémère, provisoire, passager. Elle ajoute : « Tu ne peux rien tenir dans la main et te persuader que tu l'as pour toujours. Cela fuira inévitablement, s'évaporera, coulera. Tu ouvres ta main et tu n'y trouves rien, rien. À quatorze ans, j'ai compris ça. Depuis ce moment-là, je veux être comme cette chose dans la main, insaisissable, volatile et n'appartenant à personne. Quand on m'appelle « ma Sheyda », j'angoisse. Pitié, pitié, retirez le « ma ». Je ne suis à personne ! » Je veille à ne pas lui dire *djane man*, mais juste *djan*, Sheyda *djan*, « chère Sheyda » et surtout pas « ma chère Sheyda ».

Elle retourne au Conservatoire, elle reprend le piano, elle papote avec ses copines, mais elle est ailleurs, elle est restée dans la maison du film, à l'ombre de ses arbres. Quand on lui parle, elle entend autre chose ou elle n'entend pas. Ni les médicaments, ni le petit ami, ni le réalisateur ne réussissent à l'égayer. Rien ni personne, sauf... sauf le foot, la qualification pour la Coupe du monde, le match Iran-Australie, le 29 novembre 1997 (elle se rappelle encore la date).

Quel événement ! Le directeur du Conservatoire a installé un poste de télé dans la cour de l'école et tout le monde prie : « Mon Dieu, si l'Iran gagne, s'il est qualifié, je jeûnerai tout le mois de ramadan, je ferai du bénévolat dans les hôpitaux publics, j'offrirai un dentier au gardien de l'école, je ne tricherai plus, j'apprendrai par cœur toutes les dates des musiciens romantiques... » Un match nul qualifierait l'équipe iranienne pour le Mondial 1998. Le match se déroule en Australie. Le pays hôte mène deux à un et il reste dix minutes à jouer. Angoisse, prières.

Les prises de position politiques de la République islamique ont fait de l'Iran un paria, un intouchable, un lépreux, un morveux qu'on évite, qu'on n'invite pas à la maison. L'Iran est le pays qui ne sait pas se tenir à table. Il met son doigt dans le nez, il rote, il pète. Et pourtant, il est le quatrième producteur de pétrole du monde, possède la deuxième réserve de gaz, exploite des centrales nucléaires et contrôle, par le très stratégique détroit d'Hormuz, l'accès à l'Arabie saoudite, au Koweït, au Qatar, aux Émirats arabes unis, à Bahreïn et à l'Irak. Il suffit que les *pasdaran* iraniens coulent, comme des enfants capricieux, trois pétroliers dans le détroit d'Hormuz, pour que le baril monte à plus de deux cents euros et que les Bourses dévissent de 30 %. Ces prévisions ne sont ni de Sheyda ni de moi, mais d'Alain Minc. Obligé de fréquenter cet enfant terrible des nations, ce furibard assez crasseux, et sans cravate, l'Occident raffiné finit par le recevoir mais pour un thé vite fait, et si possible sans caméra ni photographe. On boit une ou deux tasses. On discute pétrole et nucléaire. Puis on signe quelques accords furtifs. Pour les cocktails, les mariages, les galas, le nom de l'Iran est rayé de toutes les listes. Alors, quand à l'occasion du Mondial il peut, enfin, faire partie des enfants de bonne famille, les soixante-dix-sept millions d'Iraniens font la fête. D'autant plus que depuis la chute du Shah, leur pays n'a jamais été sélectionné pour la Coupe du monde, cette merveille, ce goûter si recherché, avec gâteau au chocolat à volonté, crème chantilly, amandes pilées, photographes et diffusion planétaire, ce goûter très *miam-miam*.

Sheyda, ses parents, les envahisseurs du premier étage, la dame de bonne famille du deuxième, le voisin qui baissait son pantalon, le petit ami des nuits étoilées et tout l'Iran regardent la télé. Huit minutes avant la fin du match, un des attaquants récupère un long dégagement, prend de vitesse la défense adverse, trompe le gardien de but australien et marque. L'Iran se lève, l'Iran est debout, l'Iran se déverse dans la rue. En une demi-heure, l'avenue Valiasr, qui de mon temps s'appelait du nom de la dynastie régnante Pahlavi, est submergée : «Pas la place pour une aiguille !» Les élèves du Conservatoire campent devant leur établissement. Depuis la Révolution, depuis 1979, l'Iran n'a pas connu un tel rassemblement. Les autorités, immédiatement, s'alarment et des hélicoptères survolent Téhéran. Sur une photo aérienne, Sheyda a entouré l'emplacement de leur groupe : un petit cercle dans un immense cercle, et tout tourne.

À cette époque-là, j'étais en France et j'ai même failli me rendre à Lyon pour assister au match Iran-États-Unis. La dernière fois que des Iraniens et des Américains s'étaient montrés ensemble remontait à la prise d'otages à l'ambassade américaine, à Téhéran, en 1979. S'ensuivirent les embargos occidentaux contre l'Iran et l'embrasement hebdomadaire de l'effigie de Carter, rituel des prières du vendredi. S'ensuivit aussi l'étalage de la bannière étoilée sur le sol, à l'entrée de tous les grands hôtels, pour qu'elle fût piétinée par tous les visiteurs. Contrarié, l'enfant morveux, le petit furibard tapait des pieds et écrasait le beau cahier du bon élève. Le match de Lyon allait peut-être adoucir ces mœurs. Bill Clinton laissa même entendre qu'un rapprochement entre les deux pays allait enfin, *inshallah*, voir le jour. Les journalistes, quant à eux, parlèrent d'une « diplomatie du football ».

La veille, le préfet de Lyon déclara qu'il s'attendait juste à une rencontre de Coupe du monde et non pas à une guerre. Il se prépara pourtant pour la guerre et des forces très spéciales furent chargées de confisquer, à l'intérieur du stade, bannières, banderoles et tout message à caractère politique ou religieux.

Le jour du match, les supporters des deux équipes se croisèrent à plusieurs reprises. La police française retint son souffle. Les caméras s'apprêtèrent à filmer l'affrontement entre les Américains et les Iraniens sur le sol français, dans les ruelles de Lyon. Mais les deux groupes sympathisèrent, fraternisèrent, s'associèrent. Étonnés, les CRS remontèrent dans leurs cars, se mirent à jouer aux cartes et observèrent, distraitement, à travers les vitres blindées, des scènes d'accolade.

Sur le terrain, les hymnes furent écoutés avec respect, de part et d'autre : pas de slogan, pas de sifflet. Là encore, les forces très spéciales n'eurent rien à faire. Les joueurs iraniens offrirent des fleurs blanches à leurs homologues américains. Le petit furibard devint subitement un sage, un poète, un soufi, Hafez en personne. Plutôt que de poser séparément face aux photographes, les Iraniens se mêlèrent aux Américains.

Le résultat du match (deux à un pour l'Iran) me marqua beaucoup moins que la transformation temporaire, furtive, du petit furibard morveux. Les fleurs blanches, voilà ce que je retins de cette rencontre. Je me rappelle aussi l'engouement subit des femmes, cette année-là, un peu partout dans le monde, pour le football. Moi-même je suivais, le cœur battant, la montée des Bleus jusqu'à la finale, jusqu'à la victoire.

En Iran, même phénomène. Les femmes enceintes décident d'appeler leur fils du nom de l'attaquant (l'auteur, déjà célèbre, du but égalisateur) et les filles crient leur enthousiasme jusqu'à s'abîmer le gosier. Mais elles sont interdites de stade. Pourquoi ? Si on les y laissait pénétrer, les footballeurs seraient-ils amoindris ? Joueraient-ils moins bien ? De leur côté, les hommes ne peuvent pas assister aux compétitions féminines de natation et d'athlétisme. On ferme les rideaux, on calfeutre les portes, on baisse les lumières, ensuite on fait venir les nageuses, pareilles à des pestiférés – « Allez, vite, plus vite ! » –, de la chambre d'appel au podium de départ. Un bref coup de sifflet, elles montent sur le plot. Un sifflet plus long, elles plongent et la compétition démarre sans que les filles ne soient vues, même un instant, par des hommes. En combinaison blanche et foulard blanc, ouf, l'arbitre respire. Mais si un homme les observait, nageraient-elles moins bien ? Ou mieux ?

Cependant, malgré la consigne de la télévision qui les invite à rester chez elles, les femmes veulent être de la fête du football et célébrer le retour de leur équipe. Elles ne cèdent pas, elles se rendent massivement au stade Azadi, qui signifie paradoxalement « Liberté », et gagnent le droit d'y entrer. Un à zéro pour les filles. Le cinéaste Jafar Panahi, aujourd'hui assigné à résidence, traite ce sujet dans le film *Hors jeu*, qui a reçu l'ours d'argent à Berlin en 2006.

Avec le foot, les Iraniennes acquièrent, juste pour une fois, le droit de pénétrer dans un stade, et Sheyda reconquiert sa bonne humeur, son tempérament.

Son film est projeté au festival de Téhéran. Elle ne l'aime pas, la critique non plus, qui le trouve trop intellectuel. Pourtant, un jour, la veille de la remise des prix, on les appelle. Elle est convoquée mais rechigne : une fête au Conservatoire, c'est là qu'elle voudrait être. Ils se présentent pourtant, elle et son père, à la salle Vahdat (après le stade Liberté, la salle Unité). En route, la voiture dérape et tombe en panne. Les rues sont bloquées par la neige. Ils prennent un taxi, puis un bus, et ils arrivent enfin devant les portes de la salle Unité. Mais les contrôleurs ne les laissent pas rentrer. Son nom ne figure pas sur la liste des nominés et ils n'ont aucun carton d'invitation. Son père, acteur reconnu, use alors de toute son influence. Ils finissent par entrer. Une hôtesse les installe au milieu d'une rangée. « Pardon, pardon… » Ils écrasent plusieurs pieds et parviennent à s'asseoir. Tout semble long. Sheyda s'ennuie. Les prix, tous les prix, sont distribués un à un, meilleur espoir, meilleur second rôle, meilleure actrice. Pourquoi les a-t-on sollicités ? On en vient à la compétition internationale. Le président du jury s'avance sur la scène, prend le micro et annonce le nom de la meilleure actrice :

Sheyda Shayan. Elle se lève comme un automate – « Pardon, pardon » – s'engage dans la travée et monte sur la scène. De là, elle regarde la salle pleine, quatre étages remplis de monde, aussi pleine qu'au Théâtre de la Ville pour la pièce de son père. Elle lève le regard et cherche si le rideau, ici comme là-bas, mène toujours au ciel. Elle s'avance, salue, prend la statuette, un simorgh, du nom de l'oiseau mythique de *La Conférence des oiseaux*, et aussi un tapis. Elle dit merci, c'est tout. Quand elle regagne sa place – « Pardon, pardon… » –, elle s'en veut de ne pas avoir demandé à son père de la rejoindre sur la scène. Elle s'en veut encore. « Mon prochain prix sera pour lui ! » Le père, enfin, la félicite. Premiers mots, après des mois de silence. La même voix caniculaire. Après « Non et non, je refuse que tu fasses du cinéma » et une très longue bouderie, maintenant c'est « Bravo, ma fille, bravo ».

La joie revient vite et avec elle une pluie de propositions pour le cinéma. Sa mère veille à ce qu'elle reste, avant tout, une pianiste de concert. Mais quelque chose a changé. Quand elle répète du Mozart, son walkman diffuse du Metallica.

La joie revient et avec elle le plaisir de retrouver ses copines du Conservatoire. Elle aime son école. Même si c'est là qu'elle apprend que le père d'une élève a été tué par l' « escadron de la mort ».

Meurtres à la chaîne. Tout le monde en parle. Ne parle même que de ça.

Un an plus tôt, un ami de ma mère, qui étudiait à ses côtés la littérature persane à l'université de Téhéran, avait connu le même sort. Devenu le grand spécialiste du moyen perse, une langue iranienne préislamique, il venait à la maison avec d'autres chercheurs, qui sont aujourd'hui les gloires littéraires de l'Iran. Un jour de l'hiver 1997, quelqu'un appela ma mère et lui apprit que l'immense érudit, qui ne travaillait que sur le lexique du moyen perse et la traduction en persan d'ouvrages sacrés du zoroastrisme rédigés bien avant la genèse de l'islam, venait d'être assassiné sur une autoroute et jeté hors de sa voiture. Presque vingt ans avaient passé depuis la Révolution et toujours cette hantise des annonces dévastatrices, communiquées par téléphone. « Allô ? Untel est exécuté ! », « Allô ? Tu ne dors pas ? Écoute, ils ont arrêté la fille de… », « Allô ? Ils viennent de confisquer toutes les terres de… ! »

Vingt ans plus tard, alors que ma mère commençait à considérer le téléphone comme un objet enfin neutre, il sonna, encore : « Allô, ton ami a été tué ! » Ma mère se rendit dans sa chambre, porta le dernier ouvrage de cet érudit à ses lèvres, comme on le fait avec le Coran, ouvrit au hasard une page et lut à haute voix : « Comment atteint-on le paradis ? La réponse du sage fut : "Par la magnanimité, par la vérité, par la gratitude, par le contentement, par la bonté et l'amitié." » Son ami venait de franchir les portes du paradis. Ma mère reposa le livre.

Sheyda aime le Conservatoire, parce que, pour leur amie endeuillée, les élèves recouvrent les murs de tissu noir et portent eux-mêmes, pendant quarante jours, ce même noir. C'est là qu'avec le contrepoint, l'harmonie et l'orchestration, ils apprennent aussi la solidarité, la protestation, la résistance. Quand un père est emprisonné, pour ses idées bien sûr – en Iran, par « prisonnier », nous entendons « prisonnier politique » et jamais « prisonnier de droit commun » –, sa fille se voit immédiatement entourée, protégée, doublement aimée. Si elle rentre à pied à la maison, toute une classe lui propose de l'accompagner. À la cantine, les élèves se battent pour réchauffer sa gamelle. Aux contrôles, les bonnes réponses pleuvent sur son pupitre. Lorsqu'elle s'absente, l'instituteur n'exige aucun mot. En cours de gym, la prof ne lui impose aucun saut, aucune course, aucun grand écart. Dans la cour de récréation, sa présence est magnétique. Quand elle se dirige vers un banc, le jardinier s'y précipite pour le nettoyer de la fiente des pigeons.

Le Conservatoire est un îlot, une exception, quelque part hors de l'Iran et de ses lois répressives, c'est la Suède, tu fais la grève et la direction ne te punit pas, ne te renvoie pas, elle se penche sur toi, une main sur ton épaule : « Ma fille, qu'est-ce qui ne va pas ?… » Tu n'es pas d'accord avec un professeur, celui d'anglais par exemple, tu l'exprimes en remplissant la feuille d'examen de dessins incompréhensibles. Le professeur d'arabe congédie une fille, tu te lèves et tu la suis, tu sors avec elle. Tu es prête pour le contrôle, que les faibles, les dyslexiques et les rêveuses soient tranquilles, tu leur passes ta copie, elles auront la même note que toi.

Le Conservatoire est comme la salle d'embarquement de l'aéroport. Tu es en Iran et tu n'es pas vraiment en Iran. Pendant le mois de ramadan, quand tous les restaurants de Téhéran sont fermés, tu peux aller au terminal et te commander un plat, car un musulman qui voyage est dispensé du jeûne. Il en est de même au Conservatoire. Dehors c'est le ramadan, le jeûne, dedans des centaines d'élèves s'empiffrent de choux à la crème : trois pour chaque élève s'il vous plaît.

Le Conservatoire est un ailleurs, le seul endroit en Iran où filles et garçons peuvent se mélanger. Pas tout le temps, c'est vrai, mais pendant les concerts, les chorales, les fêtes, les hymnes. Aucune école, en Iran islamique, n'est mixte. Alors, quand tu répètes le *Concerto pour piano et violon* de Tchaïkovski et que se glisse, discrètement, à ta gauche, un beau violoniste, le Conservatoire devient le paradis, Saint-Tropez, Ibiza. Tu joues, tes yeux vont de la partition au clavier et aux yeux du violoniste, tu lui souris, il t'envoie un baiser, tu touches le septième ciel.

Le Conservatoire est réellement un lieu d'exception. Quand sonne la cloche et que sortent les filles avec leur violoncelle, violon, harpe celtique ou hautbois, elles sont, subitement, exposées à tous les dangers. La phrase de l'ayatollah Khomeyni condamnant la musique est encore sur toutes les lèvres et n'importe qui parmi ses fidèles peut interpeller une musicienne, lui cracher au visage, casser, fracasser, briser, broyer son instrument, et la traiter de « traînée, tapineuse, putain, pétasse... » Dans ce cas, l'apprentie virtuose essuie avec le pan de son foulard la salive de l'agresseur, puis elle se baisse et ramasse la mèche d'un archet, les taquets d'une harpe, les ressorts d'un hautbois. Quand elle se relève, l'homme a encore d'autres insultes plein la bouche, « roulure, torchon, chiasse... ».

Toutes les filles doivent garder sur elles la carte du

Conservatoire. Si elles sont contrôlées par la police des mœurs et que, par malheur, elles l'ont oubliée dans une salle de classe ou dans un tiroir de leur chambre à coucher, la police les embarque au comité révolutionnaire et les soumet à une garde à vue très spéciale : pas de nourriture, pas de contact avec l'extérieur, intimité zéro. La nuit, elles pissent sur elles-mêmes. Après deux ou trois jours de détresse, de désarroi – quel mot choisir ? –, la tournée des hôpitaux et de la morgue, et beaucoup de bakchichs, les parents finissent enfin par localiser le lieu de détention de leur fille, une villa désuète sur les hauteurs de Téhéran appartenant jadis à un ministre du Shah. Ils arrivent là avec des liasses de billets, le titre de propriété de leur appartement ou de celui d'un proche et surtout la fameuse carte du Conservatoire, et ils négocient humblement, très humblement, la libération de leur fille. L'attitude à adopter est le *low profile*. Le mot est prononcé en anglais. Si le père de la détenue est un professeur émérite et le commandant le plus profond des imbéciles, l'universitaire doit se laisser tutoyer et sermonner sans broncher. Gare à lui si, dans ses réponses, il use d'un langage sophistiqué. *Low profile*. Minimum de mots et vocabulaire de la rue.

Aux yeux du commandant, se promener avec ces « choses infectes » – il montre le violoncelle couché par terre – dans les rues de l'Iran islamique où, par la volonté du Guide suprême, la musique est considérée comme un poison, c'est un acte pire que l'insoumission, que l'adversité, c'est carrément une déclaration de guerre, c'est comme si une fille se montrait avec un fusil d'assaut. *Ratatatata*. Il fait semblant de tirer une salve : « Vous n'arrêteriez pas une fille qui circule, en pleine ville, avec une kalachnikov ? Eh, *hajd agha*, dites-le-moi sincèrement. Vous ne l'auriez pas fait, vous ? demande le commandant barbu. Une fille avec une mitraillette ? » Le professeur baisse les yeux et répond en boucle : « Je l'aurais fait, je l'aurais fait, oui, je l'aurais fait. » Avant de quitter le bureau et de rejoindre sa fille, il jette un regard au violoncelle. Le commandant lui lance : « *Hadj agha*, prends-le. De toute façon, ici, on n'en fera rien. C'est impur, je le touche et ma prière s'annule, je dois me laver à cinq eaux. Ça n'en vaut pas la peine. » Le père se saisit du violoncelle. Dehors, sous un platane, l'attend sa fille qui, elle, doit vraiment se laver à cinq eaux.

Non loin du Conservatoire se trouve le magasin de disques Beethoven. C'est là que va Sheyda, tous les jours, pour connaître – « Chut, chut, attention aux délateurs ! » – la date et le lieu des concerts clandestins. Le vendeur est son ami. Il la conseille pour ses choix classiques. Mais ils discutent surtout – « Encore un studio confisqué ! » – des interdictions du ministère de la Guidance islamique qui tombent toujours la veille d'un enregistrement, d'une performance publique ou de la sortie d'un disque.

Les censeurs du ministère de la Guidance écoutent un album, j'imagine en boucle, relèvent des « paroles inappropriées », une voix de femme très distincte ou une présence de guitare trop importante, et en interdisent la diffusion et la promotion. Cela se passe comme ça, le plus simplement du monde. Ils sont à l'affût, ils écoutent un album et ils l'interdisent. Eux ont tous les droits.

Et les femmes ?

Une femme peut chanter, certes, mais à condition que son public soit exclusivement féminin. Sinon, sa voix doit être camouflée, masquée derrière celle des hommes. Une femme derrière un homme : ça, oui, d'accord, c'est correct, c'est admis. Sinon, pas de CD, pas de concert, et si jamais tu protestes, tu te retrouves convié à passer quelques nuits au comité révolutionnaire pour y « boire de l'eau fraîche ».

Une guitare électrique peut s'avérer aussi dangereuse qu'une chanteuse solo. Si les censeurs cèdent et relâchent leur contrôle, ne serait-ce que d'un epsilon, cet instrument satanique, cet outil d'invasion culturelle ébranlera en une seule nuit les fondements de toute la culture islamique. « Attention, prenez garde à la guitare, l'islam est en danger. » Rap, rock, fusion, heavy metal, tous ensemble contre la sainte religion. La tâche des censeurs est lourde, d'autant plus que ces groupes underground enregistrent dans des caves bétonnées, se produisent dans les parkings désaffectés, se font connaître sur la Toile et se revendent sous le manteau. Les ennemis sont astucieux : tout est caché, virtuel. Où, comment les surprendre ?

À midi, aucun jeune n'écoute l'appel à la prière. Le MP3 relié à leur autoradio diffuse de la musique underground réalisée – je cite le chef de la police de Téhéran – « par une bande de dépravés, qui se réunit dans des bâtiments désertés, et qui ne cherche qu'à précipiter les filles et les garçons dans des relations impures et honteuses, loin de toute vertu islamique » !

La distribution clandestine des prospectus, l'écoute des nouveaux CD, des cercles dans des cercles et qui tournent et tournent, c'est Ibiza, Amnesia, les flyers, mais en mieux, cent fois mieux, parce que ici tout est interdit.

Sheyda aime le Conservatoire jusqu'à en chérir les vieux murs, les poêles désuets qui enfument les toits et les inondations qui infiltrent les pianos. Tout est bon, tout est à garder dans un coin secret de la mémoire. Et pourtant le Conservatoire déménage. Des locaux tout propres, des murs blancs, des instruments bien accordés et elle qui s'éloigne, petit à petit, de la musique classique. Elle joue, elle s'entraîne, tout comme avant, mais elle sait qu'un jour elle finira par dire à sa mère qu'elle arrête la musique, qu'elle n'est pas faite pour l'audience restreinte d'une salle de concerts, fût-elle la plus prestigieuse, qu'elle veut s'adresser au plus grand nombre, aux « masses laborieuses » – dirait son père –, qu'elle veut, sans être mère, endurer les douleurs de son enfant, sans être bergère, pleurer son mouton, sans être criminelle, assassiner son propre époux.

Elle veut faire du cinéma : trois consonnes, trois voyelles et tout un monde.

Lui

1998. Elle a quinze ans. Ils habitent le onzième étage d'un immeuble moderne. La maison étroite est vendue. Elle va toujours au Conservatoire de musique et passe son temps dans le magasin de disques.

Le magasin Beethoven. J'y allais moi aussi, mais à d'autres époques, sous le règne du Shah. Je devais avoir douze ou treize ans quand ma mère décida de me mettre au piano. Une semaine plus tard, un Steinway & Sons envahissait notre salon. Mes parents, qui côtoyaient, dans ces années soixante-dix, la crème de la crème des artistes, se mirent en quête d'un professeur. Je n'avais qu'un désir, que le chef de l'orchestre symphonique de Téhéran *himself* vînt me donner des cours. J'avais collé ses photos dans ma chambre, alors que celles de mes copines se couvraient, au même moment, des posters des Dire Straits. Moi, non : je n'avais d'yeux, de sentiments, que pour lui.

Je ne l'ai pas eu comme professeur, mais, en raison de l'amour que je lui portais, amour partagé avec ma meilleure amie, j'entrepris de lire l'histoire de la musique classique, comme un roman. Les vies de Mozart, de Bach et de Vivaldi devinrent, subitement, plus attirantes, plus importantes que *La Chartreuse de Parme* ou *L'Éducation sentimentale.* Par amour pour le très séduisant chef, mon amie et moi ne rations aucun de ses concerts. Au début de chaque saison artistique, nous achetions nos places, impérativement situées dans la corbeille côté jardin. Pourquoi ? Parce que de cet endroit nous pouvions apercevoir le chef dans les coulisses, côté cour, quand il s'apprêtait à entrer sur scène. Il ne se doutait pas alors qu'il était vu. Pendant plusieurs minutes, nous l'avions pour nous seules.

J'étais inscrite au lycée français de Téhéran, mes copines chantaient Maxime Le Forestier, mes cousines anglophones de la Community School fredonnaient « Daddy cool » de Boney M, tandis que j'écoutais en boucle l'*Adagio* d'Albinoni. Pour mon anniversaire, je demandais des chèques-cadeaux du magasin Beethoven. Je les accumulais comme un trésor et quand je poussais la porte du disquaire, j'avais l'impression d'entrer dans une église : même lumière voilée, même silence, mêmes chuchotements. Même respect pour l'invisible. Les clients, habituellement si bruyants et empressés, dès qu'ils se trouvaient là changeaient aussitôt de comportement, de démarche. Pareille aux autres, je franchissais la porte en verre, j'avançais sur la pointe des pieds et je demandais à voix très basse des conseils au vendeur, un jeune homme qui n'avait rien à envier à Beethoven lui-même : cheveux ébouriffés, regard ténébreux, fossette au menton, manteau évasé.

Je n'osais pas trop l'importuner. On ne dérange pas le sosie de Beethoven avec des questions de novice : « Par où commencer ? Par les romantiques ? » Il me proposait plusieurs trente-trois tours. J'en achetais quelques-uns alors que j'aurais pu les prendre tous, car le montant de mes chèques-cadeaux me permettait tous les excès. Mais je me contentais de deux ou trois disques. De la même manière, j'évitais de monter dans notre voiture, garée tout juste à la sortie du magasin et qui devait conduire mon père à la Bibliothèque nationale. Ni Beethoven ni son sosie n'aurait apprécié une cliente aisée, une arrogante fortunée qui pouvait acheter tous les disques et ne souffrait alors d'aucune privation, d'aucune amertume. Ainsi, je ne réussis jamais à liquider mes chèques-cadeaux. Un peu plus tard, je quittai l'Iran pour Paris et les bons du magasin Beethoven, calés entre deux disques trente-trois tours, assistèrent, impassibles, à la Révolution islamique, à la guerre Iran-Irak, à la mort de l'ayatollah Khomeyni, à la nomination d'un nouveau guide, et, récemment, à l'élection très contestée d'Ahmadinejad.

De temps à autre, mais rarement, lors d'une halte brève, quand, à Téhéran, je n'ai pas à renouveler mon passeport en catastrophe, ni à m'occuper de mes invités français, ni à emmener ma fille au Wonderland, un parc d'attractions couvert « cent fois mieux que Disneyland » (je la cite), ni à donner une conférence sur l'apport des Iraniens en Chine, ah, je respire, dans ces moments hélas très rares, où personne ne me sollicite, je m'apaise, je me mets lentement à dépoussiérer mes vieux disques en espérant retrouver deux ou trois chèques-cadeaux illustrés du portrait de Beethoven, datant de l'année 1974, et d'un montant de cinquante tomans.

Je ne raconte rien de tout cela à Sheyda. C'est à peine

si je me réjouis que le magasin existe encore. Et le sosie du compositeur, qu'est-il devenu ? En sait-elle quelque chose ?

Sheyda a rendez-vous avec son ami, le vendeur du Beethoven. Il doit lui passer le DVD du film *Shine*, qui raconte la vie du pianiste australien David Helfgott interprétant le *Concerto n° 3* de Rachmaninov. « Un concerto de cauchemar. Impossible à jouer ! » me dit-elle.

Quinze ans, donc. Elle sort sans prévenir ses parents. De toute façon, elle ne leur dit pas grand-chose, très peu. Elle y va à pied. Il fait chaud, chaud comme en été. Dans la rue, elle sent que quelqu'un la suit, la suit de près. Elle ralentit. Le son de la menace s'étouffe. Elle se retourne. Un homme esquive son regard et s'éloigne. Elle reprend sa marche. Elle sent que son dos est mouillé. Elle touche son manteau, il est en lambeaux. Sa main, au même moment, commence à brûler.

Elle me tend la paume de sa main : « Regarde ces cloques. Depuis ce jour-là, je n'ai pas réussi à m'en débarrasser ! » L'homme venait de verser de l'acide sur son dos.

Agression à l'acide.

Un homme, un autre, lave sa voiture sur le trottoir d'en face. Elle y court, saisit une éponge récurante et racle sa main. Le manteau s'éparpille. Elle lève le bras pour arrêter une voiture. On lui lance des quolibets : « Combien pour le week-end ? » Une de ces voitures, pourtant, s'arrête. Elle y monte. On la conduit chez elle, en larmes, le manteau déchiré. Ses parents la questionnent. Elle ne pense qu'à leur cacher le motif de son absence.

« Où étais-tu ?

– Chez ma copine, à Mirdamad, j'avais besoin d'un manuel scolaire…

– Mais non, dit le conducteur, j'ai pris votre fille avenue Aftab, à quatre rues d'ici !

– Ça s'est passé à Mirdamad ou dans quel autre enfer ? »

Le manteau déchiqueté tombe à terre, morceau par morceau. Elle est conduite auprès du médecin légiste. Il examine ses mains, son corps, et tente d'estimer le pourcentage d'acide qu'elle a reçu. De là, on l'emmène au commissariat pour y déposer une plainte. Le flic, qui s'évente avec un journal plié – « Une chaleur pareille dès le mois de mars ! » –, leur suggère de rentrer à la maison, de prendre un sirop de rose et d'essayer d'oublier cette histoire. « Vous êtes très chanceuse, croyez-moi. Vous savez, il aurait pu lui lancer l'acide à la figure. Rien que dans notre petit commissariat, nous avons deux plaintes d'agression à l'acide par semaine ! Deux plaintes par semaine et aucun agresseur sous les verrous ! Hein ? Que voulez-vous que j'y fasse ? Rentrez et remerciez Dieu trois fois de suite ! »

Ils rentrent chez eux. La mère prépare un verre de sirop de rose. Un ami scénographe ramasse, avec des gants, les lambeaux du manteau. Il en fera un tableau avec une note explicative : « Printemps 1998, deux agressions par semaine, zéro arrestation, trois louanges à Dieu… »

Le matin, au réveil, elle se plante devant le miroir de la salle de bains et se coupe les cheveux. Les mèches, comme les lambeaux du manteau, s'éparpillent sur le sol, mosaïque désordonnée. Puis, lentement, elle saisit un rasoir et se met au travail. Elle sait comment faire. Deux ans plus tôt, pour son premier film, on lui avait rasé la tête devant la caméra. Ensuite, tous les quatre ou cinq jours, le maquilleur la faisait asseoir devant une coiffeuse et le rasage redémarrait. Elle sait comment une femme doit se raser le crâne. Il faut surtout éviter que les cheveux ne s'amassent dans la lame et la bloquent. Par moments, elle reprend les ciseaux et coupe les mèches rebelles. « Trois millimètres de longueur, au-delà le rasage est impossible ! » disait le maquilleur à Sheyda avant de mouiller sa tête pour la crémer, la lubrifier et la raser.

Elle n'a pas de règle pour mesurer. Trois ou quatre millimètres, qu'est-ce que ça change ? Elle veut aller vite, plus vite que les directives des parents. Elle procède au rasage à la manière du maquilleur et pourtant tout semble plus difficile. Les ciseaux ne sont pas aiguisés. La lame du rasoir du père ne coupe pas bien, tout juste bonne à se gratter la nuque. Elle essaie le rasoir électrique. Son crâne écorché se met à saigner. Elle poursuit. Il faut poursuivre. Aller jusqu'au bout. Ça y est. La tête est enfin rasée. Elle se regarde dans le miroir.

Elle n'est plus une fille. Une fille, beurk ! Elle a décidé que plus personne, jamais, ne l'attaquerait à l'acide.

Elle se rend au Conservatoire en foulard, comme si de rien n'était, en fille. Les camarades et les professeurs pensent que le crâne dégarni répond aux besoins d'un nouveau film. Ça l'arrange. Elle dit oui. Elle serait même capable d'en inventer le scénario.

L'après-midi, de retour à la maison, après les gammes et les accords, elle ferme la porte de sa chambre et veille à ce que personne n'y entre. Seule, elle retire sa chemise, bande ses seins dans un immense châle, serre, serre encore, met un jean, des baskets, un bonnet. Et elle sort. Elle sort en garçon. Dans la rue, elle retire même le bonnet. Elle marche dans les rues de la République islamique sans foulard.

Le moindre pore de son crâne lui dit merci. Sa tête respire. Sa tête est hors de sa cage, elle s'est enfuie de la prison, elle s'est évadée. Sa tête est une fugitive, une hors-la-loi, une forcenée. Si on l'arrête : amende, interrogatoire, bastonnade, internement.

Mais on ne la regarde même pas. Elle est devenue ombre, vent, souffle. Elle n'a plus de consistance, plus de contour. On a éteint les projecteurs qui pointaient ses seins – elle dit l'équivalent persan de « nichons ». Elle n'est plus une fille, elle est un être humain. Quelle puissance !

Elle passe devant le gardien de son immeuble. Il ne la reconnaît pas. Plus loin, sur une plate-bande, elle remarque un attroupement de jeunes gens. Ils ont son âge, entre quatorze et seize ans. Elle se rapproche d'eux, lentement. Elle avance les épaules, rentre la poitrine et baisse la tête. Encore trois mètres et elle est dans leur groupe, dans un cercle de garçons de la rue. Elle leur dit bonjour, du bout des lèvres, avec une voix plus rauque que la sienne. Elle est comédienne, il lui est facile de jouer le rôle de quelqu'un d'autre. C'est même très excitant. « Tu es nouveau ? » Elle approuve de la tête. « Tu t'appelles comment ? – Amir ! » Un prénom masculin. Ça y est, le nouveau personnage vient de naître. Elle n'est plus Sheyda. Elle est Amir, elle est lui, du moins quelques heures par jour, juste assez pour marcher, courir, sauter, rire, cracher, crier, s'allonger et s'endormir en garçon, sans sa carcasse de fille.

« Bienvenue parmi nous ! » Ils l'invitent à jouer au basket. La partie démarre. Après quelques échanges, Amir se prend le ballon sur le doigt, qui se tord. Il encaisse la douleur et continue à dribbler. Il devient même, tout d'un coup, l'as du dribble. Personne ne peut l'arrêter, le contrer. Car elle sait jouer. En tant que fille, elle a participé, quelques années auparavant, au championnat national de basket des écoles. Elle était la capitaine de leur équipe, la meilleure. Si par malheur elle manquait un tournoi, son école perdait. Amir marque trois paniers et fait gagner ses partenaires. Les garçons se consultent et décident de l'intégrer dans leur groupe. Cette fois, Amir est vraiment un des leurs.

Amir rentre à la maison. Dans sa chambre, il retire le bandeau qui serre sa poitrine et marque ses aisselles. Elle passe à table. Son crâne est irrité et des plaies y sont apparues. Elle transpire. La mère ne s'inquiète que du doigt gonflé. C'est le doigt qui compte, pas le crâne. Sans la mobilité des doigts, le grand rêve de la mère s'effondre. Elle se voit conduire sa fille, naguère, entre deux bombardements, au cours de solfège. Elle se rappelle ses sacrifices, son endettement, la vente de ses vieux bijoux et, enfin, l'achat du piano. À table, son regard ne quitte pas le doigt gonflé. Elle va dans la cuisine et revient avec une poche de glace qu'elle pose sur le doigt de Sheyda et non sur le crâne meurtri. Ce qui est important, aux yeux de la mère, ce qui est essentiel, c'est le doigt. Ce doigt est une clé, un sésame, une formule magique. Ce doigt peut emmener sa fille très loin, dans les capitales européennes, au Musikverein de Vienne, pourquoi pas ? Elle imagine sa fille, moulée dans une robe noire, s'avançant sur la scène du grand auditorium, se plaçant derrière un piano à queue et interprétant le *Concerto n° 3* de Rachmaninov. «Tu ne joueras plus au basket !»

Pas un mot sur le crâne rasé.

Avec les garçons de la rue, pendant la journée, Amir joue aussi au foot. Il connaît, comme tous les Iraniens, la composition exacte de l'équipe d'Iran, mais aussi celle des Français champions de monde : Zidane, Barthez, Djorkaeff. Aucun secret. Quand elle travaille le piano, elle s'imagine sur un terrain de foot. C'est depuis les octaves les plus hautes, du côté droit, qu'elle tire ses corners. Les quatre principales, celles du centre, délimitent l'aire de ses tirs au but. La partie gauche est définitivement hors jeu. Elle ne s'y aventure jamais. Tant pis pour le *Concerto pour la main gauche* de Ravel. Le pédalier est son ballon. Elle tire et elle marque, souvent. L'après-midi, dans la rue, c'est la même chose. Là aussi, quand elle tire, elle marque. Les garçons sont fiers d'avoir recruté «le petit qui sait tout faire», le crochet, le croche-pied, la demi-volée, le petit pont, le pointu, l'amorti, la roulette. Quand passe une fille, archimaquillée, parfumée et fringuée, c'est Amir qui la siffle, insolent, avec ses doigts, les deux auriculaires sur la langue et *truuuiiiit*. Elle l'a bien cherché, non ?

Amir peut aussi se rendre indispensable dans d'autres domaines. Car il connaît tout des filles, absolument tout. Il parle des règles comme personne. Il décrit le trouble de leur apparition, cette mélancolie qui dure une semaine chaque mois, il raconte même l'inquiétude du retard. Il énumère le nom des pilules contraceptives. Il dit aussi qu'il y a des fausses règles et des vraies règles. Il sait même ce qu'il faut faire si une fille tombe enceinte : « Ne rien dire aux parents, se faire avorter clandestinement, trouver un nouveau prétendant et, avant les noces, courir chez un chirurgien pour se faire recoudre l'hymen. » Il appelle ça un « lifting ».

Un des garçons qui l'écoutent, ébahi, lui demande : « À son mariage, alors, la femme de mon frère n'était pas vierge ? Tu te moques de nous ou quoi ? » Amir lui répond calmement : « Pardon, je n'ai rien contre madame l'épouse de ton frère, mais je peux te dire, mettre ma main au feu (il montre sa main brûlée par l'acide) qu'aucune fille n'est, à son mariage, vraiment vierge. Aucune ! »

Quand il parle des filles avec cette tranquille assurance, ses amis ne bougent pas. Ils arrêtent de parler et l'écoutent. Ils veulent apprendre : « Quand une femme prend la pilule, ses règles s'arrêtent ? » Amir leur explique tout, tout ce qu'il sait. Quelle aubaine, quelle trouvaille, cet Amir !

Il connaît même les parties sensibles du corps d'une femme. « C'est les fesses ? » demande l'attaquant de leur équipe. Amir s'avance vers lui, pose l'index sur ses premières vertèbres et le remonte, voluptueusement, jusqu'au lobe de son oreille. À ce moment précis, c'est Sheyda qui caresse un garçon. Elle oublie Amir. Elle est dans la rue, devant une horde de petits machos, et au vu et au su de tous, elle cajole l'un d'entre eux. Elle mouille son doigt et effleure de nouveau la nuque de l'attaquant. Il recule de quelques pas. Il a trop aimé ça. Il a presque peur.

Le groupe ne le lâche plus. Tous veulent Amir. Mais il en a déjà fait le tour. Il ne s'est pas rasé la tête pour marquer des buts ou se muer en sexologue juvénile. Après les cours au Conservatoire et la répétition du *Concerto n° 3* de Rachmaninov – « Putain, qu'est-ce que c'est dur ! » –, il prend son vélo et pédale. Dans la rue, personne ne le regarde. Rien ne peut l'arrêter.

Les parents ? Ils sont terrorisés, mais ne le montrent pas. Que faire ? Prier pour que les cheveux de leur fille poussent au plus vite ? Pas leur genre. Ils savent que si elle est arrêtée la tête rasée, sans foulard et habillée en garçon, elle sera conduite en prison et peut-être même jusqu'à la grue mobile qui sert aux pendaisons.

Dans la peau d'Amir, Sheyda joue avec le danger. En persan, nous disons qu'« elle achète le danger ». Si elle est arrêtée, elle risque la mort. Et alors ? Elle pense immédiatement à Jeanne d'Arc, l'idole du personnage qu'elle jouait dans son tout premier film. Condamnée à mort, elle refusera de se faire bander les yeux et répétera trois fois de suite… Qu'est-ce qu'elle dira, au fait, avant son dernier souffle ? « Allah » ? Non merci. Ce n'est pas la pendaison qui la tracasse, c'est le mot qu'elle prononcera avant que son corps ne soit soulevé par la grue mobile et que tombe de son pied, sur l'asphalte, une de ses tongs.

Amir et le vélo deviennent, très vite, ses atouts pour se mesurer au danger. Il lui arrive de se réveiller à quatre heures du matin, avant les oiseaux, les éboueurs et les boulangers, pour monter sur le toit de leur immeuble et rouler sur la rampe. Il pédale et regarde la montagne en face, encore visible, pas encore dissimulée par le smog. Il se dit qu'il ne faut pas jeter un seul coup d'œil à sa droite. S'il le fait, il tombera, il mourra en somnambule, même pas en martyr. Jeanne d'Arc elle-même aura honte de sa groupie. « Trompée sur la marchandise ! » se dira la Pucelle d'Orléans. Les journaux titreront que la jeune espoir du cinéma iranien est morte en tombant du toit. Rien de plus. Elle ne sera comprise de personne. Mais au moment même où il essaie de se raisonner, ses yeux cherchent dans le vide. Ses yeux achètent le danger au prix de la vie d'Amir et de Sheyda.

Se lever à quatre heures du matin, mais éviter de monter sur le toit et de répéter la même chose. Amir et le vélo sont mis à l'épreuve. Sheyda les envoie sur le chantier de l'autoroute Niayesh, autrement dit « Prière ». À cette heure-ci, le gardien est plongé dans un sommeil si épais qu'il en oublie ses arriérés de loyer et qu'il s'imagine dans la cour d'un roi. Amir pédale entre les immenses engins de travaux publics. Il s'assoit par terre, appuie sa tête rasée contre la lame frontale d'une niveleuse et apprécie, savoure le contact du fer, encore froid, contre sa peau. Ensuite, il pose ses mains sous les dents de l'engin. Des dents immenses, une mâchoire de géant prête à broyer les mains d'une future soliste. Il entend un aboiement de chien, puis la voix du gardien : « Qui est là ? » Il saute sur son vélo, pédale à toute allure et laisse loin derrière les dents de la niveleuse et les crocs du chien.

Il fait chaud. Il porte un tee-shirt à manches courtes,

alors que les filles sont enveloppées dans des manteaux qui ne laissent apercevoir aucune parcelle de leur chair. Elles crèvent de chaleur, pas lui. Il arrête de pédaler et attend que le feu passe au vert. Il fixe la minuterie qui indique le temps à attendre. Encore cent vingt secondes, cent quinze, cent douze. Il aspire avec délectation le gaz carbonique des pots d'échappement autour de lui. Il en est tellement ravi qu'il pense même s'asseoir au niveau des tuyaux et inhaler directement le mauvais souffle des bouffées de gaz de combustion, en action de grâces, en remerciement, en prélude à la liberté.

Une heure plus tard, il arrive au parc Tchitgar. Sheyda me dit le nom, mais je ne le connais pas. Quel parc ? Du temps de mon enfance, il n'existait pas ou bien je ne me donnais pas la peine de m'y rendre. M'y rendre pour quoi faire ? Du vélo ? De mon temps, une fille pouvait rouler à bicyclette partout. J'y montais même en manches courtes, minijupe et cheveux au vent. Pour faire du vélo, je ne devais pas quitter la ville et pédaler jusqu'à un ghetto, jusqu'à un enclos où le pouvoir tolérait les cyclistes fémi-nines sous réserve : « Roulez, mais en tenue islamique et séparément, sans vous toucher ! » Non, je ne connais pas le parc Tchitgar. Je n'ai pas à le connaître. De mon temps, je prenais mon vélo et je roulais où je voulais.

Amir suit les flèches qui indiquent les pistes pour filles. Réflexe de sa vie d'avant. Et merde, il s'est trompé, il doit changer de direction, descendre à un niveau plus bas, là où circulent les garçons. Il met le vélo sur ses épaules et dévale les escaliers. Sur les marches, il croise une fille, bien plus forte que lui, qui essaie, elle, de monter en portant son vélo. Des badauds, assis tout le long du muret, se moquent de la fille : « Vas-y, Hercule ! Tout en muscles ! Hey, tu nous soulèves nous aussi ? » Amir descend sereinement. Pour une fois, les piques ne lui sont pas destinées.

D'après Sheyda, tant qu'il y aura « ça », des vauriens sur les murets se moquant d'une fille qui essaie de monter les gradins d'un escalier chargée de son vélo, le gouvernement islamique pourra tranquillement fixer l'âge légal du mariage des filles à neuf ans, considérer le témoignage d'une femme comme la moitié de celui d'un homme et pratiquer la lapidation sur toute amante adultère. Elle oublie de dire, mais je le rappelle, que tant qu'il y a « ça », on relève deux plaintes d'agression à l'acide par semaine dans un seul poste de police, et sans la moindre arrestation.

Le soleil se couche. Amir pédale du bon côté, walkman sur les oreilles. Il s'est juré de parcourir les neuf cents hectares du parc à vélo, en garçon. Lorsque Sheyda rentre enfin chez elle, tout le monde dort.

Les parents ne soupçonnent même pas qu'elle s'est rendue à quinze kilomètres de Téhéran. Pour eux, elle s'est arrêtée avant l'embranchement de l'autoroute, pas très loin de leur immeuble : un cinquième de la vérité.

Ce que Sheyda ignore, c'est que bientôt ni Amir ni aucun autre garçon ne pourra plus pédaler dans le parc Tchitgar. Le secrétaire général aux Affaires féminines de la mairie de Téhéran a annoncé, à l'occasion de la Journée nationale de la Vertu et du Voile, l'ouverture de plusieurs centres culturels du voile et la transformation du parc Tchitgar en « enclos féminin ». De son côté, le ministre de la Science a surenchéri en promettant également la création de plusieurs universités exclusivement réservées aux femmes.

Des femmes qui étudieront entre elles et pédaleront en tchador noir pour se rendre au centre culturel de la Vertu et du Voile. Même Buñuel n'aurait pas osé mettre une scène pareille dans un de ses films.

Le vendredi, Amir va à la montagne. Il est habillé tout pareil, sauf qu'il porte une parka et des lunettes. Il se lève à cinq heures et prend un taxi collectif, un de ceux où l'on monte à cinq pour la même destination. Ils ne sont que deux sur la banquette arrière et pourtant Amir se colle à la portière, automatisme corporel du temps où il était fille et voulait éviter tout attouchement. Qui sait ce qui serait arrivé si sa cuisse avait frôté celle de son voisin : une demande en mariage temporaire ?

Je me dis soudain que le mariage temporaire a été inventé pour les fripouilles des murets du parc Tchitgar. Quatre épouses légitimes et un nombre incalculable de conjointes temporaires, passagères. Tout cela légal, autorisé. Très correctement islamique. On répète à haute voix le contrat d'union, on tire un coup et on se barre.

Dans la tradition shiite, le *sigheh*, le mariage temporaire, est en effet considéré comme légal pour une durée allant d'une heure à quatre-vingt-dix-neuf ans. Quatre épouses légitimes pour quatre-vingt-dix-neuf ans et quatre-vingt-dix-neuf conjointes temporaires pour, chacune, disons quatre heures. Qui dit mieux ?

Amir est dans le taxi, en garçon. Aussi peut-il occuper la moitié de la banquette sans que son voisin ne le demande en mariage temporaire ou ne lui pince les fesses. Il s'installe confortablement. S'il fumait, il aurait même allumé une cigarette.

Il descend au pied de la montagne. Il fait frais, plus frais qu'à Téhéran. Là afflue, chaque vendredi, toute la jeunesse de la capitale. Les filles qui veulent grimper sur les cimes portent des pantalons moulants, des manteaux taille trente-quatre et des bottes à hauts talons – je n'exagère vraiment pas. Elles sont extrêmement maquillées, plutôt grimées : des lentilles vertes ou bleues sur les yeux, des mèches fluorescentes dans les cheveux, des paillettes sur les lèvres, de vraies *it girls*, avec pour seule différence le lieu de leur balade. Elles ne se trouvent pas dans une boutique de Rodeo Drive mais sur les pentes de l'Alborz. Plus tard, avec beaucoup de chance, elles deviendront chacune l'une des quatre épouses légitimes des fripouilles du parc Tchitgar. Ou, avec un peu moins de chance, l'une de leurs quatre-vingt-dix-neuf épouses temporaires.

Sheyda, même en fille, ne se maquille pas, ne porte jamais de vêtements cintrés ni de talons hauts. Elle a gardé la taroupe de son enfance. Elle ne s'est pas épilé les sourcils, ni fait opérer le nez. Ses cheveux, elle les lave et c'est tout. Elle ne les sèche même pas. À la campagne, chez nous, lorsque je lui propose mon sèche-cheveux, elle choisit le feu de bois. En Iran, elle se déplace en tongs neuf mois par an, sauf quand il neige. Elle ne pense jamais aux fringues. Cela vient de sa mère, de cette femme dont le dernier des soucis est l'aspect extérieur, les vêtements, le qu'en-dira-t-on, le regard des autres.

Nous sommes toutes les deux à la campagne, dans le midi de la France, et plus précisément dans le village natal de mon mari, à Colombières-sur-Orb. Sheyda baisse la tête devant la cheminée, pour sécher ses cheveux, et me dit que c'est en France qu'elle a appris la beauté. « Ça ne vient pas tout d'un coup. Elle arrive, elle t'imprègne, elle disparaît, mais elle revient. Entre-temps, tu réalises que tu as changé, que quelque chose en toi s'est transformé. Tu attends son retour. Tu fais la cour à la beauté. Un jour, tu vois qu'elle t'habite, qu'elle ne te quitte pas. Elle est là, elle s'est imposée. Elle est ta locataire. Pour longtemps, pour toujours peut-être. Tu n'as pas à la fuir. Elle n'est pas un envahisseur. Elle est toi. » Elle passe une main dans ses cheveux, devant le feu de bois, et elle secoue allégrement la tête.

Crâne rasé, Amir s'engage sur les sentiers rocailleux. Les jeunes couples se tiennent par la main. Dissimulés par les blocs de pierre, ils prennent même le risque de s'embrasser. Ici, la brigade des mœurs se fait rare. Lorsqu'elle se pointe au pied de la montagne, les soi-disant randonneurs qui se trouvent plus haut ont le temps de se séparer, d'arranger leur foulard, de boutonner leur chemise. Pour s'embrasser, il leur a fallu se lever aux aurores, prendre un taxi collectif, braver la montagne, trouver un roc massif inoccupé et rester constamment sur le qui-vive. Constamment. Elle me dit qu'une de ses copines a perdu sa virginité là, debout, derrière un rocher, laissant libre cours au doigt hardi d'un amoureux.

Amir est seul. Il n'embrasse personne. Mais lui aussi a peur. Si les gardiens de la Révolution arrivent et embarquent filles et garçons, tous ceux qui sont sur le lieu du crime (une roulade de pelle derrière un rocher), que dira-t-il au poste ? Il a même peur du regard trop soutenu des marcheurs. Lorsqu'ils le fixent, il retire immédiatement son bonnet. Un crâne rasé, voilà ce qu'il exhibe. Quelle fille serait assez dérangée pour se raser les cheveux ? La question ne se pose même pas. Aucune. Ce garçon en jean, parka, baskets et vieux bonnet de laine n'a rien d'étrange. On ne s'intéresse plus à lui, on le dépasse.

Il monte encore. S'il ne faisait pas froid, il retirerait même ses baskets. « C'est tellement plus facile de grimper pieds nus ! » me dit-elle, alors que nous essayons de gagner une cascade, au-dessus du village.

Amir monte. Là où il va, il n'y a pas de couple, ni de gardien des mœurs. Il va sur les cimes, vers l'inaccessible. Là où il monte, il n'y a plus personne. Il s'arrête à l'endroit le plus élevé de la falaise, il retire son bonnet et ouvre les bras. Il n'est plus Amir ni Sheyda. Il n'est plus garçon ni fille, il vole. Sous ses ailes, Téhéran, ses millions d'habitants, les gardiens de la Révolution, le Conservatoire, les agressions à l'acide. Il vole.

Des gouttes de pluie tombent sur son crâne. Sa tête enregistre le contact de chacune d'elles.

Lorsque nous arrivons à la cascade, à Colombières, elle retire tous ses vêtements, se colle à la paroi et, toute nue, elle se laisse tremper par l'eau qui, à cet endroit, est un peu rouille. Ses cheveux sont de nouveau mouillés. Au retour, elle devra les sécher devant le feu, une fois encore.

Pour célébrer le deuil de l'imam Hosseyn, Amir se met en noir – s'il le pouvait, il aurait laissé pousser sa barbe. Il prend le bus. Ah, du mauvais côté, celui des femmes. Il s'excuse, baisse le regard et se rend à l'avant, avec les hommes. Il descend au terminus Bazar. Les processions du Bazar sont les plus réputées de toute la capitale. Elles disposent, pour se frapper, de chaînes étincelantes et, pour brandir le nom des saints, d'étendards en satin chatoyant. Leurs haut-parleurs, cent pour cent japonais, sont les seuls, dans tout Téhéran, capables de diffuser le son à trois cent soixante degrés. Leurs offrandes d'agneau et de riz aux fèves ? *Miam-miam*, personne ne fait mieux. Tu sens à cent mètres le beurre aux herbes et tes papilles grésillent aussitôt.

En un coup d'œil, l'organisateur en charge de distribuer le matériel de flagellation jauge le corps d'Amir et lui donne une chaîne en métal adaptée à sa musculature. Amir en saisit la poignée de bois. Il est légèrement déçu. Il aurait voulu une chaîne bien plus épaisse, plus sérieuse quoi. Une chaîne d'homme.

Les tambours et les cymbales commencent à jouer. Amir se frappe, suivant le tempo, et scande : *Ya Hosseyn !* *Ya Hosseyn !* La procession avance. La foule se resserre. Il est coincé entre deux hommes, deux quinquagénaires bien costauds, un peu grassouillets, qui sentent l'oignon, la sueur et le tabac. Leurs corps se touchent. Par moments, il sent même les cuisses d'un des hommes, celui de derrière, frôlant son dos. Lorsque la procession passe devant les *bassidji*, cette milice chargée de veiller sur les bonnes mœurs islamiques, il se colle à ses voisins et frotte, délibérément, son corps contre les leurs. Il n'en épargne aucune partie. Quel défi ! Se frotter à des hommes, à des inconnus, sous les yeux mêmes de la brigade des mœurs ! Mais la brigade des mœurs n'en a cure. On est entre hommes et le danger est ailleurs, dans le monde des femmes, des tentatrices, de celles dont il faut recouvrir les cheveux et dissimuler les rondeurs de peur de manquer une prière, un salut au Prophète.

Ya Hosseyn !

Il est pris en sandwich entre les deux flagellants, sous le regard admiratif des frères *bassidji* qui encouragent son dévouement et sa ferveur : «*Mashallah !* Que Dieu te garde ! »

Il observe leurs visages, portraits cubistes (Picasso peint par Juan Gris), fixe leurs yeux dépareillés, qui n'ont rien à voir ensemble, des yeux «samedi et dimanche», et cherche à comprendre pourquoi les miliciens ne ressemblent pas aux hommes de son entourage, au violoniste du Conservatoire par exemple, au chef-opérateur de son premier film, ou encore au responsable du magasin Beethoven...

«Le responsable du magasin Beethoven m'invite au restaurant», me raconte-t-elle. L'après-midi, elle se rase de nouveau. Elle a fait des progrès. L'opération dure moins longtemps que la première fois. Mais sa tête est irritée, semée de boutons. Le père, qui passe par la salle de bains, la fixe pour quelques instants et observe sa jolie fille, la talentueuse pianiste, l'actrice déjà reconnue et récompensée, se débattant avec la lame d'un rasoir. Il ne pose aucune question. La voix caniculaire se glace.

Sheyda se rend, toute fraîche – comme après un rasage –, à son rendez-vous. Elle y va en Amir, en garçon. Le disquaire ne la reconnaît pas. Amir tourne autour de la table où est assis son ami : toujours rien. La méprise est totale. Amir le fixe dans les yeux. L'ami, enfin, la reconnaît. Stupéfaction. « Comment ? Quand ? Pourquoi ? » Mille et une questions. Amir hausse les épaules. Il ne veut pas parler de Sheyda. Ce soir, il est Amir. Il pousse la fantaisie jusqu'à lorgner les filles d'à côté. Il leur sourit, dommage qu'il ne porte pas de moustache. S'il en avait une, il en tordrait quelques poils.

Les filles, l'une d'elles surtout, dégainent toute l'artillerie liée à la drague par les yeux. Il a tout pour lui plaire, à celle-là. Elle le fixe des yeux, « elle les lui coud », comme nous disons. Elle le caresse de l'œil, longuement. Pour lui, elle les languit.

« Alors ce DVD de *Shine* ? » demande Amir à son ami. Le disquaire a oublié le film au magasin. Ce sera pour une autre fois. La fille, qui n'apprécie pas d'avoir été délaissée, subitement, comme après une dispute, fait les gros yeux et, pire encore, elle fait de l'œil à un autre garçon, à une autre table.

Amir est servi : gambas du golfe Persique et riz au safran. Sa dulcinée se rend compte qu'il faut aller vite. Elle le regarde de nouveau mais cette fois du coin de l'œil, puis elle lui lance des yeux de velours. Tout est clair. Il comprend qu'elle lui est revenue. Maintenant, elle le regarde de tous ses yeux. Qu'il dise ce qu'il veut et elle lui obéit, à l'œil. Il déboutonne le col de sa chemise. La fille fait de même. Il lui lance le défi : « Allez, continue ! » La fille rougit jusqu'aux yeux, jusqu'au blanc des yeux. Elle n'ose pas, elle abdique. Amir est plus fort qu'elle. Elle en a presque la larme à l'œil.

Les filles règlent leur addition et se lèvent. Celle d'Amir, en passant, lui laisse son numéro de téléphone. « Elle ne fermera pas l'œil de la nuit ! » se dit-il. Quand on leur apporte la note, c'est Amir qui paie. « La prochaine fois ce sera toi ! » Le disquaire n'insiste pas. Il vient de dîner avec un garçon. Pourquoi tenir absolument à l'inviter ? Pourtant, il est confus, il lui dit : « Viens en fille et je ne te laisserai pas payer ! »

Avec Amir tout devient possible : se rendre dans le Nord, à quatre cents kilomètres de Téhéran, et toucher l'eau de la Caspienne ; partir en week-end avec des inconnus ; sortir à deux heures du matin, par la porte de service, et écouter jusqu'à l'aube, dans la voiture d'un voisin, du heavy metal ; faire la sieste sous un arbre, la tête posée sur l'épaule d'un copain ; rentrer tard et même ne pas rentrer du tout ; cracher des pépins de pastèque sur le sol d'une salle de cinéma ; courir et attraper un bus ; conduire une moto ; ne pas nettoyer ses ongles ; ne pas s'épiler les jambes ; transpirer à l'aise dans sa chemise ; roter ; éclater de rire ; garder pendant toute une semaine le même jean. Amir est la liberté, le possible, l'admissible. Il est le visa, le laissez-passer, le sauf-conduit. Avec Amir tout est faisable. La vie est permise.

Il a testé son impact sur les filles. Il peut désormais se permettre de draguer avec la bande des voisins, et même de draguer pour eux. Ils le mettent en première ligne. Il est leur trophée, leur bel appât. Il aborde les filles en connaisseur. Il fonce directement, sans état d'âme, sur la plus belle et la plus séduisante. Pas de temps à perdre. Elle ne peut pas ajourner, remettre à plus tard, Rachmaninov, les cours de natation, d'anglais, et toutes les rêveries de la mère. Il faut faire vite. Ses amis, les garçons de la rue, l'observent de loin. La fille qu'il a choisie est aussi la plus âgée, autour de dix-huit ans. Un échange de deux ou trois phrases, la fille prend un stylo et marque sur la paume brûlée de la main d'Amir son numéro de téléphone.

« Ah, le veinard ! » Lorsqu'il rejoint ses amis, le numéro est mis à prix. La petite bande se bat pour se le procurer. Il le leur communique, puis lèche avec indifférence les chiffres qui se brouillent. « Amir *djoun*, que je meure pour toi, tu vois l'autre, là, avec les bottes rouges, demande-lui un rendez-vous, un seul, avec moi. Je te revaudrai ça. Je ne l'oublierai jamais… »

Amir dispose encore de quinze minutes avant de monter, de s'asseoir derrière le piano et de se battre une fois de plus avec le *Concerto nº 3* de Rachmaninov. Il se dirige vers la fille aux bottes rouges. « Je te prie de m'excuser ! » La fille, parfumée, maquillée et apprêtée à l'excès, se retourne. Le tombeur est petit, malingre, même pas de poils sur le visage. Et pourtant, il lui plaît, qui sait pourquoi. Amir se rapproche d'elle : « Laisse-moi prendre ta main. Ce n'est pas pour moi, c'est pour l'autre. Tourne-toi. Allez, jette-lui un coup d'œil. Il meurt d'envie que tu le regardes. Lui, là-bas… » Il a la main de la fille dans la sienne. « Il veut te voir. Tu sais, moi, je ne te donne pas le temps de réfléchir. Alors, comme ça, sans que tu dises oui, je lui dis que c'est OK, que tu iras le voir à cinq heures au café Sadaf. »

La fille sourit et demande s'il y sera lui aussi. Il fronce les sourcils : « Tu me prends pour un traître ou quoi ? Si, après le rendez-vous, mon copain change d'avis, alors là, ça peut se discuter. Oui, peut-être. Toi et moi, on verra à ce moment-là.» Il revient vers son ami. Mission accomplie. À cinq heures, alors que Sheyda répète le *Concerto n° 3* de Rachmaninov, le copain et la fille aux bottes rouges se retrouvent au café Sadaf. À cinq heures et demie, leurs pieds, sous la table, s'entremêlent. Amir n'a pas besoin de la revoir, de lui casser la tête, de la baratiner, de prouver que personne ne lui résiste.

En fille, après le Conservatoire, Sheyda participe à un concours de natation. Elle nage le crawl comme un athlète. La fréquence de sa prise de souffle atteint jusqu'à cinq temps alors que la fréquence normale est d'une inspiration tous les trois temps. Elle rampe sur l'eau. Les monitrices ne surveillent que son couloir. Lorsqu'elle touche le mur, bien avant les autres candidates, toutes les responsables l'applaudissent, même l'arbitre. À la remise des médailles, on lui propose d'accompagner l'équipe nationale de natation féminine en Arabie saoudite. Elle porte le bonnet sur sa tête. Et si elle le retirait, pour leur faire peur ? «Vous voulez m'envoyer en Arabie saoudite emmitouflée dans une *abaya* noire, au fond d'une limousine aux vitres fumées ? Et puis quoi encore ?»
Elle veut nager en maillot dans des bassins mixtes, elle veut être entraînée par un homme, voyager, oui, mais aller en Allemagne, en Amérique. «L'Arabie saoudite ? Vous n'avez pas honte ? Si vous avez peur du regard des hommes sur un corps de fille, aveuglez les hommes, crevez-leur les yeux, sectionnez leurs pupilles. Mais, pour

l'amour de Dieu (non, elle ne dit pas "Dieu"), par pitié, ne recouvrez pas les cheveux des femmes, ne les envoyez pas en Arabie saoudite ! » Elle retire la médaille de natation et la jette dans l'eau. « L'Arabie saoudite, et puis quoi encore ? »

Avec son petit ami, elle sort une fois en Sheyda, une fois en Amir. Dans ce cas, le petit ami s'abstient de lui prendre la main et de l'embrasser. A-t-il peur d'aimer le goût d'un baiser échangé avec un autre garçon ? Pas le problème de Sheyda. Elle ne pense pas à ce qu'on a l'habitude de définir comme la conséquence de ses actes. Elle hausse les épaules. Ça ne la regarde pas. Amir n'est pas un choix de plus. Il est la sortie de secours, la seule, l'unique voie d'issue. Quand un avion prend feu, on se précipite vers la sortie de secours ; pareil pour une salle de cinéma, l'enseigne reste allumée même pendant les projections : un bonhomme qui court dans la direction d'un rectangle blanc. Pour Sheyda, Amir est ce bonhomme qui court vers le rectangle blanc. Sans lui, elle s'étrangle, elle s'asphyxie, elle brûle pour de bon. Amir n'est pas une fantaisie, c'est une nécessité.

Je me demande si j'aurais été capable de faire ça, de me raser les cheveux, de m'engloutir, garçon, dans le cœur de la ville. Non, certainement pas. L'Iran dans lequel j'ai grandi envoyait ses championnes de natation en Europe et aux États-Unis. J'étudiais dans une école mixte qui entretenait une piscine olympique où nous plongions allégrement, en bikini. Dans l'Iran de mon enfance, les filles ne pouvaient pas se marier avant l'âge de dix-huit ans. Les hommes devaient se contenter d'une seule épouse. Le mariage temporaire était illégal. Les femmes votaient et étaient éligibles depuis 1963, bien avant la Suisse, l'Espagne et le Portugal. Dans l'Iran de mon enfance, la réponse à un adultère n'était pas la lapidation.

Pour toutes ces raisons, et d'autres encore, je n'avais pas à me raser les cheveux. Sheyda, pourtant, me rappelle ma mère. Elle a l'âge d'être ma fille, elle pourrait aussi être ma mère. Son combat est le sien : une femme dans un monde d'hommes. Jusqu'à l'âge de treize ans, ma mère était habillée en soldat, en chef de tribu, par décision paternelle. Le père, en manque de descendance mâle, fit de sa fille le garçon qu'il n'avait jamais eu. Mais cela, au fond, arrangeait ma mère. Plus tard, elle épousa mon père, érudit et aussi homme politique, de trente ans son aîné, qu'elle chérissait. Et pourtant, étrangement, il lui arrivait de le régenter. Toute sa vie, elle garda dans son attitude une force particulière, une vigueur, une virulence, qui la différenciait de toutes les autres femmes. Elle était petite, mais j'ai l'impression, encore aujourd'hui, dix ans après sa mort, que si elle avait décidé d'affronter physiquement un homme, elle l'aurait assommé. Elle était née dans un monde qui se voulait moderne, où les femmes commençaient à oublier le voile. En 1936, après une loi édictée par le roi, mon père renonça au nom de ses ancêtres et se fit appeler Tajadod, ce qui signifie «Modernité». Les femmes, elles, durent alors abandonner le *hedjab* et sortir sans foulard. Ma grand-mère maternelle en profita pour se commander un tailleur occidental, se faire couper les cheveux *a la garson*, et s'inscrire dans un club de gym, tandis que sa propre mère, de peur d'être aperçue dévoilée, ne quittait plus « les quatre murs de sa maison ». Ma mère conserva le tchador brodé de la vieille dame comme un souvenir, un joli tissu, quelque chose qu'on range dans un tiroir avec beaucoup de naphtaline. Quant à moi, j'appris à nouer le foulard avec l'instauration de la République islamique. Et toi, Sheyda, tu es née avec. Je te comprends. Je comprends Amir en toi.

Un ami, celui qui est sorti avec la fille aux bottes rouges, l'aborde dans la rue : « Amir *djoun*, je ne sais comment te remercier ! Tu ne peux pas imaginer. La fille, une vraie *daf* ! » Sheyda me demande si je sais ce qu'est une *daf*. Par bonheur, j'ai été briefée avant de la connaître. On m'a expliqué que Daf, grande marque de camions, désigne, en Iran, le sommet de l'esthétique féminine. Il remplace, dans le persan de la République islamique, la rose, la rosée, la fée, l'hirondelle, le printemps, le bourgeon, la lune, les gouttes de pluie. Aujourd'hui, en Iran, une femme est belle comme un camion Daf. « La fille aux bottes rouges est *daf* de chez *daf*. Ses nichons, tu veux les presser, de vrais citrons. Sa bouche, une bouée de sauvetage. Ah, Amir, elle l'entrouvre et tu ne penses qu'à t'y engloutir. »

Amir écoute. Il a tellement envie de répondre qu'elle aussi est une vraie *daf*, que si elle retire le bandeau qui aplatit ses seins, ses nichons sont tout aussi appétissants. Il veut dire qu'elle est celle-là même dont la photo orne les couvertures des magazines de cinéma, celle dont les posters sont placés au-dessus des affiches des joueurs de foot, au-dessus même de la photo de Zidane, celle dont la moue est recopiée par toutes les teen-agers de sa génération, la fille aux bottes rouges y compris, celle dont le nom remplit les grilles des mots croisés, SHEYDA SHAYAN. Oui, Amir c'est elle. Mais il se tait.

Avec Amir, elle va au bout de la virilité, du masculin. Sans faiblesse. Il lui faut une bagarre, un accrochage, une empoignade. Il faut qu'il frappe. Il faut qu'il encaisse des coups. Un garçon qui ne se bat pas n'en est pas un. Honte à son géniteur. Il y a eu tricherie.

Amir fait un pari avec un gars de la rue et il le perd. En contrepartie, il doit lui payer une pizza. Il a l'argent, il peut le faire. Mais il lui manque cette bagarre. Voici le moment tant attendu, tant espéré. Le parieur s'avance en roulant des mécaniques. Il savoure déjà sa pizza. Margarita ou pepperoni ? Mais Amir est ailleurs, dans la provocation, dans le déni : « Pizza, quelle pizza ? Tu peux toujours rêver ! » Il s'esquive en courant. « Amir, gare à ta gueule si tu t'en vas ! » lui lance, l'eau toujours à la bouche, le gagnant. « Tu n'as qu'à venir la chercher, ta pizza ! » réplique Amir en s'éloignant. Le vainqueur, pas si vainqueur que ça, lui court après, l'attrape, l'immobilise, le jette par terre et le frappe. Amir ne pense qu'à protéger ses seins, ces citrons qui doivent rester appétissants. L'autre le frappe encore : « Allez, allonge, allume, sinon je t'arrache le cul ! » Amir a l'argent, il peut prendre son portefeuille et aligner les billets. Mais il veut résister. Un vrai garçon résisterait. Son adversaire le cogne à la figure. Son nez saigne, ce nez parfait, ce nez rare, ce nez affiché comme modèle dans toutes les salles d'opération de chirurgie esthétique et que regardent les chirurgiens avant de râper la bosse, d'affiner l'arête et d'harmoniser les cartilages de toute la gent féminine iranienne.

Amir se recroqueville sur lui-même. L'autre réclame sa pizza avec des coups dans le dos. Amir a mal. Il l'a bien cherché. Il l'a eue, sa bagarre, avec l'humiliation, les tapes, la montée d'adrénaline, le sang même. Il peut payer, mais il fait durer la peur et le plaisir. Par moments, il veut dire à son agresseur d'arrêter : « Mais regarde, je suis une fille ! » Oui, il peut remonter son tee-shirt, arracher la bande et montrer ses jeunes citrons. Quelle humiliation alors pour son agresseur, l'affront total, le déshonneur pour la vie. Il a tabassé une fille, voilà de quoi il est capable, jeter une fille par terre, la frapper au visage, lui donner des coups dans le dos, et tout ça pour une pizza, pour un pari gagné. Humiliation à jamais. Amir tire de sa poche plusieurs billets, les jette par terre : « Bon appétit ! »

Maintenant, il se sent capable de frapper. Même en Sheyda. Gare à celui qui lorgne ses copines du Conservatoire. Elle ne se rend pas compte qu'elle n'est pas Amir. Il la domine, il est en elle. Même si elle porte un foulard, Amir se manifeste et veut protéger la bande de filles. Il s'avance vers le grand gaillard, celui qui, depuis tout à l'heure, fixe, sans retenue, les amies de Sheyda, le bouscule de sa main et lui lance : « Tu veux que je remplisse ta bouche de sang ? » Le badaud recule. Il ne veut pas se faire tabasser par une adolescente. Sheyda regagne sa troupe, Amir savoure sa victoire : « Personne ne doit lorgner mes filles ! »

Cet Amir, ce garçon en Sheyda a tous les défauts du mâle oriental. Il a l'insulte facile et la main leste. Les filles

qui l'entourent sont les siennes, avec l'accent sur le possessif. Elles lui appartiennent. Si Sheyda avait été suédoise et
que, pour une raison ou une autre, elle s'était déguisée en
garçon et fait appeler Karl, aurait-elle insulté et tabassé un
homme de la rue qui admirait un peu trop ses copines ?
Certainement pas. Karl, j'en suis sûre, aurait même apprécié qu'on regarde, qu'on guigne les filles de son entourage et non pas *ses* filles : pas de possessif dans la culture
nordique.

Ça y est. Elle sait tout d'un garçon, les coups, la drague,
l'amitié, l'honneur, la peur, la honte. Elle cherche dans la
salle de bains un produit, une décoction, quelque chose
pour soigner ses bleus. Puis son regard se pose sur le set
de rasage, blaireau, rasoir, crème. Elle les retire un à un de
l'armoire et les jette dans la corbeille, elle les *delete*, les
supprime : fin de l'aventure, *the end*.

De ce jour, elle laisse repousser ses cheveux. Sheyda lui
manque. « Je jouais au garçon, mais en moi-même, j'étais
une fille, à fond, au maximum, à cent pour cent. » Ses
cheveux renaissent. Mais elle sait que, dorénavant et à
jamais, la sortie de secours, le bonhomme qui court vers un
rectangle blanc, est en elle. Il peut jaillir à n'importe quel
moment, offenser, cogner, savourer une à une les gouttes
de pluie sur son crâne et même voler au-dessus du ciel de
Téhéran.

Le vendeur du magasin Beethoven l'invite de nouveau
au restaurant : « Cette fois, c'est moi qui paie ! » Elle s'y
rend en fille. Ils choisissent la même table et commandent
le même plat : gambas du golfe Persique et riz au safran. Le

garçon, qui reconnaît Sheyda, lui souhaite la bienvenue et demande : « Avant que vous ne partiez, je peux me faire photographier avec vous ? » Elle est d'accord, pas de problème. Le disquaire veut savoir si elle a pu venir à bout du *Concerto n° 3* de Rachmaninov. Elle secoue la tête : « Non, pas encore. » À la table d'à côté se trouvent les filles de la dernière fois et, notamment, celle d'Amir. Le disquaire parle de ce concerto comme de l'œuvre au monde la plus difficile à jouer. Il prend un DVD dans sa poche et le donne à Sheyda : « Voilà, je te l'avais promis : *Shine*. Regarde-le, tu vas te régaler ! »

La fille d'à côté, celle d'Amir, s'avance vers leur table et demande un autographe à Sheyda. Elle lui sourit.

Sur le petit bout de papier, Sheyda inscrit une enfilade de chiffres, le numéro de téléphone que la fille avait donné à Amir, à lui.

Le désigné

Juillet 2000. Le bug électronique tant redouté n'a pas eu lieu. L'humanité a survécu au passage de 99 à 100, sans que les deux 0, dans les mémoires des ordinateurs, ne nous situent brusquement en 1900 au lieu de 2000. Pas de météorite géante, pas de gaz suffocant, pas de grand vent solaire, aucun extraterrestre. L'au-delà ne manifesta pas le moindre intérêt pour notre nouveau millénaire. «2000 au lieu de 1999, oui, et alors?» Cela ne parut impressionner en aucune manière le couple de galaxies des Chiens de Chasse, situées à trente-sept millions d'années-lumière de la Terre (et nous en connaissons de beaucoup plus lointaines).

Il paraît que ce n'était qu'un changement de numéro, et nullement la fin d'un siècle. Encore un an à attendre, à l'Ouest.

En Iran, nous sommes en 1379 de l'hégire, encore loin, très loin, des graves soucis du millénaire. Sheyda fête ses dix-sept ans. Tout le monde est là. Les filles du Conservatoire, le disquaire du Beethoven, le chef-opérateur du premier film, les metteurs en scène des autres films, les amis musiciens du second frère – ceux qui enregistrent, chantent et vendent dans la clandestinité –, les admiratrices du frère aîné, lui-même acteur de cinéma, les peintres âgés, les vieux intellectuels, compagnons de lutte du père, ceux qui se plaignent encore de la censure sous le régime du Shah, tous les amis, sauf celui qui baissait son pantalon. Lui, non, non et non.

Guitare, saxophone, basse, percussions, danses, déhanchements, gerbes de fleurs, gâteau avec dix-sept bougies. La fête.

Elle se retire avec sa mère dans sa chambre et lui dit, de but en blanc, sur le ton de… sur quel ton, au fait ? Elle lui dit qu'elle veut arrêter le piano, qu'elle n'ira pas au Conservatoire de Vienne. Oui, elle a passé une audition à l'ambassade d'Autriche devant un très grand pianiste, oui, elle a joué le *Concerto n° 3* de Rachmaninov, oui, il a aimé, il l'a dit, il l'a même écrit, il l'a fait savoir au directeur du Conservatoire de Vienne, oui, sa tante l'attend là-bas, avec une literie toute neuve, une brosse à dents électrique, un carnet de bus, un Mac même, oui, oui, tout ça elle le sait, mais elle n'en veut pas. C'est fini, on ferme ce dossier, on n'en parle plus. On le range, au-dessus de… là-haut, tout en haut, elle montre un grand placard, dans un endroit provisoirement inaccessible. Un jour, on le tirera de là et on jouera de nouveau le concerto impossible. Promis, juré. Mais pour le moment, c'est fini.

La météorite géante, le gaz suffocant, le grand vent solaire, le bug de l'an 2000, c'est la mère qui vient de les recevoir. Un coup dur, oui, très dur. Non, elle ne veut pas ranger ses rêveries en haut d'un placard. Ça ne sert à rien. Elle est une mère pratique. Ces rangements-là ne sont bons qu'à attirer des mites et de la poussière. Si c'est comme ça, c'est dans la poubelle qu'elles doivent échouer, dans la poubelle. Il faut les froisser, les déchirer et s'en débarrasser au plus vite. Et pour toujours. «Allez ouste, vieilles rêveries fripées ! Dehors, hors de ma vue ! »

Sheyda quitte la chambre et la mère ses rêveries.

Elle dit : «Quand j'ai décidé de ne pas aller en Autriche, un homme entra dans ma vie (ou "dans notre vie", je ne me rappelle plus exactement ses termes) et ensuite il se suicida. »

Depuis sa chambre, au onzième étage de l'immeuble moderne, elle répond, un soir, à l'appel d'un inconnu. Il lui annonce qu'il vient d'une autre planète. Elle le croit. Pourquoi ?

Son père adhère aux valeurs de gauche. Elle a grandi avec un bruit de fond célébrant la lutte des classes, les masses laborieuses et le rejet radical de la vie éternelle. Pour le père, un appel téléphonique d'une autre planète et des explorations spatiales à bord de véhicules cosmiques sont tout juste dignes des personnages de *Star Trek*. M. Spock, oui, avec ses oreilles pointues, ses sourcils droits et sa coupe au bol, pourrait téléphoner aux Terriens survivants depuis le poste de contrôle de l'*Enterprise*. Lui, oui. Mais un homme parlant persan, et qui sans doute a de gros sourcils noirs, ne peut être qu'un *mozahem*, un de ceux qui n'ont pas d'autre occupation que de perturber la paix des ménages, la réussite scolaire et l'élan sportif de la jeunesse. Non, elle ne peut pas avouer à son père, il ne faut surtout pas lui avouer que, tous les samedis soir, elle parle à un homme d'une autre planète.

Est-ce bien un homme, d'ailleurs ? Il parle, c'est sûr, mais les hommes sont-ils les seuls à parler ? À parler persan ?

Elle se pelotonne dans le fauteuil de sa chambre et elle suit, du haut de sa tour, le flot des feux blancs et rouges des voitures. Les blancs vont vers les quartiers du nord, les fêtes excessives, les soirées « tant et tant », là où tout déborde, l'alcool, la drogue, le sexe, la nourriture, les blagues. Les rouges descendent. Ils vont vers le « bas de la ville », vers les foyers où les salaires ne suffisent plus pour vivre, où les dettes s'accumulent, où les corbeilles de fruits sont vides.

Elle croise ses jambes, elle veut s'embarquer dans une voiture. Mais laquelle choisir ? Dans quel sens aller ? Vers l'inconscience, vers l'étourdissement, ou vers la détresse ?

Subitement, le téléphone. C'est pour elle. Elle le sait. Elle reconnaît la sonnerie. Ça ne peut être que lui, l'« homme », l'individu de l'autre planète. En fait, non, ce n'est même pas ça. Elle se trompe. Assurément, ce n'est pas un humain, c'est un visiteur lointain, venu d'ailleurs, descendu vers elle. Elle est l'élue, l'appelée, la sélectionnée : « Trois ou quatre milliards de femmes sur la Terre et c'est à moi qu'il parle ! »

Pourquoi rejeter ce choix céleste et s'acharner à dire que la vie n'existe que sur la Terre, que les autres planètes ne sont que des cratères, des amas de gaz et des coulées de lave ? Non, elle ne dévoilera l'existence de ce visiteur à personne, ni à son père, ni à sa mère, ni à ses frères, ni à ses copines du Conservatoire. Il l'appelle une fois par semaine, pas davantage, le samedi. À qui cela pourrait-il nuire ? À elle, certainement pas. Au contraire : ça lui fait du bien. Parler du onzième étage de son immeuble, avoir tout Téhéran à ses pieds et un étranger à son écoute, un vrai, pas un de ces Européens qui courent dans toutes les rues, même à Téhéran, mais un natif d'une autre planète, quelle expérience ! Non, elle ne dit pas « expérience », elle dit « jeu ». Qui refuserait d'avoir comme partenaire de jeu un extraterrestre, qui ? Jusqu'alors, elle ne jouait qu'avec son second frère. À quels jeux joue-t-on, ailleurs dans l'univers ?

Le visiteur parle de sa planète, de son impossibilité à dire d'où il est vraiment originaire, de ce sceau posé sur sa bouche qui l'empêche de tout dire, tout de suite. Il ne peut pas. Peut-être qu'il ne sait pas. Il faut patienter, attendre, se montrer digne de recevoir les confidences personnelles, intimes, d'un messager galactique. Sheyda ne demande rien. Elle n'a jamais rien demandé, même à ses parents. À quoi bon ? « S'ils se rendent compte que j'ai absolument besoin de quelque chose, c'est à eux de me le donner, n'est-ce pas ? » Un raisonnement qui se tient.

Un enfant a égaré sa gomme, son taille-crayon et son double décimètre. La mère s'en aperçoit. Doit-elle attendre que son enfant les lui réclame ? La petite Sheyda, en tout cas, ne la sollicite jamais, ne veut rien demander. Sa mère a remarqué l'absence de la gomme, du taille-crayon et du double décimètre, c'est tout, c'est fait. À quoi bon implorer ? La mère a vu, elle sait, elle se rendra dans une papeterie avec sa petite liste. Sheyda n'a pas dit un mot. Pas la peine.

Et si la mère ne s'aperçoit pas de la perte de la gomme ? Sheyda ne demandera pas. Elle ira elle-même à la papeterie et déboursera tout son argent de poche, le peu qu'elle a. Sa bouche restera close, murée, scellée. Pas de requête. Jamais.

Dans les clubs privés, ultra-privés, idem. À New York, à Londres, à Ibiza, partout où elle va, les portes s'ouvrent sans qu'elle dise un seul mot, sans qu'elle prononce le nom de la star, du VIP, du people qui l'attend à l'intérieur de la boîte de nuit. Subitement, tandis que je l'écoute, une parole du peintre Roberto Matta me revient à l'esprit. Il disait que pour trouver la nuit, il faut aujourd'hui aller la chercher dans des boîtes, que la nuit est mise en boîte. Quel rapport avec Sheyda ? Je ne le cherche même pas. Mais si je vais dans le sens de Matta, je me rends compte que pour entrer dans la nuit, fût-ce une nuit mise en boîte, Sheyda a pris l'habitude de ne rien dire, de ne pas desserrer les lèvres. Franchir la nuit sans mot de passe, en silence, en catimini. Seuls les physionomistes des boîtes de Paris lui résistent. « Tant pis, je n'y vais pas. Ils ne savent pas discerner un visage. Juste des gardes des corps. Rien. »

Elle est avec le visiteur céleste comme avec sa mère, comme avec les physionomistes des boîtes de nuit : elle ne demande rien. C'est à lui de proposer, d'offrir, de dire. Elle continue à fixer les voitures, toujours ce flot de feux blancs et rouges, et elle laisse passer les saisons, les tournages, les petits amis. La constance, c'est lui et le mouvement des voitures, les lumières blanches qui montent, les rouges qui descendent vers la pauvreté, et toujours la même question : «Dans quelle direction devrais-je m'embarquer?»

Un soir, pourtant, le visiteur l'informe d'une décision venue de l'au-delà, et qui ne peut pas se discuter. Un homme, un vrai, un humain, a été choisi pour elle. Il suffit qu'elle l'appelle le lendemain. Voici son numéro : 7534755. Elle aime aussitôt l'idée d'un amour prédestiné. Des êtres dans l'au-delà ont pris la décision qu'Untel serait à elle. Ils l'ont désigné. L'homme de sa vie, offert sur un plateau cosmique. Elle n'a qu'à fermer les yeux – immenses, ses yeux – et l'accepter. Vite, elle note le numéro de téléphone et l'heure de l'appel. Tout est très précis. On ne rigole pas avec le sort, là-haut. Si, au lieu de 7534, elle fait le 7524, ne va-t-elle pas déclencher les foudres de ses protecteurs célestes?

Le visiteur va raccrocher. Elle n'entendra plus sa voix, et elle lui dit : «Reste, ne pars pas!» Comment peut-on enchaîner une voix, l'emprisonner, la garder de force? Vous avez une recette, vous? Elle pleure. Des larmes chaudes. Elle pleure toute la nuit, dans le sommeil même. Elle pleure à en mouiller l'oreiller. Le matin, quand elle se réveille, la taie d'oreiller est rêche. Le sel des larmes a durci le tissu.

Il n'appellera plus. Il lui a été signifié que sa mission était terminée. Elle tient dans la main le petit papier sur lequel elle a marqué une succession de chiffres. Le code du bonheur?

« Dommage que ça commence par 75 ! » Le 75 est le préfixe des quartiers populaires, des voitures aux feux rouges, de celles qui descendent, des familles nombreuses, des gens qui ne bougent pas parce que tout est cher, parce que l'essence est rationnée, parce que les restaurants sont hors de prix.

Elle aimerait voyager, partir, loin, très loin, et, si possible, dans l'espace. « Monsieur le visiteur, vos amis d'en haut n'auraient pas une place pour moi ? Je suis capable de dormir à même le sol, sous un arbre, à la belle étoile, même sur la roche, par tous les temps. » Avec 75 comme préfixe, elle risque de rester à Téhéran et même dans le sud de Téhéran.

Elle s'en veut. Pourquoi hésiter ? N'est-elle pas la fille d'un serviteur des masses ? Pourquoi préférer le haut au bas, les voyages à l'immobilité ? Elle se lève et range le petit bout de papier dans un tiroir. 7534755, 7534755. Elle répète le numéro, elle le retient par cœur, au cas où quelqu'un, ou quelque chose, ferait disparaître les chiffres qui la lient à son homme. À son homme ? Est-elle sûre qu'il s'agit bien d'un homme ?

Le lendemain, à l'heure définie, elle appelle. Une voix à l'autre bout du fil, à l'autre bout de Téhéran. Elle la reconnaît : celle du visiteur. La même voix. Elle s'emporte, elle crie : une vraie scène où une femme découvre qu'elle est trompée. Sur un scénario, on aurait écrit : « Intérieur nuit. La femme est hors d'elle. Elle hurle au téléphone. Elle sanglote en arpentant la pièce. »

Sheyda traverse la chambre de long en large. Elle est excédée, elle enrage. On s'est moqué d'elle. On l'a roulée. « Comment osez-vous ? Mais comment avez-vous pu me jouer ce tour ? »

Le visiteur lui a joué un sale tour, c'est vrai. Jouer. C'est toujours un jeu. Elle se calme. Elle laisse l'homme au préfixe 75 s'exprimer, avec la voix du visiteur. Il demande : « *Khanoum*, qui êtes-vous ? » Elle lui répond, en parcourant quatre pas dans le sens de la longueur : « On se parle depuis un an et vous me demandez qui je suis ? » La voix lui dit qu'ils ne se sont jamais parlé, qu'elle doit se tromper, qu'il s'adresse à elle pour la première fois. Elle erre dans la chambre : « Depuis un an, une fois par semaine ! » L'homme l'interrompt : « C'est quoi, ce jeu ? »

Elle ne joue pas. Elle est l'élue, il est le désigné. Que faire, sans le visiteur ? « Mais vous êtes lui, je reconnais votre voix ! C'est vous qui me parliez ! » La même voix, depuis un an, une fois par semaine, le samedi. Elle doit se calmer. Un metteur en scène lui dirait d'arrêter de marcher. Elle s'immobilise. Dans les mauvais films, on lui aurait même demandé de tenir sa tête dans les mains. Dans une bande dessinée, on aurait inscrit dans une bulle : `Elle réfléchit.`

« Allô, *khanoum* ? Vous n'avez pas raccroché ? » Elle tient toujours le combiné dans la main et elle comprend, maintenant, que le visiteur a pu prendre la voix du désigné. Évidemment. C'est ça, c'est sûr et certain. Le visiteur a pris la voix du désigné. Une voix volée, par surprise. Elle pense aux films de science-fiction, aux méchants, aux démons qui pénètrent sans aucun effort dans le corps des gentils (et même dans leur âme), aux vieillards qui s'expriment avec une voix de nourrisson. Elle se remet à marcher. La réflexion a porté ses fruits. Transfert de voix, voilà. L'homme au préfixe 75 est peut-être le désigné. Oui, c'est possible. Il ne la reconnaît pas ? Quoi de plus normal ? Pour la première fois de sa vie, c'est elle qui doit accomplir un effort, se faire apprécier, prouver qu'elle est l'élue. Le jeu n'est pas gagné d'avance.

Elle se persuade qu'elle parle avec un autre homme. D'ailleurs, pour être plus précise, il faut supprimer « autre » et dire « homme », tout simplement. Elle parle avec un homme. L'autre, le visiteur, était un E.T., un alien, une voix venue d'ailleurs.

Un jour, ou plutôt un soir...

En Iran, les récits commencent par « un soir ». Dans Attar, la parabole des papillons débute par *yek shabi*, « un soir ». Le Français Garcin de Tassy, qui traduisit *La Conférence des oiseaux* en français au XIXᵉ siècle, écrivit, par erreur ou par omission, « un jour ». Pourtant un désir du soir n'est pas de la même étoffe qu'un souhait de l'aurore. D'ailleurs, en persan, les fables sont introduites par *yeki boud yeki naboud*, « il était, il n'était pas », prélude qui devient en français « il était une fois ». Où donc est passé « il n'était pas une fois » ?

Un soir, il était, il n'était pas, Sheyda et le désigné décident de se voir. Il ne sait pas qu'il est le désigné. Il est juste celui qui a été appelé, contacté. Ils choisissent un parc enneigé. Elle arrive en avance et d'abord elle apprivoise le lieu : une colline, un pont, des arbres, un bonhomme de neige avec un foulard au cou et deux morceaux de charbon en guise d'yeux. Elle se met sur le pont. Le soleil, qui est de la partie, n'épargne pas la créature blanche, qui perd lente-

ment un œil. Soudain une voix derrière elle : « *Salam !* »
Elle se retourne : un jeune homme est là, aux cheveux
lisses, au visage apaisant. Elle l'aperçoit et se dit : « Je l'ai, il
est dans le concevable, dans le possible ! » Elle est dans le
monde du « il était » mais elle ignore que le désigné a des
désirs d'« il n'était pas ».

Ils sortent ensemble, toujours en cachette, ne se montrant jamais dans un espace public. Elle a pris l'habitude
de ne rien confier à ses parents, de dire à peine un
cinquième de la vérité. Cela suffit largement : « Si tu
avoues, tu attires l'inquiétude, l'ennui, la colère. » Alors,
quand Sheyda veut retrouver le désigné, elle invente une
histoire qui soit vraie pour un cinquième. Les parents
savent qu'elle ment mais cet artifice leur convient. « Un
cinquième de la vérité, c'est ce qu'ils méritent. Au-delà,
les portes se ferment, les voix s'élèvent, les esprits se
troublent ! »

Surviennent les fêtes du nouvel an et la cérémonie du
feu. Elle saute sur une énorme bûche, récite la formule
millénaire : « Je te donne ma pâleur ! Je te prends ton
ardeur ! » et elle ne pense qu'au désigné. Ce soir, la
flamme, c'est lui. Elle fête le Norouz avec ses parents. Leur
maison, comme celle de tous les Iraniens, est « secouée »,
de fond en comble. Sa mère tient à ce que tout soit lavé,
astiqué, retourné, brossé. La même tradition souhaite un
corps et un esprit tout propres. Sheyda s'est lavé la tête.
Ses cheveux sentent la poudre de riz et son âme n'est
qu'amour.

Les parents partent en voyage. Le désigné vient s'installer dans l'appartement du onzième étage. Ils vivent en

couple. Elle lui fait la cuisine. Ils couchent ensemble – «sans faire l'amour», précise-t-elle, en me racontant –, ils s'embrassent, regardent des films. Elle est au septième ciel, ou bien sur une autre planète. Elle remercie, comme dans une prière, le visiteur de lui avoir envoyé le désigné. Il leur arrive, pourtant, de se chamailler. «Il s'enfermait dans ma chambre, il lisait mes carnets secrets et fouillait dans mes ordonnances.»

Après une semaine, les parents reviennent. Pour le rituel du treizième jour du printemps, la tradition, toujours elle, veut que les jeunes filles nouent deux brins d'herbe comme présage de leur future union. Elle noue plusieurs brins d'herbe et, à chaque fois, prononce la phrase rituelle : «Dans un an, dans la maison du mari…»

Où situe-t-elle la maison du désigné ? Dans le quartier bas, au préfixe 75 ? Elle n'est jamais allée chez lui. D'ailleurs, s'ils sont vus en public, ils jouent à ne pas se connaître, alors qu'elle s'est endormie la veille avec sa voix lui chuchotant des mots obscènes au téléphone. Dans une salle de projection, tandis qu'il est entouré de comédiennes, si elle s'approche pour les saluer, il ne lève même pas les yeux. Il continue sa phrase, ne suspend rien : «Je suis de près le travail de Spike Jones, de Michel Gondry, Charlie Kaufman…» Elle s'arrête, comme pour écouter la suite des noms. Fait-elle partie des gens dont il suit le travail ?

Ce jeu lui plaît. Séduire de nouveau le désigné, ce jeune cinéaste prometteur que toutes les actrices courtisent.

Je lui demande : «Le désigné est un metteur en scène ? », elle répond : «Oui, il a fait des études de cinéma, il a même réalisé un film. » Elle dit cela du bout des lèvres, comme si ce n'était pas important, comme si ce qu'il fallait retenir de lui était ailleurs, en elle, au secret. Ce premier film, ou un autre, était dédié à Sheyda. Quand il le tournait, elle ne le connaissait pas encore. « Et le visiteur ? » Sa réponse est claire : ce premier film date d'avant le visiteur, d'avant le désigné. « Avec le visiteur, nous ne parlions jamais d'ici-bas ! »

Flash-back sur la conversation avec le visiteur. Dans un film banal, l'image deviendrait floue. On la verrait, elle, sur son canapé, parlant au téléphone, le regard fixé sur les feux des voitures. Dans un très mauvais film, on entendrait même la voix déFoℝmée du visiteur, comme venue de loin.

Avec le désigné, qui, je le rappelle, n'est pas le visiteur (même s'ils ont la même voix, la voix volée), elle parle des préoccupations des Terriens et plus précisément des Terriens cinéastes. Ils sont assis dans une voiture, la voiture est garée dans un sous-sol de parking, la climatisation ouverte à fond. Il mange une glace au chocolat de la marque Pak. C'est la seule marque qu'il affectionne. Les autres glaces ne valent pas la peine d'être avalées. Il fait chaud, très chaud, mais ils n'ont que la voiture pour se voir et débattre de la notion d'acteur-auteur, de l'exigence des spectateurs, de l'importance de la recherche.

Elle met un CD. Au passage, la radio s'allume : un débat sur le suicide de Said Emami, survenu, quelques jours plus tôt, le 9 juin 1999, dans la prison d'Evin. « De qui ? » demandé-je. Said Emami était un membre des services secrets iraniens et un des responsables des assassinats politiques à la chaîne. Ses victimes ? Des intellectuels, des érudits, des journalistes, des opposants, le père de sa copine du Conservatoire, l'ami de ma mère. Pour empêcher toute protestation, le régime en fit son bouc émissaire, le supprima sans doute et proclama son suicide dans sa cellule.

Dans la voiture, ils ont chaud. Ils étouffent, même. La clim ne les rafraîchit plus. La glace au chocolat est largement entamée. Ils sortent et montent dans l'ascenseur. Après la voiture, l'ascenseur est un autre endroit où ils peuvent être un couple et non deux inconnus. La cabine est faite de miroirs. Des dizaines de désignés s'adressent alors à des dizaines de Sheyda. Il a une solution pour mettre fin à cette dissimulation, pour émerger, se montrer, se fiancer peut-être. Le désigné est lucide. Il sait que les parents de Sheyda n'autoriseront jamais leur fille à se marier si jeune. Il sait qu'elle ne peut pas leur dire que leur union est bénie, que leur amour est ensemencé par le ciel. Son plan est simple : Sheyda doit avouer à son père qu'elle aime le désigné à la folie, que sans lui rien ne peut aller, ni la santé, ni le travail, ni la vie.

« Tu attends un peu, et tu ajoutes que le problème c'est moi !

– Toi ?

– Oui, moi, tu dis à ton père que je ne t'aime pas, que c'est à lui de venir me voir et de me persuader de t'aimer ! »

L'ascenseur arrive au onzième étage. Elle le quitte. Elle attend qu'il soit dans la rue, puis elle l'appelle.

« Tu penses que ça marchera ?

– Tout dépend de toi ! »

Elle l'imagine, avançant dans la rue, lever la main et arrêter un taxi. « Ne raccroche pas. Quand tu me dis au revoir, mon souffle s'arrête ! » Le désigné monte dans le taxi et indique le quartier au préfixe 75. Elle entend trois bips. Le téléphone est déchargé. Fin de communication. Son souffle s'arrête.

Le soir de son anniversaire où, exceptionnellement, il n'y a pas une centaine d'invités et de musiciens mais tout juste un vieux couple d'amis, elle est appelée par le gardien de leur immeuble pour réceptionner un colis. Elle descend, remarque de loin la silhouette du désigné, et ouvre le paquet : des ossements, une aiguière et un bric-à-brac d'enterrement. Arrivent deux policiers de la brigade des mœurs. Ils montent dans les étages. La musique d'une fête, venant de beaucoup plus haut, est assourdissante. L'aiguière sous le bras, elle tire le sac aux cadeaux – peut-on appeler ça des cadeaux ? – jusqu'à l'ascenseur, jusqu'à leur appartement. Quand elle y arrive, elle voit les deux policiers, là, à l'intérieur, chez eux. Ils sont venus suspendre une fête qui n'a pas lieu. Le père est furieux. Il traîne les flics par la main et les somme de regarder partout, derrière les portes, sous les tables, sous les lits, dans tous les recoins sombres et silencieux. Cette année, exceptionnellement, sa fille n'a pas fêté son anniversaire. La musique vient d'ailleurs, d'un autre étage. Chez eux, toutes les lumières sont éteintes, sauf celles de la cuisine où un minuscule gâteau, décoré de dix-neuf bougies, attend le couteau.

Avant de partir, les flics disent juste : «Vous avez été dénoncés. Une personne vous veut du mal!» Ils s'excusent et s'en vont, alors que le père, de sa voix fiévreuse, leur crie : «J'arracherai la peau de celui qui vous a alertés!» Sheyda dépose le sac de bric-à-brac et l'aiguière dans le vestibule, regagne la cuisine et souffle sur les bougies. *Happy birthday to you!*

Au téléphone, elle l'appelle «mon mari». Elle est déjà dans son futur rôle, celui d'une jeune épouse amoureuse, unie à un homme choisi par le ciel. Cependant, avant les noces célestes, ils doivent régler quelques détails ici-bas : le consentement du père, l'annonce à la famille, le choix du domicile, les revenus, qui sont disproportionnés – elle est une vedette de cinéma, il est un réalisateur en herbe. Bagatelles, broutilles, l'essentiel est ailleurs.

Dans l'île de Kish, où elle tourne, elle lui achète une veste très chic, très chère. Elle la lui décrit au téléphone. Il s'emporte et ne veut pas d'une chose qu'il ne pourra plus se procurer par la suite, lorsqu'ils seront bel et bien mariés et qu'elle portera son nom. Pourquoi? Elle est déconcertée, elle ne peut pas comprendre toute cette hargne. Qu'est-ce qu'il a contre cette veste? L'essentiel n'est-il pas ailleurs?

Elle passe à l'acte. Elle est devant son père et elle récite, tant bien que mal, plutôt mal que bien, le dialogue imaginé, suggéré par le désigné, vrai amoureux dans la peau du vrai indifférent. Elle parle de son amour, qui la ravage, elle en rajoute : «Il faut que vous m'aidiez. Père, il ne m'aime pas et moi, je ne vis que pour lui!» Mais le père, en adepte du matérialisme dialectique, ne peut pas concevoir l'idée même de coup de foudre. Il ne la prend pas au sérieux. Il ne marche pas dans ces jeux-là.

Elle a échoué. Le plan du désigné a échoué. Pourquoi n'a-t-elle pas pu convaincre son père ? À cause de son jeu. Elle aurait dû dire la vérité, quelque chose comme « Nous nous aimons et nous voulons nous marier ». Sincèrement. Son père est aussi comédien. Il a dû sentir qu'elle jouait quelque comédie cachée et qu'elle jouait mal. Voilà, par incompétence, elle vient de rater sa destinée et de décevoir le visiteur qui, de là-haut, de loin, à coup sûr, la regarde, et même ne regarde qu'elle. Les étoiles lui ont envoyé un homme et elle n'a pas su recueillir le consentement de son père : « Honte sur moi ! »

Elle appelle, en larmes, le désigné. Il est sur les hauteurs de Téhéran. Il ne la laisse pas parler et il se plaint de sa fatigue, de sa lassitude. Pourtant, il disserte, comme dans un cours d'économie, sur le capitalisme : « Si on peut penser que la lutte séculaire va bientôt être gagnée, comme des indices nous le montrent, il faut, cependant, résister avec force au capitalisme exploiteur, aux inégalités sociales, au chômage, à l'avilissement de la personne humaine... » Elle sait que cette longue tirade sera interrompue par les trois bips de décharge et que, peu après, son souffle s'arrêtera.

Elle raccroche et se demande si toute cette aventure, depuis le début, du visiteur au désigné, n'était pas un plan, un programme. Elle hésite encore, même maintenant, à Paris, dix ans plus tard, assise en face de moi, sous une glycine, ses pieds dénudés posés sur une chaise. Elle hésite. Pendant quelques secondes, elle paraît convaincue qu'elle s'est tout simplement fait avoir. Oui, tout n'était qu'un plan, élaboré par le désigné. Jamais elle n'a été contactée par un envoyé de l'au-delà, jamais. Sa voix change et prend l'accent, l'intonation d'un petit voyou de Téhéran, d'un voyou en détresse. Il a fait une transaction improbable en se persuadant qu'il serait gagnant et, au bout du compte, il s'aperçoit qu'il a été berné. En persan, dans ces cas-là, nous ne disons pas « honte » mais plutôt « culbute ». C'est ce qu'elle exprime, dans un vocabulaire de garnement floué : effondrement, chute, *boum*, du sep-tième ciel sur Téhéran, dans le quartier au préfixe 75. En français, elle s'est fait posséder. Avoir.

Elle se ranime, elle avale quelques tranches de pastèque – en ce moment elle suit un régime pour un film dans lequel la fille est malade, maigrichonne et squelettique – et elle ajoute : « D'ailleurs, une fois, une comédienne m'a dit que le désigné lui avait demandé d'improviser une scène où elle devait répondre aux appels d'un extraterrestre ! Ce coup-là j'ai compris, c'était vraiment fini. »

Elle n'est pas jalouse, en tout cas pas de la relation entre le désigné et les actrices. Elle sait qu'il les attire, toutes. Ce qu'elle ne supporte pas, c'est de réaliser que toute leur relation était préméditée, scénarisée, qu'elle avait même nécessité des essais. Deuxième effondrement, *boum, boum*. Elle décide de se protéger. Le voyou se serait engouffré davantage, il aurait poussé jusqu'à la bagarre. Elle abandonne alors le voyou et reprend sa voix normale : « Je craignais le désigné. Je l'aimais et je devais le fuir, mais comment faire ? » Elle m'interroge des yeux. J'ai envie de lui dire qu'il fallait le fuir, et vite, qu'il était réellement dangereux. Mais je garde le silence. Je laisse les jugements et les conseils à d'autres, à ceux qui œuvrent pour conduire devant le notaire une jolie fille douée et un héritier talentueux.

Il l'appelle et il sent que rien n'est plus comme avant. Il change de ton, de vocabulaire. Elle note ce qu'il dit au téléphone : «Veille sur moi... J'ai vu *La Dernière Tentation du Christ*... La vie est virtuelle... La température de ton visage n'est-elle pas moite? Les chats et les souris cohabitent... »

Elle pose les pieds par terre et elle parcourt, devant moi, des notes, envoyées de Téhéran par sa mère : «Mon écriture a changé. Mes phrases aussi, sous son influence, ont changé, regarde!» Elle déchiffre le style et le graphisme de ses écrits et elle me lit à haute voix ses propres phrases : «Je n'ai plus confiance en toi. Que s'est-il passé? Suis-je bonne ou mauvaise? Mes sens se sont endormis. Tu m'as donné des ailes, mais pour voler dans un réduit, dans un espace étroit. Je me cogne à tous les murs. J'ai mal. J'ai rêvé d'une rue où nous nous sommes embrassés. Sur les murs de cette rue, il y avait une affiche électorale et un poster de Niki Karimi avec une moustache. Cette rue était celle qui devait mener Alice au terrier... »

L'autre, dans son coin, dans le quartier au préfixe 75, élabore sans doute quelque nouveau plan. Mais elle sait, maintenant, qu'il s'agit d'un programme, d'une stratégie de reconquête. Il l'appelle. Toujours le téléphone. Elle répond. Elle ne craint plus l'arrêt brutal de son souffle, à la fin de la conversation. Elle en est même venue à espérer les trois bips, ceux qui annoncent la décharge du portable : « Bips salvateurs, coupez-lui la parole. Faites-le taire. Faites avorter ses plans. »

Pourtant d'autres appels vont suivre. Il lui annonce qu'une épidémie a sévi dans Téhéran et pollué l'eau potable, qu'elle va être contaminée. Mais lui, le désigné, il a la solution. Il faut qu'elle se rende chez Mme Unetelle, dispensatrice d'énergie.

La contamination, Sheyda s'en fiche. D'ailleurs, personne, autour d'elle, n'en parle. Elle se rend pourtant au rendez-vous, dans une banlieue de Téhéran, à Karadj, comme on va au cinéma pour se délecter d'un film d'horreur, pour se faire faussement peur. Elle sonne, une dame l'accueille, Mme Énergie (c'est moi qui l'appelle par ce nom). Et cette dame l'hypnotise. Subitement, voici que reviennent ses premières peurs. Elle est recroquevillée sous les escaliers de leur maison, abri de fortune. Elle entend les bruits des bombes irakiennes. Panne de courant. Son regard se pose sur une femme déchiquetée qui ne la lâche pas des yeux : un personnage de tableau, peint par sa mère.

Elle a gagné. Elle s'est fait peur. Mais quoi d'autre ? De quoi Mme Énergie peut-elle encore être capable ? Elle dit à Sheyda : « Quelqu'un va apparaître. Il mettra sa main dans la tienne. Cet homme sera ton homme pour la vie ! » Sheyda est presque sous hypnose, mais elle est aussi au cinéma, en train de regarder autour d'elle, d'une certaine façon. Le désigné entre dans la pièce. Elle le voit. Mme Énergie met la main du désigné dans celle de Sheyda et procède, d'une certaine façon, à leur union. Le visiteur a dirigé Sheyda vers le désigné et Mme Énergie vient de les unir. Fin du film.

Elle pourrait rentrer tranquillement chez elle. Mais non, pas du tout, elle préfère fuir et elle s'enfuit.

Le soir, il l'appelle, dans le rôle du jeune marié. Déception totale. L'hypnose a échoué. Pour lui parler, elle prend le ton désabusé du petit voyou. À la différence que cette fois le voyou a pris le dessus : « Non mais ça va pas la tête ? Qu'est-ce que c'est que ce mariage bidon ? » Le désigné s'énerve et l'insulte. Elle est indigne de son attention, de l'argent qu'il a dépensé pour la sauver. À cause de Sheyda, Mme Unetelle, dispensatrice d'énergie, a dû être hospitalisée. Son fils l'a découverte évanouie sur le sol. Oui, à cause de l'incrédulité de Sheyda, voilà, une mère de famille doit passer la nuit aux urgences.

Il hausse la voix : « De quel mariage tu parles ? Nous ne sommes pas mariés ! Moi, j'ai toujours détesté le mariage, même au cinéma. Tu m'accuses d'avoir mis ma main dans la tienne. Oui, je l'ai fait. Je l'ai fait pour te donner mon ardeur, ma vie, mon endurance. » Elle espère les trois bips, mais non, ils n'arrivent pas. Il continue : « Parce que sans mon intervention, *khanoum*, tu allais mourir. Oui, mourir ! Tes globules blancs n'allaient pas résister à cette épidémie. Cette foutue semaine où nous étions seuls dans votre appartement n'était que tristesse et désolation pour moi. Tu m'enlaçais, et moi je ne pensais qu'aux symptômes de ta maladie, déjà visibles sur ton corps. Le soir, je les notais et j'appelais la dame de Karadj. Sans elle, sans moi, tu serais morte. Honte à toi… »

Elle n'a pas honte. Elle est indignée, profondément

offensée. De toute la tirade, elle ne retient que «foutue semaine» alors qu'elle l'aurait qualifiée de «divine, enchanteresse, magique, immatérielle». Foutue, cette semaine?

Le soir, elle joue *Othello* sur scène, elle joue le rôle d'Othello lui-même: «Quel est ce désastre? N'y a-t-il pas, dans le ciel, une pierre?» La nuit, dans son lit, elle n'arrête pas de renifler sa peau. Elle pue, croit-elle. Ses dents sont noires, ses mains difformes. Ses cheveux sont des filaments de vermine. Est-elle réellement malade? Elle fait tout de même vérifier le taux de ses globules blancs. Tout est normal. La maladie vient de la tête. De sa tête à elle ou à lui? Il prétend qu'elle est schizophrène. Il insiste. Elle me montre les lettres qu'ils se sont écrites. Les siennes sont ordonnées, claires, même si son écriture, sous l'emprise du désigné, a changé. Celles de l'autre sont en revanche fractionnées, comme une «coupure de l'esprit». Lequel des deux est atteint de schizophrénie?

Arrive l'anniversaire du désigné. Depuis longtemps, bien avant qu'elle ne le soupçonne d'avoir été un manipulateur, bien avant qu'il ne prononce ces foutus mots de «foutue semaine», elle avait imaginé de lui offrir un cadeau exceptionnel. Que faire maintenant, avec, entre eux, ce conflit? Mais le petit voyou qui vit en elle a des codes d'honneur. Il doit respecter ses contrats. «Et puis, c'était un jeu. Je voulais lui prouver que nous pouvions continuer à jouer. Que ce qui était vraiment important, c'était de jouer.»

Elle lui achète une montre, un collector. Elle est riche. Elle joue dans des films et elle habite chez ses parents. Elle ne dépense rien et, quand elle dépense, c'est sans compter. Mais la montre ne suffit pas. Le cadeau exceptionnel, c'est autre chose. Elle-même, elle-même comme présent. C'est ça, l'idée. Elle fait confectionner un sac de jute en guise d'enveloppe, d'emballage pour elle-même. Elle a un plan et, pour le réaliser, un assistant.

Le soir de l'anniversaire du désigné, elle lui demande de quitter son immeuble à une heure du matin. Elle se rend, avec son complice, dans le quartier au préfixe 75. Il neige. Ils parsèment de bougies le parcours entre la maison du désigné et un recoin isolé. Ils déversent un filet d'essence tout le long du chemin. Elle entre dans son sac de jute. Le complice ferme le sac, le pose sur un chariot de marchand ambulant, puis il allume les bougies et l'essence. Le chemin prend feu. Où sommes-nous ? Où sont passés les gardiens de la Révolution, la milice, les forces de l'ordre, les dénonciateurs, les « bols plus chauds que la soupe » ?

À une heure pile, le désigné sort de son immeuble et s'engage dans le parcours de feu. Il arrive au chariot. Le complice est assis par terre, comme un vendeur en détresse. Il lui dit : « J'espère au moins que tu mérites cette offrande ! » Le désigné tire le chariot jusqu'à son domicile, il essaie de soulever le sac. Impossible, trop lourd. Il le renverse par terre. Sheyda s'entortille, s'enroule, se tord. Elle se rappelle les coups pris par Amir, son double. Le sac dévale les escaliers jusqu'au sous-sol. Cléopâtre, enroulée dans un tapis, s'offrant à César. Le désigné se débat avec le sac. Enfin un orifice. Il le perce, Sheyda en jaillit. Elle tient une caméra. Elle filme la scène.

Une heure plus tard, lorsqu'elle sort du sous-sol, le

quartier est investi par les gardiens de la Révolution, la milice, les forces de l'ordre et tous les bols plus chauds que la soupe. Le chemin enflammé les a mis en alerte. Un comité révolutionnaire, situé dans une rue adjacente, a donné l'alarme. Un attentat, une attaque, les modjahedin, les Américains, le Mossad ? Quoi ? Quel danger ? Elle traverse la rue quadrillée, sous la neige, sans foulard – « J'avais tout prévu sauf un fichu pour ma tête ! » –, et elle regagne la voiture de son complice. Mission accomplie. Sur le chemin du retour, pas un mot.

Le petit voyou est satisfait. Il a tenu sa promesse.

Elle doit maintenant tourner dans les montagnes de l'Ouest. Excellente occasion pour se désunir, pour se dissocier du désigné. Pendant six mois, elle jouera le rôle d'une bergère entourée de vingt-cinq moutons, avec pour préoccupations principales l'intensité du froid, l'abondance de l'herbe, la menace des loups, le danger des voleurs. Elle respire. Aucune place pour le désigné. Dans ses poches, elle n'a plus de portable, mais un couteau, un vieux chiffon et une boîte d'allumettes. Elle sent qu'elle est, de nouveau, protégée. Elle n'ose pas encore le croire, mais il lui semble qu'elle est, de nouveau, choisie. Pas par le visiteur, non. Il s'agit d'une autre protection, d'une autre nature. D'ailleurs, tous les soirs, une des actrices la rejoint dans sa chambre et lui lit des passages de la Bible : « Celui qui entre par la porte est le berger des brebis. Il appelle par leur nom les brebis. Jésus dit : "Je suis la porte des brebis. Je suis le bon berger. Le bon berger donne sa vie pour ses brebis. Je connais mes brebis et elles me connaissent." »

Il n'y a qu'elle qui puisse apprécier chaque phrase de ce passage de l'Évangile selon saint Jean. Elle connaît le nom de chacun de ses vingt-cinq moutons. Ils la suivent au son de sa voix et elle se sent véritablement capable de donner sa vie pour son troupeau. Quand elle le promène, elle scande, à haute voix, les phrases bibliques. Elles résonnent dans les montagnes : « *Man tchoupane shoma hastam*, je suis votre berger. » Si, dans la vallée, quelqu'un l'entend, un membre des services secrets, toujours présent sur un tournage, elle ne pourra pas être blâmée. Elle est dans son rôle.

Je ne l'interromps pas pour dire que cette région de l'Iran n'a jamais ignoré le Christ, car depuis les Sassanides, au IIIe siècle, et la christianisation d'une partie de l'Empire perse, des chrétiens ont élu domicile dans ces montagnes, construit des monastères et récité les textes dans une langue qui s'appelle le syriaque. Je ne lui dis pas non plus que j'ai raconté, dans un livre, l'épopée de ces chrétiens qui appartenaient à l'Église de Perse.

La bergère est capable de repousser les loups et les voleurs. Elle possède toutes les formules, tous les procédés. Le soir, dans sa chambre, quand le portable sonne, elle ne répond pas. Le désigné... D'ailleurs, il faut lui donner un autre nom. Il n'a jamais été désigné. Ce jeu-là est bel et bien fini. Quand l'autre appelle, elle coupe, sans même regarder le numéro qui s'affiche. Elle est dans la chambre d'un hôtel, en compagnie de plusieurs acteurs, et ils lisent la Bible : « Le voleur ne vient que pour dérober, égorger et détruire. Moi, je suis venu afin que les brebis aient la vie, et qu'elles soient dans l'abondance. Je suis venu aussi et surtout pour secourir la brebis égarée. »

Dehors, la République islamique et son cortège d'interdictions, d'obligations et de menaces : « Respectez le foulard. Pleurez les martyrs. Anéantissez le mal. »

Dehors, un homme déchu et détrôné, un homme dont les appels restent sans réponse, décide de retrouver sa promise. Le lendemain, lorsqu'elle rentre du tournage et franchit la porte de l'hôtel, elle est saisie par le parfum de l'autre (gare à moi si j'écris « le désigné »). Elle sait qu'il est là. « Il y avait des flèches partout. Je les ai suivies. Plus j'avançais, plus je sentais son odeur. Les flèches me conduisirent à une chambre. J'ouvris la porte, il était là ! »

Ils se parlent longuement. Elle sait maintenant qu'elle ne le veut plus, qu'il n'y a plus d'amour, en tout cas ici-bas, que les planètes et les étoiles s'éloignent à toute allure dans les espaces, à une vitesse bien supérieure à celle de la lumière, que c'est fini. « Il faut que tu le comprennes. » Il en prend note. Il a compris. Il n'est pas bête.

Il lui laisse des lettres, des lettres d'« un soir, il n'était pas » : « Je suis l'oreiller sur lequel tu dors. Je suis l'ami. Je suis l'amour. Je suis la protection. J'aimerais aller à la mer avec toi, dans une fête, n'importe où, Shidi. » Je lui demande s'il l'appelait Shidi. « Il m'appelait rarement par mon nom », répond-elle.

Le jour de son départ, il glisse une dernière lettre sous la porte de la chambre de Sheyda, numéro 522, de l'hôtel Sahra (les précisions sont de lui : Sheyda est dans la chambre 522 et lui, deux étages plus bas, au 314) : «Je suis allé visiter l'église de Marie.»

Elle n'a plus peur. La mère du berger la protège des loups et des voleurs. Il rentre à Téhéran «les bras plus longs que les jambes», bredouille.

Une interruption dans le tournage : elle regagne Téhéran, se rend directement dans le quartier des bijoutiers et s'achète une croix. Elle a besoin de sentir le contact du métal froid dans le creux entre ses clavicules. C'est son secret, son nouveau secret, celui qui l'aidera à se débarrasser de l'autre. Elle l'appelle de moins en moins le désigné. Parfois, elle dit simplement « l'autre».

Les mises en scène s'enchaînent, non pas celles du cinéma, mais de la vie. Le désigné met réellement en scène des situations insolites. Dans un restaurant huppé apparaît soudain un nain. Il se dirige vers le frère de Sheyda et lui dit, haletant, comme la dernière des révélations, que la belle est promise à un seul homme, que briser la destinée serait... Il tremble. Les mots peinent à sortir de sa bouche joufflue. Briser la destinée équivaudrait à attirer sur la belle, sur sa famille, sur sa ville et son pays des années et des années de malheur !

Quand le frère de Sheyda lui raconte cette scène – oui, il s'agit bien d'une scène –, il emploie des mots du spectacle : «Le nain jouait mal, le timing clochait, même les assistants étaient visibles !» À l'évidence, le branle-bas du nain était un coup monté par le désigné. Sheyda, enfin, a tout raconté à sa famille. Dorénavant, ils savent qu'un farfelu, un affabulateur rôde autour de leur fille. Prudence.

Le tournage reprend. Sheyda repart, retrouve ses vingt-cinq moutons, ses montagnes, la lecture de la Bible. Le désigné fait dorénavant partie d'un monde consommé. Elle ne pense même pas à lui. Il fait trop froid et puis un des moutons a commencé à trembler. Le téléphone sonne. Elle répond. Elle sait que ce n'est pas le désigné. Elle a vingt-quatre heures, lui dit-on, pour se rendre à Cannes, oui, au festival de Cannes, vingt-quatre heures pour calmer la tremblante de son mouton, curer ses ongles, adoucir la peau de ses mains, vider ses poches des couteaux, allumettes et vieux torchons et se consacrer à la montée des marches, au tapis rouge, aux conférences de presse, aux séances de photos.

Elle passe une journée à Téhéran, met deux, trois petits trucs dans sa valise. Aucun grand joaillier ni aucune grande maison de couture ne l'a contactée. Elle se douche – « Enfin de l'eau vraiment chaude ! » – et se fait accompagner à l'aéroport par son frère et son père.

Là elle est arrêtée au moment de la fouille corporelle. Pourtant, elle n'a sur elle aucun objet interdit. Sûr et certain. Elle a laissé son couteau dans sa chambre d'hôtel et même le torchon qui sentait l'essence. Elle ne peut pas voyager parce qu'elle porte à ses pieds des tongs et qu'en exposant ses orteils, elle risque d'ébranler les fondements de l'islam. Son frère est là. Il retire ses propres chaussettes et les lui donne. L'islam est sauvé.

Elle passe le contrôle des passeports. De l'autre côté, un homme l'interpelle et lui donne une enveloppe : « Tiens, Sheyda, prends-la ! » Il lui parle d'une manière intime, comme s'ils venaient de se quitter. Elle ne le connaît pourtant pas. « Allez, reprends ton enveloppe ! Tu ne te rappelles pas ? Tu me l'as donnée en bas, avant la police de l'air ! » lui dit l'inconnu. Elle hésite et puis elle acquiesce. L'homme s'éloigne. Elle se rend alors dans la salle d'embarquement et ouvre l'enveloppe : c'est le faire-part du décès de sa mère, avec sa photo. Elle monte dans l'avion qui la conduit à Cannes avec, aux pieds, les chaussettes fatiguées de son frère, dans ses mains l'annonce de la mort soudaine de sa mère et, entre ses clavicules, son nouveau secret : une croix.

De Cannes, du côtoiement des stars, du tapis rouge, elle ne me dit pas un mot. Elle circule en foulard sur une plage où les filles sont topless. « Pourquoi j'ai gardé le foulard, alors que même les membres des services secrets se moquaient de ma tenue ? » me demande-t-elle. Pourquoi ne l'a-t-elle pas retiré à ce moment-là ? Que serait-il arrivé ? On lui aurait interdit de jouer, de s'exprimer dans les médias, de quitter son pays et, une fois partie, de remettre les pieds en Iran.

Autre souvenir de Cannes : les églises. Sa préférée est Notre-Dame-de-Bonne-Espérance : « En Iran aussi, je pénétrais dans les églises, j'allumais des cierges et je chantais. Mais c'était dangereux, à chaque étincelle je risquais ma vie ! »

Cannes se résume aussi à un Autrichien, ou Allemand, rencontré quelques mois plus tôt dans un aéroport en Iran. « Je lui ai donné une pomme, on s'est mis à parler. Il devait se rendre en Irak pour une mission humanitaire. » C'est avec l'Allemand, ou l'Autrichien, venu la rejoindre sur la Côte, qu'elle poursuit, dans une chambre d'hôtel, la lecture de la Bible. Là seulement, elle apprend qu'il est missionnaire.

« À Cannes, ah, j'ai oublié de te le dire, on a volé mon sac ! me dit-elle. Il y avait tout mon argent, toutes mes adresses. » Puis elle enchaîne – de peur que j'écrive : « On a volé son sac et elle a paniqué » : « Quelle joie ! »

Enfin débarrassée de toute identité terrestre. Elle ne peut aller nulle part, elle ne peut contacter personne, elle ne peut même pas s'acheter une pomme. Je me dis, en prenant des notes, que l'équipe du film a dû lui prêter de l'argent, faciliter ses démarches. Mais ce sont mes suppositions. Sheyda parle d'une joie immense, d'un bonheur enfin à portée de main. Elle ferme les yeux, sent l'odeur de la myrrhe et elle psalmodie : « Ô Éternel ! Fais du bien à moi, ton enfant, ta fille. Je suis un étranger sur la terre ! Je suis errant comme une brebis perdue ! »

Quand il pleut, elle est la seule à poursuivre sa promenade. Les gens courent, regagnent leurs hôtels ou s'abritent sous les parasols. Sheyda ralentit ses pas, lève son visage et s'adresse à la pluie. Il lui semble, elle en est même certaine, que la pluie obéit à sa voix.

Elle quitte Cannes par le train. Possède-t-elle de l'argent, des adresses où aller ? À la gare, elle se sent dirigée, protégée même. Elle n'a toujours peur de rien. « C'était la meilleure période de ma vie ! »

Le train la conduit à Paris, puis en Allemagne, auprès de la tante de sa mère. Celle-ci est de confession bahaïe et participe, à Hofheim, à une de leurs célébrations religieuses, dans un lieu appelé « maison d'adoration », *mashregh ol...*

Moi aussi j'ai franchi, il y a quelques années, la porte d'un *mashregh ol-azkar*, celui de Chicago. Je l'ai fait en pensant au mari de ma tante, lequel vivait en Iran, craignant sans cesse d'être démasqué. Il avait toujours, sur sa table de chevet, un petit livre de prières à couverture bleue. Après l'instauration de la République islamique, le livre bleu disparut. Il priait, mais sans livre, sans lieu de culte. Leur centre avait été transformé en Maison de l'art islamique et chaque fois qu'il passait par là, il n'osait pas, de peur de se trahir, ralentir le pas pour admirer les roses du jardin. C'était l'époque où ses coreligionnaires ne pouvaient pas témoigner dans les tribunaux, n'avaient aucune existence légale, étaient calomniés, enlevés, arrêtés. Mon oncle avançait sans détourner le visage, sans un regard, même bref, sur son temple.

Sheyda accompagne sa tante dans ce lieu qui porte un nom arabe : *mashregh ol...* Elle ne sait pas que même si elle prononce mal le mot, même si elle le déforme, je le note, par respect pour mon oncle, correctement, entièrement, intégralement. J'écris *mashregh ol-azkar*, et je pense à cet édifice qui est en rapport avec le chiffre neuf.

Par une des neuf entrées, sa tante l'introduit sous la coupole lumineuse. Mais Sheyda ne pense qu'à Jésus. Sa tante s'affaire dans des cercles d'études, des réunions de prière, des classes d'enfants et des programmes pour les jeunes. Ah, l'hyperactivité de sa famille maternelle ! Sheyda n'a qu'une hâte : se rendre dans la forêt de Hofheim pour retrouver des biches, des cerfs, des lapins. Il lui arrive même de s'adosser à un arbre et d'entendre sa propre voix, sans avoir ouvert la bouche. Elle ajoute avec l'intonation du petit voyou : « C'était de l'hallucination, rien d'autre ! »

Ses moutons lui manquent. Elle quitte l'Allemagne et regagne ses montagnes enneigées pour terminer le tournage. Quand enfin elle revient à Téhéran, elle ne pense qu'à réaliser son rêve d'enfance : devenir chauffeur de camion. Cependant, avec le passeport iranien, elle ne peut se rendre qu'en Syrie et à Dubaï. Le reste du monde, celui justement qui l'intéresse, lui est fermé. Elle connaît la solution : épouser un homme qui aurait une double nationalité. Pour elle, c'est à portée de la main. Il suffit de le demander. Elle le fait, dans une soirée chic. « Ça ne me posait pas de problème. J'étais la femme de Dieu. Aucun homme ne m'intéressait ! »

L'heureux élu à qui elle s'adresse est un Iranien qui réside en Amérique. Il a les deux passeports « et plus si affinités ». Elle doit patienter quelques mois, le temps qu'il mette de l'ordre dans sa vie, rompe avec quelques petites amies, et tout sera fait.

En attendant son passeport américain et son permis poids lourds, elle assiste, comme joueuse de tambour en tonneau, le *mridang*, instrument créé par Krishna et joué tout d'abord par Ganesha et Hanuman, à des réunions de Hare Krishna à Téhéran. Elle a moins de vingt ans. Devant elle, une assemblée de happy few téhéranais. Elle lance à voix haute les mantras et deux cents personnes répètent après elle : *Hare Krishna Hare Krishna Krishna Krishna Hare Hare Hare Rama Hare Rama Rama Rama Hare Hare.*

« C'était juste grisant. Déclencher le chant dans la

bouche de deux cents personnes, grisant ! » La voix du petit voyou ajoute : « Mais je n'y croyais pas vraiment, pas une seconde. Je ne laissais jamais ma queue dans le piège ! »

Du désigné, aucune nouvelle. Ou plutôt si.

Un autre jour, non, un autre soir – la différence est colossale –, Sheyda et ses deux frères reçoivent une convocation du ministère des Renseignements et de la Sécurité nationale, cet organe qui contrôle l'information et que tout le monde redoute. Leur père les y accompagne. Ils se rendent dans la très redoutable prison d'Evin, mais ils sont expédiés ailleurs, à l'est de Téhéran. Là, on les renvoie d'une pièce à l'autre. Chaque chambre a sa propre histoire, des empreintes de mains, des ampoules cassées, des débris de câbles. Entrent enfin deux hommes. L'interrogatoire commence. Sheyda et ses deux frères sont accusés de propager le bouddhisme.

Pour le père, il est inconcevable d'imaginer que sa progéniture, et plus particulièrement Sheyda, soit impliquée dans une affaire religieuse. Propager le bouddhisme en Iran ? Quelle idée ! Il est persuadé que ses enfants ont été dénoncés, que leur présence dans une antichambre de torture n'est pas fortuite. Il tire de sa serviette le faire-part du soi-disant décès de sa femme et demande, expressément, aux deux membres des services secrets iraniens, un des plus efficaces au monde, d'en dissuader l'auteur, qui ne peut être autre que le désigné. « Nous le poursuivrons, soyez-en sûr ! » lui disent les enquêteurs.

Le désigné appelle la mère, en superhéros, en Zorro. Il propose son aide et déclare son soutien. Il dit : « Nous sommes tous dans la même jungle, entourés des mêmes fauves, et nous ne pouvons compter que sur nous-mêmes ! » Le père l'insulte, la mère l'écoute. Jusqu'au bout, jusqu'à la veille de son suicide, la mère l'écoutera.

Sheyda se marie. L'autre, le désigné, est désormais oublié, mis à l'écart. La consigne est : « Ne lui parle pas, surtout ne lui écris pas ! » Elle s'implique dans ses rôles : « Là, du moins, quand tu donnes ta confiance, tu n'es jamais déçu. Dans le cinéma, oui, la certitude est possible. »

Le désigné tourne un film dans lequel jouent, à l'exception de Sheyda, toutes les belles filles du cinéma iranien. « Il les a enrôlées toutes, embobinées une à une ! Dieu sait ce qu'il leur a raconté ! » Je me rends compte que la langue française, pour dire « trahir », dispose d'un vocabulaire cinématographique étendu : « embobiner », « entuber ». En persan, elle dit avec la voix du petit voyou : « Dans son ventre, il n'y avait pas un seul intestin droit ! »

Sheyda quitte l'Iran. Elle apprend que le désigné s'est impliqué dans la dernière campagne et a réalisé des vidéos électorales. Il lui communique le nom de son blog. Comme tant d'autres visiteurs, elle le consulte, mais elle est la seule à en comprendre le contenu. Il n'écrit, en fait, que pour elle. Où qu'elle soit, elle n'a plus qu'un objectif : s'immobiliser devant un ordinateur et vite, vite, avant que d'autres consignes ne tombent, avant que la voix de son père ne résonne de nouveau – « Tout ce qu'on endure c'est à cause de lui ! » –, elle lit les longs textes du désigné, parsemés d'un vocabulaire grossier. Il dit qu'elle a perdu son essence mais que rien n'est définitif. Chaque phrase a un double sens. Il cultive l'art d'être double, jusqu'à la perte d'identité, jusqu'au suicide.

Lorsqu'elle apprend le suicide du désigné, elle appelle sa mère, sa mère à lui. Celle-ci lui dit qu'il n'avait qu'un mot à la bouche, son nom à elle, Sheyda. Il refusait de se marier parce que, pour lui, il n'y avait qu'elle.

Il n'y avait qu'elle.

Sheyda s'en va. La séance de travail est finie. Je vais sur Internet et je tombe sur les photos de l'enterrement du désigné, son corps enveloppé dans un châle iranien. Il paraît petit. Sur certaines photos, le corps est même recroquevillé, comme au cours d'une sieste printanière, sous un saule pleureur. Je découvre aussi, toujours sur Internet, une vidéo où on le voit. Il est barbu, un peu grassouillet, pas si petit que ça. Je la visionne plusieurs fois de suite, saisie d'une pulsion inexplicable. Pourquoi suis-je attirée par cette histoire, pour ne pas dire par cet homme ?

Moi aussi, on a essayé de m'entraîner dans des aventures miraculeuses, avec des talismans à l'écriture illisible, des poupées vaudoues, des prédictions, des recueils interminables de poèmes. Découvrant un de ces talismans, la grand-mère d'une amie me dit : « Fuis celui qui t'envoie ces poèmes, qui te déclare si intensément son amour. Jette la poupée dans une eau qui coule, attention, pas dans une eau stagnante. Tu sais, ma fille, quand les hommes sont si amoureux, il faut les fuir ! »

Sheyda m'appelle pour fixer un autre rendez-vous. Elle parle de lui : « Jamais je n'ai autant pensé au désigné.

J'aurais dû lui dire que j'étais à lui, qu'on nous avait unis pour la vie ! Ne se souvenait-il pas de tout ça ? »

Elle arrive l'après-midi avec une autre pastèque. Nous nous mettons au travail. La glycine embaume. Je lui laisse voir la vidéo du désigné. J'évite d'écrire qu'elle pleure. Puis, subitement, elle montre quelques taches sur le pull du désigné : « Regarde, ces taches-là sont le sang de mon doigt ! Un jour, non, plutôt un soir... »

Ultime message, transmis par l'au-delà.

Darwin à Téhéran

L a première fois que je vis Sheyda et Alex ensemble, ce fut, peu après leur mariage, chez un ami commun, un ancien ambassadeur du Shah miraculeusement échappé des griffes de la République islamique. Un homme raffiné et élégant. Un mélange de diplomate et de banquier d'un autre temps, de cette époque où les banquiers ne sniffaient pas vingt rails de coke par jour et où les diplomates ne tentaient pas de se mesurer aux body-builders.

Son Excellence reçoit comme personne. Sa vaisselle est griffée aux armoiries de sa famille. Des initiales – je ne sais d'ailleurs pas lesquelles – sont gravées sur ses couverts et brodées sur ses chemises. Une chevalière à l'annulaire, un blazer, des serveurs en uniforme, un plan de table étudié, du vin français, qu'il achète directement à l'ambassade de France – en Iran, tout le monde fait son très mauvais vin et le seul vin soi-disant français que fournissent les marchands clandestins arméniens s'appelle Château-Dulac, issu d'un vignoble imaginaire, peut-être même chinois. Je reprends mon énumération : du caviar, plusieurs diplomates dont un homosexuel, un ou deux écrivains et philosophes affiliés à l'ancien régime – celui du Shah –, des businessmen de l'ancien, du nouveau et peut-être même du futur régime, au moins deux réalisateurs, enfin un virtuose de musique traditionnelle iranienne qui, par amitié, finira inévitablement par jouer, plus tard, après la distribution des cigares.

Son Excellence m'aime beaucoup. Je l'ai su dès la première fois où il m'invita : il me plaça à sa gauche. Dès lors, à chaque fois qu'il me recevait, au moment de passer à table, mon cœur se mettait à battre. Allais-je conserver mon siège privilégié ? Ou bien serais-je expédiée avec les convives moins importants, un journaliste de passage, un représentant commercial, une couturière locale, un irano-logue, à la seconde table ? Quand il tirait pour moi la chaise à sa gauche, la soirée, de nouveau, brillait. L'honneur restait sauf, du moins pour cette fois.

Nous étions donc chez l'ambassadeur lorsque je vis Sheyda pour la première fois. Le serveur en uniforme circulait avec son plateau d'apéritifs islamiquement inter-dits, des bâtonnets d'encens rappelaient la mission de notre hôte en Inde une vingtaine d'années auparavant, la conversation tournait autour du dernier film d'un ami cinéaste primé à Cannes : « Moi, je l'ai vu, chez lui, avant tout le monde, avant même qu'il ajoute la musique et le générique ! » Les phrases jaillissaient de toutes parts. De sa voix douce et appliquée – élevé en France, à Paris, l'ambassadeur peinait à réapprendre le persan –, il ajouta : « D'ailleurs, il m'a promis de passer ce soir… » Appa-rurent alors Alex et Sheyda, vêtus exactement de la même manière, en noir, à l'indienne. Ils traversèrent le salon avec une lenteur extrême. Pendant ce temps, j'avalai vingt pistaches et deux petits-fours. Je les regardais, ils me paraissaient loin. Vite, encore une pincée de cacahuètes. Embrassades, félicitations, congratulations de circonstance, tout affluait, tout se mélangeait.

Entrée de la star. Ils s'assirent sur le sol. Le serveur en uniforme surgit avec son plateau, qu'il exhibait avec une fierté certaine : « Whisky, vodka, campari, vin... » Elle demanda de l'eau. Juste de l'eau, oui. Je dois préciser qu'elle le demanda d'une voix inaudible. Je les saluai, je me présentai, je leur proposai de venir me voir à Paris, lors de leur prochain voyage, avec une diction normale, qui était la mienne, qui est toujours la mienne, mais qui, comparée à l'indolence de leur réponse, paraissait accélérée, accentuée, presque accidentée.

Je ralentis mon débit. « Venez me voir à Paris, oui, ça serait génial si vous veniez. En été, nous pourrions même aller à la campagne, dans le Midi. Vous verrez, c'est formidable, la montagne, la mer, le voisin qui apporte, avant le petit déjeuner, tout un plateau de légumes... » se transforma en « Ve... nez... », prononcé lentement, presque épelé, comme dans une dictée d'enfant.

On nous conduisit à la salle à manger. Je me trouvais, ouf, à la gauche de l'ambassadeur et les jeunes mariés, à la même table, la table numéro 1, la table d'honneur. Pendant tout le dîner, Sheyda ne dit mot. Une ou deux exceptions : interrogée par un jeune diplomate européen, elle lui répondit, dans un anglais parfait, qu'elle tournait en ce moment et que, d'ailleurs, elle ne tarderait pas à partir.

Au désespoir général, le cinéaste primé à Cannes se décommanda. Le serveur vint annoncer qu'un lumbago le clouait au lit. Puis il s'approcha de moi et glissa à mon oreille : « Madame, j'ai du très bon béluga ! » Rien d'anormal. Il était serveur, mais il était aussi notre fournisseur de caviar de contrebande. Un autre convive, un médecin, demanda des précisions sur la nature du lumbago de la Palme d'or : « Il fallait lui demander si l'irradiation se produit au niveau des fesses, des cuisses ou des genoux ! » Le jeune diplomate, en poste à Téhéran depuis deux mois, nous parla longuement, à nous Iraniens, du comportement de notre peuple. Il nous connaissait, déjà, mieux que nous-mêmes.

De l'autre côté de la table, le serveur, tout à sa besogne, m'interrogea des yeux : « Béluga, oui ou non ? » Je frottai mes doigts : « Combien ça coûte ? » Tout en débarrassant une assiette, il me montra quatre doigts, ce qui voulait dire quatre cents dollars la boîte (de deux cent cinquante grammes) – aujourd'hui, pour ceux qui s'y intéressent, le prix a doublé. Je baissai le regard, je n'étais pas d'accord. Trop cher. Il changea mon assiette : « Alors ? » Le jeune diplomate, à ma gauche, me demanda pourquoi en Iran on ne trouvait pas de personnel qualifié. J'abandonnai mon marchandage avec le serveur et je lui dis : « Parce que nous n'avons jamais été colonisés, voilà la raison. »

Tout aussitôt, je pensai aux personnes qui travaillaient chez moi et qui me semblaient autrement qualifiées. Je pensai à la grand-mère, sereine et imperturbable, à son fils avec lequel j'avais grandi, tout aussi serein et imperturbable, à la belle-fille rondelette et souriante, respectant à la lettre le dernier régime *on line*, au petit-fils, beau, grand et fluet, qui, à force de nous accompagner dans nos voyages en Iran, avait fini par apprendre le français. Tout ce beau monde – ah, j'ai oublié le grand-père qui, dans sa jeunesse, servait dans un restaurant très chic – et personne dans la cuisine, lorsque je recevais. La table ? Une catastrophe, les fourchettes à droite, les couteaux à gauche. Et quand apparaissait le grand-père avec sa belle chemise blanche amidonnée, je savais que je pouvais tout lui demander sauf de servir et desservir. À gauche ? À droite ? Quelle différence ? C'est pourquoi je faisais tout moi-même. Ce personnel n'était pas formé pour servir et desservir, non, il ne l'était pas. Mais quand j'avais une migraine, c'est sur les genoux de la grand-mère que je posais ma tête. C'est le fils qui, de son propre chef, m'approvisionnait en médicaments. C'est la belle-fille qui brûlait un encens très spécial pour écarter de moi tout mauvais œil, et le petit-fils qui emmenait ma fille en balade : « Ta maman a besoin de calme ! » Je ne dis rien de tout ça au jeune diplomate et je savourai, je dégustai l'idée que le personnel en Iran n'était pas qualifié. Je savais pourquoi.

Le serveur se tient de nouveau en face de moi. Il hésite, à gauche ou à droite, puis incline la tête, dessine un cercle avec son pouce et son index, remonte le majeur, l'annulaire et l'auriculaire, tout en servant la sauce aux aubergines pour me signifier, avec l'habileté d'un magicien hautement expérimenté, l'excellence de son caviar. Sheyda est végétarienne et se contente de riz blanc. Le jeune diplomate ne détache pas ses yeux d'elle. « En Iran, le personnel n'est pas qualifié mais les filles sont belles », doit-il se dire. Sheyda s'adresse au médecin et lui demande, à voix basse, presque imperceptible, quels sont les symptômes d'un *modji*, d'un homme qui, pendant les bombardements chimiques, a inhalé du gaz. Le médecin ajuste ses lunettes et, tout en pressant le citron sur le caviar, énumère une très longue liste de manifestations somatiques. Des poumons au cœur, tout y passe. Elle écoute, elle est attentive.

Notre hôte, l'ambassadeur, est ravi de l'alliance d'Alex et Sheyda. Cinquante ans auparavant, il avait été témoin du mariage des parents d'Alex, à Genève, lorsque le jeune physicien iranien tomba amoureux d'une princesse grecque et voulut absolument l'épouser. Avec qui d'autre que Sheyda Alex, l'excentrique, le dandy, l'homme à femmes, le nonchalant diplômé de Harvard, aurait-il pu se marier ?

Un soir, Alex rêva qu'il rencontrerait la femme de sa vie dans le désert, tout entourée de caméras. Il s'éveilla : « Non, non, pitié, je ne veux pas d'un grand reporter, pitié, non, pas Christiane Amanpour dans le désert irakien… » et aussitôt il se rendormit, rassuré. La superstar de CNN n'allait pas quitter Washington pour Téhéran et son mari pour Alex. Tranquillité. Passons à un autre rêve.

Avant de s'attacher à Sheyda – que je regarde manger son riz, presque grain par grain –, Alex était aimé par les plus belles filles de Téhéran qu'il rencontrait par-ci par-là, mais aussi dans les fêtes.

Une fille débarque dans une soirée, se change rapidement dans le vestibule, vite, vite, elle retire son manteau difforme et son foulard, qu'elle camoufle dans un Kelly rouge. Elle ajuste sa robe moulante, décrotte ses stilettos Louboutin, colle, en deux temps trois mouvements, ses faux cils, pose, sans l'aide du miroir, à tâtons, ses lentilles vertes, se parfume de Versace, *pschitt-pschitt*, et fait son entrée dans l'arène. Du vestibule au salon, elle a eu suffisamment de temps pour oublier son persan et prendre l'accent des étrangers. Elle est connue sous le nom de Sharon Benz. Sharon parce que sa *mum* a acheté à Beverly Hills la maison de Sharon Stone *herself* et Benz parce que *dad* est concessionnaire Mercedes en Iran.

Après les embrassades, la première gorgée de whisky, et le nom balancé de l'hôtel Shangri-La's Villingili aux Maldives – « Il faut réserver la Beach Villa *and not any other room* » –, elle enchaîne sur le hatha-yoga et l'impermanence dans la poésie de Khayyam, en regardant de temps à autre sa Rolex parsemée de diamants. Quelque part dans le salon se tient Alex, qui fuit soigneusement ce genre de créature et qui rêve d'une fille dans le désert, entourée de caméras tout de même.

La fille, le désert et les caméras lui sont offerts sur un plateau – de cinéma – à l'occasion du tournage d'un film dans lequel il travaille comme assistant réalisateur. Je n'ai pas vu ce film. Mais en quelques clics, je tombe sur cette phrase de la bande-annonce : « Il faut écouter le silence infini du désert avec son cœur. » Un grand bravo au publicitaire, vraiment. Le cœur d'Alex va se trouver intensément sollicité. Sheyda est l'actrice principale.

Elle me parle de leur rencontre. Par moments, elle me demande de ne pas tout écrire. J'en prends note. Cela restera pour moi. À la lecture d'une première version, je la préviens : « Alex aura très peu de place dans ce livre. » Elle ne dit rien. Après tout, c'est son histoire et c'est mon livre. Une image passagère et presque floue dans le miroir ? Peut-être, mais peu importe. À vrai dire, au fur et à mesure que je lis à Sheyda le passage qui concerne Alex, j'en ressens les lacunes, les longueurs, exactement comme dans une salle de théâtre au moment où l'acteur devine que le spectateur lui échappe, qu'il s'ennuie, qu'il tousse. Sheyda reste silencieuse, elle ne bouge pas, mais je perçois néanmoins sa toux. Bon public, elle attend jusqu'à la fin de ma lecture et elle dit alors, avec précaution et réserve, que les choses ne se sont pas passées comme je les ai écrites, que je me suis trompée. Je ne veux pas me justifier, sortir mes notes. Je ne suis pas dans un colloque ou à une soutenance de thèse. Je ne dois rien prouver. C'est son histoire. Elle doit avoir raison.

Mais pourquoi un tel égarement, pourquoi ces erreurs, alors que, dans la vie de Sheyda, la seule personne que je connaisse est Alex ? Je m'arrête quelques instants sur cette méprise, qui peut être révélatrice, ou simplement significative. Elle m'a parlé de tout, de ses parents, de son école, de ses partenaires, de ses amours, de son expérience à Hollywood et même de son interrogatoire, sans retenue, comme un flot. Mais lorsqu'elle me parle de son mari, je ne suis pas sûre qu'elle me dise la vérité. Ce n'est pas la vérité qui m'intéresse. Je veux juste capter ce qu'elle dit, ce qu'elle veut dire, ce qu'elle veut laisser comme témoignage, même, et surtout, si elle joue. Je me contente moi aussi de son cinquième de vérité. La vérité est toujours, heureusement, ailleurs. Je n'écris pas pour la juger. Elle est un personnage de roman. Or, il se trouve que ce personnage qu'elle est en train de devenir, la femme du livre, veut absolument préserver l'homme qu'elle a épousé. Elle ne craint pas ses parents. Elle n'appréhende pas les services secrets, mais elle a peur de ses propres mots parlant d'Alex.

Je ne la questionne jamais. Ce n'est pas un interrogatoire. Elle arrive et nous nous mettons chaque fois, selon la saison, à un endroit différent : sous une glycine au printemps, au bord de la piscine au mois d'août, face à un marronnier dépouillé en novembre. Elle s'assied et elle parle. C'est elle qui choisit ses mots. Je n'enregistre pas. Je cherche à écrire son empreinte sur moi. Comme un peintre impressionniste qui s'attache aux tons plutôt qu'au modelé, à la couleur plutôt qu'au dessin, qui compose des tableaux avec des contours vagues, des taches brillantes, des traits subitement interrompus. Comment un paysage devient un tableau, comment une femme devient un personnage de roman ?

Mais que faire quand le modèle se censure ? M'attacher au ton plutôt qu'au modelé, aux contours vagues, aux non-dits ? Rechercher, dans ses paroles, les traces souterraines d'un mensonge ? À quoi bon ?

Ils ne sont plus ensemble. Tout le monde le sait : mais elle lui reste étrangement liée. Sans Alex, elle ne conçoit pas sa vie. Sans Alex, elle n'est pas Sheyda. Elle me dit qu'elle est Alex, qu'après leur séparation, elle est devenue Alex, qu'il est resté en elle. Elle agit comme lui, elle voit le monde comme lui, elle ne ment plus, elle s'attache à la morale, se cramponne à la vérité. «Je suis devenue un second Alex !»

Une séparation qui engendre une renaissance et une identification à l'autre. J'ai déjà écrit sur ce thème. L'identification de l'amant à l'aimé après une séparation, cela m'est presque familier. Que de fois j'ai cité la phrase de Roumi, disant à un disciple qui se lamentait de ne pas avoir connu Shams de Tabriz : « Pourquoi ces sanglots, ces larmes quand cent mille Shams de Tabriz sont suspendus à un seul de mes cheveux ? » Et il secouait, en disant ces mots, sa crinière noire.

Après le froid des montagnes de l'Ouest, elle tourne en plein été, en plein désert. Des sauterelles, des scorpions et un metteur en scène pot de colle. Ils sont à Kalan, dans un gisement minier dont l'exploitation remonte à deux mille ans. « Les sauterelles, elles arrivent par dizaines, de toutes parts, avec le vent. Une sur l'épaule, une sur la tête, une sur le dos, une sur la cuisse. Il te faudrait dix bras, comme une déesse indienne, pour les chasser. Tu fais de ton mieux. Tu secoues la tête, tu remontes l'épaule, tu te grattes le dos, tu remues la cuisse, en même temps et en désordre. De loin, et même de près, on te prendrait pour un épileptique, un ressort incontrôlable ! » Elle me montre sa démarche dans le désert, fuyant les sauterelles qui se font aider par le vent pour se déplacer.

On entend les stridulations des sauterelles, les badinages du metteur en scène et le bruit d'un appareil qui pompe, nuit et jour, l'eau de la mer : « Oui, une mer se cachait sous le désert et menaçait les fondations de la mine ! »

Le cadre est posé : extérieur jour, désert, invasion de

sauterelles et de scorpions. Note pour l'ingénieur du son :
le bruit persistant d'un vieil appareil de pompage. Elle
rectifie : « Il y avait aussi une salle de cinéma pour cinq
cents personnes ! »

Le flou du désert, les néons d'un cinéma fantôme et
l'évanouissement d'un essaim de sauterelles. Les impres-
sionnistes parleraient ici de « contours vagues », de
« taches brillantes » et de « traits subitement interrompus ». Elle précise que la salle de cinéma existait vraiment : « Ça datait de l'époque du Shah, pour divertir les
ouvriers ! »

Alex croise Sheyda dans la cantine des ouvriers. Elle
est végétarienne et elle mange ici, dans le campement
pour mineurs, le même plat que chez l'ambassadeur, une
assiette de riz et un pot de yaourt. Alex arrive. Aux yeux
de Sheyda, le nouveau venu ressemble à Jésus, ou du
moins à l'image qu'elle se fait de lui. Elle fredonne une
phrase qu'elle répétait souvent pendant son tournage
dans les montagnes de l'Ouest : « Le voleur ne vient que
pour dérober, égorger et détruire. Moi je suis venu pour
secourir la brebis égarée. »

Elle a enfin eu sa récompense : Jésus en chair et en os,
apparu pour secourir sa brebis perdue. Avant lui, il y eut le
voleur qui égorgeait et détruisait. Pense-t-elle au désigné ?
Mais ce nouveau venu sera certainement, à en mettre sa
main au feu – la main brûlée par l'acide, un après-midi,
dans une rue –, porteur de paix et de sérénité. Quelqu'un
qui ressemble à Jésus ne peut pas être mauvais, c'est aussi
simple que ça. Alex, qui n'est pas un voleur, vient de voler
le cœur de Sheyda. Elle achève son assiette de riz et sort.

Dehors l'attendent les caméras. Alex la suit. La fille, le désert, les caméras. Est-ce possible ? Est-ce qu'un rêve peut parfois se réaliser ?

Ils se présentent. Il ne la connaît pas. Il vient tout juste de rentrer en Iran. Elle me répète que non, il ne la connaissait vraiment pas. Aussi ne l'épiait-il pas comme les autres : « Ce regard de voyeur, de juge ! » Depuis longtemps, elle qui ne voulait être que des yeux ne peut plus regarder les gens. Elle est une star. On la reconnaît, mais elle éblouit. Elle doit éviter de fixer quelqu'un, sinon le type se sent immédiatement distingué, choisi. Il griffonne son numéro de portable sur un bout de papier, en fait un avion et le lui envoie. Et subitement, alors qu'elle n'a rien demandé, atterrit sur son manteau une promesse de rencontre. Polie, elle ne jette pas la fléchette. Mais elle détourne la tête.

Avec Alex, tout est différent. Elle peut le regarder, le dévisager, le scruter. Il ne la connaît pas.

En attendant la préparation du plateau – une scène de danse, en plein milieu du désert –, il la questionne sur son âge, sur son avenir. Elle lui répond : « J'ai vingt ans et je veux voyager librement. » Les acteurs prennent place autour d'un tapis, des bougies sont posées çà et là, le chef-déco ajoute quelques grappes de raisin au plateau de fruits. On appelle Sheyda. Quand elle s'éloigne d'Alex, elle l'entend dire : « Marie-toi avec moi. Nous irons partout. »

Elle me dit qu'ils se sont embrassés pendant une semaine et que c'était comme un mirage. Jésus venait de descendre dans le désert de Lout pour courtiser Sheyda. Que demander de mieux ?

L'équipe de tournage se déplace à Bam. Lorsque Sheyda arrive à son hôtel, elle se laisse guider sur le sentier d'encens qui la mène à la chambre d'Alex. Elle est vierge et Dieu lui-même ouvre la porte. Se peut-il que les choses se passent comme pour la Vierge Marie ? Sans pénétration, une union purement virginale ? Elle n'est pas prête. Et s'il insiste ? S'il se fâche, s'il la harcèle et l'humilie ? Non, Dieu ne peut pas dépuceler de force une jeune fille. Alex la fait asseoir sur le lit et la rassure : « Je sais ce qui va se passer. Ne t'inquiète pas ! » Il est celui qui lève la main et dit que la peur n'existe pas. Il est cet homme qui n'exige pas la virginité et qui sait attendre.

Il fait nuit. Sheyda quitte la chambre et l'hôtel. Elle pénètre dans la citadelle de Bam. Pieds nus, enroulée dans des turbans, elle court parmi les ruines comme elle courait sur les hauteurs de Téhéran et dans les montagnes de l'Ouest. Elle est chez elle dans les décombres de la maison du gouverneur comme dans les vestiges de la caserne et des écuries. Aucun recoin de la forteresse oubliée n'a de secret pour elle. Elle trouve une lampe à pétrole, entre dans une pièce vide et s'y installe, comme chez elle.

« C'est moi, je suis revenue. Vous me reconnaissez ? » Elle caresse un mur de brique. Le vent fait danser sa silhouette sur le sol. « C'est moi. Vous m'entendez ? » Elle tape sur le mur. « Je suis... »

Le vent étouffe la lumière. La lampe s'éteint. Tant mieux. Elle n'a pas peur de l'obscurité. Elle connaît cette maison, sa maison, par cœur. Elle la connaît depuis des siècles : « Ah, toutes les cotonnades qui s'entassaient en

153

bas… » Elle tend sa main vers les étages inférieurs. Elle est chez elle dans les ruines.

Elle est cette joueuse de harpe formée par Barbad, le maître de musique de la cour d'un roi perse du VIᵉ siècle, qui connaissait tous les secrets des cordes, ce qu'on entend et ce qu'on n'entend pas. À la mort de Barbad, lorsque son corps fut déposé dans une tour de silence et exposé aux oiseaux de proie, c'est elle qui s'adossa au mur d'enceinte et joua, jour et nuit, jusqu'à épuisement, jusqu'à ce que le sang recouvrît ses doigts écorchés. Ainsi accompagnait-elle, dans l'ultime voyage, l'âme de son maître. Elle devint, ensuite, la musicienne favorite de toutes les reines. Lorsqu'elle jouait, disait-on, le vent s'arrêtait de souffler, la pluie se figeait, les nuages s'inclinaient, les rochers sanglotaient. Lorsque le dernier roi des rois, vaincu par les Arabes, dut s'enfuir d'Iran, il s'obstina à la préserver, elle la joueuse de harpe, des mains de l'envahisseur, au même titre que le feu sacré et les diadèmes de ses ancêtres. Elle quitta la capitale, la harpe sous son voile, déguisée en mendiante, et dévala la Perse d'ouest en est, en compagnie de princes déchus et de généraux sans armure. Sur leur route, à l'entrée du désert : la forteresse de Bam.

Ils y passèrent une nuit. Au matin, alors que le cortège se préparait pour le départ, la harpiste affirma qu'elle resterait, qu'elle ne bougerait plus, que là était sa place, sa place définitive. Personne ne réussit à la faire changer d'avis. « Le désert, les scorpions, la guerre, les envahisseurs… » Rien n'y fit. Aucun danger ne paraissait l'ébranler. Les princes déchus et les généraux sans armure la quittèrent :

« Que dire au roi qui l'attendait plus loin à l'est, quelque part en dehors des frontières de l'Iran ? » Elle pencha son regard sur sa harpe et pinça une corde. Savait-elle déjà que, dans l'immense déroute, le dernier roi des rois venait d'être assassiné par un meunier ? Le cortège maudit s'éloigna. Elle monta sur la plus haute des tours et elle joua de sa harpe en regardant ses compagnons qui devenaient petits, plus petits et plus petits encore, un point, puis rien, et juste un souvenir.

Elle assista à tous les départs.

Après la dérobade du mage des mages et des habitants qui refusaient de se convertir à l'islam, elle pénétra dans le temple du feu, se déchaussa, couvrit son visage et ses mains, retira le bois de santal de l'*atashdan* et souffla lentement en chantant des hymnes avestiques. Alors le temple, avec la mort de la dernière flamme, devint noir. Lorsque les écuries furent vidées des cavaliers, elle abreuva les chevaux, leur donna du foin et les libéra. Elle consola les marchands qui s'en allaient – le commerce n'apprécie guère les chutes dynastiques, les rois décapités, les capitales incendiées –, leur disant adieu dans leurs propres langues : en pahlavi, en syriaque, en ouïgour, en sogdien ou en chinois. Après quelques mois, elle se trouva presque seule, à l'intérieur d'une enceinte longue de trois mille pieds.

Des siècles plus tard, en 1542, deux peintres de l'atelier royal, en partance pour l'Inde, firent escale dans la forteresse de Bam. Le caravansérail était, de nouveau, rempli de marchandises. Une mosquée remplaçait le temple du feu et le muezzin appelait cinq fois par jour les musulmans à la prière. La caserne regorgeait de soldats qui s'acheminaient vers l'Inde pour secourir un empereur déchu, Homayoun, à reconquérir Kandahar, Peshawar, Lahore et Delhi. Dans les écuries, genoux fléchis et dos courbés, les maréchaux ferraient les sabots des chevaux.

Le soir, après le dernier *azan*, après le dernier coup de marteau sur l'enclume pour aplatir et amincir les fers, après la pose d'un dernier poids sur le plateau d'une balance, les deux peintres, soudain, perçurent nettement le son d'une harpe. D'où venait-il ? Ils interrogèrent le muezzin, les palefreniers, tous les commerçants, et même le gouverneur. Personne ne put les renseigner. « Vous entendez ce son, n'est-ce pas ? » Ils l'entendaient eux aussi, mais ils n'avaient jamais pu rencontrer la musicienne. Le muezzin la voyait toujours du haut de son minaret, le gouverneur dans la foule des grandes audiences, et les marchands dans l'instant qui précédait leur départ et la fermeture de l'immense portail. Il suffisait au muezzin de descendre du minaret, au gouverneur de se mêler au public et aux commerçants de rebrousser chemin pour qu'elle disparaisse. Elle avait choisi d'être un son. Tout juste un son. Aussi les peintres se mirent-ils à l'épier sans cesse, à l'esquisser. Ils envoyèrent leurs dessins à leur maître Behzad qui, saisi par la légende, ajouta dans ses miniatures une femme à la harpe. Lorsqu'il la peignait, disait-on, son esprit s'imprégnait d'une certaine mélodie, toujours la même, qui s'enfuyait dès qu'il cessait de peindre.

Sheyda caresse les murs, puis elle se met à les gratter, à des endroits très précis. Ses ongles se cassent. Sait-elle ce qu'elle cherche ? Elle tire de la poche de son pantalon un petit couteau. Pendant les tournages, elle garde toujours un petit couteau sur elle, habitude de la montagne. Avec la lame, elle creuse dans la brique. Une niche apparaît, puis une autre et une autre. Elles ont la forme d'une carafe, d'une vielle et d'une harpe. Elle se trouve, probablement, dans les vestiges d'un salon de musique. Un chien aboie. Elle a toujours rêvé d'avoir un chien. Elle se jure qu'un jour, dès qu'elle aura une maison, un endroit, un jardin, elle se procurera un chien. Elle retire la poussière de son visage. Au-dessus de sa tête, les étoiles et la lune timide des nuits de décroissance. Les siècles ont emporté le toit et le contenu des niches. Elle s'assied par terre, elle croise les genoux et décrasse, avec le bout de la lame, ses ongles salis et noircis. Elle prend son temps. Personne ne l'attend et le tournage n'est que pour le surlendemain. Elle cure ses ongles, elle en repousse les petites peaux, puis, après avoir bien observé ses doigts écartés, elle pince les cordes d'une harpe imaginaire. Elle joue assez longtemps. Par moments, elle murmure des mots que le vent emporte.

C'est la dernière fois, me dit-elle, que la citadelle a été filmée. Quelques mois plus tard, le 26 décembre 2003, à 5 h 26 du matin, un séisme de magnitude 6,8 rasera cette ville déjà morte. Sur le Net, il existe des images de Bam avant et après. Comme dans les publicités de perruques, de chirurgie plastique et d'orthodontie où l'on montre d'abord la cliente chauve, ridée et édentée, puis chevelue, lisse et souriante, mais inversées cette fois, Bam se dévoile avec ses tours, son enceinte crénelée et son grand portail, puis sans rien : un amas de terre brisée sous un ciel bleu.

Comme toujours dans le cas de l'Iran, la photo d'avant est plus glorieuse que celle d'après. J'ai aussi vu, dans un catalogue d'artistes iraniens, la photo d'identité d'une fille du XXIe siècle, avec foulard, sans maquillage et sans sourire, et celle de sa mère, datant des années soixante-dix, cheveux dégradés, yeux soulignés et bouche taquine. Un autre témoignage d'un avant et d'un après. Entre les deux, la Révolution et la République islamique.

De retour à Téhéran, elle s'en veut de ne pas avoir demandé le numéro d'Alex. Elle évite de se renseigner auprès de l'équipe du film, au cas où Alex n'aurait été qu'une illusion. Jésus au désert. Voilà, c'est ça : une apparition. À force de lire la Bible, elle s'est inventé un Jésus. Elle ne s'imagine pas appeler le chef-opérateur, lui demander : « Vous voyez le barbu aux yeux bleus, celui qui s'habillait toujours de noir... » et s'exposer au ridicule de s'entendre répondre : « Quel barbu, Shidi *djan* ? »

Des années auparavant, elle avait eu affaire au visiteur, une voix qui l'avait appelée tous les samedis soir, pendant un an. Juste une voix mais à laquelle elle s'était attachée. Lorsque la voix, un soir, lui annonça la fin des appels – qu'elle pensait venir d'une autre planète –, elle se courba, s'entortilla, rapetissa, se recroquevilla, devint toute noire. Je l'ai vue, très récemment, rentrer, corporellement, en elle, sous mes yeux. Oui, elle est capable de ça. Subitement elle est quelqu'un d'autre. Elle s'éteint. Elle devient cette petite chose noire dans le jardin ou sur un drap blanc d'hôpital. Elle devient sa grand-mère après son immolation. Elle se quitte et s'en va ailleurs : descente, chute, le mouvement ne peut être conçu que du haut vers le bas. Et dans ce cas, elle ne sait plus jouer, elle ne sait même pas faire semblant de rire. Un zombie.

Mais le zombie à qui on venait d'annoncer la fin des appels tenait alors dans sa main une enfilade de chiffres, le numéro de téléphone d'un homme que la voix, que l'extra-terrestre lui avait communiqué. Elle appela. Ce fut alors le désigné, le mariage sous hypnose, le faux faire-part de décès de sa mère, une aiguière en guise de cadeau d'anni-versaire et une délation auprès des services secrets. Ce fut une avalanche de lettres – je les ai toutes vues et lues – qui commençaient par « Moi, l'ami. Moi, l'amour. Moi, l'abri, l'appui, le soutien ! ». Fin de l'histoire.

Et maintenant c'est Jésus. Il appelle. Jésus sait se servir du téléphone. Elle le retrouve chez lui, dans son quartier huppé, aux voitures qui montent vers les hauteurs de Téhéran, là où réside cette petite minorité qui des chan-gements de saison ne connaît que le vocabulaire lié au ski, poudreuse et descente pour l'hiver, et chausse, *barefoot*, ou *two-passengers, sit-down* pour l'été.

Pour le désigné, c'est elle qui avait établi le contact. Un jour, ou plutôt un soir, elle avait pris le téléphone et composé les chiffres d'un quartier populaire, où les mar-chands ambulants annoncent, à coups de haut-parleurs, qu'ils bourrent les couettes, qu'ils aiguisent les couteaux, qu'ils débarrassent les vieilleries et où les trottoirs, déli-mités par deux arcs de ferraille en guise de goal, servent aussi de terrain de foot.

Les trottoirs du quartier d'Alex étaient ceux de mon enfance. Là, les marchands ambulants, avec leurs vanettes et leurs haut-parleurs, n'avaient pas droit de passage. Aucun bruit de colportage. Silence assuré, sauf pour les hélices de l'hélicoptère royal. Je me vois, adolescente, arpentant les contours de notre maison, alors que mon père travaillait sur une édition critique d'un ouvrage arabe et que ma mère décryptait les sonorités zoroastriennes en vue d'un spectacle, mon manuel de chimie à la main, essayant de retenir l'acidité, la basicité et la neutralité des éléments, et soudain le *flap-flap-flap-flap* de l'hélicoptère qui survolait notre maison. Je levais automatiquement la tête. Le vieux jardinier, occupé à greffer le cerisier, détachait aussi son regard du tronc de l'arbre, regardait le ciel et se demandait à haute voix où se rendait, à cette heure de la journée, le *Shahinshah*. La dernière fois que nous levâmes les yeux, ce fut le 16 janvier 1979. Le jardinier, avec ses bottes en caoutchouc et son bonnet de laine, déblayait la neige et moi, étudiante en chinois, je m'appliquais, pendant mes vacances à Téhéran, à écrire correctement les idéogrammes. Cet ultime bruit d'hélices annonçait la fin de la royauté en Iran. Le Shah s'en alla, l'ayatollah Khomeyni arriva et la République islamique d'Iran vit le jour sur les cendres de la plus vieille monarchie du monde.

C'est Alex qui lui ouvre la porte.

Elle me dit qu'ils ont dansé et tourné ensemble, longtemps, sur un air de musique. Elle se rappelle encore le visage d'Alex au moment du tournoiement. Il est le centre, ce point qui fera d'elle un compas. Elle pourra tourner – en français, le mot s'utilise aussi pour le cinéma – dans tous les sens, autant qu'elle voudra, avec l'assurance de rester dans la même orbite. Elle a trouvé son centre.

Il est Dieu, Jésus, le centre, le point. Je cite à Sheyda une phrase de l'imam Ali, le gendre du Prophète : « Tout ce qui est dans le Coran est dans le *bismillah* ; tout ce qui est dans le *bismillah* est dans le *b* (qui en est la première lettre) et tout ce qui est dans le *b* est dans le point (qui est sous cette lettre) et je suis le point sous le *b* ! » Elle me répond : « Alex, pour moi, est définitivement ce point. »

Il l'emmène dans le désert. Un lieu initiatique où se trouvent des ruines, une source d'eau, un troupeau de moutons, un berger et, un peu plus loin, une carrière de marbre et des bulldozers : « Ah, des engins de construction ! » Elle ne peut pas rêver mieux. Le berger est l'ami d'Alex. Il leur prépare des grillades. Ils sont seuls. Subitement, elle n'a plus peur. Elle peut fermer les yeux et oublier les idées de sa mère, de sa grand-mère et de la grand-mère de sa mère sur la virginité des filles. Là où elle se trouve, la peur n'existe pas et la virginité n'est pas une valeur. Et puis, Marie elle-même n'est pas restée éternellement vierge. Elle a même donné des frères à Jésus.

Ils font l'amour surveillés par les étoiles. Ils sentent même la caresse du vent se faufilant entre leurs corps. Par moments, le visage d'Alex laisse la place à la Grande Ourse. Elle qui a l'oreille absolue et peut identifier jusqu'à dix ou douze notes par seconde, disséquer les harmonies les plus brèves, en dire toutes les composantes et reconnaître tous les instruments, elle se prête à écouter le silence du désert.

À l'aube, le soleil éclaire leurs deux visages et il l'appelle «ma femme». Ils marchent et montent dans la cabine d'un bulldozer : «Quel champ visuel!» Elle regarde la carrière de marbre, là-devant, avec les yeux de l'engin. Elle a subitement le même corps que le bouteur. Elle ajuste le siège et met le contact.

Depuis toujours, elle voulait être chauffeur de camion et fêter ses noces dans un bulldozer. La chose est arrivée. Voilà. Elle est au volant de l'engin de ses rêves avec un homme qui l'appelle *zane man*, «ma femme». Pour Alex comme pour elle, il n'y a plus de rêve, plus de réalité. La fille, les caméras, le désert et le bulldozer en guise de voiture de mariée se sont matérialisés. Ils sont, comme le disent les philosophes iraniens, dans le *Hurqalya*, la «Terre des visions», le monde des événements spirituels, où l'esprit prend corps. Elle me dit : «Avec qui d'autre que moi aurait-il pu partager ça?» La question peut se retourner : qui d'autre qu'Alex aurait pu lui faire partager ça? Avant de rentrer, elle prépare la valise d'Alex, comme une épouse bienveillante après des années de mariage. Il s'en montre tout étonné : «Personne n'avait jamais fait ça pour moi!»

Deux mois plus tard, ils se marient pour de vrai. Deux mois de mensonges et de cachotteries, pendant lesquels elle s'est contentée de ne dire aux parents qu'un cinquième de la vérité.

Elle me raconte que les parents ne voulaient rien savoir, que tout le monde, là-bas, a un problème avec la vérité, que la vérité est un problème en soi, qu'il faut absolument la fuir. Une fille est amoureuse d'un garçon, c'est un fait, c'est la vérité de sa vie. Mais elle enterre son désir, elle le recouvre, le voile, le dissimule sous un tchador : trois mètres de tissu noir pour bâcher l'amour, l'envie de faire l'amour. Chaque pore du corps de la fille veut faire l'amour, mais elle refuse, elle dit non, pour conserver sa virginité. Maintenant plus aucune fille n'est vierge à son mariage, aucune, mais il y a dix ans certaines se faisaient sodomiser pour garder leur hymen intact. D'autres, plus douées ou matériellement plus aisées, se faisaient recoudre et s'offraient un deuxième ou troisième dépucelage. Ça arrangeait tout le monde : le chirurgien, la mariée et surtout le charmant époux. Elle me cite le nom d'un acteur très connu, le Leonardo DiCaprio iranien, lequel, après avoir pénétré toute la gent féminine aux alentours, fut fort déprimé la nuit de son mariage lorsqu'il comprit que la mariée, riche, mais vraiment riche, n'était plus vierge ! Honte au DiCaprio local ! Il en parla un peu, à droite et à gauche, puis il finit par ravaler sa douleur. Tout s'oublie.

En Iran, tout le monde a quelque chose à cacher. La mère cache à sa fille sa religion, la fille cache à sa mère son amant, le père cache aux mollahs ses livres, les jeunes cachent à la milice leur joie, leur guitare. Ils leur cachent qu'ils dansent, qu'ils chantent, qu'ils rient, qu'ils baisent, oui, qu'ils baisent aussi. Il ne faut surtout pas dire la vérité. La vérité est dangereuse. Tu la révèles et les ennuis commencent !

«Je n'ai pas raconté à ma mère que j'avais rencontré quelqu'un dans le désert. À quoi bon ? me dit-elle. Tu vois un étudiant aller devant un gardien de la Révolution et lui dire qu'il possède dans sa poche des ouvrages contestataires ? Tu vois une fille, la veille de ses noces, avouer à son futur mari qu'elle n'est pas vierge ? Tu me vois, moi, disant à ma mère, de but en blanc, que je prends la voiture et que je fonce dans le désert avec mon amoureux, mon Jésus aux yeux bleus ? Tu vois ma mère révéler aux envahisseurs du premier étage, des *Homo islamicus* de tout premier ordre, que sa famille est bahaïe, que ses aïeux ont, un jour, réfuté l'islam, que leur prophète ne s'appelle pas Mohammad mais Bahaollah ? Tu la vois faire ça ? Tu vois le régime afficher le menu de ses supplices : coups, privation d'eau et de nourriture, avec même la torture du jour ? »

Ceux qui ont le pouvoir mentent, ceux qui subissent le pouvoir mentent. Le règne du mensonge.

Je me rappelle subitement une prière sur les bas-reliefs de Persépolis implorant Dieu de préserver l'Iran de la famine, de l'ennemi et du mensonge. Que dirais-je, aujourd'hui, au scribe qui, deux mille cinq cents auparavant, grava sagement ces cunéiformes ? Comment répondre à Zoroastre dont la doctrine repose sur la bonne pensée, la bonne parole et la bonne action ? Lui révéler que l'Iran dans lequel il prêcha sa religion se contente, aujourd'hui, d'un cinquième de la bonne parole ? Ou bien ne rien lui dire, ou bien encore ne lui révéler qu'un cinquième de la vérité ?

Moi, je ne mentais pas à ma mère – j'avais perdu mon père avant l'adolescence et l'âge des mensonges. Je pouvais tout dire à ma mère, que j'étais amoureuse, que je n'étais plus vierge, que je vivais avec un garçon, que j'avais le cœur brisé, que j'accompagnais en Italie un homme rencontré la veille, dans un café. Elle ne m'interdisait rien, et quand l'amour me rendait triste (ce qui peut arriver), elle me racontait ses propres échecs. Ma mère n'était pas toutes les mères. « Une excentrique », disait-on. Mais j'ai l'impression que ma génération était plus naïve, plus innocente, plus simple, pour ne pas dire plus simplette que celle de Sheyda. Lorsqu'un homme de ma génération tombe amoureux d'une fille de la sienne, il ne craint pas la différence d'âge qui le sépare d'elle, mais ses mensonges, ses ruses, sa débrouillardise. Sheyda elle-même parle de plan B et, pour des cas extrêmes, de plans C et D. Sa génération a des dizaines de tours dans sa manche, le mensonge, le double jeu, la séduction, la fragilité, le trouble, les mobiles, Facebook et Twitter. De mon temps, la seule et unique ligne téléphonique servait à toute la famille et la poste s'occupait d'acheminer avec les factures les déclarations d'amour, les mots de séparation, les cris de jalousie, les larmes.

Sheyda insiste pour que j'écrive qu'Alex n'est rien de tout ça, il est le plan A, le premier et le dernier, la clé. Il ouvre les portes, toutes les portes, sur elle-même et sur le monde. Il est son Jésus, apparu pour elle et pour elle seule. Non, Alex n'a définitivement rien à voir avec le désigné, à qui elle ne pense même plus.

Moi, je pense à lui. Je ne peux pas éviter la comparaison. J'ai vu le désigné, dans un extrait de ses films : le contraire d'Alex. Tout les oppose, leur quartier, leur idole – Spike Jones pour celui qui n'a jamais quitté l'Iran et Omar Khayyam pour Alex, né à Boston. Même la météo les oppose : le froid des montagnes de l'Ouest pour le premier et le soleil du désert pour le second.

Elle ajoute : « Le désigné savait qui j'étais. Il voulait la star, évidemment. Tout était si bien calculé ! » Elle répète qu'Alex ne la connaissait vraiment pas. « Je pouvais le regarder des heures sans me sentir coupable, immonde, ou malpropre. » Alex n'a pas les yeux bandés et ne tient pas de glaive, ni de balance. Il n'incarne pas la Justice. Il ne mettra jamais sur un plateau le désigné, ou tout autre homme, et sur l'autre plateau lui-même. « Accolade et union sous hypnose d'un côté, et dépucelage dans le désert de l'autre. » Non, Alex n'est définitivement pas un épicier.

Alex est comme Paris, comme une rue de Paris. Tu ris, tu bois, tu embrasses et personne ne fait attention à toi. Personne ne te juge. Personne ne t'arrête. Avec Alex à ses côtés, elle n'appréhende pas sa mère, ni la mère de son amoureux, ni la société tout entière. « Dès que je sortais avec un garçon, ses parents arrivaient le lendemain avec un bouquet de fleurs et demandaient ma main ! » Elle sait – « Mais quelle chance, pour une fois ! » – que la mère d'Alex ne sonnera pas à leur porte, un bouquet de roses sous le bras.

Elle joue dans une pièce de son père. Alex n'en rate aucune représentation. Il y emmène tous ses amis. « C'est ainsi qu'il m'a présentée à eux ! » Elle rentre sur scène, cherche des yeux la place d'Alex et ne joue que pour lui. Dans la loge, après le spectacle, son père reçoit toutes sortes de félicitations, pour la pièce et pour les futures noces. Le père ne retient que les premières. Il rêve, dans le rôle du gendre, d'un héros du peuple, d'un stakhanoviste pur et dur, mais plutôt aisé quand même.

Après deux mois de feintes et de menaces – «On se marie sans votre accord ni votre présence, on se marie quoi qu'il arrive...» –, ils se marient avec l'accord et la présence des parents. Le père, qui était contre – «Ton âge, ton immaturité, rappelle-toi cet autre avec qui tu voulais te marier il y a tout juste un an, ton inconstance» –, donne, avec une voix moins caniculaire et plutôt froide, finalement son assentiment.

Le jour de la cérémonie, elle porte une des tenues d'Alex, mais en blanc. Elle se lave le visage à l'eau et au savon et elle se rend, accompagnée de ses parents, au cabinet notarial numéro 118. Le père assiste au mariage comme s'il s'agissait d'un film avec Sheyda dans le rôle de la mariée. Il espère entendre le plus vite possible le *cut* final et voir le retour des acteurs à leur vraie vie. Sheyda se changera, restituera à son propriétaire cette horrible tenue blanche dans laquelle elle nage littéralement, dira au revoir, ou plutôt adieu, à l'homme aux yeux bleus et rentrera à la maison. Mais non, le notaire continue. Un mollah lit la sourate de l'Union. Le père de Sheyda attend à tout moment le mot magique, ce *cut* salvateur, cet arrêt net et brusque qui éviterait plus tard les regrets comme les reproches.

Selon les règles du mariage islamique, Alex proclame son assentiment et Sheyda donne son approbation. Voilà, c'est tout. Ils sont mariés. Le père regarde sa fille. Dans ses yeux, elle lit : «C'est ça, ton mariage?» Mais elle pense aux valeurs sociales de son père et se rassure. Les masses laborieuses n'auraient jamais admis des noces bourgeoises, une tenue blanche en plumes et tulle, une voiture ensevelie sous un amas de rubans, une centaine d'invités affamés, des photographes, *cheese, cheese*, et des offrandes de parures. La mère, qui garde aux lèvres un sourire constant, ne dit rien. La résignation, le *meiwaku* ?

Avant de quitter la maison, le second frère a tendu une lettre à Sheyda. Dans la voiture, elle eut assez de temps pour la déplier et lire : « Tu commets la plus grosse erreur de ta vie ! » Elle la froissa, comme pour lui infliger une punition, et la fourra au fin fond de la poche de son pantalon, dans la poche du pantalon d'Alex. Pendant toute la cérémonie, elle essaie d'oublier le contact du papier chiffonné contre sa hanche droite. Quand le mollah veut fixer le montant de la dot, elle n'a qu'une envie, se gratter la cuisse qui la démange.

Personne n'a songé à fixer la nature et le montant de la dot. Du temps du Prophète, le mari offrait à son épouse plusieurs têtes de chameaux. De nos jours, la dot peut varier de quelques bonbons bon marché à des propriétés valant des millions. Sheyda demande une fontaine remplie d'eau, un jardin peuplé d'arbres. Un vieux bic à la main, le notaire détache ses yeux de son registre et demande à ce que la mariée soit plus précise : « Quel jardin ? Quelle source ? » Elle hausse les épaules. Elle a juste dit, d'une manière très vague, « *un* jardin » (en appuyant sur l'article indéfini). Elle n'est pas en mesure de déterminer l'emplacement de ce jardin, ni de préciser le nom du propriétaire. En fait, où se trouve le jardin dont elle parle ? Quels fruits portent ses arbres ? Qui prend soin de l'arroser ?

Le notaire est impatient. Après ce mariage, il doit chercher l'origine d'un bien légué, contrôler la légalité d'une société, estimer la valeur d'une entreprise et rédiger plusieurs procurations. Il accélère : « La dot, s'il vous plaît ! » Sheyda renonce au jardin, à la source, et sollicite, comme dot, un bol d'eau, si possible en provenance de la Caspienne. Le notaire, de plus en plus pressé, jette un coup d'œil à la photo de l'ayatollah Khameneyi, accrochée au-dessus de son bureau et de tous les bureaux de l'administration iranienne, et affirme solennellement, en secouant son bic : « La Caspienne, comme toutes les eaux territoriales, appartient au Guide. » Le père tape sur le bureau – c'est le moment ou jamais de montrer sa révolte – et dit : « La Caspienne est la propriété du peuple laborieux de l'Iran ! » Le père d'Alex, moins expressif, mais cependant très nationaliste, se lève et ajoute : « Maître, là vous dépassez les bornes. Personne ne peut posséder la Caspienne. Vous êtes en train de remettre en question la souveraineté de notre peuple ! » Pour les apaiser, le serveur, un plateau de thé et de gâteaux secs à la main, leur demande d'honorer le Prophète, la famille du Prophète, et de couper court, le plus vite possible, aux divergences : « Le thé, pensez au thé qui refroidit ! »

Saluer le Prophète, non merci. Le père de Sheyda ne s'abaissera pas à ce point. Il y a des limites à tout. Sheyda se gratte la hanche de plus en plus fort. Les mots de son frère la rongent. Elle sent que « la plus grosse erreur de ta vie » est un croc, des crocs qui ont décidé de pénétrer sa chair, de la taillader en petits morceaux, chaque morceau devenant la proie d'une lettre. Elle veut oublier, devenir amnésique, quel bonheur que de ne pas pouvoir former de nouveaux souvenirs, d'oublier les événements au fur et à mesure, de négliger la lettre du frère, la démangeaison à la cuisse, les angoisses du père, tout.

« Je veux une branche de fleur ! »

D'une écriture illisible, le notaire mentionne que la dot est une simple fleur. On signe. Le serveur respire. Il n'a pas à changer les tasses de thé. Les mariés vont fêter leur union chez le frère aîné de Sheyda. Plus tard, ils rentrent chez Alex. Est-ce le soir, est-ce le matin ? Ils l'ignorent. Elle porte la même tenue que dans le cabinet notarial, blanche et trop grande.

Une semaine passe. Ils se réveillent, prennent le petit déjeuner au lit, regardent des vidéos sur place, et gardent les mêmes vêtements, lavés et repassés quand même par une femme de ménage. Elle est habillée de blanc, cheveux défaits, lui de noir, barbe longue. Nous ne sommes pas dans la suite de l'hôtel Reine-Elizabeth de Montréal où John Lennon et Yoko Ono recevaient dans leur lit les médias pour dénoncer la guerre du Vietnam, mais dans la chambre d'une maison à Téhéran, quarante ans plus tard, sous la République islamique. Ils ne reçoivent pas les journalistes. En Iran, une femme couchée dans son lit ne peut accueillir personne. Et le couple n'a rien le droit de dénoncer. Ils sont là, comme dans le fameux *bed-in*, sans protester, sans objecter, juste pour s'aimer. « Nous voulions nous montrer et montrer notre amour ! » Le *Flower Power*, à

Téhéran, dans les années 2000. *Make love, not war!* Ils sont le chrysanthème qu'une jeune lycéenne américaine rapprocha des baïonnettes de la National Guard. Ils sont la rose glissée dans le canon des *pasdaran*, le dernier verre d'eau tendu au condamné à mort.

«Alex, je n'ai pas de vêtements!» s'écrie-t-elle soudain, huit jours après leur mariage. Elle sort, franchit le portail, salue Hosseyn *agha* le gardien, traverse la ville, arrive dans l'appartement de ses parents, ouvre la porte de sa chambre, remplit une valise et revient, sans avoir menti, sans avoir caché quoi que ce soit. Partout, elle a dit la vérité. «Mais quel bonheur! Est-ce que le mariage ne pourrait pas être défini comme un état hors du mensonge, de la dissimulation, des feintes ordinaires?»

Elle est là, assise en face de moi, loin, très loin d'Alex. Il a tout partagé avec elle, deux ans d'exil, d'anonymat, de tracasseries administratives, et surtout, surtout, d'éloignement de l'Iran. Un jour, pourtant, il rentre : Sheyda est devenue insupportable. Et si jamais ils divorcent, elle renoncera à sa dot, cette branche de n'importe quelle fleur. Pendant les huit années de leur mariage, il lui en a offert tant et tant. Elle murmure quelque chose comme : «Mais je voulais un enfant de lui…» et mes notes se mouillent de ses larmes.

Avec Alex, les bornes habituelles s'effacent. Elle est cet oiseau qui vole en couple mais aussi, parfois, seul. Tu regardes le ciel, elle plane au-dessus de ta tête, longtemps, et puis, soudain, elle se fait rattraper par l'autre, par l'oiseau Alex, devenu officiellement son époux, dans le cabinet notarial numéro 118. Elle bat des ailes et ils disparaissent de ta vue. Elle saisit un stylo et dessine des cœurs sur une feuille de papier. Subitement, elle est une collégienne amoureuse.

Un soir, elle assiste – seule, en vol plané – à un happening, dans une maison vouée à la démolition. Les chambres sont éclairées par des bougies et l'air est empli de la fumée des joints.

Un ami artiste recouvre un livre, le coud, le visse, le bâillonne. Sheyda le regarde faire. Sous ses yeux, le livre se transforme en un objet muet, étouffé, impossible à lire. Sur les marches d'escalier, un jeune homme qui veut ressembler à Rimbaud, cheveux longs et regard voilé, distribue ses derniers poèmes. Tout en bas, une jeune guitariste murmure les paroles d'une chanson des Pink Floyd : « *Do you want my blood, do you want my tears ? What do you want from me ?* » Ailleurs, cette fille n'est pas autorisée à chanter seule, ni à jouer d'un instrument rattaché, de près ou de loin, à la culture occidentale. Ailleurs, elle a tout juste le droit de se noyer dans un orchestre de femmes voilées, ça, oui, et d'entonner en chœur des refrains célébrant le printemps éternel et l'amour de la rose. Mais gratter la guitare et parler de sang et de larmes, ça, non.

Un chemin spécial, avec mot de passe, conduit Sheyda au sous-sol. Tous les murs sont peints. Même s'il fait très sombre, l'organisateur la reconnaît et chuchote à son oreille le bon code : « *Kossouf*, éclipse. » Là, dans le souterrain, il y a un bar, mais aussi une salle où les jeunes dansent au rythme d'Eloy et de Wall. Les mouvements de leurs corps inventent des dialogues de théâtre, langage aussitôt dit, aussitôt effacé. « Si tu voulais les rejoindre, il fallait choisir ton rôle, jouer à quelque chose, créer un personnage. *Wouah !* Je me rappelle chaque muscle de l'abdomen d'un des jeunes, le grand droit, l'intersection tendineuse, le pectoral, tout ça éclairé par un spot rouge, un vrai cours d'anatomie, dans une maison en démolition... »

Dans ce même sous-sol, il y a une salle de projection. Elle ne se trouve pas dans la Factory, pas d'Andy Warhol dans les parages. La République islamique est juste dehors, là, de l'autre côté du portail en fer. Si la milice entre, ils vont tous être emprisonnés. Les artistes, les collectionneurs, les célébrités, les méconnus, les sobres, les ivres, tous vont y passer. Comité révolutionnaire, interrogatoire, bastonnade, procès, isolement, privation d'air, de soleil, de ciel, de fenêtre et même de nourriture. Une peine maximale pour un non-délit, pour quelques notes jouées sur une guitare, pour un poème qui ne rime même pas, pour une veste avec des épaulettes en pneu, pour des bracelets avec des piques métalliques, pour des jeunes qui ont eu le tort de ne pas attendre le paradis pour goûter au vin. Si on entrait dans la Factory anonyme pour en sortir superstar, les visiteurs de la maison délabrée n'ont aucune envie de reconnaissance. Leur mot d'ordre est, au contraire, *low profile*, en anglais. Tout ce qu'ils espèrent, c'est pouvoir en sortir indemnes, sans avoir à affronter la milice, les menottes, les câbles et les fouets.

Cela dure depuis trente ans. Même la fatwa de l'ayatollah Khomeyni, qui assimilait la musique à une drogue et à une trahison nationale, resta sans effet. Dès l'instauration de la République islamique et la mise en place du Haut

Conseil de la musique, de la poésie et des belles-lettres, avec à sa tête un religieux enturbanné, un premier flot de musiciens s'exila, un deuxième se suicida – à l'étranger comme en Iran –, enfin un troisième commença à se réunir dans des lieux éphémères et à jouer clandestinement. Cette catégorie, qui continua à se produire malgré la censure, la répression, les menaces, les prohibitions et les fatwas, pourrait, à mon sens, illustrer la théorie de l'évolution de Darwin se rapportant à la «diffusion dans certaines espèces des caractères ayant acquis, en raison de changements du milieu, une valeur adaptative qu'ils ne possédaient pas auparavant». Je continue la citation : «Les individus porteurs de ces caractères sont particulièrement favorisés dans le nouveau milieu, auquel ils se trouvaient en quelque sorte préadaptés. Ils constituent alors rapidement une grande partie de la population, ou même toute la population. »

Si la maison dans laquelle elle se trouve est vouée à la démolition, les individus qui la fréquentent vont, selon la théorie de Darwin, constituer rapidement une population élargie, ou même toute la population. La menace est réelle, et les autorités sont vigilantes. «Halte à ceux qui s'adaptent et continuent à faire du cinéma, à monter des pièces, à danser, à peindre, à dessiner, à photographier, à écrire, à penser. Halte ! »

Sheyda quitte la maison – «Ouf, pas de milice et pas de contrôle ! » – et monte dans son 4 × 4. Elle veut se rendre à une autre soirée, où elle plongera dans une piscine souterraine, sur la musique de King Crimson, et enfin chez une amie galeriste, où il ne sera question que de l'éclipse de la

Lune, admirée depuis une forteresse médiévale du Nord-Ouest. Elle glisse dans son autoradio un CD de Jane Siberry et, *shit*, voilà la milice, là, devant elle. Les phares de sa voiture éclairent trois cars qui attendent le flux des détenus. « Ma vie est finie ! » Elle n'a pas tort. Il est trois heures du matin, sa voiture diffuse de la musique maudite et elle ne porte même pas de foulard. « Ma vie est finie ! » répète-t-elle. Elle s'arrête devant un milicien armé. Il abaisse sa kalachnikov et la fixe pendant quelques secondes. Il la reconnaît : « Oui, c'est la mère gazée. C'est elle qui jouait du violon devant le berceau de son fils, elle qui toussait, elle qui gisait sur le lit d'hôpital, elle qui a fait pleurer ma mère, ma sœur et ma grand-mère. » Alors, sans réfléchir, il crie : « Va-t'en ! *Boro, boro, boro !* » Elle pose son pied sur la pédale et fend le noir de la République islamique d'Iran.

Je ne sais pas pourquoi j'ai voulu écrire sur elle. Je n'avais pas vu la plupart de ses films et elle n'était pas une amie. Pourtant, je sentais qu'elle pouvait répondre aux questions que je ne me posais même pas, qu'elle représentait, elle-même, la réponse. J'avais écrit une biographie de Roumi, des ouvrages sur l'arrivée du christianisme en Iran et le voyage de cette religion de la Perse en Chine, j'avais travaillé sur les textes manichéens chinois et essayé d'écrire, presque malgré moi, sur ma mère. Pourquoi subitement Sheyda ?

La vie d'une actrice de cinéma ne m'intéresse guère. Je suis, de par ma vie conjugale, entourée de comédiens dont j'évite parfois l'intimité. « Je n'écris pas sur la vie d'une actrice », voilà ce que je me dis. Pendant tous ces mois de travail, j'ai délibérément évité de voir les films de Sheyda. Je ne suis pas critique de cinéma, ni journaliste, ni psychanalyste. Alors pourquoi, après Roumi, elle ?

Sheyda a vingt-huit ans. Elle est née six ans après mon départ de l'Iran et quatre ans après l'instauration de la République islamique. Elle est cet Iran que je ne connais pas, que je cherche à happer, à saisir, cet Iran qui attire et terrorise, qui danse et pleure, qui ment et prie, qui boit et jeûne, qui célèbre la fête du Feu et qui se flagelle pour l'imam Hosseyn. Malgré tous les livres et tous les articles sur ses paradoxes et les contradictions de sa société civile, l'Iran, pour la plupart des gens, et pour moi aussi, reste inaccessible, échappe à toute définition ou analyse.

Cela me rappelle un épisode du *Mahabharata*, où Draupadi, la femme des Pandava, des cinq frères, est condamnée à se mettre nue. Elle s'agenouille sur le sol, murmure une prière à Krishna et s'abandonne à son agresseur. Mais à mesure que son ennemi tire sur le vêtement, des longueurs de tissu s'amoncellent sur le sol. Draupadi reste toujours vêtue et sa robe paraît inépuisable. Dans une conférence à Delhi, interrogé sur ce que l'Inde représentait pour lui, Jean-Claude Carrière, mon époux, répondit : « Pour moi, l'Inde c'est Draupadi. J'ai ouvert des centaines de portes, j'ai écarté mille rideaux et je sais que je ne pourrai jamais la voir nue. » Le lendemain, les journaux en firent leur titre, les éditorialistes commentèrent ce rapprochement qui n'avait jamais été fait auparavant. Ce jour-là, j'étais avec lui et je me suis demandé si cette comparaison était aussi valable pour mon pays. Tu le déshabilles et il reste voilé.

C'est en écrivant sur Sheyda, qui a l'âge de la République islamique et de cet Iran qui me fuit, que j'ai entrevu une possibilité d'approche. Et je me suis rappelé Roumi qui se plaignait, lui aussi, de ne pas savoir qui il était : « Je suis le compagnon du vent, le fainéant, le feu brûlant, le torrent fuyant, le brigand et l'ogre, triste et coléreux. Je ne suis ni bon ni laid, ni ceci ni cela, ni acier ni cire, ni esclave ni homme libre. Je suis et le lait et le sang, et le vieux et l'enfant. Je suis serviteur et seigneur, le visible et le caché. Je suis la goutte et l'océan, la bonté et la colère. Je suis le sucre, le poison, le jour, le jeûne. Je suis victorieux et vaincu. Je suis l'eau et le vase, le grain, le piège, le vin, la coupe... »

L'Iran de la République islamique est tout cela : le grain, le piège, le vin, la coupe, le sucre, le poison, le lait et le sang, le visible et le caché, ni esclave ni homme libre. C'est en fréquentant Sheyda que j'ai pu, avec des mots, mettre une vie sur ma perception de l'Iran. Elle n'est peut-être pas juste. Je ne prétends pas posséder la vérité. Quelle vérité, d'ailleurs ? Je n'ai pas les convictions fermes des diplomates qui, à peine arrivés à Téhéran, émettent des théories péremptoires sur le peuple iranien, la Révolution et l'avenir de la région, ni la hargne de ces exilés qui se disent fâchés avec leur propre pays, ni les théories des chercheurs hautement spécialisés. Je ne suis ni iranologue ni politologue. Mais une intuition incertaine, une vague prémonition m'a fait écrire sur elle. Je commence à comprendre pourquoi. À travers Sheyda, je cherche l'Iran, et tout ce qui m'a échappé. Et je me cherche aussi moi-même. Sans doute.

Sheyda ajoute qu'en 2003, sous la présidence de Khatami (aujourd'hui qualifié de « modéré »), et à l'occasion du deuxième festival du rock underground de Téhéran – la théorie de l'évolution suit lentement son cours –, son groupe, qui s'appelait Koli, « Gitan », fut classé premier.

Les jeunes envoient leurs morceaux de partout, des villes les plus obscures et de cités dont on ne connaît même pas le nom. Il y a de tout, du rap, du hip-hop, de l'électro, du reggae, du rock, du death metal. « Je passais des heures à télécharger. Les gens du Sud envoyaient du blues ! »

Je note : « Les gens du Sud, le blues… » Puis je me rends compte que les seuls Noirs de l'Iran sont originaires du Sud et que leur musique vocale et instrumentale vient directement de la côte d'en face, et non des champs de coton du Mississippi. Il suffit de se balader sur les quais du golfe Persique et d'écouter les chants de travail des pêcheurs pour retrouver le dialogue acoustique entre les voix et les instruments, pour sentir, pour entendre la proximité de l'Afrique.

Elle joue et elle chante. Mais comme elle ne peut pas se produire seule – encore une interdiction –, elle se contente, comme tous les autres musiciens, d'enregistrer un titre et de le diffuser sur le Net.

Sheyda, qui ne tient pas à être reconnue, abaisse son foulard jusqu'à son nez et fait toutes les épiceries, tous les supermarchés, même les poubelles de son quartier. On dirait une mère de famille qui se rend au marché des fruits et légumes. Quand elle demande, timidement, soixante-quinze kilos de raisin, le vendeur turcophone – en Iran le commerce des fruits est entre les mains des Iraniens turcophones – ne s'étonne en rien. Lui qui n'a jamais fait de vin – il prie, il jeûne et, si tout va bien, il ira cette année en pèlerinage à La Mecque –, en connaît tous les dosages par cœur. «Il te faut aussi cinquante à soixante bouteilles. Tu les as, les bouteilles ? Et les bouchons ? Sinon, va voir de ma part, au Grand Bazar, mon oncle *hadji* Matlab. C'est le roi du bouchon. Il vend du vrai de vrai, pas de ces bouchons synthétiques mynthétiques !» précise-t-il, avec son accent turc, tout en se dirigeant vers l'arrière-boutique.

Il en est de même pour l'insonorisation artisanale. Des boîtes à œufs ! Il leur faut des centaines de boîtes pour insonoriser leurs studios de fortune ! Au-delà de cinq ou six boîtes, l'épicier tient à connaître l'usage précis de sa marchandise. Servira-t-elle pour le rap, le jazz, la variété ? «Pour le heavy metal, il en faut davantage !» Sheyda se contente de prendre tout le stock. «Tu me promets de m'apporter le CD ? Après tout, moi aussi j'y ai participé...» Elle promet que la toute première copie lui sera destinée. «Si tu ne peux pas venir, envoie-le-moi par mail : baradaran@parsonline.com.»

Une fois à la maison, elle les place dans le frigo. Une rangée de vingt, puis au-dessus dix-neuf, puis dix-huit. Une pyramide d'œufs. Il ne faut surtout pas en gaspiller. Elle est une enfant de la guerre, des tickets de rationnement, des mesures d'économie. Je l'ai vue, dans le Midi, réutiliser des sacs de congélation, refuser de mettre en marche un lave-vaisselle à moitié vide et se plaindre devant un étalage excessif de nourriture. «Tellement de gens meurent de faim.» Le frère, qui est végétarien, promet de ne se nourrir que d'œufs durs, d'œufs au plat et d'omelettes. Le temps qu'il faudra. Les boîtes vides, en revanche, sont collées aux murs du parking d'un ami, en attendant le jour de l'enregistrement.

Avec le frère au saxophone, ils se produisent, un après-midi, dans le long salon de l'appartement des parents. Les invités arrivent par dizaines, retirent leurs chaussures et se mettent timidement par terre. Les parents ont peur : « Si jamais, par malheur, la milice arrive ! On ne sert pas d'alcool. C'est toujours ça. » Mais petit à petit, les spectateurs se lèvent et dansent. Le onzième étage de l'immeuble moderne tremble. Que font les parents qui n'ont pas l'habitude de prier pour empêcher les délations, les contrôles, les arrestations ? Selon les lois de la République islamique, tout ce qui se fait chez eux est strictement interdit : un rassemblement sans permis, et mixte de surcroît, une chanteuse au micro, un saxophone, une guitare électrique, non, diabolique, et aïe, aïe, aïe, des jeunes qui dansent, alors que le mot même est banni du lexique officiel ! La danse n'est que vulgarité, décadence et irrespect. La danse, c'est le déhanchement d'une fille de cabaret qui s'approche lascivement d'un client et agrippe entre ses dents une liasse de billets. Abominable. Interdit, mille fois interdit ! La danse est un tel tabou que même l'imam Khomeyni, dans sa condamnation de la musique, omit, intentionnellement, de la mentionner.

Sheyda chante. Son frère, après avoir avalé des œufs sous toutes les formes, joue du saxophone, le public danse et si par malheur la milice arrive, ils risquent tous la prison, parents compris. Mais le concert se termine. Cette fois encore, ils échappent aux poursuites.

Ils se sentent en permanence hors la loi, en rébellion constante, dans une situation où chacun de leurs actes devient subversif. Le régime est parvenu à transformer des jeunes qui veulent tout simplement chanter et danser en résistants accomplis et habiles. « Ne bois pas, ne ris pas, ne danse pas, ne chante pas. Si tu es peintre, oublie le rouge, si tu es écrivain, trouve un synonyme pour "nu", si tu es cinéaste, ne filme pas une femme sans foulard, même dans son lit, si tu es chanteuse, ne chante jamais seule et trouve quelques collègues pour camoufler ta voix. » Celui qui enfreint cette longue liste de prohibitions est considéré comme un opposant politique, au même titre que ceux qui font de la résistance armée, qui complotent contre le régime islamique, qui marchent avec Israël et la CIA, qui font sauter un commissariat, qui attaquent les frontières.

La théorie de l'évolution est en marche. Plusieurs groupes, composés de garçons, réussissent pourtant à obtenir l'autorisation de se produire. Enfin un concert, une vraie scène, du matériel de pro, la console, le synthé, les amplis, tout y est, et le public arrive en masse. Ému, le chanteur, un ami de Sheyda, oublie les paroles de Hafez, alors que tout l'Iran connaît les vers du grand poète. Le public lui souffle les mots évaporés. Les musiciens ont promis, certifié et signé qu'ils ne secoueraient pas la tête. Le service de sécurité rappelle au public les mêmes instructions. Ici, on ne parle pas d'éteindre les portables. Le mot d'ordre est : « Ne quittez pas vos sièges, ne fredonnez pas les paroles, ne levez pas les bras, ne bougez pas la tête et, dans l'idéal, ne respirez pas, mourez, mourez, c'est ça, mourez ! »

Vers le milieu du concert, les jeunes osent remuer dans leurs sièges, fredonner les refrains et même élever la voix, puis se lever carrément, secouer la tête et même, aïe, aïe, tout le corps. Les miliciens prennent peur. Affronter le public, le matraquer, faire couler du sang ? Non, pas aujourd'hui, une autre fois. « On les aura ailleurs, dans de meilleures circonstances, lorsqu'ils seront moins nombreux... » Les miliciens sont confiants. Ils les auront comme ils les ont déjà eus, au volant de leur voiture, au saut du lit. *Bang-bang.* Confiants, ils s'en vont. Sheyda me dit : « Quelle victoire ! C'est le meilleur souvenir de ma vie ! »

Ils – les jeunes, preuve vivante de la théorie de Darwin – connaissent de petites réussites, mais aussi de graves échecs. Certains craquent. Un des amis bassistes de Sheyda l'appelle un jour et lui demande d'aller le filmer en train de se pendre. Elle y va, avec une caméra. Il ne se pend pas. Elle ne filme pas.

Avec son frère, elle donne d'autres concerts. Ils promettent à la milice l'immobilité totale du public. « Laissez-nous jouer, nous ne ferons rien pour les inciter à bouger ! » Ils jouent. Le public secoue tête et bras. Tout risque de s'arrêter.

Cela me rappelle *Les Chats persans*, le film de Ghobadi, racontant la même période et la même atmosphère. La théorie de l'évolution n'a pas abouti pour eux non plus. Ses chanteurs sont actuellement en Angleterre. Ghobadi filme Monica Bellucci, le bassiste qui voulait se pendre est en Russie, Sheyda à Paris, et tous sont considérés par le pouvoir comme des opposants à part entière. Exilés, grâce à Dieu.

Nous sommes chez l'ambassadeur. Le serveur glisse à mon oreille l'argument fatal : « Le caviar vient de la pêche d'hier ! » Je cède. Son Excellence demande à Alex comment il a connu Sheyda.

« Une nuit dans le désert, j'ai entendu le son d'une harpe... »

Dire et s'endormir

« Avant tout, avant l'amour, les premiers baisers, avant les flirts, ma génération a connu la guerre. » Les soldats sur le front – pour elle, il s'agit de la guerre Iran-Irak – ne mentent pas.

« Moi, je mens. Ma génération ment. Nous mentons tous. On nous a appris à mentir. » Première leçon, avant même l'alphabet et la table de multiplication. « Voici ton cartable, ta gamelle. Ma petite chérie, tu ne diras rien à la maîtresse, hein ? Pas un mot sur ce qu'on a dit avec le tonton (celui qui a failli être son beau-père). Tu as vérifié le contenu de ta trousse ? »

Elle a toujours menti, sauf au tout début de son mariage avec Alex. D'ailleurs, elle pense qu'une des raisons du succès du cinéma iranien, et du talent des acteurs, vient de là, de l'aptitude au mensonge, de l'art subtil de mentir.

Toute la population iranienne pourrait jouer au cinéma. D'ailleurs, tout le monde joue. Un trentenaire, instituteur le matin et chauffeur de taxi l'après-midi, est-il le même homme quand il tient un bâton de craie à la main, devant le tableau noir, que lorsque, derrière le volant, il compte des pièces de monnaie crasseuses ? Il faut jouer, mentir et, si possible, adhérer à une « valeur adaptative » qu'ils ne possédaient pas auparavant. Darwin, toujours lui.

Elle répète : « Ceux qui combattent ne mentent pas ! » Huit ans de proximité avec la mort. Sur le front, tu lèves la tête et tu découvres, en même temps que les bombes, la beauté du ciel. Tu es avec un soldat. Il avance d'un pas et il saute. Ses derniers cris. Ton impuissance. Ses jambes en miettes. Ça aurait pu être toi.

« Ils ne mentent pas. Ces gens-là ne mentent pas ! » Ils ont vécu dans l'instant. Ils célèbrent l'instant, ils célèbrent le présent. Cela me rappelle les *Quatrains* de Khayyam, dans lesquels il exalte ce temps qui se situe, brièvement, entre deux immenses néants :

Personne, de cette nuit sombre,
Ne passe à la clarté du jour.
Nous contons une histoire
Et nous nous endormons.

Oublie le jour passé
Sans accabler le jour d'après.
Amuse-toi ici,
Ici et maintenant

Hier, dans l'atelier d'un potier,
Une poterie s'écria :
« Où donc est le potier ?
L'acquéreur ? Le vendeur ? »

185

Ceux qui ont fait la guerre possèdent ce temps. Ils n'ont pas besoin de mentir. Pourquoi mentir, d'ailleurs, quand aucun chemin ne conduit de la nuit sombre au jour ? Pourquoi mentir, maudire et se souvenir, quand tout s'efface, quand rien ne peut être construit ? Pourquoi mentir, alors qu'une simple poterie cherche vainement son potier, son acquéreur et son vendeur ?

Entre le rejet du désigné et la béatitude auprès d'Alex, autour de ses dix-huit ans, elle apprend qu'un cinéaste islamiste, un pur et dur, un ancien soldat, cherche une actrice. Le film se passe dans les montagnes de l'Ouest – j'ai déjà raconté certains épisodes de ce tournage en rapport avec le désigné –, pendant la guerre. Elle n'a pas l'âge du rôle mais peu importe. Elle est décidée à jouer la bergère du film. Cette fois encore, son entourage n'a droit qu'à un cinquième de la vérité. Elle sèche ses cours du Conservatoire et se démène pour apprendre la langue de l'Ouest. Il n'y a pas si longtemps, la mère rêvait pour elle d'une carrière de soliste dans une tournée européenne. Après quoi, subitement, à cause de la décision de Sheyda, elle renonça à l'imaginer, elle, sa fille, sur la scène du Musikverein de Vienne, moulée dans une robe noire. Fini tout ça, fini. La mère n'imagine plus rien pour elle, ou bien si : elle tient, coûte que coûte, à ce qu'elle finisse ses études, qu'elle réussisse sa licence et sa maîtrise. Le minimum, non ? Même les mères qui ne nourrissent aucun grand projet pour leurs enfants les contraignent à obtenir ces diplômes. Sheyda peut renoncer au Conservatoire de Vienne, continuer à jouer dans des films, mais arrêter ses études, non, ça, jamais. Les études s'avèrent nécessaires, au même titre que le brossage des dents, le lavage des mains, la douche quotidienne. Est-il concevable qu'une fille d'aujourd'hui arrête subitement de se brosser les dents ? Sheyda le fait, pourtant.

Elle pénètre dans l'appartement d'une famille originaire de l'Ouest, retire ses chaussures, son foulard et son manteau et elle ne s'exprime que dans leur langue. Pendant des heures, tout en vidant des tasses de thé, elle essaie de prononcer correctement et sans l'ombre d'un accent persan ses propres dialogues. En rentrant, elle ne dit rien à ses parents ou alors juste quelques mots : « Aujourd'hui, nous avons eu un cours de langue ! » La mère pense aux verbes irréguliers anglais ou, non sans un profond regret, aux mots composés allemands – l'allemand de Bach, de Mozart, Beethoven, Schubert –, mais jamais, jamais à l'intonation si particulière des gens de l'Ouest. Quelle fille renoncerait à son diplôme pour se familiariser, à grand-peine, avec une variante d'une langue iranienne ? Personne. Les filles sensées arrêtent dans les rues n'importe quel homme au teint clair et aux cheveux blonds pour échanger deux phrases, juste deux phrases, en anglais : « *What's your name ? Do you like my country ?* » Et elle, Sheyda, passe ses journées à conjuguer, avec l'accent montagnard, au passé, à l'imparfait et au futur les verbes « traire », « tondre » et « transhumer ».

À la maison, elle cache le scénario dans la banquette du piano. Elle garde aussi une boîte métallique rouge, dans laquelle elle range toute sa correspondance avec le désigné. Mais elle hésite à mêler les mots de celui qu'elle ne veut plus – non, elle ne veut vraiment plus de lui – au dialogue d'un film qui l'attire. Ce film est un piège, un appât. Six mois de tournage dans l'Ouest, d'arrêt du Conservatoire, de familiarité avec un metteur en scène islamique, c'est fait pour attirer, à coup sûr, les foudres aiguës des parents. Comment expliquer au père révolté qu'elle cherche, par tous les moyens, à travailler avec un homme qui peut-être approuve la clôture des théâtres, la censure, la condamnation des acteurs et, pire encore, l'exécution de l'ami au pantalon en velours côtelé ? Comment le lui dire ? Elle ouvre le coffre à partitions et dissimule le scénario sous celle du *Concerto n° 3* de Rachmaninov. On n'est jamais assez prudent.

Elle rencontre enfin le metteur en scène, en cachette, comme si elle commettait une faute, une erreur, et elle le trouve beau, très beau même. J'ai hâte qu'elle s'en aille pour vérifier, sur Internet, le physique « à tomber » du cinéaste. Ce n'est pas David Lynch, ni Haneke ou Nanni Moretti, mais plutôt Kusturica, sous l'apparence d'un chauffeur de poids lourd. Elle est une *daf*, elle voudrait être conduite, être dirigée par cet homme.

« Ses mains… Je n'arrivais pas à détacher mes yeux de ses doigts longilignes, de ses ongles parfaitement coupés. Et son écriture ! J'entendais le son de chaque lettre ! »

Je peux la comprendre. Moi aussi, j'ai longtemps fantasmé sur les *louti*, ces hommes d'un milieu interlope qui s'étaient dotés d'un code d'honneur, d'un langage particulier et de pratiques distinctives. À l'époque du Shah, on les appelait les *kolah makhmali*, les « chapeaux de velours ».

Ils portaient des costumes noirs sur des chemises blanches ouvertes et ces fameux chapeaux. Le cinéma populaire d'avant la Révolution, à l'instar du cinéma américain avec la mafia italienne, en avait fait ses héros de prédilection. J'ai toujours affectionné leur vocabulaire. Encore aujourd'hui, il suffit qu'un homme me parle comme eux, avec le même regard lourd, les mêmes intonations rauques, et je serais prête à le suivre. La Révolution a balayé ces hommes, ces truands, des musulmans pratiquants pourtant. Certes, ils buvaient de l'alcool, ils dansaient voluptueusement, mais ils récitaient deux fois leurs prières pour obtenir l'absolution et ils jeûnaient tout au long du ramadan, sans toucher, même pendant les heures permises, à une goutte de cette boisson dangereuse qu'ils appelaient l'« arak de chien ». Comme je me renseignais sur eux et sur leur soudaine disparition, on m'apprit que la guerre les avait lourdement décimés. En hommes d'honneur, ils se portèrent tous volontaires pour se battre en première ligne et rares furent ceux qui en revinrent. Leurs successeurs, issus eux aussi de la population déshéritée, trouvèrent l'équivalent de la solidarité qui les unissait jadis dans les rangs des actuels gardiens de la Révolution ; à cette différence près que ces derniers illustraient dorénavant la loi islamique et avaient à jamais perdu toute notion de fantaisie.

Elle est éprise de ce metteur en scène islamiste comme j'étais moi-même fascinée par les bandits d'honneur. Entre elle et moi, un seul désaccord : le passage à l'acte. Elle sèche ses cours, elle dissimule le scénario et convainc l'homme aux doigts longilignes de la choisir, elle et pas une autre, tandis que moi, je me contentais de voir et revoir les films *kolah makhmali* chez moi, à la télévision, dans ma maison du nord de Téhéran. Je vivais à proximité de la résidence royale, j'allais dans un lycée français, inauguré par de Gaulle en personne, et je passais mes vacances à Paris ou à Stockholm, ville où séjournait assez souvent ma tante. Un vrai *louti* n'aurait jamais mis les pieds dans mon quartier, il n'aurait jamais plongé dans la piscine astiquée de mon lycée, ni visité Paris, la «mariée des villes du monde». Je n'avais, pour ainsi dire, aucune chance de croiser dans mes promenades un moustachu en costume noir, chemise blanche et chapeau de velours qui aurait balancé un chapelet en agate au rythme de ses pas, et un et deux, et un et deux...

«Je l'aimais parce qu'il était inatteignable!» me dit-elle.

Pour elle, le comble de l'érotisme est ce moment où une femme *tchadori* laisse glisser négligemment devant les yeux de son homme son voile fleuri. À cette seule pensée, elle tremble. Quand on la met en présence du producteur, islamiste lui aussi, aux mains tout aussi lisses et belles – une marque de fabrique? –, elle ne pense pas au rôle, mais aux retrouvailles, le soir, de cet homme qui la regarde sans la regarder, avec dédain et hauteur, et de son épouse. Il lui fait signer le contrat. Elle fantasme.

Adolescente, j'aimais me mettre à la place des filles perdues pour qui les *louti* déclenchaient des combats féroces et portaient, toute leur vie, les cicatrices des coups reçus. Moi aussi, quand je voyais le tchador tomber par terre, je tremblais. Mais j'étais devant le poste de télévision, séparée des *louti* par le grand portail de mon quartier, par

Clovis et Vercingétorix dont je devais apprendre par cœur les dates essentielles, par les voitures aux feux arrière rouges qui descendaient dans le sud de la ville.

Le contrat est signé. Elle parle couramment la langue et tant pis si le directeur du Conservatoire la convoque – « Pourquoi toutes ces absences ? » –, et tant pis si les parents sont loin de se montrer consentants.

Elle part pour l'Ouest.

J'ai déjà raconté comment, grâce à ce film et à la lecture de la Bible, elle s'était détachée, à ce moment-là, du désigné. Mais elle-même, en me parlant, sépare la lecture de la Bible et l'abandon du désigné du sentiment qu'elle éprouve pour son metteur en scène islamiste. Pour elle, il s'agit peut-être de deux histoires. Si j'écrivais une thèse ou une dissertation – comme si souvent dans ma vie académique –, je ne me permettrais jamais de dissocier deux histoires vécues à la même période, ni de bouleverser la sacro-sainte chronologie. Mais tel n'est pas mon sujet. Je peux me vautrer dans le désordre de la narration, du temps, du récit romanesque ; dans le désordre de la fiction. Et je peux sentir, moi aussi, que si, pendant un trajet en minibus, la moitié du corps de Sheyda – le côté gauche, plus précisément – commence à brûler du fait de la présence, de ce côté, de l'homme aux belles mains, cela n'a rien à voir avec le désigné.

Nouvelle histoire, nouveau souci.

Beaucoup de jeunes comédiennes tombent amoureuses de leur metteur en scène – ou plutôt le contraire, ça on le sait, c'est un fait connu. Mais là, dans son cas, l'homme aux belles mains, qui a tout de même trente ans de plus qu'elle, est un vrai musulman qui ne posera sur son actrice que des regards chastes, qui ne la touchera pas, qui ne l'admirera que dans le travail.

Irrésistibles obstacles. Elle a toujours aimé les précipices, le bord des gouffres. Quand elle était Amir, elle montait sur le toit de leur immeuble, posait son vélo au-dessus de la rampe et pédalait en funambule. Elle aimait aussi se rendre, tôt le matin, sur les chantiers de l'autoroute et s'étendre, comme une proie, le long de la lame frontale d'une niveleuse ou de tout autre engin de construction.

Face à la caméra de l'homme aux belles mains, elle explore d'autres sensations. « Quand il se mettait devant moi, je comptais ses rides : quatorze rides à gauche, seize à droite ! » Si Alex n'était pas apparu, se serait-elle mariée à ce réalisateur ?

Je l'imagine dans une scène avec son père, lui expliquant que la vie ne peut pas être vécue sans l'homme aux belles mains : « Il est le sommeil, le repos, le vin, l'ivresse, le jardin, le printemps, la majesté, la source d'eau… » et le père impassible, sceptique, intraitable, froid. Mais cette fois elle ne cède pas. Elle va jusqu'à menacer son père. Son refus sec ébranle l'ordre du monde, il fait du haut le bas, de la douceur la brutalité, du paradis l'enfer. Le père se montre dans toute sa fureur. Comment pourrait-il consentir ? « Non et non ! Attends quelque temps, tu l'oublieras comme tu as oublié l'autre ! » Non, elle ne l'oubliera pas. Elle ne pourra jamais oublier celui qui a verrouillé son sommeil, qui a lavé son image, qui l'a coupée de tous, qui l'a détachée de la vie comme de la mort.

Je l'imagine en fille bien musulmane, enveloppée d'un tchador, une vraie pratiquante qui n'oublie aucune de ses trois prières quotidiennes et qui jeûne plus de trente jours au cas où le prestigieux religieux se serait trompé en annonçant avec un léger retard le ramadan. Je l'imagine en fiancée timide de l'homme aux doigts longilignes, celle qui regarde à peine son promis dans les yeux, celle qui attend le jour du mariage pour, enfin, retirer le voile et se mettre à nu.

Sheyda rectifie : « Tout ça, c'est ton imagination. Entre lui et moi la distance était si profonde que je ne me permettais rien, pas de rêverie, pas de fantaisie. Rien. Rien du tout. » Elle attend, puis ajoute : « Pourtant, il n'y a pas plus sexy qu'un corps de femme vu et admiré par un seul homme ! »

Elle me dit, en disposant ses bracelets à divers endroits du canapé, comme des planètes tournant autour d'un quelconque système solaire, que pour la première fois elle se sentait attirée par un metteur en scène. J'ajoute : *islamiste* et je le souligne.

Avant même l'arrivée de l'équipe technique, du matériel et de la cantine, ils s'installent dans les montagnes de l'Ouest, où elle devient, lentement, une bergère accomplie. Dans le premier plan du film, elle doit tuer un de ses moutons. Elle est prête à le faire, elle a été préparée à ce sacrifice. Mais finalement on lui dit juste de choisir, de désigner, dans son troupeau, la future victime.

Tout d'un coup, elle a droit de vie et de mort sur un être, elle peut montrer du doigt un des moutons et l'envoyer, comme disent les mystiques, dans le « monde du néant ». Au bout de son doigt, la mort.

Elle regarde ses brebis. Elle les connaît toutes. Laquelle désigner ?

« *Khanoum* Shayan, allez-y, choisissez-en une ! »

Elle est l'ange de la mort. Azraël en personne. Doit-elle épargner les jolies, celles aux yeux doux et à la toison chatoyante, et condamner les borgnes et les galeuses ? Que fait Azraël lorsqu'il se met à l'ouvrage ? « Toi ! Pas toi ! » À l'école primaire, la maîtresse moustachue lui avait dit que le jour où Azraël se montrait à quelqu'un, celui-ci éprouverait le sentiment de n'avoir existé qu'un soir ou qu'un matin. Elle ne veut plus penser à l'école, mais juste à la technique d'Azraël. « Putain, mais comment il fait pour choisir ? »

Un villageois, expressément venu pour égorger le mouton, aiguise son couteau. Elle n'entend que ça, que le bruit strident du couteau qui frotte contre la pierre. Le chef-opérateur, un croyant pur et dur, qui jeûne pendant tout le tournage et aime se retirer dans la montagne (à l'exemple du Prophète lui-même), s'impatiente : « *Khanoum* Shayan, s'il vous plaît, il faut faire vite, le temps menace… »

Khanoum Shayan doit choisir un mouton, et cela immédiatement, sans plus tarder. Dans le scénario, c'était marqué : « Elle tue un mouton blessé. » Elle l'a lu et accepté. Elle est prête à tuer un mouton, ça, oui. Mais en désigner un et le destiner au couteau, non.

« Azraël, aide-moi ! »

Elle s'avance dans le troupeau et choisit un des moutons parmi les plus vieux. En bergère déjà accomplie, elle sait que celui-ci n'en a plus pour longtemps, qu'il ne passera pas l'hiver. Elle tend le bras : « Celui-là ! » Le mouton la regarde. Azraël aurait fait pareil : un vieux de chez les vieux. Mais le mouton est lourd. Le scénario précise qu'il faut qu'elle soulève le cadavre du mouton. « *Khanoum* Shayan, mort, il pèsera plus encore. Pensez à vos reins. Choisissez plutôt un jeune agneau ! » Elle pointe son doigt de nouveau sur le vieux mouton. « Celui-là et pas un autre. » Azraël, lui non plus, n'aurait pas changé de victime. On extrait le mouton du troupeau. Il se débat, il brait et beugle : « Pourquoi moi, pourquoi une mort féroce, pourquoi ne pas avoir attendu la fin de l'hiver ? Je serais parti de moi-même, pourquoi ? » Sheyda pose sa main sur le crâne du vieux mouton. Il ferme les yeux. Elle me dit : « Il est mort avant d'être égorgé, une mort avant la mort ! »

On prépare le premier plan, mais elle se sent impuissante devant la caméra. Elle a appris la langue, elle a harcelé le metteur en scène et vécu en solitaire, dans la montagne, pour en arriver là, au blocage total dès le premier clap. Qui, quel être surnaturel doit-elle invoquer maintenant ? Qui appeler à l'aide ? Le visiteur, celui qui lui parlait tous les samedis soir, aurait-il pu l'assister ? Non, non, personne, Azraël lui-même ne servirait à rien.

Le salut vient, cependant, du metteur en scène qui lui dit : « Tu t'es vidée. Tu as tout transmis au mouton. Retire-toi dans la montagne ! » Elle disparaît. On allume des cigarettes. On ouvre les thermos de thé. On sèche au feu les talons des bottes. Certains défèquent derrière les rochers. Tous évitent de regarder le vieux mouton. Après quoi, une heure plus tard, elle réapparaît. La caméra n'est plus une ennemie. Elle ne l'évite plus. L'égorgeur fait coucher l'animal sur le côté gauche, tourne sa tête vers La Mecque et lui tranche le pharynx.

Un des bracelets de Sheyda tombe à terre. Elle se penche pour le ramasser et elle me dit : « Il a commencé par me filmer de loin, de très loin. Rien que des plans d'ensemble. Puis, tout doucement, il a réduit cette distance. Plus il rapprochait la caméra de moi, plus il se rapprochait de moi et plus je me rapprochais de moi ! »

Au coucher du soleil, elle partage le dîner du metteur en scène, du thé et du fromage. « Le meilleur, le plus savoureux de toute ma vie ! » Ils tournent la nuit par moins quinze, moins vingt degrés. Elle n'a jamais froid. Elle est brûlante d'amour.

Toute l'équipe prie, sauf lui. « Monsieur aux belles mains et aux beaux pieds (un jour, quand il se déchaussait, elle a remarqué ses pieds, ses très beaux pieds), vous ne priez donc jamais ? » Il lui répond que travailler, c'est prier. Subitement, les serrures sautent. Les murs tombent, l'air entre. La culpabilité s'évapore. L'amour quadruple. Jusque-là, elle était éprise. Ça, d'accord, ça pouvait aller, mais d'un metteur en scène islamiste qui avait probablement approuvé la censure et les sanctions prises contre les artistes, contre les amis de son propre père ? Que faire de cette déloyauté ? « L'amour est aveugle » ne suffisait pas comme réponse. C'est encore une fois l'homme aux belles mains et aux beaux pieds qui court, dans la neige, avec ses bottes de montagnard, à son secours : « Le cinéma est plus sacré que la religion ! Je ne prie pas, je travaille, je tourne, je te filme ! » Elle peut, dorénavant, l'aimer sans aucun remords. Si les camarades de son père sont arrêtés, si les films de ses propres amis sont coupés, si le corps des actrices est emmailloté, il ne faut surtout pas regarder du côté de l'homme aux belles mains. Celui-ci est exempt de toutes les fautes. Pendant huit ans, il a sillonné le front comme photographe. Lui seul sait aimer la vie, vivre dans l'instant, prier autrement, invoquer le Créateur tout en disant : « Moteur ! »

Là, devant moi, elle fait tourner un de ses bracelets. « C'est Alex qui me les a offerts ! » Puis elle me parle des « auréoles » qui entouraient la tête de son metteur en scène.

Quand je passais ma thèse de doctorat, naguère, sur le manichéisme, j'avais dû commenter une description iconographique qui se trouvait dans un texte chinois du VIIe siècle : « La couronne que porte sur le sommet de la tête Mani, le Bouddha de Lumière, représente les douze rois lumineux à la forme victorieuse. » J'avais, alors, comparé cette image à l'auréole de lumière de la religion de Zoroastre et au nimbe stylisé des figures du Bouddha, de Jésus et, plus récemment, des imams shiites. Mais jamais je ne pensais croiser quelqu'un ou entendre parler d'un humain qui serait couronné de véritables auréoles. Même le dalaï-lama, que j'ai rencontré à plusieurs reprises, en est dépourvu.

Sheyda, pourtant, voit des halos autour de la tête de son metteur en scène. Elle vient de rompre avec le désigné, lui-même envoyé par un extraterrestre, elle rejoint tous les soirs une actrice du film pour lire la Bible et elle épie, par une fente de la porte, la silhouette de l'idole nimbée.

Cela me rappelle étrangement la période de la Révolution en Iran et les mois qui précédèrent le retour de l'ayatollah Khomeyni. Les opposants qui, le matin, manifestaient dans les rues pour la libération des prisonniers politiques voyaient le soir, dans la lune, le profil du religieux exilé. Pendant cet hiver 1979, tous les Iraniens levaient la tête pour lire dans l'astre nocturne, comme dans du marc de café, l'avenir de leur pays. Pendant la guerre, les miliciens islamistes accrochaient au cou des enfants une clé du paradis et les envoyaient sur les mines. Ils y couraient en riant. Là où ils allaient, le père ne frappait pas la mère, l'oncle ne se piquait pas le bras avec une seringue, les chaussures ne s'usaient jamais. Là où ils allaient, on donnait de la viande à tous les repas et de bonnes notes tous les trimestres.

Sheyda adhère à la Bible, au désigné et aux halos, comme toute une génération a cru à une révolution approuvée par Allah, par le Prophète, les imams, les planètes et même les houris du paradis. Elle voit des halos autour de la tête de son metteur en scène, à l'instar des soldats blessés qui, avant de mourir, confiaient à d'autres combattants qu'ils avaient aperçu le Douzième imam en personne, auréolé et illuminé, galopant dans leur direction et les accueillant dans ses bras. Il a fallu un million de morts et autant de visions surnaturelles pour que l'armée iranienne puisse récupérer les territoires conquis par Saddam Hussein. Les halos de Sheyda sont peut-être les mêmes que ceux des martyrs iraniens et c'est par ce mimétisme avec l'Iran qu'elle m'intrigue.

Elle m'expose les délices d'un amour impossible. Un vrai musulman ne regarde pas une femme dans les yeux, ne la touche pas, ne l'interpelle pas. Si, pour les besoins du film, il frôle sa main, aïe, ça grille. Elle ressent la même brûlure que lors de son agression, ce jour où elle effleura son manteau imbibé d'acide.

La nuit, dans la chambre 522 de l'hôtel Sahra (indication qui, je le rappelle, se trouve dans une lettre écrite de la main du désigné), elle ne rêve que de son metteur en scène. Elle sait que deux chambres plus loin, au numéro 518 ou 526 (les hésitations sont de moi), l'homme auréolé lit et relit son scénario et ajoute, de sa très belle écriture, des notes au coin de chaque page. Entre elle et lui se trouve la chambre de l'actrice avec qui elle partage son admiration pour le Christ. Entre elle et le nimbe, Jésus. Par moments, j'attribue ses élans mystiques à son âge – autour de dix-huit ans à cette époque –, mais aussitôt je me rétracte. À dix-huit ans, le personnage sur lequel j'écris n'a rien d'une teenager, de même qu'aujourd'hui la femme de vingt-huit ans assise à mes côtés, qui joue inlassablement avec ses bracelets, n'a rien de juvénile. L'étourderie et les maladresses, non, décidément, ne sont pas pour elle. Il m'arrive parfois, malgré notre différence d'âge, de me laisser guider par elle. Serait-elle plus vieille que moi ?

Elle recompte les rides de son homme, vide ses tasses de thé, avale les miettes de son pain, se mouche dans ses serviettes et marche, dans la neige, sur les traces de ses pas.

Un jour, après avoir tourné quarante-huit heures de suite – mais où sont donc les syndicats ? –, elle craque. Sur son visage se creusent deux immenses plis, dans lesquels coulent des larmes. « Je suis fatiguée ! » Elle le dit sur tous les tons. Elle ne joue plus. Elle est réellement fatiguée, exténuée, épuisée, *khasteh, khasteh, khasteh…* Il s'approche d'elle et il la regarde pendant deux minutes. A-t-elle chronométré cette longue œillade ?

« Mes pieds se réchauffaient. La chaleur montait et grimpait dans mon corps. Il me regardait, je le regardais et la chaleur montait, montait. Et puis *vroum*, d'un seul coup la fatigue sortit de ma tête. C'était géant, il m'offrit en deux minutes l'équivalent d'une semaine de sommeil ! »

Elle n'est plus fatiguée. L'homme auréolé lui a transmis tout son élan.

La fin du tournage approche. Elle évite de penser à la séparation prochaine. Et moi, j'évite d'écrire qu'elle trouvera la bonne solution pour parvenir aux *youyou-youyou* du mariage, à la maternité et à l'achat de plusieurs tchadors fleuris, année après année, pour ses propres filles.

Elle quitte la neige de l'Ouest et c'est dans la chaleur du désert que soudain apparaît Alex. Ils flirtent. Ils se marient sans aucun *youyou-youyou*, et l'homme nimbé, loin d'être oublié, s'installe, dans les souvenirs de l'actrice, comme une source de laquelle tout a jailli, le jet du jeu.

Quelques années plus tard, elle rencontre un autre metteur en scène islamique, un autre ancien du front, avec cette particularité qu'il a été gazé lors des attaques chimiques irakiennes. Sheyda dit qu'il était *modji*, « atteint par les ondes », mot courant pour désigner les victimes qui souffraient de graves troubles neuropsychiatriques, d'atteintes neurotoxiques.

Sarin, tabun, gaz moutarde, Saddam Hussein se servit, comme dans un rayonnage de supermarché, de ces armes non conventionnelles, interdites, pour bombarder l'armée iranienne mais aussi les civils. Ainsi, à la veille du Norouz 1988, offrit-il aux sept mille Kurdes de la ville de Halabja, comme cadeau de nouvel an, la mort par étouffement. Je n'oublierai jamais cette photo où un enfant gît au pied d'un mur à côté de son chat, tous les deux asphyxiés.

Dans ce nouveau film, Sheyda doit justement jouer le rôle d'une mère gazée. Le metteur en scène *modji* ne supporte pas la foule, le brouhaha, les interviews. « À chaque passage à la télé, sa tension montait à vingt-quatre ! » Il est réputé pour avoir mauvais caractère, être grossier et même tyrannique. Le bruit court que le Fouquier-Tinville iranien, l'ayatollah Khalkhali en personne, le craint. Un jour, sur le front, dans la ville de Khorramshahr, les deux hommes s'étaient déjà violemment disputés.

Ce metteur en scène a tout pour plaire à Sheyda. Il est père de famille, croyant, ancien combattant, discourtois, très autoritaire, moche, grassouillet, et par-dessus tout *modji*. Qui peut rivaliser avec tout cet ensemble ?

Le tournage commence. Le metteur en scène irrésistible – elle le trouve très beau – la dédaigne, à la limite du mépris. Elle sait qu'il la juge gnangnan, nunuche, pourrie gâtée. Bon, eh bien, elle va lui montrer qu'il se trompe. Dans une scène, alors qu'elle doit casser une vitre avec un extincteur, elle la brise, sous l'œil de la caméra, avec son propre poing et continue à jouer, la main en sang, comme si de rien n'était.

Monsieur le metteur en scène, vous avez dit « nunuche » ?

« Je venais d'établir, entre lui et moi, un pacte invisible, un contrat qui signifiait : "Ne me méprise pas. Je suis avec toi, je suis de ton côté, dans ton histoire. Nous allons ensemble, toi et moi, donner vie à cette mère. Je l'aime autant que toi, fais-moi confiance. Ce coup de poing est le sien !" »

On appelle les urgences. Le metteur en scène crie à l'aide, que quelqu'un vienne arrêter le sang. Il est *modji*, et exposé, dans les moments de crise, à l'étourdissement, aux vertiges, à des bouffées de chaleur, à des frissons, à des spasmes musculaires, à des douleurs thoraciques, à des nausées, à la diarrhée.

Elle connaît la liste de ces symptômes par cœur, comme un mantra, comme lorsqu'elle chantait, dans l'ordre exact, et devant deux cents hindouistes de Téhéran : *Hare Krishna Hare Krishna Krishna Krishna Hare Hare Hare Rama Hare Rama Rama Rama Hare Hare*. À ce sujet, elle s'était renseignée, des années auparavant, auprès d'un médecin, lors du dîner chez l'ambassadeur que j'ai raconté. Le médecin, après avoir ajusté ses lunettes, lui avait exposé ce soir-là toute l'éventail des séquelles : « Les plus fréquentes concernent la respiration et le rythme cardiaque, palpitations, tachycardie… » Je m'étais alors demandé pourquoi elle s'intéressait à un *modji*. Les *modji*, ceux qui avaient fait la guerre, venaient tous de milieux défavorisés et aucun des convives présents ce soir-là ne pouvait s'être trouvé directement en contact avec un soldat intoxiqué au gaz. Elle écoutait, elle enregistrait les symptômes, sans y accorder, apparemment, trop d'importance.

Les urgences arrivent : compresses, sparadraps, sutures. Elle se laisse soigner. Mais sa peur est ailleurs, dans la réaction de son *modji*. Est-ce que tout ce branle-bas ne va pas conduire le metteur en scène à vomir, à trembler, à s'étouffer ? Pas une seconde elle n'envisage, à ce moment, la mort de celui-ci d'une crise cardiaque – ce qui pourtant arrivera un an plus tard, loin des plateaux, loin d'elle.

À partir de l'alliance scellée par le sang, elle devient la mère du film, celle que l'on estime, celle au nom de laquelle on jure, celle pour laquelle on meurt. Pour jouer, elle a le feu vert. Le metteur en scène ténébreux a, littéralement, disparu dans les cicatrices du poing de Sheyda. Il y a largué sa brutalité, sa hargne, son dédain. Il lui offre son rôle le plus populaire, celui qu'elle qualifie de « mère » tout court, de mère de l'Iran. Dans les villages, après la sortie du film, les vieilles paysannes se jettent dans ses bras. Elle est leur mère. Leur mère à tous, à toutes. Dans les stations-service, les camionneurs – ah, elle se rappelle qu'enfant, son rêve était de conduire un camion – lui offrent leurs tickets de rationnement. On ne fait pas attendre une mère pour quelques litres de carburant : « Avec mille excuses, veuillez accepter ce coupon ! » Dans les banques, les employés arrêtent le fonctionnement de l'afficheur d'appel. Que tous les clients patientent, que la Bourse bloque ses variations quotidiennes. La mère, oui, leur mère, est venue retirer de l'argent ! « Si je suis devenue l'obsession du régime, c'est à cause de ce rôle. J'étais la mère ! »

Pendant tout le tournage, elle écrit des poèmes pour le metteur en scène, tout un cahier rempli de mots d'amour.

Elle le trouve toujours beau, très beau même. « Mille fois, j'ai voulu lui dire que jamais sa femme ne le regarderait avec mes yeux. » Là encore, elle n'a pas tort. La littérature persane est parsemée de récits d'amoureux aveugles. Le poète Nezami narre la rencontre du calife Haroun al-Rashid et de Leyli, cette femme pour laquelle Majnoun, littéralement « fou », errait en guenilles dans le désert et refusait de s'alimenter. Lorsque le calife parvint enfin à rencontrer Leyli, et à la dévisager, il ne vit que maigreur, noirceur et même laideur. Haroun demanda à la dame si elle était bien Leyli. « Je suis Leyli, répondit-elle, mais toi tu n'es pas Majnoun ! » Et le poète ajoute : « C'est avec les yeux de Majnoun qu'il faut regarder Leyli. »

J'essaie de voir avec les yeux de Sheyda son metteur en scène *modji*. Avant le travail avec Sheyda, je n'avais jamais entendu parler de lui. Les films de guerre ne m'intéressaient pas. « Propagande, propagande ! » me disais-je. Le cinéma iranien que je suivais était celui des festivals, Cannes, Venise, Berlin, Toronto. J'aimais, comme la plupart des cinéphiles français, les films de Kiarostami, de Panahi, de Ghobadi et de Farhadi, sans même réaliser que la plupart de leurs œuvres étaient interdites en Iran. Ce que nous appelons à l'étranger « cinéma iranien » est, en effet, un cinéma destiné avant tout à un public non iranien. Depuis la Révolution, le cinéma américain est prohibé en Iran et les films européens sont diffusés au compte-gouttes, après de multiples coupures – scènes d'amour, de beuveries – et des changements radicaux dans le scénario. Une circulaire de la présidence de la

République condamne la distribution et la projection de films étrangers qui font l'«éloge des idées laïques, féministes, libérales et nihilistes».

Alors, que voient les Iraniens au cinéma ? Quel film va voir, un jeudi après-midi, un père de famille qui embarque sur sa moto Persia sa jeune femme en tchador noir et ses deux enfants, une fille en bas âge, habillée d'une minijupe rouge, d'une chemisette en tulle mauve et coiffée de plumes roses – la face cachée de sa mère – et un garçon qui serre dans ses bras un ballon de foot ?

Je me rappelle les centaines de fois où je suis passée devant des salles de cinéma dites «populaires» sans lever les yeux sur les affiches, sans immobiliser mon regard – ne fût-ce que quelques secondes – sur la femme *tchadori* qui, descendant de la moto, agrippe le voile entre ses dents, prend sa fillette dans les bras et son fils par la main et attend patiemment son mari quelques marches plus haut. Sheyda m'oblige à m'arrêter un instant sur cette famille. Elle me fait pénétrer dans la salle avec eux, acheter des graines de tournesol grillées, choisir un vieux siège troué datant des années soixante-dix, compter les chewing-gums collés au revers de l'accoudoir, casser les graines, en jeter sans remords les écorces par terre, et me laisser emporter par l'histoire. Une femme gazée pendant sa grossesse a transmis son intoxication à son fils. Le film fait partie de ce qu'on appelle le «cinéma de guerre» – de «défense sacrée», dirait le régime –, un film que, sans Sheyda, je n'aurais jamais vu – propagande, propagande –, un film qu'elle décrit comme une ode à la paix, «parce que la guerre est sale, parce que, dans la guerre, il n'y a que des perdants », un film que ma voisine, la femme au tchador noir, regarde un mouchoir à la main, le visage mouillé de larmes.

Plus jeune encore, à l'époque du Shah, quand j'allais au cinéma en Iran, ou plus précisément à la cinémathèque de Téhéran, dont le président francophone était un ami de mes parents, c'était pour voir, en suédois, les films de Bergman ou en français *Au hasard Balthazar* de Bresson. Je n'avais pas pour voisine la femme *tchadori* et mes chaussures ne frôlaient, sur le sol, aucune écorce de graine de tournesol. Mon lexique cinématographique comprenait des centaines de noms de cinéastes, allant de Dreyer à Shahid Saless, sans que je puisse nommer l'équivalent du metteur en scène *modji* de Sheyda. Elle me cite les titres de ses films, *Champignon empoisonné*, *Génération calcinée*, *Aide-moi*, *Le Réfugié*. Ils ne me disent rien. Je suis passée à côté de cette filmographie, comme la plupart des Occidentaux qui ont totalement ignoré ce large pan du cinéma iranien.

« Il se trouvait moche, mais pour moi, il était beau, vraiment beau ! » Le Net regorge de ses photos. Pour le regarder avec les yeux de Sheyda, j'en sélectionne quelques-unes. Il est assis sur le fauteuil de régisseur, dans la campagne iranienne, sous un ciel du bleu de la mosquée d'Ispahan, lunettes de soleil, casquette à l'envers et moustache touffue. Sur une autre photo, il porte les mêmes lunettes de soleil et un casque avec écouteurs. Il visionne, penché sur un écran, les rushs. Je ne le trouve pas laid. Il a même un certain charme. À qui la faute ? Aux yeux de Sheyda ou à l'attrait pour ce métier qui rendrait n'importe quel homme assis sur un siège de régisseur à proximité d'une caméra et armé de lunettes de soleil proprement irrésistible ?

Dans la plupart des scènes, et même sur l'affiche du film, elle porte un bandage à la main. Le scénario avait prévu cet accessoire, sauf que dans son cas, après avoir cassé une porte vitrée avec son propre poing, le bandage n'était plus un accessoire. Un jour sur le plateau, alors qu'elle veut avorter de son enfant, la main blessée et l'autre main – par solidarité – se crispent. Elle pense aussitôt à sa mère, au rêve fracassé de sa mère. Quel orchestre voudrait d'une pianiste avec une main qui porte les cicatrices d'une attaque à l'acide et un poignet tailladé par du verre ? Quelle sonate pourrait-on interpréter avec deux mains en boule, repliées, contractées ? D'un revers, elle écarte les préoccupations de sa mère. « Pas pour maintenant ! » Et elle s'évanouit subitement.

Cette fois, le metteur en scène *modji* ne convoque ni infirmière ni médecin. Il se rend lui-même au chevet de son actrice et écarte tout le monde. Elle est étendue sur un lit. Il desserre le foulard de Sheyda et caresse son front : « Shidi *djan*, Shidi *djan*, ma fille… » Les mains de Sheyda s'ouvrent. Elle veut lui offrir ce bouquet invisible, celui qui vient de naître dans le creux de ses mains.

Pour ce geste, effleurer une femme, il risque d'engloutir toutes ses prières, d'effacer ses pèlerinages, de ruiner ses jeûnes. Une simple caresse, qui n'est peut-être que celle d'un père à sa fille, ou d'un fils à sa mère, et toute une vie de dévotion se voit évaporée, dissipée dans l'air. *Pssshh,* rien n'en reste. Comme s'il n'avait jamais prié. Et pourtant, il continue à la caresser. Chaque grain de peau exploré par sa main lui fait perdre des heures et des heures de prières. Voici son offrande, le glas du sacrifice : des années de ferveur en échange du poignet sectionné.

Je pense à Alex. Je pense à la femme *tchadori* du metteur en scène *modji*. Je pense à la fille gâtée, sans aucun intérêt – « Une merde, quoi » –, du metteur en scène. Je ne peux imaginer aucun divorce, aucune nouvelle alliance. Sheyda n'épousera pas son *modji* et la femme *tchadori* ne fréquentera pas le monde enchanté d'Alex, les ambassades et les princes. « Sheyda, tu as bien fait de te taire. Chut, continue à ne rien dire – même pas le cinquième de la vérité. Dans ce cas, même un cinquième de la vérité serait de trop. Il ne faut pas jouer avec le feu. » Elle baisse les yeux et semble me dire : « Juste avec le verre ! » Un coup de poing dans une vitre, ce fut son union avec le personnage. Et tant pis s'il ne perçoit pas le message. Elle a d'autres atouts, des mains qui se crispent, la conscience qui s'en va, l'évanouissement. Là, il pige. Là, finalement, il fout en l'air sa ferveur religieuse, ses *seyyed*, ses imams, son Prophète.

Après le dernier clap, il demande qu'on retire les caméras et il s'avance vers elle. Toute l'équipe les encercle. Il prend la main de Sheyda et la porte à ses lèvres. Puis il lui embrasse le front. Il lui dit : « Tu as ressucité ma mère et toutes les mères trépassées. Je te dois tout ! » C'est sa déclaration d'amour à lui.

Ils se sont aimés à leur manière, sans un mot, sans une promesse, sans un mensonge, sans une dispute.

Un jour, dans un avion, au retour d'une présentation du film, ils sont assis côte à côte. Elle prend son cahier, celui dans lequel elle a écrit tous les mots qu'elle ne lui a jamais dits. Elle le pose sur ses genoux. Entre Shiraz et Téhéran, une heure de vol. Elle a une heure pour le mettre sur la tablette dépliée du siège. Un seul geste suffirait pour qu'il se trouve beau, pour que sa tension ne monte pas à vingt-quatre pendant les interviews, pour que disparaissent ses douleurs thoraciques lorsque les *hezbollahi* de la télé – des islamistes plus durs et plus purs que lui – refusent de diffuser la bande-annonce de ses films, pour que ses jambes ne se dérobent pas en entendant de la bouche du directeur de la Maison du cinéma que « le film ne suit pas les directives révolutionnaires qui sanctifient la guerre ». Elle prend le cahier : « Je dois le lui donner. Ce cahier est un remède, un antidote. Il effacera tous les effets néfastes du gaz sarin. "Lis-le et tu guériras !" » Mais elle abaisse sa main et laisse échouer le cahier sur son manteau. Lorsque, une heure plus tard, l'avion atterrit à Téhéran, tous ses vêtements sont mouillés. Elle transpire de résignation. À l'aéroport, ils se quittent sans un mot. Qu'aurait-elle pu lui dire ? « Merci pour le rôle » ? Et lui : « Merci pour ton jeu » ?

Elle me dit, là, à Paris, juste avant de retrouver à la hâte un amoureux français, sans même se recoiffer ou renouveler son rouge à lèvres : « À la descente de l'avion, j'ai senti que nos deux esprits s'étaient entremêlés ! » Elle joint ses mains en les nouant.

Un matin, elle reçoit sur son portable un SMS, le faire-part de décès de son metteur en scène. Elle croit à une blague. Comment un homme de quarante-neuf ans peut-il mourir du jour au lendemain ? Elle l'appelle, il ne répond pas. Elle contacte le producteur : « Shidi *djan*, oui, c'est vrai ! » Elle me dit : « J'ai coulé ! » Elle aurait pu aussi dire : « J'ai trébuché, plié, flanché… »

Pendant deux heures, elle tourne autour d'elle-même, danse macabre. Elle s'imagine être un des papillons du récit d'Attar, un de ceux qui vont tourner autour de la bougie pour connaître la vraie nature de la flamme. Où est ce feu dans lequel elle peut, semblable au troisième papillon, se jeter et en finir avec les simagrées, les hypocrisies ? Elle tourne et la maison tourne et la Terre tourne, danse macabre. Elle me dit : « Je tournais comme une escalope dans une poêle, comme un serpent en mue, comme un drogué en manque… » Alex arrive et la fait asseoir. C'est tout ce qu'il peut faire.

Un mois durant, elle pleure. Tout un mois. À certains moments, pour quelques secondes, elle oublie qu'il est mort et elle respire normalement, sans avaler sa morve, sans se moucher. Puis elle se rappelle les scènes de l'enterrement : la veuve qui convoquait les anges de la Mort, Nakir et Monker, sa fille pourrie, sa fille de merde, qui criait : *Baba, baba !*, le directeur de la Maison du cinéma qui avait refusé de montrer son film au festival, les *hezbollahi* de la télé… « Je voulais manger le col de la chemise de sa veuve ! Laissez-le tranquille. Vous avez les mains tachées de sang. C'est vous qui l'avez tué ! »

C'est elle, Sheyda, qui doit porter son deuil. C'est elle qui porte son deuil. Il est à elle. « S'il avait lu mon cahier, il aurait résisté à la mort. Mon amour lui aurait insufflé la vie.

Il renaîtrait après son dernier souffle. Cette fois, c'est moi qui lui aurais donné la vie. Je serais devenue sa mère ! »

Un mois durant, elle veut mourir elle aussi. Le troisième papillon d'Attar, c'est elle. Elle veut se lever, ivre d'amour, s'élancer sur les pattes de derrière, se jeter violemment dans le feu, s'identifier avec la flamme et tout comprendre, enfin, tout savoir. Une image vient pourtant la hanter, celle d'une femme se débattant contre le feu, sa grand-mère immolée, une chose noirâtre dans le jardin. Elle renonce alors à mourir. À mourir pour rien.

Un mois durant, elle souffre de douleurs aux ovaires. Ils durcissent comme de la pierre. Puis ses règles s'arrêtent. On l'emmène chez le meilleur médecin. Le grand spécialiste ne décèle rien. « Ta femme se porte bien ! » dit-il à Alex, après toutes les ponctions, tous les examens, toutes les radios, tous les scanners.

Doit-elle dire au médecin que la nuit, quand elle rêve, elle ne souffre pas ? Non, elle y renonce. C'est toujours ça : ne pas souffrir la nuit, dans les rêves.

Un soir, elle rêve de son metteur en scène. Il est de l'autre côté d'une voie ferrée. « Pourquoi es-tu parti sans moi ? » Il lui répond qu'il est là. Il répète : « Regarde. Je suis là ! » Le train passe, il disparaît. Elle me parle de ce rêve en pleurant, puis elle tire de la poche de sa veste un mouchoir et se mouche comme un petit garçon, comme un voyou, en faisant du bruit.

Avec ce rêve, elle accepte enfin son deuil. L'homme qui captait cet instant entre deux néants est bel et bien parti. Je pense à un poème de Khayyam : « Ils racontèrent une histoire et puis ils s'endormirent. »

Elle est invitée à la télévision. Le présentateur saisit l'exemplaire personnel du scénario de Sheyda et lit un texte écrit de la main même du metteur en scène : « Shidi *djan*, ma fille, j'aime... » Il s'arrête un instant, puis il continue : « Je t'aime... » Elle saisit un mouchoir dans sa poche et se mouche comme un petit garçon, là encore, comme un voyou...

Mais elle sait qu'il est là, qu'il sera là, qu'il apparaîtra chaque fois que, dans un film, elle aura besoin de pleurer.

Il sera son ange des larmes.

Profession : RIEN

« E n Iran, dans l'administration, lorsque que tu es un acteur ou une actrice, ils rayent la case qui correspond à ce métier. Un trait noir à la place d'"acteur", de "*bazigar*". Ils aimeraient tellement rayer, d'un trait tout aussi noir, notre existence même : "Disparaissez sous le voile obscur, cachez-vous, taisez-vous. Qu'on ne vous voie pas, qu'on ne vous entende pas. Allez, ouste, partez. Comment vous faire comprendre que nous ne voulons pas de vous ?" Mais nous prenons notre mal en patience… Non, nous ne réussissons pas à prendre notre mal en patience. Nous pensons immédiatement à tout ce que nous avons laissé en arrière (elle ne parle pas spécialement d'elle, mais de tous les acteurs anonymes) : les études, les lendemains qui chantent, le doux foyer familial, pour, enfin, finir dans une case rayée de noir. Comme si tu n'avais pas de métier. Ce que tu fais ne rentre pas dans la catégorie des professions libérales. Non, tu n'as pas de métier ou, plus exactement, ton métier est RIEN. Je voulais être ce RIEN. Toute mon existence tendait vers ce RIEN. Pour ce RIEN, j'étais prête à donner ma vie, à subir le martyre. »

Pour quoi renoncer à une carrière de soliste, pour quoi retarder une grossesse et se taillader le poignet ? Pour rien, rien, rien. Elle veut être ce RIEN, incarner ce métier qui n'existe pas, qui ne doit pas exister, mais qui, malgré tout, survit, subsiste, vivote.

Elle reçoit cinquante propositions de rôle par an – « Plus nulles les unes que les autres ! » Elle les refuse toutes. Cela me rappelle une phrase de Buñuel qui disait, paraît-il : « Ce que je ne ferais pas pour un dollar, je ne le ferais pas pour un million de dollars. »
Savoir dire non.
Elle décide de refaire du théâtre et participe à l'atelier d'un jeune metteur en scène. Celui-ci finit enfin de monter *Les Paravents*, de Jean Genet, après deux ans de répétitions. Elle précise : « Deux ans de répétitions de huit heures du matin à huit heures du soir ! Deux ans d'enfermement, sans soleil, sans lumière du jour. À la fin, la peau des comédiens avait changé de couleur. Tu les prenais pour des malades. »
La troupe n'est pas subventionnée. Les acteurs ne sont pas payés. Le metteur en scène n'est pas sûr de pouvoir, à moins d'un miracle, présenter la pièce. Et pourtant, ils s'acharnent à travailler, à travailler pour RIEN, pour être RIEN. Par miracle, un beau jour, le prodige a lieu, la pièce obtient les autorisations nécessaires. Sheyda assiste au spectacle. Elle emploie des mots comme « bouleversement », « révolution », « métamorphose ».
C'est là qu'elle veut être. Là et nulle part ailleurs. Sur cette scène où la chair devient parole, sur cette scène

dépouillée où l'homme vivant, l'acteur, devient le seul témoin d'une relation avec le spectateur. Elle veut faire ce théâtre-là, un théâtre où la musique, le décor et même les apparences se trouvent dans l'acteur et seulement là. « Le théâtre total à travers l'acteur total ! » comme le disait Grotowski.

Je lui demande si le metteur en scène, ce jeune homme dont elle n'est pas amoureuse, qui n'est ni *modji* ni nimbé, a vu le travail de Grotowski. Non, bien sûr que non. Comment aurait-il pu ? Mais il a lu tout ce que Grotowski avait écrit et tout ce qui avait été écrit sur lui. « Et ses pièces, il n'en a vu aucune ? » Non, aucune. Mais il a vu quelques extraits sur Internet, en bas débit. « Ça lui a pris des mois. Toutes les deux minutes, ça buggait. Il éteignait l'ordinateur, se reconnectait, sélectionnait "Laboratorium in Wroclaw" et étudiait chaque image de Cieslak, son acteur, tu le connais ? »

J'ai presque honte de lui dire que j'ai vu Cieslak lui-même, en chair et en os, en Iran, à l'occasion du festival de Shiraz, dans *Le Prince constant*. Je n'ai eu aucun effort à faire, qu'à suivre ma mère au Bagh Delgosha. Elle connaissait Grotowski et n'en revenait pas de la façon dont cet homme grassouillet, en costume noir et lunettes noires, avait pu se métamorphoser, après un court séjour en Inde, en un homme maigre en tenue blanche et lunettes claires. « Même Cieslak, qui l'attendait à l'aéroport, en était tout étonné ! » disait un ami de ma mère. J'avais alors dix ans, c'était en 1970. Il me reste de vagues souvenirs de cette représentation. Mais ce que je n'oublierai jamais, c'est l'effet de cette pièce sur ma mère. Elle aussi s'était métamorphosée. Plus tard, j'ai eu la chance de voir Cieslak dans le *Mahabharata* de Peter Brook, à Paris. Là encore, aucun mérite. Il suffisait de prendre le métro et de se rendre aux Bouffes du Nord.

Dans l'atelier de Téhéran, poursuit Sheyda, le jeune metteur en scène analyse toutes les oscillations des mains de Cieslak, qu'il a captées sur Internet : « Regardez bien, dit-il, tout se passe dans cette partie de la main entre le poing et les doigts. Donnez vie à cette partie-là, c'est le cœur de la main, faites-le battre ! » Elle fixe l'écran. Cieslak fait onduler le dos de sa main comme une vague, comme un pont, comme un toit sous le vent. Elle essaie de le copier. Rien à faire. Le dos de sa main n'est pas docile, il n'ondoie pas. Cieslak transmet ce mouvement à un bras, puis aux deux bras. Il sue. Son corps brille. Lorsqu'il déploie ses bras, Sheyda voit des ailes. Elle entend Cieslak dire à ses partenaires : *As a bird !*

Cette main de pianiste, cette main qui porte les stigmates de l'acide et du verre, doit maintenant devenir oiseau et voler, *as a bird*. Au volant, dans les soirées, sur les plateaux de tournage, elle essaie de donner vie au cœur de sa main. Elle s'obstine. Il faut qu'elle réussisse. Le chemin est long. C'est comme dans l'œuvre d'Attar, où des milliers d'oiseaux partent à la recherche de leur roi. À la fin, épuisés, à demi morts, ils ne sont que trente à l'atteindre. Il faut persévérer. Ne pas se décourager, avancer, tomber, se relever, espérer, pleurer, faire bouger, tout d'abord humblement et vaillamment, le dos de la main, et puis, lentement le reste du bras (*as a bird*), ensuite il faut aussi explorer la biomécanique de Meyerhold, le buto japonais, chacune des sept vallées d'Attar pour arriver au « corps nouveau », à l'Oiseau-Roi, au simorgh.

Dans cet atelier, elle s'efforce d'être juste un corps, un corps surmaîtrisé pour atteindre la perfection du geste et, avec un peu de chance, non, avec beaucoup de chance, la parfaite inconscience. Un jour, le metteur en scène lui demande de ressembler à une poupée, à une marionnette, de garder la même expression et le même costume. Garder le même costume, sur scène comme dans la vie, ne lui a jamais posé de problème. Jeune mariée, elle s'est contentée, pendant une semaine, de porter la même tenue, celle, immensément large, d'Alex. Mais pour l'expression, le travail semble laborieux. Aucune larme, aucun cri, pas de coup de poing, devenir juste une marionnette. Elle pense à tous les personnages qu'elle a joués, l'adolescente de la maison de campagne, la bergère des hauts plateaux, la mère gazée et condamnée. Comment les aurait-elle abordés en marionnette, dans le même costume et avec la même expression ? Elle pense à elle-même. Comment jouer son propre rôle, de star, d'épouse, de fille, de sœur, de fêtarde, de musicienne, avec le même costume et la même expression, dans une économie totale de moyens, sans accessoires, sans maquillage, sans effets, sans même sa cinquième partie de la vérité ?

Elle appuie sur le dos de sa main. Tout commence là. Par l'ondulation de cette partie-là. Elle doit oublier tout le reste. Dans l'atelier, elle visionne aussi les techniques du buto, littéralement « danse du corps obscur ». Elle apprend que le buto est né au Japon, en réaction aux traumatismes laissés par la Seconde Guerre mondiale, et qu'il se caractérise par sa lenteur, sa poésie et son minimalisme. Elle connaît les traumatismes de guerre. Son rôle précédent était celui d'une mère gazée, et le metteur en scène, lui-même *modji*, vient de mourir de séquelles neurotoxiques. Elle sait être lente. Au dîner chez l'ambassadeur, je l'ai vue dans un exercice implacable de lenteur. Elle marchait très lentement, parlait peu, à voix très basse et pourtant articulée.

Pour participer à l'atelier, elle manque ses rendez-vous de travail, elle fait attendre un très grand réalisateur des heures et des heures. Elle saute dans sa voiture : « Je vais la faire laver, je serai de retour en un clin d'œil. » Des années auparavant, le *car wash* était le lieu de prédilection de ses rendez-vous avec le désigné. Elle disait exactement la même chose et elle allait rejoindre son amoureux. Depuis ce temps-là, chaque fois qu'elle passe devant ce *car wash*, « son cœur se déverse, il coule », dit-on en persan.

Pour l'atelier, c'est la même chose. Elle s'y rend comme à un rendez-vous d'amour, avec les mêmes espoirs. Au volant de son 4 × 4, elle accélère, klaxonne, double, met les essuie-glaces – « Enfin la pluie ! » –, rouspète à cause du dysfonctionnement d'un des balais, sort le bras gauche pour en enclencher le mouvement et passe devant les portraits géants des deux guides de la Révolution, les ayatollahs Khomeyni et Khameneyi, tous deux enturbannés et souriants.

Elle se rappelle alors le mal que se donnèrent des peintres-alpinistes, accrochés à des harnais, alourdis de sacs à dos remplis de pinceaux et de pots de couleur, pour défroncer les sourcils, égayer le regard enragé et étirer les lèvres pincées des deux hommes. Pour faire sourire les images géantes. À la mairie de Téhéran, un homme était tout spécialement chargé de remplacer les anciennes fresques évoquant la guerre et le sang des martyrs par des peintures florales. Sheyda lève un instant les yeux. Grâce aux efforts ininterrompus de l'employé de la mairie, de M. Enjoliveur, les deux guides suprêmes de la République islamique, naguère sinistres, depuis quelque temps sourient aux passants.

Elle grille les feux rouges, longe l'ancien consulat des États-Unis. Elle n'était pas née quand, au tout début de la Révolution, des étudiants islamistes prirent d'assaut l'ambassade américaine et gardèrent en otages les diplomates. Elle n'était pas née non plus à leur libération. Cependant, trente ans plus tard, c'est elle et sa génération qui continuent à payer pour les quatre cent quarante-quatre jours de cette détention. Devant le portail d'entrée, un kiosque transformé en librairie vend, sous forme de CD et de livres, les documents classifiés des services de renseignements américains saisis, à l'époque, par les étudiants. Elle ne les a pas lus. Elle ne les lira jamais. Mais lorsqu'elle atterrira aux États-Unis, elle devra passer par un bureau spécial, donner ses empreintes digitales, subir des fouilles corporelles et attendre des heures sur place, comme pour une garde à vue, avant qu'on la laisse entrer dans le pays d'Edgar Allan Poe, de Jack London, de Scott Fitzgerald.

Elle passe devant une grande salle de cinéma et découvre sa propre image sur l'affiche : un visage larmoyant, de quatre mètres sur trois. Au feu rouge, un passant l'arrête. « S'il vous plaît, une signature. » Elle baisse la vitre, dessine un cœur et écrit son nom. Elle appuie sur l'accélérateur. Si d'autres la repèrent, elle ratera les exercices de respiration. Elle tourne à droite – « Zut, un sens unique ! » –, elle fait marche arrière à toute allure, injurie la voiture qui roule dans la bonne direction – « Tu ne pouvais me laisser passer, non ? » – et elle arrive à un immense trou, investi par des bulldozers et des grues, l'ancien parking du Théâtre de la Ville. Elle se gare tout près d'une pelleteuse, sous une pancarte où une calligraphie coranique promet la construction et l'ouverture très prochaine, *inshallah*, du plus grand complexe de réunion religieux, la méga-*takiyeh* de tout le Moyen-Orient. Un immense portable Samsung, fruit de la toute dernière technologie publicitaire, se reflète sur le capot de sa voiture et un *tic-tac* sonore, diffusé par un panneau géant, annonce l'imminence du Rolex Tehran Horse Festival.

Elle descend de voiture et caresse du revers de la main le godet de la pelleteuse : « Surveille ma voiture, tu veux ? Fais en sorte qu'on ne me l'enlève pas, tu es mon amie, non ? » Depuis qu'adolescente, elle épiait le lever du soleil à travers les dents d'une niveleuse et que, la nuit de son union avec Alex, entre autres émotions, elle eut la joie de conduire un bulldozer – « Le pied ! » –, les engins de construction sont définitivement de son côté.

La rue est bordée de platanes, elle saute par-dessus un cours d'eau qui longe les arbres, entre dans le parc, pénètre dans le bâtiment, descend à toute vitesse à la cave, ouvre la porte du petit espace en forme de 8 – elle me le dessine sur une feuille de papier –, une salle humide, sans aucune ventilation, pose ses affaires par terre et va à la rencontre du silence, de l'immobilité, de sa marionnette.

« Si l'apothéose de la parole est le silence, le sommet du mouvement est, peut-être, l'immobilité », a écrit Jean-Claude Carrière, à propos du buto. C'est justement le jour du buto. Elle apprend qu'il se danse avec un crâne rasé et un corps peint en blanc, presque nu. Ah, le crâne, oui, elle est toute disposée à se le raser une nouvelle fois. Elle l'avait fait pour son tout premier rôle, et plus tard en réaction au foulard obligatoire. Si on lui donne des ciseaux, à l'instant même, elle se précipitera dans les toilettes et coupera de nouveau ses cheveux. À ras. Cette fois-ci, pense-t-elle, c'est la bonne. Elle est décidée à le faire non pour esquiver la censure ou pour éviter les contraintes, mais pour rentrer en elle-même, pour un voyage intérieur, une introspection.

Elle entend : « Le corps nu... »

Elle sait que, sous la République islamique, aucun acteur n'osera, même dans un atelier privé, même dans l'obscurité totale, danser nu.

Elle entend : « Le corps nu peint en blanc... »

Le corps nu peint en blanc, pas davantage. Impossible, irréalisable. Une image lui vient alors à l'esprit. Un corps nu enroulé d'un linceul. Elle se rappelle la maîtresse moustachue de l'école primaire décrivant en détail l'enterrement des martyrs de guerre : « Leur corps est recouvert d'un linceul de coton blanc. Les enfants, notez bien ! Le linceul doit être souple, blanc et fait de fibres naturelles. »

Sheyda est tout près du but : se raser le crâne, s'enrouler comme un mort, comme un martyr, dans un linceul blanc de onze mètres et demi sur un, ne pas bouger, ne pas parler, ne pas espérer un seul spectateur. Le buto se joue sans public. Elle va le faire. Elle ne sait pas encore si c'est plus compliqué que de rouler à bicyclette sur la rampe du dernier étage de son immeuble ou de coller son front contre la lame d'un engin de construction, sous le regard d'un chien enragé. Mais elle va le faire. Et si on lui demande quel est son métier, elle répondra d'elle-même, sans hésiter et même avec fierté : « RIEN. »

Plus tard, lorsque le groupe se disperse et que le metteur en scène s'en va – en Hollande –, Sheyda, qui continue d'appuyer sur le dos de sa main, lequel commence à onduler, décide elle aussi de partir à Pontedera, en Toscane, dans l'atelier d'un dernier élève de Grotowski.

C'est Alex qui l'empêche de quitter l'Iran et le cinéma pour s'engager dans le théâtre, quelque part en Toscane, pour donner vie au dos de sa main (*as a bird*), déployer ses ailes et s'envoler. « Reste. N'y va pas, là-bas c'est comme t'enfermer dans une secte. Toi, tu es faite pour le cinéma ! » lui répète-t-il jour et nuit.

Elle reste. Une page se tourne. « Jour nouveau, pain nouveau. »

Meyerhold, Grotowski et le buto n'ont pas besoin d'elle. Son père, si. Il a écrit une pièce dans laquelle un auteur raconte, sous les yeux de la mort, sept histoires. L'auteur doit convaincre la mort que son heure à lui n'est pas encore arrivée, qu'elle doit lui accorder une chance, une toute dernière chance, peut-être même plusieurs autres, juste assez pour pouvoir jouer tous les actes : « Il n'y en a que sept. Pas plus. Je te promets. Sept. Tu ne t'ennuieras pas. Je t'étonnerai, je te ferai rire. Ne me prends pas avec toi tout de suite. Accorde-moi un peu de temps ! »

Sheyda répète pendant un an. La démarche n'est pas celle du précédent atelier. Mais elle se sent tout aussi investie. Elle est dans un théâtre engagé, militant. Cette fois, elle doit déposer la marionnette, la poupée, elle doit oublier le silence et l'immobilité au profit d'un message.

La mort guette l'auteur.

Autrefois, du temps de Haroun al-Rashid et de Schéhérazade c'était l'auteur, ou plus précisément la conteuse aux yeux en amande, aux sourcils en forme d'arc, aux lèvres en bourgeon – la sœur jumelle de Sheyda –, qui repoussait, chassait, balayait la mort chaque nuit, et cela pendant mille et une nuits. Son père apportait, chaque matin, le linceul qui devait recueillir son cadavre, mais elle survivait. Son histoire l'avait sauvée, jusqu'à la nuit suivante. Au XXIe siècle, dans certains pays, c'est la mort elle-même, un vieux bâton à la main, qui rôde autour de l'auteur.

Pour pouvoir être joué, le père doit soumettre son texte à cinq organismes.

Tout d'abord à la Maison du Guide. Là, les conseillers qui entourent le Guide suprême, le premier personnage de la République islamique d'Iran, lequel nomme et révoque le Conseil des gardiens, le directeur de la radio et de la télévision, les commandants des forces armées et le chef du système judiciaire, vont décider du sort de la pièce de M. Shayan. Pendant quelques heures, ils mettront de côté toutes leurs obligations et s'adonneront, un ou plusieurs bics rouges à la main, au décodage minutieux de la pièce.

Une deuxième copie est destinée au très redoutable ministère des Renseignements. Ici, comme dans la maison du Guide, personne n'a le droit de franchir le portail barricadé. On craint tout le monde, des bombes israéliennes jusqu'au chat du voisin. Passant d'une main à l'autre, la copie, remise au portier dans la rue – « Je t'en prie, remets-la à un vrai responsable. Il faut que ça aille vite ! » –, échoue finalement sur le bureau en fer d'un inspecteur réputé pour ses interrogatoires musclés. Il est le « vrai responsable ». Celui-ci la glisse négligemment sous le dossier d'un étudiant contestataire : « Nous verrons plus tard ! »

Le troisième exemplaire est laissé dans les locaux du ministère de la Guidance islamique. L'intitulé du ministère en dit assez. C'est dans ces locaux que se décide le rejet d'un livre, la fermeture d'un journal, l'inculpation d'un artiste. C'est dans ce ministère qu'on « suggéra » à un traducteur de la Bible de supprimer le mot « Israël » de sa traduction (rude tâche). C'est dans ces mêmes locaux que le mot « nu » dans un « tiroir nu », mots utilisés par Albert Camus, fut retiré. C'est au quatrième étage de ce bâtiment que siégeait, pendant une décennie, à la tête de la censure cinématographique, un religieux aveugle.

Avant de se rendre à la mairie de Téhéran pour y déposer une quatrième épreuve – la mairie aussi a son mot à dire, ne pas oublier qu'Ahmadinejad a été maire de Téhéran –, M. Shayan s'empare de plusieurs autres dossiers, les droits de succession de la maison étroite, un permis de construire, pour, espère-t-il (on ne sait jamais), faire d'une pierre deux coups, ou trois. Le déplacement d'un quartier à l'autre étant laborieux, il essaie, en même temps que d'obtenir l'autorisation de jouer, de régler quelques affaires personnelles. Après plusieurs passages dans l'ascenseur, cinquième, quatrième, deuxième sous-sol, il remet enfin sa pièce à l'adjoint au Maire chargé de la culture. On lui apporte du thé et des douceurs. M. Enjoliveur, celui qui ajoute des sourires aux lèvres peintes des ayatollahs, de tous les martyrs et de tous les mutilés des façades d'immeubles, vient le saluer en personne. Quand M. Shayan sort de la mairie, épuisé et confus – il n'a rien pu résoudre, ni le 0 de trop sur les droits de succession ni la légère irrégularité qui entache son permis de construire –, il rentre directement à la maison et s'étend, sans se déchausser, sur le canapé.

La cinquième copie est pour le bureau du Théâtre. Là, il connaît tout le monde, du préposé au thé jusqu'au type des renseignements. Il aurait même pu appeler pour qu'on vienne chercher le manuscrit. Mais il a décidé d'être discret, de se faire oublier. Quand il arrive, on se lève devant lui, on l'embrasse, on lui tape dans le dos, on feuillette son texte, on lui réclame des places pour la première. Il promet d'inviter tout le monde si...

Dans les escaliers, il croise une vieille femme. Elle monte péniblement les marches. Sans la rampe, elle s'écroulerait. Il l'aide à monter. Et tant pis si un homme ne doit pas toucher une femme qui n'est ni sa mère, ni son épouse, ni sa fille ou sa belle-fille. Elle le regarde et le remercie. Il descend. « Ces yeux, ces yeux verts... » Il remonte les escaliers. Il sait, maintenant, il en est presque convaincu, que les yeux verts qu'il vient d'apercevoir ne peuvent appartenir qu'à une seule comédienne, une des premières à avoir montré son corps à l'écran au temps du Shah. Il la sait malade et en détresse. Aucun malheur ne l'a épargnée, cancer, dettes, misère, solitude.

Il pénètre dans plusieurs bureaux et cherche la vieille comédienne. On lui avait dit qu'entre deux chimiothérapies, elle faisait l'esthéticienne. Il imagina immédiatement les yeux verts, du même vert que ceux d'Ava Gardner, penchés sur les points noirs du visage d'une cliente. Au fond du couloir, à travers une porte vitrée, il distingue sa silhouette courbée, avachie, plus rien à voir avec la gazelle des années soixante, celle de la photo collée dans les cabines des camionneurs, de l'affiche du cinéma de Lalehzar, les Champs-Élysées de Téhéran, et des portefeuilles de tous les voyous. La porte est entrouverte. Il entend une voix grêle, fêlée : « Vingt ans durant je suis montée sur les planches. J'ai tout fait, de la tragédie grecque au comique iranien. Je ne sais faire que ça. Mais depuis la Révolution, comme vous le savez, on m'a interdit de jouer. Je n'ai pas de retraite. Je n'ai pas d'appartement, je n'ai pas de revenus et j'ai un cancer. » Il voudrait rentrer dans la pièce, se jeter aux pieds de la dame et embrasser ses bottes décousues. Mais il se retient. Il ne veut pas lui ôter la seule chose qui lui reste, sa pudeur.

Vingt ans de scène, trente ans de sanctions, trois séries de chimiothérapie. Profession : RIEN.

Pendant plusieurs semaines, le père se rend, inlassablement, chaque jour, auprès de chacun des cinq organismes. Cela lui rappelle les heures d'attente, où, des années auparavant, pour récupérer la maison étroite et chasser les envahisseurs, ceux qui, tous les soirs, *bababam*, cassaient du pain de sucre au-dessus de sa tête, il faisait patiemment la queue devant les portes du tribunal.

Il a un peu vieilli. Ses genoux flageolent parfois. « Tous ces escaliers de ministères ! Ils ne pouvaient pas construire les bureaux de plain-pied ? À l'époque, ce n'était pas la place qui manquait ! » Il n'abandonne pas. Il va frapper à toutes les portes. Téléphoner ? En Iran, rien ne se règle par téléphone. Il faut se montrer en chair et en os. Tu veux réserver un billet, il faut aller à l'agence de voyages. Tu veux parler à ton avocat, il faut supporter quatre heures d'embouteillages et le rencontrer dans son cabinet. M. Shayan va de la Maison du Guide au ministère des Renseignements, du ministère des Renseignements au ministère de la Guidance islamique, du ministère de la Guidance islamique à la mairie de Téhéran, de la mairie de Téhéran au bureau du Théâtre, du bureau du Théâtre à la Maison du Guide. Et ainsi de suite, comme une ronde.

Un jour, enfin, il obtient toutes les autorisations. Sa pièce se joue au Théâtre de la Ville.

Je me rappelle avoir vu *La Cerisaie* de Tchekhov dans cette même salle, lors de son inauguration par les souverains en 1975. Le metteur en scène était un ami de ma mère, elle avait elle-même retravaillé la traduction, « ces mots qui ne roulent pas bien dans la bouche des acteurs ». Le costumier, le directeur de la salle, les acteurs, tous m'étaient familiers. Plus tard, j'ai vu, au même endroit, *Caligula* de Camus, avec le même metteur en scène et les mêmes acteurs. Puis la Révolution fit éclater leur troupe. Le metteur en scène et quelques-uns des acteurs quittèrent le pays. Et la comédienne qui incarnait Caesonia, la Jeanne

Moreau de l'Iran, l'actrice la plus douée, la plus talentueuse du théâtre et du cinéma iraniens, dut, à l'âge de
vingt-huit ans, renoncer à son métier et travailler comme
archiviste dans une bibliothèque. Son tort : avoir fait partie
de Kargah namayeh, où s'expérimentait un nouveau
théâtre. « Festival de Shiraz » et « Kargah namayeh »
devinrent alors des mots tabous. « Chut, taisez-vous, et si
vous en avez fait partie, déchirez vos pièces, brûlez vos
photos, brisez votre mémoire, que RIEN ne reste ! »

Sheyda explique que Téhéran, avec ses douze millions
d'habitants, ne possède qu'une dizaine de salles de théâtre,
toutes construites à l'époque du Shah. Selon un communiqué de la mairie de Téhéran, depuis 2005, deux mille
quatre cent quatre-vingt-une mosquées ont été rénovées,
équipées ou construites dans la capitale. La mairie promet
chaleureusement d'en édifier trente-cinq autres, et cela
dans les plus brefs délais. Elle se vante, par ailleurs, d'avoir
doté les écoles, les universités et les instituts de trois cent
onze lieux de prière, et les vingt-deux arrondissements de
la ville de quatre cent quatre-vingt-trois « clubs religieux »,
des *hosseynieh*.

Dix salles de théâtre désuètes, menacées par les incendies, par le métro, par les bulldozers qui construisent justement à l'emplacement de leur parking des *hosseynieh*,
des *takiyeh* ou d'autres édifices religieux, et deux mille
quatre cent quatre-vingt-une mosquées. Le phénix renaî-
tra-t-il un jour de ses cendres ?

La pièce du père de Sheyda est présentée dans la plus
prestigieuse de ces dix salles. « À seize heures, ils nous

obligent à jouer pour eux. » Je ne lui demande pas : « Qui, ils ? » Ce n'est pas la peine. *Ils*, ce sont ceux du ministère des Renseignements, du ministère de la Guidance islamique, *ils*, du KGB, de la Securitate de Ceausescu, de la DINA de Pinochet, de la KYP des colonels grecs. *Ils*, toujours et encore là. Toujours *ils*. *Ils* parlent espagnol, persan, russe, roumain ou grec ; *ils* parlent le vocabulaire de la menace, du câble d'acier, du fouet. La même langue, tous.

Elle continue : « À la fin de la représentation, *ils* emmenèrent mon père ! » L'auteur de la pièce, mais aussi l'acteur qui jouait l'auteur dans la pièce, celui qui est guetté par la mort, et qui se trouve entre leurs mains, dans leurs bureaux.

Dans la salle d'attente, les spectateurs frappent aux portes et applaudissent. Ils sont impatients. Les acteurs gardent encore espoir. *Ils* ont dit qu'ils n'en avaient pas pour longtemps. Le père revient. Les acteurs doivent jouer immédiatement. Le père a été « invité » à supprimer certains éléments du décor – une photo de Forough, cette poétesse dont toutes les Iraniennes, inlassablement, répètent les mots –, mais aussi un ou deux personnages… « Lesquels ? » Elle précise : « Une fillette indigente devait avancer vers un représentant du gouvernement et le remercier pour leur avoir tout donné : maison, voiture, assurance maladie, retraite, villa au bord de la mer, bourse d'études, riz, sucre, tout quoi ! » Des semaines de répétitions pour une seule tirade. La petite a toute sa famille dans la salle. Ils savent qu'elle intervient dans le troisième acte. Ce qu'ils ignorent c'est que le doigt d'Azraël s'est posé sur son personnage : «Toi!», et son rôle, immédiatement, s'est éteint. L'éloge, décerné par une mendiante misérable, était considéré comme excessif, et peut-être même ironique, allez savoir. De même, *ils* ont exigé que Sheyda ne chante pas mais qu'elle fredonne et, plus précisément, qu'elle fredonne en duo, jamais seule. Elle doit aussi supprimer des phrases entières : «Shidi, tu coupes à partir de...» Elle n'a même pas le temps de demander jusqu'où. Le rideau se lève.

Elle me dit : «Personne ne respirait. Les gens savaient tout, ils savaient qu'on nous avait obligés à jouer la pièce, que mon père avait été embarqué, que nous avions dû couper...»

La fillette est renvoyée dans la salle. Pas un seul siège de libre. On l'assied sur les genoux de sa mère. Au troisième acte, elle récite son texte, sans voix, sans que les mots sortent de ses lèvres. Mais elle le récite pour elle, en elle.

Couper une phrase, couper la tête. La mort guette l'auteur. De tous les côtés, partout. Le RIEN s'avance.

Pendant l'entracte, le père continue de donner des indications scéniques. Lorsque les vingt minutes sont passées, que le public regagne la grande salle et que les acteurs s'apprêtent à rentrer sur scène, le courant saute, le miroir de la loge de Sheyda s'éteint et la main de la maquilleuse se fige sur la commissure des lèvres de la comédienne. Tout agité, dans les coulisses, le père attend le démarrage des générateurs. Mais en vain. Un peu partout des torches s'allument. Sa décision est prise : ils vont, malgré tout, jouer. Le père, de sa voix la plus chaude, la plus caniculaire, annonce au public que, en dépit de la panne de courant, la représentation va se poursuivre. Les spectateurs applaudissent. Ils ne craignent pas le noir. Aussitôt le directeur du théâtre monte sur la scène et proclame : « Arrêtez, arrêtez ! Pour des questions de sécurité, vous devez arrêter de jouer. Tout le quartier est privé d'électricité. » Après quoi il s'adresse aux spectateurs et les somme de vider la salle. Pendant quelques minutes, ils le prennent pour un des personnages.

Le père quitte la scène. Les acteurs le suivent. Mais le public reste.

Qu'espère-il ? Le rétablissement du courant, la mort de la mort, l'extinction de toutes les menaces ? Ensuite, lentement, comme dans la vie, comme dans leur quotidien, les gens ramassent leurs vêtements, leurs parapluies, leurs sacs. Ils se lèvent et se dirigent vers les sorties. Pas d'autre choix. Ils ne vont pas crier, se rebeller, verser leur sang. Mais la femme enceinte, assise au deuxième rang, appellera sa fille Azadeh, « Liberté ». L'adolescente, à sa gauche, portera coûte que coûte, contre vents et marées, contre les commandos Zeynab et les gardiens de la Révolution, des pantalons extra-moulants. Le vieil homme placé au premier rang pour mieux entendre lira tous les soirs, avant de se coucher, cinq pages du *Shahnameh*, l'épopée nationale de l'Iran préislamique. Son fils se jurera de faire, cette année, cent bouteilles de vin rouge. Et la vieille dame aux yeux d'Ava Gardner décidera de ne pas mourir encore.

C'est fini. Les acteurs se démaquillent, rangent le décor et sortent. Dehors, le parc et tous les immeubles sont éclairés. Ils savent qu'ils ne joueront plus la pièce. Jamais plus.

Sheyda me dit : «J'étais pliée en deux. Je ne pouvais pas me redresser, comme une femme qui aurait à moitié accouché. Une demi-naissance. Cinquante pour cent d'un bébé. Je portais le reste en moi.» Ce reste, elle veut le donner, s'en débarrasser : «Qu'on nous laisse jouer une seule fois, du début à la fin. Est-ce trop demander ?»

Ils ne joueront plus. Ce reste, elle le porte encore en elle.

Dans le cinéma comme au théâtre, à chaque phrase tu te demandes : «Est-ce qu'ils le permettront ?» Des millions de fois, avant même de penser à la manière de prononcer un mot, au sentiment qu'elle devrait y mettre, à l'intonation de sa voix, Sheyda s'est demandé : «Est-ce que ce sera permis ?»

Au tout début de la Révolution, rien n'était autorisé. La Révolution elle-même commença par la mise à feu du cinéma Rex, à Shiraz. Puis elle prit son élan en incendiant d'autres cinémas, dans d'autres villes. À l'instauration de la République islamique, toutes les salles, calcinées ou rescapées, furent fermées. Aucune discrimination. Fini, le cinéma. Et pourtant, en 1907, quelques années après l'ouverture de la première salle à Paris, Téhéran avait eu droit à un cinéma de deux cents places et aux projections, tous les après-midi, de comédies françaises. En 1979, unanimité totale, aucun faisceau lumineux dans aucune salle obscure.

On le crut mort. Interdit de lumière. Cependant un jour, l'imam Khomeyni vit à la télévision *La Vache* de

Dariush Mehrjui, un film se passant à la campagne et racontant l'attachement d'un pauvre paysan à sa vache. Séduit, il décréta que le cinéma, ce genre de cinéma, était finalement licite. Les metteurs en scène, devenus entre-temps menuisiers, pâtissiers, courtiers, cherchant dans les cendres de tous les incendies le corps d'un tout nouveau phénix, gagnèrent la campagne. Ils trouvèrent le phénix, ils lui insufflèrent toute leur vie, tout ce qui leur restait de vie, et cela conduisit, des années plus tard, à des palmes d'or, à des lions d'or, à des ours d'or, et même à un oscar. Mais il fallait veiller sur le tout nouveau phénix. Il était en danger. Une phrase, une attitude pouvaient condamner un film et, par-delà ce film, tout le cinéma iranien.

Sheyda se rappelle. Dans un film, le père de son personnage, qui faisait de l'acrobatie à moto, meurt dans un accident. La famille est affamée. La fille décide de prendre la relève, alors que la République islamique range les femmes motocyclistes dans la catégorie des chanteuses solistes, des guitares électriques, des bouteilles de vin, des slogans contre-révolutionnaires. Interdiction partout.

Sheyda adore ça. Elle a toujours aimé le danger comme partenaire de jeu. Cet été, de retour d'un séjour dans notre maison du Midi, elle a loué un cabriolet décapotable et elle a roulé à toute allure. « Je te jure, Nahal, en marche arrière, à trois cents kilomètres à l'heure, dans les rues de Millau ! » m'a assuré son amoureux, encore effrayé.

En Iran, le film n'obtient pas l'aval de la Guidance. Le metteur en scène monte et descend les marches du ministère, comme l'avait fait le père pour sa pièce : « C'est la moto qui vous dérange ? Mais pourquoi ? Une femme a bien le droit de monter sur une moto en qualité de passagère ? » *Ils* lui demandent de revenir le lendemain et le lendemain du lendemain. Quatrième étage, deuxième sous-sol et puis un jour l'explication : « Le problème, c'est la fille. Elle est puissante. Elle réussit là où son père a échoué. Nous ne voulons pas d'une fille qui décide et qui réussit. » Le réalisateur coupe des scènes, des phrases, le film se tourne et sort enfin avec une fille moins déterminée, plus soumise. Un autre film.

Sheyda ajoute : « Pourtant, quand, plus tard, j'ai dû subir des interrogatoires au ministère des Renseignements, les types de là-bas m'ont tous dit qu'ils avaient adoré le personnage de la motarde. » Visiblement, chaque ministère nourrit ses propres obsessions. Une femme de tête qui fait de la moto est subversive pour les censeurs de la Guidance. Ailleurs, aux Renseignements, elle attire la sympathie.

Au cinéma comme au théâtre, un homme et une femme ne doivent pas se toucher. Même s'ils sont mariés. Je me rappelle avoir vu un film dans lequel l'acte sexuel était suggéré par les pantoufles de l'homme qui recouvraient les mules de la femme. On peut voir aussi une cravate jetée sur une écharpe de femme. Des gants de moto de couleur noire se mêlant à des gants de ménage roses. Des chaussettes en laine qui échouent sur des collants en voile. Une gourmette trouvée par un vieillard dans les méandres d'une couverture, le matin, à l'aube. Il faut savoir lire l'image. Pour les séries télévisées, le représentant du Guide suprême, « qui n'a aucun compte à rendre au gouvernement », va même jusqu'à interdire de filmer, dans un même plan, un homme et une femme *na mahram*, n'ayant pas de lien familial direct. « Alors ? » lui demandé-je. « Alors, soit pendant le montage le metteur en scène se casse la tête pour séparer l'homme de la femme, soit, dès le début, il ajoute un enfant quelque part ! La menace est écartée : ils ne sont plus seuls dans l'image. »

Elle continue : « Une femme et un homme ne doivent pas se toucher et, bien évidemment, pas se caresser. Se frapper, oui. Ça, c'est permis. Dans une scène de bagarre, mes bras se frottaient au corps de mon partenaire. *Ils* n'y ont vu aucun inconvénient. Mais *ils* ont interdit le film à cause du manteau que portait le personnage principal et qui rappelait trop la tenue des religieux. »

Retenons bien : les hommes et les femmes ne doivent pas se toucher. En Iran, tout le monde connaît cette loi. Mais en Occident, un des soucis majeurs des cinéastes iraniens est de veiller à ne pas se faire embrasser sur les tapis rouges par une actrice ou une quelconque responsable. J'ai récemment découvert, sur YouTube, l'arrivée, au festival de Berlin, de l'équipe d'un film iranien. La vedette, en foulard et pantalon, effectua tout le passage entre la voiture officielle et la salle de projection les bras croisés, les mains sous les aisselles, afin d'éviter qu'un homme ne lui serrât la main. Dix minutes d'enfer ! Lorsque, pour les photos d'usage, le directeur du festival s'approcha de leur groupe et voulut, gentiment, l'étreindre, elle fit volte-face et se plaça bien à l'écart de ce danger ambulant. Plus loin, fatiguée de croiser les bras – elle a beaucoup d'allure et sait que les caméras se lassent d'une même position –, elle les expédia dans son dos. À cet instant, je parie qu'elle aurait

235

tout donné pour pouvoir dévisser ses mains. Encore quelques mètres et elle accédait à la salle. Elle se plaça au milieu des deux autres actrices et elles avancèrent, toutes les trois, les bras verrouillés, cadenassés.

À la télévision, il existe un code de visibilité pour décrypter les personnages féminins. Une femme positive, pieuse, travailleuse et dévouée porte un manteau large et un foulard bien serré. Une débauchée est toujours vêtue de couleurs vives. Ses cheveux sont blonds et dépassent du foulard, son teint est hâlé. Une femme fatale est très lourdement maquillée. Idem pour les hommes. Les bons, les gentils et les serviables portent un veston de coupe droite et des chemises au col boutonné jusqu'au gosier. Les voleurs et les suspects affichent une coupe « hérisson biseauté ». Leurs cols ouverts laissent même entrevoir leur torse poilu. Récemment le ministre de la Guidance a validé un certain nombre de coupes de cheveux « islamiques » pour hommes. Le cliché a été distribué aux médias. Une photo, dans un grand quotidien, montre une femme voilée, en charge du festival de la Vertu et du Voile, décrivant les différentes coiffures et expliquant qu'elles s'inspirent du teint des Iraniens, de leur culture et de leur religion. Elle remercie, enfin, le gouvernement d'avoir soutenu son groupe dans la conception des modèles. La police, de son côté, soutient avec ferveur les membres du festival de la Vertu, menace de fermeture les salons de coiffure qui dérogent à la loi, et inflige coups et bastonnades aux garçons indociles.

Après l'atelier inabouti et le théâtre avorté, Sheyda revient au cinéma : « L'œil de Dieu ! » me dit-elle, en parlant de la caméra. C'est rare, très rare même qu'elle se réfère à Dieu. « La caméra est intelligente, vivante, une lucarne de verre qui t'offre à des millions de gens ! Mon juge est la caméra. Ma vérité est la caméra. Je n'en connais pas d'autre. »

Elle jette un regard furtif à son portable. « Ah, un ami égyptien, proche des Moubarak, est à Paris. Il a peur de tout perdre, sa maison, son usine, tout quoi… » Je pense que cela devait être pareil pour nous, il y a trente ans, après la Révolution. Des amis français qui m'entouraient devaient alors se dire : « Sa famille a tout perdu, ses terres, sa maison, sa situation. » Ma mère en rajoutait et se présentait partout comme faisant partie des nouveaux pauvres. Sheyda répond à l'Égyptien avec adresse – des doigts de pianiste qui savent taper rapidement sur le clavier d'un téléphone – et me dit, revenant à l'œil de Dieu : « C'est pour ça que j'ai toujours eu de très bonnes relations avec les chefs-opérateurs. Ils sont les conducteurs du train. Le premier jour du tournage, je m'avance vers la caméra, je regarde sa marque, sa dimension, je la touche, je la caresse, je l'embrasse, comme un footballeur avec le ballon. Un rituel… »

En Iran, pour que l'œil de Dieu s'illumine, pour que le train se mette en marche, il faut trois autorisations : le permis de tournage, le permis de projection au festival de Téhéran, et enfin le permis de sortie sur les écrans. Peu de films réussissent à les obtenir tous. Une haute instance du cinéma, fraîchement instituée, supervise tout. Elle a, à sa tête, le président de la République en personne. Je l'imagine, dans son bureau blindé, entre le déclenchement du processus d'enrichissement de l'uranium à 20 % et le lancement d'un missile d'une portée de deux mille kilomètres (pouvant atteindre Israël), demander une tasse de thé, couper ses portables, s'avachir dans son fauteuil et lire un scénario de film. Qui peut croire ça ?

Jusqu'à cette dernière mainmise de l'État sur le cinéma et la fermeture de la Maison du cinéma, cent films étaient produits chaque année. Depuis le départ de nombreux cinéastes, leur arrestation ou leur assignation à résidence (avec interdiction de travailler), le nombre de films (téléfilms compris) a étrangement doublé. Sont-ils écrits et tournés par les hommes du président ou par lui-même en personne ?

Il faut, il est bien vu, très bien vu même, que les artistes exhibent leur allégeance au régime. Ceux qui montrent patte blanche acquièrent, comme une étoile dans l'armée, l'adjectif « méritoire », *arzeshi*. Assis à même le sol – tant pis pour ceux qui souffrent d'arthrose aux genoux –, ils partagent l'*eftar* du Guide et du président de la République. Pour les repas du ramadan en compagnie de ministres et de hauts responsables, il faut aller chercher du côté des artistes « doublement méritoires », *arzeshi ye arzeshi*.

« Je n'y suis jamais allée. Mon père me sermonnait, me grondait même. Mon père ! Lui, il y est allé. Il y est allé pour moi, pour me préserver ! » me dit-elle. Dans ces dîners, tous les convives sont tristes. Certains ont refusé pendant trente ans ce « foutu » repas. Mais après l'emprisonnement d'un neveu – « un mois sans aucune nouvelle » –, ils ont fini par répondre favorablement à l'invitation.

Les nouveaux venus sont filmés. Oui, Sheyda, la caméra est « intelligente ». Elle zoome sur eux, elle insiste, comme pour les humilier, sur ceux qui sont enfin venus et qui gardent les yeux au sol, fixés sur le jaune d'un riz au safran, perdus dans une grappe de raisin – « un mois sans aucune nouvelle ».

Les artistes *arzeshi* sont aussi invités au grand et au petit pèlerinage. Un vol spécial les embarque pour un séjour à La Mecque, pendant lequel, crâne rasé pour les hommes et cheveux raccourcis pour les femmes – le mot arabe est *taqsir*, « nettoyage », « diminution » et me fait penser au crâne rasé du danseur dans le buto –, ils accompliront sept fois une marche de quatre cent vingt mètres dans un long couloir, en souvenir de l'errance d'Agar à la recherche d'eau pour Ismaël. À l'instar du Prophète, ils boiront à la source Zamzam, dont le « serviteur des deux saintes mosquées », le roi Abdullah en personne, supervise l'approvisionnement et la pureté par des installations de pointe. Ils lapideront bravement, enfin, les trois piliers qui symbolisent Satan. De retour à Téhéran, les comédiens pourront porter le titre, ô combien honorifique, de *hadji*. Celui qui assiste aux *eftar*, qui se rend à La Mecque et se laisse appeler allégrement *hadj agha* bénéficiera d'un taux d'intérêt zéro pour l'achat de sa maison, acquerra une voiture au prix d'usine, obtiendra pour son fils une bourse d'études à la Sorbonne, s'approvisionnera en sucre et en riz dans les magasins subventionnés. Il aura sa maison, sa voiture, son assurance maladie, sa retraite, sa villa au bord de la mer, sa bourse d'études, son riz, son sucre, tout. Il pourra, dans la vie comme sur la scène, réciter d'un bout à l'autre, sans être repris ni censuré, la tirade sacrifiée de la fillette indigente. Lorsque ce tout récent *hadj agha* arpentera les couloirs du ministère de la Guidance ou des Renseignements, il sera difficile de le démarquer de ceux que tout le monde redoute, ces fameux *ils*.

Il suffit qu'un cinéaste qui ne trouve plus de financements se rende à un *eftar* et avale, cuillère après cuillère, du riz aux lentilles pour que les responsables de la télévision nationale lui présentent le scénario d'une série sur un saint arabe du VIIᵉ siècle, avec une enveloppe de vingt millions de dollars. « Vingt millions de dollars, le budget d'un an de cinéma ! À qui espèrent-ils vendre cette série tournée par des shiites en persan ? Aux Arabes sunnites ? » me demande-t-elle. Je n'ai aucune réponse. Ceux qui acceptent de travailler pour la télévision, qui est directement supervisée par le Guide, même pas par le gouvernement, gagnent cinq fois plus que les autres. Comment continuer à les appeler « metteurs en scène » ou « acteurs » ? Pantins, marionnettes, voilà ce qu'ils sont. *Ils*, les fameux *ils*, les tiennent par des fils de façon à ce que leurs pieds reposent sur le sol – d'un plateau de tournage, par exemple – et les font basculer alternativement vers la droite et la gauche. Avec un peu d'entraînement, la marionnette sautillera et s'exprimera, parfois avec brio. Elle pourra même parler arabe et jouer le rôle d'un saint du VIIᵉ siècle.

À la télévision, *ils* engloutissent des millions pour des sujets qui remontent aux premiers jours de l'islam, alors que tout le monde regarde les chaînes iraniennes émettant depuis Dubaï, Los Angeles ou Londres. L'une d'elles, Farsi 1, qui diffuse des *telenovelas* colombiennes doublées en persan, a même réussi à rendre accro la majorité de la population iranienne. Une amie de ma tante, sexagénaire dynamique, institutrice à Stockholm, à peine rentrée du travail, allume son poste, quitte Sveriges Television, sélectionne Hot Bird, puis Farsi 1, et se délecte du torse nu et des cheveux longs d'un acteur inconnu, Mario Cimano, qui s'exprime en persan : « *Bidaret kardam ?* (Je t'ai réveillée ?) » Ma tante elle-même n'accepte aucune invitation pour le week-end ou pour le mois d'août avant d'être assurée du bon fonctionnement sur place du trio récepteur-antenne satellite.

Lors de mon dernier séjour à Téhéran, la femme de notre éboueur, heureuse propriétaire de deux portables – un Nokia, offert par son mari et utilisé pour les préoccupations quotidiennes, et un Samsung, son préféré, acheté grâce à sa propre sueur, servant, selon mes informateurs, à son usage strictement personnel et sentimental –, entra, non, s'introduisit dans le vestibule de mon appartement et, abrégeant les salamalecs habituels – du genre « J'espère que l'âme de madame votre mère repose en paix. J'espère que monsieur se porte bien. J'espère que votre petite sera épargnée par le mauvais œil… » –, elle me demanda, haletante, si je pouvais la recueillir. Je me dis immédiatement qu'elle venait d'être congédiée par son mari et je me reprochai d'avoir un jour longuement interrogé le gardien de mon immeuble au sujet de l'éboueur et de son épouse aux deux portables. « Voilà où mène, me dis-je, la curiosité gratuite. » Elle poursuivit, toujours aussi essoufflée : « Pourriez-vous m'héberger juste une heure, le temps que je voie, sur Farsi 1, *Un autre voyage* ? »

Dans les salons de coiffure, le modèle le plus recherché est celui de l'héroïne de cette série, Isabel Arroyo. Toutes ses tenues sont copiées. J'ai même vu dans le Bazar de Téhéran, non loin de l'entrée de la mosquée de l'Imam, une jupe, accrochée à un cintre et flottant au gré du vent, portant l'étiquette « Jupe d'Isabel ». Certains restaurants sont allés jusqu'à proposer des menus « Un autre voyage », composés de galettes de maïs, de tortillas et de guacamole. Les vieux, ceux qui ont survécu au coup d'État de 1953, au renversement de Mossadegh, à la Révolution, à l'instauration de la République islamique, visent du bout de leur canne l'écran de la télé (où Isabel embrasse Salvador) et disent : « Ça aussi, c'est une manœuvre des Anglais. Cette chaîne a surgi comme ça (ils font claquer leurs doigts nervurés), au moment même des manifestations post-électorales, et personne ne s'est demandé qui était derrière. » Eux le savent : c'est Gordon Brown qui, malgré toutes les apparences, marche main dans la main avec Ahmadinejad. Ils frappent de leur canne contre le sol recouvert d'un tapis persan et ajoutent : « Sinon, comment expliquer la stabilité du régime ? »

Sheyda reprend : « Vingt millions de dollars, le budget d'un an de cinéma, pour une série que personne ne regarde ! » Les gens fuient tous les programmes de la télévision nationale. Les voici, cités sur Internet : *« Azan »* *du jour*, *Prière au Prophète*, *Hymne de la République islamique*, *Pèlerinage à La Mecque*, *Nouvelles*, *Prière à l'imam Reza*, série *Les Délaissés*, *Festival de l'imam Khomeyni*, série *Les Miroirs brisés*, *Prière Orfeh*, *« Azan » du midi...*

Je me déconnecte aussitôt du site de l'IRIB (Islamic Republic of Iran Broadcasting), comme des millions d'Iraniens qui foncent sur Hot Bird et Farsi 1.

«Pour la promotion d'un film, ajoute-t-elle, il est mal vu de passer à la télé...» La télé est comme la cérémonie de l'*eftar* : mieux vaut ne pas y être vu. Je me rappelle, lors de la publication de ma biographie de Roumi en Iran, le nombre d'appels que je reçus de mes amis, me disant qu'il fallait absolument refuser toute interview télévisée : «Certains journaux, oui, la télé, non et non !» Je me rappelle aussi un iranologue se réjouissant, dans un dîner mondain, de la qualité de la télévision iranienne, qui l'avait invité à vingt heures trente, à l'heure où TF1 diffusait *Secret Story*, pour parler pendant deux heures de la «correspondance diplomatique, au XIXᵉ siècle, entre la cour qadjar et le Quai d'Orsay». Les convives étant polis, personne ne lui fit la remarque qu'à vingt heures trente, alors que l'éminent iranologue donnait la date d'arrivée du roi Nasser al-Din à Paris (le 7 juillet 1873, soyons aussi précis que lui), les Iraniens suivaient, sur Farsi 1, la réincarnation d'un vieil homme dans la peau du jeune et beau Salvador. Les convives, extrêmement courtois, ne l'informèrent guère que son interview servait en fait à combler un immense trou, celui du refus des intellectuels de participer à une quelconque émission.

Depuis que tous les toits d'immeubles et toutes les terrasses sont devenus des lieux d'implantation mais aussi de camouflage d'antennes paraboliques, derrière des linges à jamais tendus, sous de larges bassines, au milieu des malles rouillées, les Iraniens n'écoutent plus les informations des chaînes nationales. Ceux qui pourtant se donnent le mal de les suivre ne peuvent alors s'empêcher de les comparer avec les *news* en persan de Voice of America et de la BBC. Qui dit la vérité ? Les Américains, les Anglais, les Iraniens ?

Sheyda ne le sait pas et moi non plus. Son cinquième de vérité ne s'applique apparemment pas à la télévision iranienne qu'elle qualifie de « pur mensonge, pire mensonge ».

« Tu sais, me dit-elle en riant, il est interdit, à la télé, de montrer un poulet entier ! » Aussitôt, j'imagine un poulet sous cellophane, posé sur un plateau, les cuisses écartées, l'équivalent pour les censeurs d'une hardeuse, jambes ouvertes en V, prête à tout.

Elle poursuit : « Avant de passer sur le plateau, les présentatrices de télé doivent se faire rembourrer de sous-vêtements spéciaux. » Elle a raison. En regardant les programmes pour enfants, calés entre l'*azan* de l'après-midi et l'*azan* du coucher du soleil, je m'étais souvent demandé pourquoi les jeunes animatrices ressemblaient à une publicité pour des pneus Michelin, alors que leurs congénères, dans la rue, portaient, sans exception, du trente-quatre.

« Je passais rarement à la télé. Je comprenais à la rigueur ceux qui y allaient. Mais moi, je ne pouvais pas. J'avais l'impression d'être un faucon condamné à voler dans une chambre ! » Soudain je me rappelle une lettre qu'elle avait écrite au désigné. Elle y disait quelque chose comme « Tu m'as donné des ailes, mais pour voler dans un réduit, dans un espace étroit… ». Le désigné n'est plus dans sa vie, plus du tout même. Maintenant, elle est mariée à Alex. Ses ailes sont déployées, elle s'imagine être un faucon, un aigle, toujours contrainte à voler dans une clairière de deux mètres sur trois.

« Quand je répondais à des interviews, je veillais à ne pas irriter les intellectuels, les gardiens de la Révolution, la classe moyenne, les paysans. » Avoir vingt ans et penser à tout le monde, dans une même phrase, alors qu'il ne faut révéler qu'un cinquième de la vérité, vaste programme.

Les artistes qui ne partagent pas les *eftar* ou, pire, ceux qui refusent le pèlerinage sont suspects. Il faut les surveiller, les épier, garder un œil, ou plutôt des centaines d'yeux, sur eux. Se rendre à une simple soirée, monter dans la voiture d'un collègue, se promener dans un parc, regarder une vidéo peut les conduire en taule, au minimum un mois sans nouvelles. Quand une comédienne est arrêtée, les journaux conservateurs, « que personne ne lit », titrent sans dire son nom : « La fille de Yazid est en prison ! » Pourquoi Yazid ? Parce qu'il est le Hitler des shiites, celui qui tua lâchement Hosseyn, le petit-fils du Prophète, le « prince des martyrs ». Ainsi, en assimilant la comédienne à la « fille de Yazid », ils la dénigrent, et du même coup la condamnent.

« Il y a la menace des *eftar*, mais aussi le danger qu'un mollah, qu'un gardien de la Révolution ou qu'un simple milicien tombe amoureux d'une actrice et veuille l'épouser. » Si elle n'est pas consentante, si elle ne convole pas avec le *hadj agha*, sous un tchador, dans une robe de mariée moulante et décolletée, elle sera sans doute obligée de faire ses adieux à son métier et même à son pays. Le mollah, le gardien ou le milicien rendra sa vie littéralement

insupportable. Ses films seront interdits de projection ou
retirés de l'écran. Son nom seul suffira à condamner un
projet. Son téléphone sonnera à trois heures du matin sans
que personne ne parle à l'autre bout de fil. Sa voiture sera
endommagée – carrosserie rayée, pneus crevés, vitres bri-
sées –, son courrier contrôlé, son jardin desséché. Elle
devra vite dénicher un diplomate – « Pitié, un visa de long
séjour ! » –, faire ses bagages et partir n'importe où, dans
un studio à Paris pourquoi pas, où le téléphone ne retentira
plus au milieu de la nuit. Plus tard, quand elle aura à
remplir le formulaire de demande d'asile, que devra-t-elle
marquer ? Quel motif pour cet exil soudain ? « Refus
d'assister au repas du ramadan », « refus de convoler avec
un mollah » ?

« Un moins que rien peut détruire toute une vie profes-
sionnelle ! ajoute Sheyda en appuyant sur sa cicatrice laissée par l'acide. Si tu n'es pas avec eux, tu es RIEN ! Moi,
je suis doublement RIEN, RIEN puissance deux. Mon père,
à cause de son métier, était déjà RIEN et ma mère, actrice,
pour avoir épousé un musulman, devint elle aussi RIEN,
aux yeux, cette fois, de sa famille bahaïe. »

RIEN plus RIEN égale RIEN. Elle défie tous les mathéma-
ticiens d'affirmer le contraire. Mais ce RIEN qui a dû quitter son pays à l'âge de vingt-cinq ans, en pleine gloire,
continue à gêner là-bas. Elle me montre une vidéo sur
YouTube. Quelqu'un, en Iran, à Téhéran, s'est ingénié à
la transformer en monstre. Ses yeux : deux cavités inco-
lores, dégoulinantes, déversent un liquide gluant, ver-
dâtre. De sa bouche, gouffre noir, glissent des traînées
de sang : qui serpentent, élastiques, chaotiques, psycho-

tiques. Deux minutes de haine. Deux minutes de férocité. Pourquoi ? Qu'a-t-elle fait ? Jouer dans un film hollywoodien avec pour partenaire une méga-superstar mérite-t-il cette métamorphose hideuse ?

Ma fille passe devant l'ordinateur. Sheyda cache l'écran. Je dis à la petite de détourner son visage, de ne pas voir Sheyda en bête vorace, en cannibale, en Méphistophélès, Belzébuth, Lucifer, Satan, en Hannibal Lecter. Pour elle, Sheyda est la grande sœur talentueuse, celle qui joue de la guitare, qui chante, dans une fête de village, sur le parvis de la petite église : *Hare Krishna, Hare Krishna, Hare Rama, Jaya Bara*, qui tombe dans l'eau chaque fois que le canoë passe par un rapide, qui arrive avec d'immenses bouquets, des sacs de mandarines, une ou deux pastèques, qui prend systématiquement les auto-stoppeurs dans sa voiture. Elle la voit aussi au cinéma, incarnant l'amour, la beauté, la jeunesse.

J'imagine un homme, au troisième étage d'un vieil immeuble à Téhéran, téléchargeant tous les logiciels de déformation de visage, en bas débit, et se démenant pour défigurer les traits de Sheyda. Qu'est-ce qui l'anime ? Quelle fureur ? Fait-il partie des services secrets ? Est-il un fan désorienté, un de ceux qui ne la voulaient que pour lui, en foulard et manteau, en larmes, en éternelle mère gazée ? L'Iran est gouverné par lui, par le virtuel, le fantôme, le refoulé, l'invisible. Le pouvoir, en Iran, est caché. Certes il y a le Parlement, l'Assemblée des experts, le Conseil des gardiens, le Conseil de discernement, mais les vraies décisions sont prises ailleurs, derrière un voile, dans l'obscurité totale, dans une pièce opaque. Le président de la République ? Un guignol. Quand, plus tard, elle aura à subir sept mois d'interrogatoires, deux anciens présidents lui apporteront leur appui, en vain. Ils n'étaient plus personne. Ils étaient devenus, eux aussi, RIEN.

« Rappelle-toi. Si tu n'es pas avec eux, tu es RIEN ! »

Ahmadinejad lui-même avoue quelquefois être sous pression. Je l'ai entendu exhorter la police à ne pas courir les rues, ciseaux à la main, pour couper les cheveux des garçons. « Ce n'est pas digne du gouvernement. Nos soucis sont ailleurs ! » Je me rappelle aussi un proche de l'impératrice d'Iran me rapportant qu'un jour, dans les années soixante-dix, la Savak l'avait fait pleurer, elle, la souveraine, la reine. Un petit employé des services secrets venant à bout de Sa Majesté impériale.

Le pouvoir invisible.

Cela me rappelle aussi les rois de la dynastie sassanide, d'avant l'islam, qui ne se montraient jamais à leurs sujets. Un voile les séparait constamment du peuple. Lorsque le dernier roi des rois, fuyant l'invasion arabe, se présenta à la cabane d'un meunier, celui-ci le tua. Il ne voulait pas d'un pouvoir détruit, et méconnaissable, frappant à sa porte.

Dans le shiisme, le Douzième imam, lui aussi, est caché. Disparu des regards à l'âge de six ans, il réapparaîtra bientôt pour instaurer la paix et la justice. Nous vivons actuellement dans l'ère de la Grande Occultation. Je me demande si la Grande Occultation n'est pas le propre de l'Iran, la caractéristique même de l'Iran, de l'Iran préislamique et islamique.

Cet homme qui ne se dévoile pas et qui, derrière l'écran

de son ordinateur, transforme en monstre une actrice de cinéma (qui, elle, se montre) a plein pouvoir, il a le droit de défigurer un visage à l'acide, de souder les paupières d'une fille, il a le droit de donner la mort.

Sheyda commence à dessiner le tronc d'un arbre qui a pour racines les yeux d'une femme. Ma fille revient et s'empare du dessin.

Là-bas, il y a aussi des artistes qui ont tout refusé, les *eftar*, les pèlerinages, les passages à la télévision, les interviews où il faut ménager tout le monde. Que font-ils ? Beaucoup sont partis. Certains se sont suicidés. D'autres se sont endormis dans la drogue. Mais le cœur profond continue à battre. Des metteurs en scène interdits de plateau ont choisi d'enseigner. Interdits d'université, ils se mirent à écrire. Interdits de publication, ils investirent les fourneaux.

Nos écrivains vendent aujourd'hui des pizzas. Nos Hemingway vendent des pizzas. Les comédiens ont faim. Les artistes se traînent dans la misère. Ils se sont battus, comme des soldats, pour leurs projets, ils ont franchi mille obstacles – les ministères, cinquième étage, deuxième sous-sol –, ils ont veillé comme une mère – « Ne touchez pas à mon enfant ! » – sur leurs films, leurs livres, leurs tableaux, leurs albums de musique. Et puis, au bout du chemin, les copies sont confisquées, leurs manuscrits brûlés, leurs galeries verrouillées, leurs CD retirés de la vente. « Les meilleurs de nos comédiens meurent dans la détresse. » Elle pense à un très grand acteur qui joua le rôle d'Othello. « Pendant six mois, il ne quitta pas son costume de scène. Pendant six mois, il arpenta les trottoirs de l'avenue Valiasr en récitant les tirades de Shakespeare. Pendant six mois, il ne se lava pas le visage, teint pour le rôle. »

Elle le considère comme un patrimoine, comme un legs culturel. Elle réclame qu'on veille sur lui comme on veille sur le pont aux trente arches d'Ispahan. Mais immédiatement, elle se rétracte. Le métro d'Ispahan, les fissures sur le pont, c'est récent. Tout le monde en parle. Même les journaux conservateurs. Pourtant c'est trop tard. Comment revenir en arrière, à l'arrière de l'arrière, au jour où personne ne pensa à retenir – comme *ils* le faisaient si bien avec les livres et les films – la main d'un architecte qui faisait passer le tunnel du métro sous les fondations d'un des plus beaux ponts que l'homme ait jamais construits ? « Que sa main se brise ! » voilà ce qu'on dit en persan. Voilà ce que nous en pensons, elle et moi. Mais le mal est fait. Le pont aux trente arches est fissuré. Trop tard.

Elle revient à l'acteur-patrimoine. Il faut que quelqu'un veille sur lui, comme fait le Japon avec ses trésors nationaux vivants. Un comédien hissé au rang de la pyramide de Gizeh, de Persépolis. Il faut en prendre soin, comme des céramiques du musée Abguineh. Ces artistes sont plus fragiles que le cristal. Et pourtant ils sont l'âme de l'Iran, ils sont « l'eau des assoiffés, le pain des affamés, le repos des accablés, le baume des blessés ». J'emploie à dessein les mots de Roumi. Elle ajoute : « Ils sont le tronc de l'arbre, le feu sacré, ce feu dont parle Zoroastre, le feu qui ne s'éteint pas. Ils sont le feu et ils transmettent ce feu. »

Elle arrête de dessiner et elle me dit : « Comme le feu des jeux Olympiques, c'est pareil. » Nos artistes sont des athlètes qui transportent le feu primordial et pourtant toujours menacé. Un souffle de l'homme invisible, une petite fatwa de rien du tout peut l'éteindre. Mais il n'est pas mort. Il traverse les siècles.

Il est ce son étouffé, cette musique sombre qui, malgré les interdictions, s'est jouée dans les sous-sols, dans les caves, et s'est transmise de cœur à cœur, sans partition, sans laisser de trace.

Il est ce musicien du siècle passé qui, dans les longues manches de son vêtement, cache son instrument miniaturisé. Parce que si on découvre son luth ou sa vielle, on lui coupe les mains, les deux mains.

Il est ce moment où une grande chanteuse traditionnelle apprend à ses élèves comment Barbad, en risquant sa vie et en jouant du *barbat*, informa le roi de la mort de son cheval préféré. Après quoi elle énumère les inventions du grand musicien : sept modes royaux, trente modes dérivés, trois cent soixante mélodies. Le plus vieux système musical du Moyen-Orient pour aboutir à une fatwa qui compare la musique à du poison, pour aboutir à un décret qui retire le terme « musique » de l'intitulé du Conservatoire et le remplace par « hymnes et mélodies révolutionnaires », à une loi qui condamne cette diva à chanter dans des chœurs ou à se produire en duo avec un homme, mais à condition que la voix masculine domine la sienne. Callas dans un chœur, Callas dans un duo veillant à ce que personne n'entende sa voix.

Pour la danse, c'est fini. Ils ont réussi à éteindre le feu.

Alors que les fouilles archéologiques attestent l'existence de la danse en Iran depuis deux mille ans avant notre ère, et que, sous les Sassanides, les scènes de danse étaient immortalisées sur des mosaïques – encore visibles aujourd'hui. L'islam ne regardant pas d'un bon œil les ondulations corporelles en public, les danseurs iraniens, à l'inverse de leurs frères et sœurs indiens, n'ont la possibilité de se produire que pendant un mariage, une circoncision, une migration tribale, un équinoxe, une fête saisonnière, un exorcisme.

J'ai longtemps travaillé sur Roumi. Et il m'est impossible de ne pas m'attarder un instant sur le *sama*, la danse spirituelle des derviches. Ce mouvement qui, par la position du danseur – paume de la main droite ouverte vers le ciel et paume de la main gauche ouverte vers la terre –, fait de l'homme le canal entre la terre et le ciel, le ciel et la terre. Le *sama* est, selon Roumi, « une prière, une fenêtre sur le cœur, un voile immense ». Mais cette danse, qui devient une lucarne pour voir Dieu, n'est admise que par le soufisme, par l'islam ésotérique. Déjà, de son vivant, au XIIIe siècle, Roumi le danseur se faisait traiter, par tel ou tel shaykh, d'« impie » et de « mécréant ». Que cet inquisiteur dorme en paix. Il a gagné, il a réussi à transmettre son irritation et sa hargne de génération en génération, pour en arriver, aujourd'hui, à l'interdiction totale de la danse. Le mot « danse » est, en soi, tabou. Il faut dire « mouvements harmonieux ». Alors quand, dans une pièce de théâtre, deux couples de filles, couvertes de la tête aux pieds, se rapprochent et s'éloignent, se mettent face à face, côte à côte ou dos à dos, forment des figures circulaires, linéaires ou en étoile, tout Téhéran fait la queue pour les voir.

Oui, l'inquisiteur du XIIIe siècle peut dormir en paix. À Téhéran, personne ne peut ni apprendre ni danser le ballet. Et si une fillette se sent envahie par ce désir, si elle a le talent requis pour devenir une Margot Fonteyn, une Sylvie Guillem, elle doit répéter ses pas devant une vidéo et attendre la vente de la voiture paternelle et une promesse de travailler comme garde d'enfant à Paris pour assister, à l'âge de vingt ans, à un vrai cours. Mais il est déjà trop tard. Elle ne montera jamais sur scène. Elle deviendra une curiosité sociologique.

L'Iran a toujours essayé de contourner les interdictions islamiques.

Pas de musique : on se réfugie dans les sous-sols, on calfeutre les pièces et on joue avec des instruments qui chuchotent. « Personne n'entendra ! »

Pas de danse : elle prend la forme du *sama* et devient la « lucarne sur Dieu ».

Pas de contact entre hommes et femmes dans le cinéma : apparaissent alors, sur les écrans, des enfants, comme celui qui, dans *Où est la maison de mon ami ?*, parti d'un village du nord de l'Iran, gravira les marches de tant de festivals.

Pas de représentation figurée dans la peinture. On invente la calligraphie, où les mots mêmes du Coran deviennent oiseaux, arbres, yeux. À Téhéran, le vendredi, jour des vernissages, les galeries d'art accueillent le public dans la rue. Des femmes en tchador, qu'on pourrait prendre pour des miliciennes, commentent les tableaux, discutent avec le peintre, prennent des photos. Elles sont prêtes à brandir le flambeau et à illuminer leur foyer, duquel toute image figurative était jusque-là bannie. – « Qu'on la déchire, qu'on la brûle, qu'on la fracasse ! » –, comme le firent les talibans avec les bouddhas de Bamiyan. Mais dorénavant, ce sont elles qui veilleront sur les tableaux et les sculptures.

À chacune de mes visites en Iran, j'essaie de ne rater aucun vernissage, aucune pièce de théâtre. On ne peut faire que ça, aller d'une galerie à l'autre et se laisser bouleverser à chaque fois. Là-bas l'enjeu est vital : c'est notre oxygène. Il faut être aux côtés de ceux qui sont le feu et qui transmettent le feu, les artistes-athlètes.

Sheyda vérifie si ma fille n'est pas dans les parages et se remet sur la vidéo de YouTube. Nous la revoyons ensemble. Elle se termine par un visage d'elle à cent ans, une grand-mère gazée, l'idéal de l'inquisiteur de Téhéran. Elle me dit : « Tu vois ça ! Et mon amoureux se morfond parce que, sur un certain site, il est ridiculisé à cause de son succès auprès des minettes. Quelle différence ! D'où il est, lui, et moi, d'où je suis ? » Ce sont les mots mêmes de Roumi : « D'où je suis, moi ? »

Elle me dit qu'elle aura du mal à s'adapter ici, que ses préoccupations seront toujours loin, très loin de celles des Français, de son petit ami français. Un ingénieur du son, un Iranien exilé qui travaillait sur son dernier film, lui a raconté que, pendant la guerre Iran-Irak, à l'occasion des bombardements quotidiens, il recevait, une fois par semaine, un appel de quelques minutes de ses parents pour lui assurer qu'ils étaient encore vivants. Rien de plus. À l'école, ses camarades français comptaient les jours à rebours et hésitaient, pour leurs vacances, entre la montagne et la campagne.

«Tu t'y feras, Sheyda. Moi aussi je suis passée par là. Le lent processus d'acculturation commence par l'acceptation de l'autre. Ne pleure pas, garde tes larmes pour le cinéma.»

Je me rappelle un film dans lequel cent quatorze actrices iraniennes, cent quatorze femmes dont la profession était RIEN, devaient regarder un écran de cinéma et pleurer. Il y avait des jeunes, des actrices connues et des vieilles qui ne purent entrer dans le studio qu'en montrant leur pièce d'identité. Personne ne les avait reconnues. Assise sur un siège de cinéma, Sheyda pensa à son metteur en scène *modji*, son «ange des larmes», et elle pleura. Convoquée elle aussi, la comédienne âgée aux yeux d'Ava Gardner, interdite de travail depuis trente ans, entendit, de la bouche du metteur en scène : «Moteur!» Et elle pleura.

Profession : RIEN.

Sens interdit

U n mois sans écrire, pas même un mot, sans rien relire, sans rien corriger. Blocage total, sens interdit partout. Dans ma tête un cercle rouge avec, au milieu, une barre blanche. Interdit de penser au livre, d'imaginer la suite, d'écrire sur Sheyda. Tout est fermé. Aucun passage.

Nous arrivons devant un supermarché et les portes automatiques ne s'ouvrent pas. C'est exactement ça. Je regarde les clients faire leurs courses à l'intérieur puis, désespérément, je lis les horaires sur la vitre et je vérifie ma montre. Ouvert de dix heures à dix-neuf heures. Rien avant, rien après. Un colosse noir me fait signe de dégager. Je lui dis : « Un litre de lait, c'est pour un enfant ! » Rien n'y fait. Il me renvoie d'un geste de main, impitoyable. Devant mon livre, le même refus. Je n'y ai aucun accès. Plusieurs vigiles, insensibles à mes supplications, m'en barrent l'entrée. « Abandonne ce projet. Renonce. Ne fais pas confiance à Sheyda. Tu te trompes de sujet... »

Je n'ai jamais lutté pour obtenir quelque chose. Loin de moi la volonté, la rage, la détermination, le vouloir à tout prix qu'on entend partout. Et surtout dans la téléréalité, lorsque les candidats répètent à satiété qu'ils veulent la gagner, cette première place, qu'ils la désirent du fond de leurs tripes.

Quand on me dit de laisser tomber, je laisse tomber, voilà, et je continue mon chemin. Il y a longtemps, ayant passé le concours d'entrée au CNRS, j'ai été admissible, ce qui était déjà une performance, mais je n'ai pas été prise en fin de compte. Je me trouvais cinquième sur la liste et le Centre ne disposait, me dit-on, que de trois postes. Je suis allègrement passée à autre chose, alors que les plus brillants chercheurs intègrent le CNRS à leur deuxième tentative. « Ils ne veulent pas de moi. Très bien, je n'insiste pas. » C'est exactement ça. Je suis incapable d'insister.

Et pourtant là, maintenant, à ce stade de l'écriture, je me rends compte que je ne suis pas partie. Je suis restée derrière les portes closes, j'ai étendu mon matelas et mes sacs, comme une clocharde devant l'entrée d'un super-marché, et j'ai guetté l'ouverture inespérée, providentielle, de la porte automatique. Quelques secondes me suffi-raient pour me retrouver de l'autre côté, dans mon livre, avec les personnages abandonnés. Si je rebrousse chemin, que vont-ils devenir ? Ils existent, tous, dans la vie réelle. Ils n'ont absolument pas besoin de moi pour évoluer. Mais ceux du livre m'attendent. Ils me font signe : « Plus que deux chapitres, une soixantaine de pages, allez, vite, et nous passerons entre les mains des lecteurs. Tire-nous de cet entre-deux ! » Ils existent et ils n'existent pas. Encore un paradoxe iranien.

Aujourd'hui, Sheyda est en Égypte, ensuite elle se ren-dra en Inde pour se détacher d'une histoire d'amour. Mais mon personnage, lui, est toujours en Iran. Elle est mariée, adulée par toute une population, comme peu de stars l'ont été. Elle est, comme on dit, «au sommet de sa carrière», bientôt elle recevra même une proposition de Hollywood. Mon personnage ne le sait pas encore. Il est de l'autre côté de la porte, en attente, en transit.

Le mois dernier, je travaillais parfaitement bien, sans problème aucun, et, selon notre habitude, je faisais de longues lectures à Sheyda. À ses yeux, je n'étais plus l'écrivain du début du livre, celle qui allait juste l'écouter, transformer son histoire et écrire un roman. Avec le temps, nous étions devenues deux amies. Et depuis peu, c'était elle qui m'écoutait. Nous nous regardions, nous nous observions l'une l'autre. Je crois qu'elle serait maintenant capable d'écrire un livre sur moi. Pour avoir lu ses carnets, je sais qu'elle écrit très bien. C'est d'ailleurs une des raisons pour lesquelles je ne l'enregistre pas. Je m'inspire de son histoire et je tisse mon récit. Quand c'est elle qui parle, je la cite. Vive les guillemets.

Oui, elle pourrait écrire un livre sur moi.

Soudain, je pense à *Persona*, le film de Bergman, confrontation de deux femmes dans une maison isolée, sur une île. *Persona* est un terme latin qui signifie «masque». Pendant l'écriture de ce livre, il y eut, entre nous, quelques moments où toutes les deux, simultanément, nous laissions tomber nos masques. Nous ne nous ressemblons pas, comme Bibi Andersson et Liv Ullmann, nous n'avons pas le même âge, elle n'incarne pas, comme dans le film, une comédienne plongée dans le mutisme, je ne suis pas son infirmière frivole et pourtant nous explorons les mêmes domaines. Roumi dirait que nous parcourons les mêmes prairies : « Ce que nous paraissons, ce que nous sommes vis-à-vis des autres, ce que nous croyons être et que nous sommes réellement, ce que nous ne pouvons pas être et que nous sommes malgré nous[1]. » Compliqué ? Pas tellement. Pour elle comme pour moi, tout tourne autour de l'Iran, de ses blocages, de ses tabous, de son régime, du masque que nous nous choisissons, du voile dont on nous recouvre, de notre mutisme volontaire.

Une petite guerre s'est même déclenchée entre elle et moi. Son origine : la nature du régime du Shah. Elle me reproche d'avoir présenté un âge d'or où les lycéennes, après avoir déposé leur manuel d'histoire de France, sautaient dans la piscine quasi olympique d'une école inaugurée par le général de Gaulle, où les acteurs, auteurs et metteurs en scène côtoyaient Grotowski, Peter Brook et Stockhausen, un monde pur, blanc et lumineux. Elle ajoute : « Par opposition, l'Iran d'aujourd'hui tel que tu le décris et tel que j'en parle paraît noir ("gris", dirait ma fille), pas de piscine, pas de Stockhausen, rien que tchadors et mensonges… »

J'ai longtemps travaillé sur le manichéisme et je suis bien placée pour savoir que tout est mélange. Il n'y a pas d'un côté les gentils, les purs, les sincères, les spirituels et de l'autre les méchants, les impurs et les menteurs… Mani lui-même avait déterminé trois temps dans l'évolution du monde : celui d'avant le mélange (la séparation du Bien et du Mal), celui du mélange, et enfin celui d'après

---

1. Gilles Visy, « Je est un autre », *Cadrage. Net*, 2004.

le mélange, un temps où la lumière sera enfin débarrassée de l'obscurité – et peut-être même l'inverse. Nous vivons dans ce temps médian. Mani disait qu'à l'intérieur de l'esprit le plus pur sautillent, donc, des étincelles de haine, de colère et de violence. Il n'aurait pas été étonné s'il avait assisté au renversement de la monarchie, à la Révolution, à l'instauration de la République islamique. Le résultat d'un demi-siècle de modernisation forcée des Pahlavi a été la prise du pouvoir par une société islamique et traditionaliste. La même contradiction est valable aujourd'hui : trente années d'islamisation et de théocratie conduisent à l'émergence d'une société civile moderne, séculaire, laïque.

Quelle idée se fait Sheyda de mon enfance ? De mon adolescence ? Cette image qui, pour moi, reste celle d'un autre monde, d'un monde qui s'est effacé, brisé, qu'elle n'a connu que par ouï-dire. Je sais bien que ce temps-là n'était pas paisible et plaisant pour tous, qu'un pouvoir fort et récent s'y exerçait, mais j'avais la chance – si c'en est une – d'appartenir à une famille privilégiée, respectée, honorée même. Je ne manquais de rien. Je n'ai jamais senti une contrainte. Je suis bel et bien consciente que lorsque je plongeais – allègrement – dans la piscine du lycée français, au même moment dans une école islamique du sud de Téhéran, une adolescente de mon âge jurait, devant son proviseur barbu, qu'elle n'avait jamais fredonné de la musique pop, jamais porté de minijupe, ni jamais vu sa mère sortir sans tchador. Il y avait aussi, dans ces années-là, des filles qui ne plongeaient pas dans une piscine, qui ne devaient pas passer un concours islamique, mais qui espéraient vivement, dans un coin de leur chambre, que leur père, opposant politique, ne serait pas exécuté.

Sheyda est née après la disparition de ce monde-là, qui fut le mien, et depuis ses premières années, elle entend dire que ce n'était que tyrannie, arbitraire et obscurité. Je ne peux rien contre ça. De temps en temps elle me dit : «Il faut écrire que du temps du Shah aussi, c'était dur !» Que lui répondre ? Comparer les chiffres, les taux de natalité, de mortalité, d'analphabétisme ? Mon enfance est une image de plus en plus pâle et lointaine, rognée par le temps, schématisée comme tous les souvenirs. Pour elle qui n'a pas vécu ces années-là, l'image est sans doute beaucoup plus vague encore, plus cruelle peut-être, et de toute manière insaisissable.

Pour en venir à nos jours, j'en conviens, tout n'est pas noir – «gris», dirait ma fille. Les universités sont fréquentées par 75 % de filles, le taux de natalité est de 1,4 et la population active est à 80 % médicalement assurée – litanies de chiffres.

Partout, comme dans le Nord, chez moi, le nouveau régime a investi en écoles, cliniques, routes, électrification. Édifiée naguère par mon père, l'école du village porte aujourd'hui le nom d'un martyr de la guerre, le petit berger avec qui je jouais dans les vastes prairies familiales. Sa tombe, d'ailleurs, est à quelques mètres de là, dans un cimetière qui n'existait pas avant. Un petit village de deux cents habitants et onze martyrs. À chacun de mes voyages, j'y fais un détour et je fleuris leurs tombes. Le village a maintenant sa grand-rue et ses ruelles, toutes asphaltées et éclairées à l'électricité. Il est précédé par une suite d'échoppes d'accessoires de voiture, avec pour vitrines des pneus, des portières et des pare-chocs suspendus à des poteaux électriques. Dans la grand-rue s'élève une petite clinique spécialisée dans les intoxications agricoles. Une pancarte rappelle, après avoir salué le Prophète et sa descendance, qu'en cas d'empoisonnement, il ne faut pas faire boire de lait, ni provoquer un vomissement… C'est là qu'on m'emmène lorsque, après un surmenage, ma tension chute à 7. C'est là où la *khanoum doctor*, la doctoresse, me met immédiatement sous perfusion et, tandis que le sérum coule goutte à goutte, me questionne sur les modalités d'obtention d'un visa Schengen (partout ailleurs, en France notamment, pour traiter mon hypotension, on ne me propose que du repos). C'est là qu'une assistante sociale réunit une fois par mois les jeunes femmes et leur parle de la contraception, de la pilule, de l'avortement. Là aussi, les mêmes femmes apprennent qu'elles peuvent déposer une plainte contre un mari qui a la main leste.

L'épicerie d'en face, dont la porte arrière donne sur un champ – le nôtre, à présent confisqué –, vend de tout, du matériel informatique pour compresser une vidéo jusqu'à des serviettes hygiéniques et une variété de portables Nokia qui sonneront partout, dans la bouche du four à pain, sur le tableau de bord d'un tracteur, sous un tapis de prière, derrière le coran, à côté du dentier du grand-père. Le village entier en est saturé, tout comme chaque famille a sa toute petite maison, sa voiture d'occasion, son antenne parabolique, sa propre parcelle de terre – antérieurement les nôtres –, son martyr. Quand je suis dans le Nord, aller à cette épicerie à cinq minutes de chez moi, c'est comme aller au Bon Marché à Paris. Je me parfume, je me coiffe, puis je prends un raccourci à travers champs et je contourne la petite échoppe, afin de respecter l'entrée principale qui donne sur la grand-rue. L'épicier, qui me reconnaît, m'embrasse et souhaite un repos éternel à l'âme de mes parents, sur les terres desquels il a pourtant construit son actuelle maison. Une demi-heure plus tard, je rentre, par le même raccourci, les mains pleines de paniers en plastique *made in China* – ceux qu'on fabrique, en osier, dans notre propre village sont peut-être vendus en Chine –, mais aussi d'un stock de piles – « Prends-les, n'hésite pas, celles-là fonctionnent ! » – et de barrettes à fleurs, à strass, à nœud…

Un jour, alors que j'effectuais mon trajet favori – de la maison à l'épicerie –, une voiture à haut-parleur s'engagea sur le chemin, diffusant une annonce qui promettait l'obtention du permis de conduire, aux frais de l'État, en six mois. Lorsqu'elle s'arrêta, une dizaine de femmes l'entourèrent. Dix minutes plus tard, elles étaient toutes penchées sur le capot, occupées à remplir les formulaires d'inscription gratuite. Je pensai aussitôt aux mille cinq cents euros demandés en France.

Non, tout n'est pas noir. Dans ce seul village du nord de l'Iran se trouvent maintenant une clinique, une épicerie, une auto-école ambulante, une grand-rue, des petites rues, de l'électricité, de l'asphalte, tout ce qu'il n'y avait pas avant, mais il y a aussi le cimetière. Il faut ajouter aussi qu'avant cet avant, avant le Shah, il n'y avait pas de village du tout. Le même schéma est valable pour les villes, les routes, les hôpitaux, les universités… L'Iran du Shah était jeune et sur la voie de la construction. Ensuite survinrent la Révolution, la guerre, les différents embargos, et malgré cela une auto-école ambulante sillonne les routes de campagne en promettant le permis de conduire gratuit à tous les villageois.

Sheyda me demande : «Et la censure, les prisons politiques, les tortures, les exécutions ?» Là-dessus, Sheyda *djan*, constance. Notre pays est gouverné par l'invisible.

Nous sommes toutes les deux des femmes, toutes les deux vivantes, nous sommes là, nous respirons les mêmes odeurs, nous entendons les mêmes sons. Mais quelque chose nous sépare à jamais. Un peu plus de vingt ans : tout un monde.

Nous disons souvent – on nous dit – que nous avons tous quelque chose en commun, nous avons tous eu une enfance, et tous nous l'avons perdue. Mais toutes les enfances ne se connaissent pas, et ne se reconnaissent pas.

J'essaie de la deviner, de la connaître. Elle ne pourra jamais sentir dans sa chair, ne serait-ce qu'un instant, ce que j'ai été. Mon enfance est à moi, son enfance est à elle. Elles ont existé dans deux pays différents, qui pourtant n'étaient qu'un pays. Son Iran, mon Iran. Deux réalités qui se distinguent mais qui par moments se superposent, qui voudraient peut-être se rapprocher, se réunir, se confondre, comme les deux visages de femmes dans *Persona* de Bergman. Mais des forces qui nous dépassent, et que nous ne comprenons ni l'une ni l'autre, séparent brutalement ce qui voulait s'unir. C'est ainsi, quelquefois, que je pense à mes rapports avec elle. Un moment elle est moi, un moment je suis elle, un peu plus tard nous sommes elle et moi.

Elle a choisi de parler, de parler d'elle, et j'ai choisi d'écrire sur elle. Aujourd'hui, je me rends compte que ce n'est pas aussi simple que je le pensais. En France, une comédienne qui veut écrire sa biographie signe un contrat avec une journaliste. Puis, elles feuillettent ensemble les albums de photos, les affiches de films, les brochures de théâtre et l'affaire est vite réglée. D'ailleurs, personne ne s'intéresse à la biographie d'une comédienne, fût-elle la plus douée, la plus primée. Dans le cas de Sheyda, même son nom est difficile à retenir. Un soir, je l'ai entendue expliquer à des Français que son nom commence par *Shey* comme dans Cheyenne, la célèbre tribu amérindienne, et se termine par *da*, « oui » en russe. Elle aurait pu citer Sheila, mais elle ne la connaît pas. Le nom Sheyda, qui signifie « éprise, amoureuse » en persan, devenait ainsi, dans un processus d'occidentalisation, un terme mi-ethnique, mi-linguistique.

Pour Sheyda donc, c'est moi qui suis allée vers elle : « Parle et j'écris. Ça ne marchera peut-être pas. Mais au moins nous allons essayer ! » Elle a parlé, et il me semble que ça marchait. Mais voilà qu'un après-midi, à sa demande, un ami commun, un ami en qui elle a totale confiance, un ami qui dit non et c'est non, vient pour discuter du livre. La soixantaine, il est grand, chauve et tout ce qu'on retient de lui, ce sont ses longues jambes. Son surnom d'ailleurs est « Papa Longues-Jambes », d'après le titre d'un roman-culte américain.

Nous nous installons dans la cuisine et je me sens immédiatement mal à l'aise, dans la posture de celle qui doit se justifier. Ça non plus, je n'aime pas. C'est d'ailleurs pour cette raison que j'abandonne tout très vite, pour ne pas avoir à me justifier.

Papa Longues-Jambes est définitivement dans une position de force. C'est très clair. Je me rappelle soudain que, deux ans auparavant, c'est à lui le premier que j'ai parlé du projet d'un livre avec Sheyda. C'est lui qui a immédiatement approuvé. Très content, même. Encourageant. Aujourd'hui cet homme, assis en face de moi à l'autre bout de la table, n'est plus le même. Où est l'autre ?

Par stratégie – j'emploie à dessein des termes militaires –, je commence par le désigné. Il ne faisait pas partie de la famille de Sheyda, ni de son entourage professionnel, ni du monde d'Alex, lequel, je précise, ne la connaissait pas pendant sa période extraterrestre.

Je lui décris nos séances de travail : elle me parle, je prends des notes, et subitement je réagis à une phrase : « Ce fut le cas avec le désigné… » Papa Longues-Jambes sait qui est le désigné et me montre du doigt le ciel. Je poursuis : « Elle m'a dit, assez nonchalamment, qu'un homme apparut dans sa vie, lui attira des ennuis et ensuite se suicida ! » Je suis sur le point de dire que je me suis longtemps arrêtée sur cet événement, que j'ai demandé à Sheyda de s'interrompre, que nous avons, elle et moi, mis deux mois pour réussir à écrire : « Un homme apparut dans sa vie, lui attira des ennuis et puis se suicida ! » quand il m'interrompt : « Il ne s'est pas suicidé ! »

Je ne connais pas le désigné. Si je vivais en Iran, je l'aurais peut-être rencontré et j'écrirais peut-être autrement, ou je ne dirais rien, je me tairais. Si elle était en Iran, elle ne parlerait pas, en tout cas pas de la même manière.

Si elle était en Iran et que je voulais écrire sur elle, elle aurait zappé l'épisode du désigné, ou bien, dans un élan de sincérité, elle aurait juste dit : « Un homme apparut dans ma vie et nous attira des ennuis ! » Elle aurait, par égard pour la mère du défunt, pour préserver son *aberou* – un cocktail très iranien de dignité, d'honneur et de réputation –, caché le suicide. Cette femme, encore aujourd'hui, est en contact avec Sheyda, l'appelle de Téhéran et pleure au téléphone en évoquant son fils.

Papa Longues-Jambes habite Téhéran. J'ignore s'il a connu le désigné. Mais il est formel. Le désigné est mort, ça, oui, mais il ne s'est pas suicidé. Je lui dis que j'écris la version de Sheyda, que même si c'est faux, à partir du moment où je l'écris, comme l'a dit Borges, cela devient la vérité, la vérité du roman. Je n'écris pas une biographie et je ne veux pas vérifier si le désigné s'est vraiment suicidé ou pas.

Suicide ou pas, cet amour hors de la terre, cette fascination de l'au-delà, m'intriguait. J'y voyais un synopsis, un résumé de la Révolution islamique en Iran : « Je prétends venir du ciel, tu y crois, je te charme et je te fais du mal ! »

Je ne tiens pas à m'expliquer devant Papa Longues-Jambes – pas maintenant – et je change de chapitre. Un à zéro en sa faveur. Je passe aux metteurs en scène islamistes. Là non plus, je ne vois, pour ma part, aucun écueil. L'amour qu'elle leur porte n'est, de toute façon, que « platonique ». Il croise et décroise ses longues jambes : « Avez-vous pensé à leurs épouses, à leurs enfants, à leur *aberou* ? »

Je n'ai jamais trouvé un équivalent juste pour *aberou*. L'homme iranien ne doit jamais perdre son *aberou* et les Iraniens, en général, tiennent absolument, coûte que coûte, à le conserver. Il ne faut pas perdre sa propre considération, autrement dit « laisser envoler son aberou ».

C'est pour préserver son *aberou* et dissimuler aux yeux du voisinage qu'il a dû vendre sa voiture qu'un homme se tape tous les matins, à pied, tout un labyrinthe de rues et prend le bus trois ou quatre stations plus loin. C'est aussi pour préserver son *aberou* qu'après la mort de sa vieille mère, il porte pendant un an du noir et encore du noir. Rentré chez lui, à l'abri des regards, quand il est vraiment sûr de ne pas mettre son *aberou* en jeu, il range le costume noir dans le placard et enfile un pyjama de couleur. C'est aussi pour préserver son *aberou* qu'il s'endette « jusqu'au gosier », renonce à une opération ophtalmologique pour offrir à sa fille un « forfait mariage » avec, au bout du compte, une vidéo de deux heures qui vaut tous les sacrifices, et même l'adieu à un appartement et à la retraite. Entre voir une vidéo de mariage et voir tout court, il n'y a pas photo. L'*aberou* a tranché depuis des siècles.

Quand j'y pense, je me rends compte que ce mot, si inhérent à la culture iranienne, composé de *ab*, « eau », et *rou*, « visage », signifie ménager les apparences, veiller littéralement sur la « bonne mine ». Mais à quel prix ? C'est pour préserver cette si particulière bonne mine que le père renonce justement à ses yeux au profit d'un faire-part de mariage écrit en lettres d'or, d'une robe en taffetas et d'un chignon en forme de cœur. C'est pour garder sa bonne mine et la tête haute qu'il cache à ses voisins la vente de sa

Pride. C'est pour garantir la bonne mine post mortem du désigné que ses amis taisent son suicide, c'est pour épargner la bonne mine de la veuve du metteur en scène islamiste, l'ange des larmes de Sheyda, que Papa Longues-Jambes me demande maintenant, tout simplement, de renoncer au livre.

Deux à zéro pour lui. Je change encore de chapitre. À ce rythme, je perds le livre. Je tente une dernière carte, celle qui me paraît la moins compromettante : la maison étroite. Là, je ne risque rien. Les bombardements, la guerre, les envahisseurs, Papa Longues-Jambes, me semble-t-il, adhérera à tout.

Dès les premiers mots – la mère bahaïe, le père de gauche –, il m'arrête. Il me dit que la mère joue dans des séries et le fait d'annoncer sa croyance suffirait pour qu'on la renvoie. Il ajoute : « Pareil pour le père, ne dis rien ! »

Immédiatement, comme à l'école, je fais un calcul mental et je réalise que ne pas mentionner la religion et les convictions de ses parents retire du livre une bonne vingtaine de pages. Et, tout aussi promptement, je me rends compte que sans eux, comme le dit Sheyda elle-même : « RIEN plus RIEN », le personnage du livre, la fille, ne serait évidemment plus le même.

Papa Longues-Jambes, toujours assis dans la cuisine, répond à quelques appels téléphoniques, en anglais, en persan, en français, s'excuse, se lève, passe dans une autre pièce et me dit en revenant qu'il ne peut pas rester longtemps. Je me demande alors pourquoi il est venu et je m'interdis de lui lire ne serait-ce qu'une page du livre. Il se rassied et me demande de lui faire tout de même une lecture, une toute petite lecture. Aussitôt, j'accepte. Cette sacrée docilité !

Nous montons dans mon bureau, il prend place à côté de moi, et je lui lis le passage qui concerne son ami très proche, Alex, le passage qui, à mon avis, est une ode à l'amour. Sheyda, à ce moment du récit, pleure systématiquement, chaque fois. Je me dis que si au lieu de Papa Longues-Jambes Alex lui-même se trouvait là, il se laisserait aller à ses émotions.

Le morceau que je choisis décrit leur mariage chez le notaire. À la fin de la lecture, Papa Longues-Jambes ajoute qu'il y a décelé plusieurs erreurs, parmi lesquelles l'identité de l'officiant. Ce n'était pas, comme je l'ai écrit, un mollah, un religieux enturbanné, mais un civil. « Alex refusait de se marier devant un mollah ! Il tenait à ce que le célébrant fût un civil ! » Et il ajoute : « Celui qui les a mariés était même capable de réciter des vers de Victor Hugo en persan. » Il trouve étrange que Sheyda n'ait pas dit ça ou n'ait pas rectifié cette « erreur ». Je suis sûre que, pour ma part, je n'ai pas noté que le préposé aux noces récitait *La Légende des siècles*. Mais au moment d'écrire cette scène, pour faire local et éviter un mot comme « officiant », j'ai opté pour « mollah ». Sheyda, elle, c'est vrai, n'a parlé d'aucun mollah.

Papa Longues-Jambes ajoute que toute référence à l'alcool peut être, dans l'Iran de la République islamique, dangereuse. Je suis prête à retirer « bouteilles », « arak de chien », « whisky »… Il suffit de les sélectionner et de les effacer. Ni vu ni connu. Cela vaut mieux que de supprimer vingt pages et deux des personnages principaux. Mais dans ce cas, si je dis qu'Alex tenait absolument à ce qu'un mollah ne célébrât pas leurs noces, cette correction ne serait-elle pas tout aussi périlleuse vis-à-vis des censeurs du régime que la mention des boissons alcoolisées ? Retirer le mollah et le whisky en même temps, ne serait-ce pas paradoxal ?

Je me rends compte que dorénavant, chaque phrase du livre posera problème. Papa Longues-Jambes est d'avis qu'on ne doit pas écrire sur un régime au pouvoir. Mais Sheyda veut parler. Après son départ d'Iran, les journalistes de la diaspora ont essayé de lui faire raconter son interrogatoire. Elle a refusé : « Un jour peut-être, ou jamais... Ce que je peux vous dire c'est que j'étais comme un chat auquel on avait coupé les moustaches ! »

Maintenant elle parle. Et on préfère qu'elle se taise : « Chut, silence, tout ce que tu dis peut être dangereux... » Parler ou se taire ?

Trois à zéro en faveur de Papa Longues-Jambes. J'essaie de l'amadouer, de lui relire les mots d'amour de Sheyda pour Alex, mots que j'ai empruntés à l'ésotérisme iranien, à Roumi, à Shaykh Ahmad Ahsai. Peine perdue. Je lui rappelle que, pendant tout notre travail, nous avons délibérément écarté Alex de l'aventure du livre, qu'elle-même m'a demandé de ne pas tout écrire, pour justement le protéger. Peine doublement perdue.

Nous sommes toujours dans mon bureau. Il est assis par terre, cherchant à imprimer un texte en arabe. Il lui faut un PC. Je lui donne celui de ma fille. Il l'allume, va sur le Net et je lis sur l'écran le mot « procuration ». Subitement, chez moi, dans mon bureau, je me sens comme dans un procès. Et je n'ai aucun mot pour me défendre.

Papa Longues-Jambes me parle alors des « fans de Sheyda » : « As-tu pensé à eux ? » Non, je n'ai jamais écrit en pensant aux fans de mes personnages. Déjà au moment de l'écriture et de la présentation de mon livre sur Roumi, j'ai été attaquée par ses « fans », par ses biographes surtitrés qui, dans chacun des actes du grand poète, voyaient l'empreinte de Dieu, tandis que moi, je m'étais contentée de l'humain. Les fans de Sheyda. Je devrais maintenant penser à ses fans… Je ne veux pas lui demander : « Et Sheyda, pense-t-elle à ses fans quand elle choisit ses rôles ? »

Je devrais penser aussi aux services secrets iraniens qui guettent, dans chaque texte, les mots « masses laborieuses », « bahaï », « whisky ». Je devrais penser à celui qui, sur la Toile, a transformé le visage de Sheyda en Belzébuth, je devrais penser à cet idéologue furieux qui martèle : « Dans le vocabulaire stratégique du cinéma, la femme représente la patrie et l'acteur américain épiant cette dame, en l'occurence Sheyda dans un film hollywoodien, suggère de toute évidence que les États-Unis convoitent l'Iran ! »

Je devrais m'imaginer moi-même assise à la même place que Sheyda, trois ans auparavant, dans une pièce éclairée par un néon au bruit assourdissant, sur un fauteuil aux ressorts cassés, attendant pendant des heures l'arrivée de l'inspecteur pour lui expliquer pourquoi j'ai voulu écrire sur elle. Je devrais penser à l'aveu que je rédigerais, après des mois d'interrogatoire et d'éloignement de ma famille, avec en tête : « Au nom du Dieu le Clément, le Miséricordieux » et quelques lignes plus bas : « Ce livre a été commandité par la CIA ! »

Penser à tout ça, sans cesse, et continuer, malgré tout, à écrire.

Papa Longues-Jambes se démène avec le PC et l'imprimante. Par moments, il lève la tête et, sur un ton que je ne lui connais pas, sec, cassant même, vante la loi du silence. Très étonnée et apeurée, je vois soudain en face de moi se dresser un juge. Et je comprends peu à peu, en l'écoutant, que cet homme que je connais depuis longtemps, et que je considère comme un ami, à qui je fais toute confiance, est habité par la peur. La peur a pris possession de son être. Peur de quoi ? Je ne peux pas le dire au juste. Peur.

Je me demande aussi en écoutant son réquisitoire : « Mais quel est ce régime qui peut ainsi, en deux ou trois ans, transformer un homme ? Par quels procédés secrets parvient-il à glisser cette peur à l'intérieur d'un être humain, de quelqu'un que j'apprécie et dont j'aime la compagnie ? Quelle est cette méthode, quelle est cette technique de terreur ? »

Je cesse de lire et de parler. Je l'écoute. Une demi-heure plus tard, il s'en va.

Pendant le dîner, je fais part de mes soucis à mon mari et je lui cite ma discussion avec Papa Longues-Jambes autour de l'expression « arak de chien ». Il ne pense pas à l'interdiction de l'alcool en Iran mais à une erreur sur la boisson. « Il voudrait quoi ? Que que tu écrives gevrey-chambertin ? » me demande-t-il.

Le lendemain matin, j'appelle un ami exilé qui a pour principe d'être contre tout. Contre tout ce qui se passe en général dans le monde, et tout spécialement en Iran. Loin de me consoler, ce à quoi je m'attendais, il me dit que ma position est trouble, que je fréquente des gens douteux, pernicieux, redoutables même. Il me cite quelques noms, parmi lesquels celui de Sheyda. Pour lui, Sheyda est en train de procéder à un acte de dénonciation. J'explique à cet ami, moi qui déteste me justifier, que je veux précisément, dans ce livre, essayer de comprendre tous ces étages complexes et obscurs, les frontières invisibles entre l'affabulation, le simulacre et la simple imposture. Voilà pourquoi le résultat ne sera pas une simple biographie. L'ami exilé décrète que je ne suis ni dans l'historique ni dans le créatif. J'en conviens. Mais cela ne m'empêche pas d'écrire. « C'est de la psychologie ! » ajoute-t-il avec une marque très claire de dédain. Je ne suis pas psychologue, mais s'il faut définir ma démarche d'un mot et que ce mot est « psychologie », pourquoi pas ? Tout en sachant que, là où je vais, je ne croiserai ni Freud ni Lacan.

Aussitôt après, j'appelle un ami écrivain qui est afghan. Il me comprendra, j'en suis sûre. Les talibans rôdent toujours autour de lui comme autour de moi. Ils sont même en nous, quelque part, avec leurs ciseaux et leurs matraques. Je l'interroge, parce qu'il a étouffé le taliban en lui, qu'il l'a, à l'instar du personnage féminin de son roman, poignardé, sectionné, morcelé, *tikeh*, *tikeh*, *tikeh*. Il m'exhorte à poursuivre. Pour lui, le livre va naître dans ce conflit : « Comment raconter, malgré la peur de toute une société, l'histoire d'une actrice qui a dû quitter son pays et son mari ? » J'ajoute dans ma tête : « Comment raconter cette histoire sans tracasser, angoisser, effaroucher, mettre en danger quiconque ? »

Papa Longues-Jambes a peut-être raison. Je devrais arrêter d'écrire ou bien tout changer, quitte à faire de mon personnage un homme, un comédien... Et pourquoi spécialement un comédien ? Je devrais me plonger dans le récit d'un homme, la trentaine, célibataire, de parents inconnus, et qui, un jour, par ennui et lassitude, décide de quitter l'Iran. Messieurs les censeurs, suis-je autorisée à l'écrire ?

Mon ami afghan poursuit : « Avec son cinquième de la vérité, sa fougue et tous les obstacles qu'elle dispense sur ton chemin, ton personnage est plus que fascinant ! »

Je sais que je dois revenir à mon livre et à Sheyda. Mais j'hésite. Moi aussi j'ai peur. Il n'y a rien d'héroïque en moi. Absolument rien. Je ne sais pas affronter les gens. Déjà, en présence de Papa Longues-Jambes, je me suis sentie mal en point. Je transpirais, j'avais chaud. Ce petit procès, à Paris, dans mon bureau : un de trop.

Je sais qu'en écrivant ce livre, je devrai me justifier, auprès d'Alex, de la famille de Sheyda, de la mère du désigné, de la veuve du metteur en scène islamiste, auprès de mon ami exilé, auprès des services secrets iraniens. Tous me disent que je ne dois pas écrire ce livre. Et c'est pour cela, sans doute, que je l'écris.

Je reprends. Où étais-je avant l'apparition de Papa Longues-Jambes ce dimanche après-midi ? J'avais fini le chapitre sur les comédiens, considérés comme RIEN, et je voulais raconter les derniers tournages de Sheyda en Iran, son expérience à Hollywood, et finalement son interrogatoire.

Je la regarde de l'extérieur. Je n'ai jamais autant observé quelqu'un. Cela intrigue mes amis. Sheyda, me disent-ils, à l'instar de sa génération est compliquée, débrouillarde, menteuse. Je ne veux pas la défendre. Et d'ailleurs pourquoi la défendre ? Quelle faute a-t-elle commise ? Cela ne me regarde pas. Elle est ce qu'elle est. Je ne veux pas faire d'elle un « modèle ». En persan le mot est *olgou*, le même mot qu'on emploie pour un patron de vêtement. Je ne veux pas donner d'elle les mensurations avec, à reproduire minutieusement, les angles, les pinces, les cols, les poches, les fentes. Je raconte juste l'histoire d'une femme et je n'ai pas d'autre ambition que de comprendre, à travers mon propre travail, ses angles, ses pinces, ses fentes.

Moi, je la crois. Je ne la juge pas. Et personne, comme dans un procès, n'exige mon intime conviction. Aucune loi ne me prescrit de m'interroger moi-même dans le silence et le recueillement, et de chercher, dans la sincérité de ma conscience, quelle impression ont faite sur ma raison les preuves apportées contre mon personnage et les arguments de sa défense. Je la crois, point barre. Je n'écris pas une biographie. Je laisse cette forme d'écriture à la police, comme le disait très justement Armand Robin. Je ne suis ni un procureur ni un avocat.

À l'heure où j'écris, elle est à Goa et nous passons des heures au téléphone. Elle a un chagrin d'amour, j'essaie d'en minimiser les séquelles et de tout réduire à des phénomènes d'hormones, « un mélange d'ocytocine et de dopamine ». Elle n'en est pas convaincue. En parlant de ses sentiments pour un acteur français, elle me dit qu'elle aime ses défauts, ses enfantillages, tout ce qui ne va pas chez lui.

Elle aime les faiblesses des hommes, avec tout ce qui

s'ensuit, les disputes, les jalousies, les déceptions, mais elle n'est plus en Iran. Elle n'a plus les mêmes atouts, la même force. Elle est seule. Sans Alex, sans ses fans, sans les metteurs en scène qui l'assaillent, sans la horde ordinaire des amis. Elle n'est plus la star au prénom unique. Ici, elle est une comédienne exilée, obligée de répéter son nom, et même de l'épeler.

Alors, quand elle a un chagrin d'amour, elle est conduite aux soins intensifs, étendue sur un lit d'hôpital, six électrodes plaquées sur son buste. Quand ça ne va pas, elle peut aller encore plus loin, à Goa par exemple. Je ne suis jamais allée à Goa. Pour moi, l'Inde est ailleurs. Mais elle dit que cette côte la guérit. Je sais qu'elle s'y est rendue pour des histoires de vibrations : Goa, berceau de la transe psychédélique. Je consulte Google et je tombe sur une dernière variante de cette transe ressemblant à la house, voire à la techno, avec un rythme plus lent, autour de cent trente battements par minute. Je sais qu'elle affectionne ça, qu'elle entretient ce côté *new age* en observant des cures de silence et en fréquentant même, dans le désert du Nevada, le festival Burning Man.

Elle est à Goa, elle regarde la mer et ne fait rien d'autre. Et moi, à Paris, je me demande par quel bout, maintenant, prendre ce livre. Je pensais écrire une histoire linéaire, y ajouter ma propre patte et en faire, à la fin, un roman. C'était sans compter avec le jugement de Papa Longues-Jambes, la fuite de Sheyda en Inde et l'irruption de ce tout dernier amour.

J'essaie, non sans peine, d'écrire dans une apparente continuité. Je sais, selon mes notes, que le moment est venu de passer à son expérience hollywoodienne. J'ai l'impression d'avoir surmonté le blocage, trouvé enfin une petite fente pour me glisser de l'autre côté de la porte automatique, au milieu de mes personnages, de son vrai entourage, d'Alex, de ses parents, vers Los Angeles.

Là-dessus elle m'envoie un SMS : «Jette un coup d'œil à Facebook, Internet, etc.» Je suis au volant. Je m'arrête et, péniblement, j'accède à Facebook, Internet, etc. Et je découvre une photo d'elle, torse nu. Vu de Paris, pas de quoi remuer ciel et terre. Oui, mais en Iran, elle est regardée avec d'autres yeux. Une heure après la diffusion de la photo et de la vidéo qui l'accompagne, des millions d'Iraniens, des supporters, des détracteurs et de simples citoyens, ont investi la Toile.

Un homme monte dans un taxi – les taxis sont collectifs en Iran –, claque farouchement la portière. «Eh, attention !» lui lance le chauffeur. L'homme prend place sur la banquette arrière et, avant même d'indiquer sa direction, se dit outré, avili, rabaissé par l'attitude de Sheyda. «Elle a offensé mon intelligence ! Je descends après le pont de Gisha.» Le passager du siège avant se retourne : «On dirait que dans ce pays de "roses et de rossignols" tous nos problèmes sont réglés sauf un : la nudité de cette dame. Elle a voulu montrer son corps ? Et alors ? A-t-elle vidé ta poche ? Ce détournement de fonds commis par les plus hauts responsables, ce détournement dont le montant n'entre dans aucune calculatrice n'offense pas ton intelligence ? Cette milice qui arrête et tabasse dans les rues nos épouses et nos filles parce que leurs cheveux débordent du foulard, elle n'offense pas ton intelligence ? Le prix du yaourt, de l'œuf et du lait que tu achètes et qui augmente de jour en jour, il n'offense pas ton intelligence ? »

Là éclôt comme un bourgeon au printemps, non, plutôt comme une averse d'acné sur le visage, une autre particularité des sociétés phallocrates : le *namous*. Si l'*aberou*, la « bonne mine », ménage les apparences et l'extérieur, le *namous* surgit des profondeurs de l'être, des abîmes de l'âme. Le mot désignait originellement les règles religieuses mais, par extension, il s'emploie aujourd'hui pour la sauvegarde, au sein de la famille, de l'honneur des femmes : de la mère, de l'épouse, des sœurs et des filles. Un père ne voit, par exemple, aucun inconvénient à ce que son fils sorte, rentre tard et même ne rentre pas du tout. Mais quand il s'agit de sa fille, aïe, une demi-heure de retard et le ton monte, les bras se lèvent. Les pires injures concernent celles qui se rapportent aux parentes. Le même père supporte cent fois mieux d'être traité de « trou du cul » que de « fils de pute ». À ce mot, Zidane se fâche, le Mondial se perd, les couteaux étincellent et le sang jaillit.

Ce père, comme tous ses congénères, se doit de veiller sur l'honneur de sa mère, de son épouse, de ses sœurs et de ses filles, des attardées mentales, des sous-êtres incapables de se passer de la protection masculine.

Alors, lorsqu'une actrice qui incarnait la mère, la mère des victimes de la guerre Iran-Irak, la mère gazée, montre une partie de son corps, c'est comme si on avait ébranlé le *namous* du passager du taxi, comme si on violait sa femme sous ses yeux et devant les caméras du monde entier, comme si on arrachait les vêtements de ses sœurs, comme si on crachait sur le visage de sa mère en lui lançant :

«Enculé de ta mère, putain de ta mère», comme si ses filles se prostituaient, là encore, sous ses yeux et devant les caméras du monde entier.

Quand Sheyda montre sa chair, tout est fini, le passager du taxi est déshonoré, sali, terni à jamais. Quand Sheyda montre sa chair, tous les murs s'écroulent.

Le taxi arrive à destination, le passager descend et parcourt le même chemin que tous les matins. Sur une grande place, une grue est dressée. Une femme, foulard noir, manteau noir, pantalon noir, et deux hommes, la corde au cou, sont tous les trois tirés vers le ciel. Pour quel crime, vol, contrebande, assassinat? Personne ne le sait. L'homme offensé, déshonoré, se faufile dans la foule et ne détache pas les yeux des jambes de la condamnée à mort, ces jambes qui se plient, se déplient et se replient, puis, après une dernière secousse, s'immobilisent, et enfin se laissent secouer au gré du vent. Là, les caméras qui filment n'ébranleront aucun honneur. Le *namous* est sauf. Ici, tout est en ordre. L'homme peut rentrer chez lui et dormir tranquille.

Le saut en longueur

U ne semaine durant, la Toile est envahie de commentaires contradictoires. Je vois sur le Net trois hommes masqués, torse nu, imitant la pose prise par Sheyda sur la photo, avec pour commentaire : « Nous sommes tous des Sheyda ! »

Son père, convoqué au ministère de la Guidance, doit nier : « Photoshop, trucage, je n'en sais rien, moi ! » Il ne peut pas faire autrement. Sa famille la rejete. Quand le téléphone sonne chez eux, à Téhéran, c'est pour leur dire qu'ils vont recevoir un colis avec les seins coupés de leur fille.

Les jours passent. Elle est toujours en Inde et, délibérément, je ne lui parle plus de la photo. Le Net lui-même a fini par s'en lasser. Mais qu'en est-il du plateau d'organes coupés ?

Le Net, quel outil. Une comédienne iranienne bien plus âgée que Sheyda, une mère de famille posée, me dit que tous les six mois, elle est convoquée à la cour de justice de Téhéran. Tous les six mois, elle traverse, elle, la star respectée, un long couloir où sont assis des drogués édentés et décharnés qui, à sa vue, lèvent péniblement leurs bras menottés et lui adressent le V de la victoire. Tous les six mois, elle se met à côté du juge, celui qui a condamné le cinéaste Panahi, qui a décrété la fermeture de la Maison du cinéma, et ils visionnent ensemble sa galerie de photos sur Google. Les questions ne changent pas. Le juge clique sur une photo. La comédienne est à Cannes sans foulard. Pourquoi ? Aucune réponse ne peut convaincre le magistrat. Se montrer sans foulard, à l'étranger, est une offense au sang des martyrs. Cela mérite une autocritique – non, pardon, nous ne sommes pas en Union soviétique. Je me corrige : cela mérite un acte de repentir auprès des descendants des martyrs. «Ils ne se sont pas sacrifiés pour que des vous et des comme vous aillent dans des festivals du cinéma jouer avec notre *aberou* et manquer de considération envers notre culture.»

Il sélectionne une autre photo où elle est interrogée par une chaîne américaine et l'accuse d'œuvrer contre la sécurité nationale, l'intégrité du territoire et la permanence des institutions islamiques. La comédienne pleure, le juge continue. Il a l'embarras du choix. La troisième image la montre avec son mari, en train de trinquer. Sur la table, une bouteille de Coca Light. Le juge s'énerve : «Je sais très bien que vos verres contiennent de l'alcool.» Elle sèche ses larmes : «*Hadj agha*, je vous jure ce n'est que du Coca !»

Tous les six mois, cette comédienne rentre chez elle avec une amende de dix mille euros, une interdiction de sortie du territoire national et un an d'emprisonnement avec sursis. Au tout début, elle se faisait accompagner par son mari. Depuis la quatrième convocation, elle monte seule. Son mari, un peu rassuré, préfère rester dehors protéger sa voiture de la fourrière locale, aussi efficace que celle de Paris. Elle traverse le long couloir, d'autres drogués lui font le signe de la victoire, elle entre dans le bureau du juge, tire ses lunettes et son mouchoir. De nouvelles photos sont sélectionnées et décortiquées. Mais elle est moins tendue. Il lui arrive même de sourire. Alors, aussitôt, par des gestes imperceptibles, le juge lui fait comprendre que, dans son intérêt à elle, et dans son intérêt à lui, il faut qu'elle ait peur, qu'elle tremble, qu'elle pleure : « Vous êtes comédienne, non ? Jouez à la victime ! *Ils* adorent ça. » Le juge lui-même craint ces fameux *ils*, ceux qui, sur leur propre écran, contrôlent son écran à lui, lequel contrôle tous nos faits et gestes. La comédienne fait rouler des larmes dans ses yeux et saisit son mouchoir, qu'elle tord. Elle est une victime, elle joue à la victime et elle préserve ainsi son inquisiteur d'une possible accusation de complaisance envers une inculpée.

Quelques mois plus tard, elle est convoquée de nouveau, mais avec le metteur en scène d'un film où elle interprète le rôle d'une femme *tchadori*, laquelle brutalise sa propre sœur. Le juge, toujours discrètement « bienveillant », leur propose deux solutions : soit ils refont tous les plans mais sans le tchador – une femme voilée de la tête aux pieds ne peut pas être méchante, c'est inconcevable –, soit elle avoue, au tout début du film, qu'elle aime de tout cœur sa sœur et que, s'il lui arrive d'être abjecte, c'est par fatalité, adversité et infortune. La comédienne et le metteur en scène choisissent cette seconde

bouée de sauvetage et, après avoir pris congé de *hadj agha*
le juge, ils foncent directement au studio de mixage, enregistrent, en voix off, le plaidoyer de la femme, rédigé,
presque mot par mot, par le «nouveau dialoguiste» :
«Ah, si la vie n'était pas aussi dure, ah, si l'Amérique ne
guettait pas l'Iran, ah, si les gens observaient mieux les
préceptes de notre sainte religion, et d'autres ah encore...
j'aurais pu montrer à ma chère petite sœur combien profondément, malgré ma sévérité nécessaire, je l'aimais.» Je
crois que, à ce jour, le film n'a toujours pas reçu l'aval du
ministère de la Guidance.

Je sais que j'ai perdu Sheyda en route. Au moment où
j'écris, elle est encore en Inde. Mais dans notre livre, elle
vient de quitter l'Iran, savourant l'idée qu'un producteur
américain cherche à la contacter. Ce sont les vacances, elle
est à Ponza, une île où, selon les informations touristiques,
«des villas blanches, se découpant sur l'eau bleu marine,
évoquent la Grèce et où des chemins escarpés bordés de
figuiers de Barbarie et de plantes grasses rappellent la
côte nord de la Sardaigne.» La légende dit aussi que
Circé, la magicienne, était native de Ponza et que ce fut là
qu'Ulysse, subjugué sans doute par la beauté du site,
retarda – une fois de plus – son retour à Ithaque.

Ulysse, Circé, des villas blanches et l'azur de la mer
entourent Sheyda et Alex, lorsqu'elle reçoit un appel de
Londres, d'une femme qu'elle ne connaît pas. Un des plus
grands *directors* de Hollywood voudrait lui faire passer des
essais. Elle ne connaît pas son nom. Alex rit et rit encore.
Il lui récite une longue liste de films-cultes. Non, elle ne les
a pas vus. Dans les salles, impossible – aucun film améri-

cain n'a le droit d'être projeté en Iran –, et sur cassette la qualité est si mauvaise qu'il faudrait la patience de Job pour tenir jusqu'à *the end*. Elle ne veut pas interrompre ses vacances, renoncer aux villas blanches, à l'azur de la mer, à cette île qui retarda le voyage d'Ulysse. Elle promet de rappeler Londres. La dame lui demande juste d'enregistrer, en vidéo, quelques petits textes. Ça, oui, d'accord. Le même jour, elle les découvre sur son mail, dans un cybercafé qui s'ouvre sur l'azur de la mer. Ulysse lui-même eût apprécié.

Alex la filme, dans le jardin. « Trois séquences sans queue ni tête ! » autrement dit insignifiantes. Elle n'a jamais procédé à des essais, c'est sa toute première fois. Les propositions lui arrivaient sur un plateau : « Veuillez déguster ! » Là, elle joue le jeu mais ne prend rien au sérieux. Alex, pourtant, sait qu'elle est en train de franchir un pas immense, un saut, que dis-je, une performance comparable à certains records des jeux Olympiques – Mike Powell franchissant huit mètres quatre-vingt-quinze. Elle est la première actrice iranienne à faire le grand saut Téhéran-Hollywood.

Elle joue, mais comme dans un jeu d'enfant : jouer au docteur et à l'infirmière, administrer une piqûre, aïe, aïe, que ça fait mal ! Elle interprète le texte en anglais devant une caméra de rien du tout, entre deux grillades de poisson et une plongée sous-marine, sans y croire encore.

Ça y est, c'est fait. Ils ont l'enregistrement. Tout est dit, à la virgule près. Elle y a mis du sentiment aussi, à sa manière. Elle se définit comme une « actrice émotive ». Dans la carte mémoire de la caméra de rien du tout, elle a déversé toute son ardeur. À l'aide d'une clé USB, l'ardeur, l'émotion et tout le reste sont transmis à l'ordinateur. Ils se rendent au cybercafé. Ils ont l'adresse mail de la dame de Londres et il suffit de cliquer sur « envoyer » pour, comme dans le saut en longueur, se hausser sur la pointe des pieds et lancer la course d'élan. Alex appuie sur les touches « entrée », « OK », « expédier », « valider », go, putain, *go* ! Rien n'y fait. La vidéo ne passe pas. Ils interrogent les autres clients. En short, débardeur et tongs, des Suédois, des Anglais et des Italiens se penchent sur leur ordinateur, mais en vain. Le responsable, lui aussi en short, débardeur et tongs, y met du sien : effet zéro. L'ardeur de Sheyda a du mal à se transmettre à Hollywood.

Ils sortent et, sans un seul regard à l'azur de la mer, ils courent dans toutes les rues, à la recherche d'un magasin d'informatique. S'ils étaient dans le Nord, chez moi, il leur suffisait de traverser un champ de tournesols pour se fournir dans la petite épicerie.

Mais à Ponza, ils ne voient que des bouées, des bikinis, des cartes postales. La population de l'île est de trois mille quatre cents habitants et tous travaillent – s'ils travaillent – pour le tourisme. Il y a aussi des pêcheurs, oui, mais comment espérer qu'ils possèdent le matériel nécessaire pour compresser une vidéo ? Sheyda, qui nage bien – on lui avait naguère proposé d'accompagner l'équipe nationale féminine de crawl en Arabie saoudite –, pense se lancer dans la mer, atteindre un chalutier et demander au pêcheur dans un italien approximatif : *Compressere una video ? Si ?* Le pêcheur ne la prendrait-il pas pour une folle ?

Ils ont très peu de temps. Hollywood n'attend pas, n'attend jamais. Hollywood choisit les premiers arrivés. Pour un saut en longueur, elle serait sur la pointe des pieds et courrait déjà sur des appuis dynamiques. Elle est dans l'air, oui, mais la vidéo n'est pas passée et Ponza est dépourvue d'informaticiens. Effondrement, fin de rêve, planche mordue, saut déclaré nul. « Il faut faire tout son possible », c'est leur devise. Mais elle n'y croit pas vraiment, elle n'y croit plus. Ce saut en longueur est aussi un jeu, un élément de la *maya*. Ils sont dans une période taoïste et ils répètent, à longueur de journée : « Le Dao n'a ni début ni fin, ni passé ni avenir. Même ce moment est illusion. »

Enfin un atelier de photographie, le seul de l'île, et, comme partout, garni de combinaisons en néoprène, de masques, de palmes et de tubas. Il y a de tout, des photos des villas blanches et de la mer azur, mais aucun équipement informatique. Rien. Changement de tactique : « Nous allons leur envoyer une copie du CD », dit Alex. Elle est toujours sur ses appuis dynamiques et elle doit rester en l'air au moment de l'impulsion. Surtout ne pas renoncer au saut. Extension du corps vers le haut, puis lancer des jambes vers l'avant. Oui, oui, une copie CD. Le vendeur est capable de leur faire une copie, et même très vite.

Ils l'ont, mais comment l'envoyer ? Ponza, trois mille quatre cents habitants et que des touristes en short. Même pas un petit kiosque de DHL, pas de Fedex, rien du tout. Homère lui-même a défini cette île et ses semblables comme des « pays de chèvres et de porcs ». Le *prosciutto* et le *caprino fresco*, oui, d'accord, mais DHL et Fedex, pas question.

Alex doit gagner la terre ferme. Il monte dans le premier ferry, destination Anzio. Sheyda regarde le bateau s'éloigner. Elle pleure : quelques gouttes de plus dans la Méditerranée.

Plus tard, assis sur un siège et la main sur la copie CD, Alex aperçoit une côte embrasée, des collines en feu. Est-ce Anzio ? L'élément igné s'en mêle-t-il pour empêcher Sheyda de réaliser son saut ? Alex débarque. Il ne sait pas où. Il a un seul objectif, trouver le bureau DHL, ou d'un équivalent, et expédier le CD. Le reste est secondaire, le nom de la ville, les conditions météorologiques. L'apocalypse, d'accord, d'accord, mais après les formalités accomplies auprès du transporteur express. Il est sur le port et il voit, subitement, passer un véhicule jaune, avec les lettres DHL en rouge. Il lui court après : *Signore, signore, urgente !* Le véhicule ne s'arrête pas. Alex se trouve dans une ville sans nom, traversée par des vapeurs toxiques et une fumée noire. Les gens portent des masques – depuis quand sont-ils prévenus de l'incendie ? – et personne n'est en mesure de lui indiquer la chose la plus importante au monde, l'adresse du bureau DHL, ou de l'équivalent. Alex le trouve pourtant. Le bureau n'est pas fermé et un employé, *miracolo*, en tee-shirt jaune et rouge, lui fait remplir le formulaire d'expédition. Sa main tremble.

Il revoit Sheyda, sur ses appuis dynamiques, haut, très haut dans l'air, prête à lancer l'impulsion décisive. Elle n'est pas tombée. Hollywood est encore possible. Il entend le bruit du cachet d'expédition. Un, deux et trois. Le CD change de mains. Dans un film, Alex se serait appuyé au mur du magasin à enseigne jaune et rouge pour souffler un peu. À vrai dire, j'ignore ce qu'il a fait. Mais dans le livre, j'ai envie qu'il aille boire une bière, même si la ville est empestée et enfumée. Une bonne bière à la santé de Sheyda.

Mission accomplie, il regagne Ponza. Ils dansent, ils rient, ils font du bateau et ils discutent du taoïsme. Leur devise : « N'espérez pas, pour ne pas désespérer ! » J'ai étudié le chinois et je peux lire Laozi dans le texte. Il n'a jamais dit une phrase pareille, mais il aurait pu. Ma formation académique m'oblige à chercher cette citation chez d'autres taoïstes, Zhuangzi, Liezi, mais en vain. La parole la plus proche, tirée du chapitre 82 du *Daodejing,* serait : « Celui qui suit le Dao vit sans espoir et n'est jamais déçu. » Ils ont fait tout leur possible pour enregistrer et envoyer le CD et maintenant, selon l'enseignement du taoïsme, ils doivent pratiquer le « non-agir », le *wuwei,* le lâcher-prise, se garder de mettre le doigt dans l'engrenage des causes, dans le mouvement perpétuel de l'évolution naturelle, de peur de fausser ce mécanisme compliqué, inconnu et délicat. Dans ces jours de lâcher-prise, ils se jurent de ne rien dire à leur entourage, ni aux parents, ni à aucun journaliste. Ce sera leur secret, jusqu'à la fin du saut et la réception au sol. Mais comment se préparer pour un record du monde dans le silence, sans bruit ni tapage ?

Le cybercafé de Ponza devient leur stade, leur centre d'entraînement, le terrain du saut final. Ils y vont plusieurs fois par jour. Là, ils apprennent, sur l'écran, face à l'azur de la mer, qu'ils sont attendus à Londres pour un tout premier contact. Ça les arrange. Eux-mêmes doivent se rendre à Los Angeles pour la promotion d'un film avec un bel acteur et ils sont obligés de passer par Londres.

Le non-agir a agi.

Sheyda a un passeport iranien, autrement dit la peste, le choléra. Il suffit d'exposer ce passeport pour que les frontières se ferment. Pour un visa Schengen, les jeunes Iraniennes sont prêtes à se damner auprès du plus petit membre de la hiérarchie consulaire, le traducteur d'un attaché d'ambassade affilié aux services économiques, par exemple : «À toi mes seins fermes, ma peau fraîche, mes fesses bien remplies, prends tout et, en échange, fais-moi obtenir un visa ! »

Pour raisons professionnelles, Sheyda a un visa pour la zone Schengen et les États-Unis, mais pas pour l'Angleterre. Le plan initial du voyage ne prévoyait aucun passage sous Tower Bridge. Le douanier anglais est inflexible : «Pas de visa, pas de séjour autorisé à Londres, ne serait-ce que pour une seule nuit. »

Nous sommes dans le Midi. Sheyda rentre d'une promenade à pied avec une large brassée de mimosa. Elle les a cueillis dans la montagne, au-dessus de la maison. Elle les arrange à sa manière. Chaque chambre aura son bouquet, même le voisin aura le sien. Je la vois, à travers des longues branches jaunes, mimer, pour moi, la sévérité du douanier anglais.

Dans l'histoire, elle est de l'autre côté du kiosque vitré et persuadée que rien ni personne ne pourra l'empêcher de réaliser son grand saut. Et pourtant, son cœur bat. Et si

aucun charme n'opérait ? Si l'officier ne se laissait pas amadouer ? *Boum*, pas de saut, rien, aucun record du monde.
Je lui dis que cet officier me fait penser à la notion de
« vent contraire » et je lui rappelle nos livres d'histoire,
secoués littéralement par ce vent contraire, lequel s'abat-
tait sur l'armée iranienne et lui faisait perdre, quand ça
allait vraiment mal, tous ses combats, l'un après l'autre.
Nous apprenions par cœur quelque chose du genre : « Nos
vaillants généraux étaient sur le point de massacrer la
troupe ennemie, lorsqu'un vent contraire souffla sur eux,
les aveugla et les anéantit. » Sans le fameux vent contraire,
ni Alexandre, ni les Arabes, ni Gengis Khan, ni Tamerlan
n'auraient pu conquérir la Perse. Au XIXe siècle, le vent
contraire céda la place aux Anglais. La Révolution, la
guerre Iran-Irak, le tremblement de terre de Bam, en
2003, et même le coup d'État américain de 1953 n'auraient
pu avoir lieu, pense-t-on en Iran, sans l'intervention des
Anglais.

Sheyda se trouve justement devant un agent anglais qui
la scrute des yeux et tient son destin dans le creux de la
main : un tampon et elle poursuit son saut, elle se hausse
sur sa jambe d'appel, elle...
Elle est attendue à Los Angeles, « Tenez, regardez,
voici les cartons d'invitation, vous voyez bien que c'est
mon nom, marqué là en lettres dorées (elle pointe son
doigt par-dessous la vitre). J'y suis attendue pour la conférence de presse. » Elle tire de son sac, un CD : « Voici le
film. Vous pouvez y jeter un coup d'œil. Vous verrez que
c'est bien moi, l'actrice principale. » Le policier refuse de

prendre le CD. Il se voit mal lâcher son kiosque, se diriger vers un bureau privé et visionner un film iranien. « Un visa de vingt-quatre heures, pas plus ! » Et il tamponne le passeport. C'est toujours ça. Le vent contraire change de direction et, momentanément, renonce à s'opposer à mon héroïne.

Sheyda et Alex retrouvent la dame de Londres. Ils parlent du film et des acteurs. Les noms de Johnny Depp, de Brad Pitt et d'autres circulent. Elle croit rêver. En Iran, elle jouait avec un troupeau de moutons, un petit garçon, des acteurs aussi, par exemple celui qui est très beau, mais Johnny Depp en vrai, quel pied ! Après une heure ou deux de thé et de biscuits, la dame de Londres leur donne, enfin, le scénario.

Londres-Los Angeles, onze heures de vol. Ils commencent à le lire. Un *blockbuster*. Elle vole. Dans son saut en longueur, elle s'élève maintenant, tout son corps tendu, pour regarder loin devant elle. Elle se croit tout permis, même de préférer Johnny Depp à Brad Pitt.

Ce qui leur arrive est une faveur tombée du ciel, mais aussi un cadeau qui pourrait envenimer leur vie, ce qu'on appelle exactement un « cadeau empoisonné ». Jouer aux côtés d'une des plus grandes stars américaines, oui, oui, mille fois oui, mais que faire des cheveux ? Pourquoi les filles ont-elles des cheveux ? Ah, Amir et son crâne rasé ! Peut-elle suggérer au célèbre *director* de la faire jouer en Amir, la boule à zéro ?

La République islamique exige qu'elle les emmitoufle, les recouvre et les dissimule, ses cheveux, sinon il vaut mieux rester pour toujours en Californie, auprès des trois millions d'Iraniens expatriés. Si après ça elle rentre en Iran, qu'elle s'attende à tout ! Elle a tenu, jusque-là, à se montrer en foulard dans tous les festivals qui se déroulaient à l'étranger. Et maintenant, que faire si le célèbre *director* lui demande de jouer sans foulard, les cheveux à l'air ?

L'avion a décollé, on a servi le repas. Ils ont fini le scénario et ils planent. Elle tiendra le rôle d'une infirmière musulmane. Une infirmière, quelle chance, quel bonheur ! Une infirmière qui porte une coiffe. Exactement ce qu'il lui faut ! Un rôle sur mesure, sans risque de blâme ni de poursuite. Cette coiffe sera sa fierté, son atout devant les autorités iraniennes. Elle pourra leur dire : « Regardez-moi, j'ai même fait plier Hollywood ! »

Ils lisent le scénario à tour de rôle. À la fin, une heure avant l'atterrissage, ils sont tous les deux persuadés que le film ne pourra en aucun cas lui attirer des ennuis. Non, ce ne sera pas un cadeau empoisonné. C'est un cadeau tout court, fruit du non-agir. L'histoire telle qu'elle est écrite est même très anti-impérialiste, limite pro-islamique. Ils ferment leur ceinture et atterrissent dans la cité des Anges, là où les clichés assurent, à l'unanimité, que tous les rêves, en tout cas ceux liés au cinéma, sont permis.

Déception totale. Le gouvernement iranien vient d'interdire la projection du film qu'elle a tourné avec le bel acteur. Le message est clair : « Choisissez entre là-bas et ici ! » Le réalisateur renonce à là-bas, à Los Angeles, et rentre en Iran, où, finalement le film n'obtiendra jamais l'autorisation de sortie. Associé dans la production, il

devra pourtant payer les salles, rembourser les publici-
taires, dédommager le public. Fiasco.

Sheyda et Alex restent, ils sont déjà dans une autre
dimension. Elle a entamé son saut et son regard, s'élevant
loin devant, croise les collines de Beverly Hills où ils ont
rendez-vous avec le célèbre *director*.

Ils sont assis, sagement, dans les bureaux de la Warner.
Un secrétaire les prévient à intervalles réguliers du temps
qu'il leur reste à attendre : « Dans six minutes… Dans
quatre minutes… Dans deux minutes ! » Elle me dit, je ne
sais pas pourquoi, que c'est comme dans leurs restaurants,
lorsque la serveuse pose, sans attendre la réponse, toute
une série de questions : « Ketchup, moutarde, sauce vinai-
grette, barbecue, pain aux céréales, aux olives ? »

« Veuillez entrer ! » Fauteuils en cuir, moquette moelleuse, lumière tamisée, et le *director* plus qu'affectueux.
Que demande le peuple ? Sheyda et Alex quittent le metteur en scène rassurés. Ils ont l'impression que ça y est,
que c'est fait, qu'elle a le rôle. Le soir, un secrétaire les
appelle et fixe une date pour une première lecture.
D'autres séances suivront.

À Los Angeles, ils sont par-ci, par-là, tantôt dans les
bureaux *hip* de la Warner, sympathisant avec le *director*,
tantôt chez la tante bahaïe de la mère de Sheyda, une
femme très croyante et très ordonnée, au point que les
vagues de sa piscine, de peur de la décevoir, flottent à un
rythme ultra-régulier. Ils sont hébergés aussi par une amie
très généreuse qui accueille tous les réfugiés, et parmi eux
les quatre garçons d'un groupe underground, Hyper-
Nova. Ils vont même chez les concessionnaires automo-

biles iraniens. Elle adore les belles voitures et, en caressant la portière d'une Mercedes, qu'elle appelle simplement «Benz», elle se demande : «Au fait, pourquoi pas ?» Sauf qu'elle n'a pas encore été engagée. D'ici là, elle doit se contenter d'une Golf de location.

L'ayant reconnue, le patron de Los Angeles Mercedes-Benz, un Iranien de Tabriz, met à sa disposition une berline gratuite, comme ça, par sympathie, par admiration, en persan nous disons «pour la fleur de son visage». Elle aurait préféré un bulldozer, mais une Mercedes, c'est toujours mieux que leur maigre Golf. Le métal des roues : un miroir. Dommage qu'elle ne se maquille pas. Autrement, elle se serait agenouillée sur l'asphalte, elle aurait approché ses lèvres du disque étincelant de la berline et dessiné ses lèvres, en s'y regardant, en rouge. Elle s'installe à l'intérieur et remplit ses poumons, comme on le fait avec l'air printanier, de l'odeur du cuir neuf, du cuir zéro kilomètre. En Iran, toutes les voitures sentent le gazole.

Ah, le gazole, justement, ça commence à bien faire. Deux mois et demi sans gazole, sans angoisse d'arrestation, sans les soirées où l'on risque tout, sans les enregistrements en sourdine, dans des pièces de fortune. Elle n'a jamais été aussi longtemps loin de l'Iran et elle commence à s'ennuyer grave.

Il y a pourtant la Mercedes et l'euphorie de conduire sur les *highways*, entre la Warner, l'appartement-refuge de la copine, la maison astiquée de la tante et le magasin d'automobiles du bienfaiteur. Deux mois et demi de va-et-vient sur les autoroutes californiennes. Et enfin, un dernier tour au bureau de la Warner où une petite fête lui souhaite, officiellement, la bienvenue dans le projet. Dorénavant, elle fait partie des leurs. Ça y est. Elle les remercie avec retenue, comme un sage taoïste qui reçoit le fruit de sa non-action, de sa non-espérance. Pourtant son corps, malgré elle, se prépare encore au saut, au lancer de la jambe libre, au soulèvement brutal des épaules...

D'autres lectures du scénario l'attendent. Entre-temps, ils prennent leur berline – j'ignore quelle en était la couleur, mais je la vois blanche – et ils roulent vers le Nevada. Montagnes, forêts, lacs, déserts, pop-corn et sandwichs, tout est grand, surdimensionné. Elle se rappelle son enfance, les tickets de rationnement, l'embargo sur l'essence, les coupures d'électricité. Elle est définitivement dans un autre pays. Ils achètent de l'eau, une tente, des CD et se rendent au Burning Man Festival où elle n'est plus dans un autre pays mais carrément sur une autre planète : camions-rhinocéros, voitures-gâteaux, dortoirs-pantoufles, abris en hérisson, corps devenus statues, cathédrales en fleurs, motos-saxophones, hommes-ballons, femmes-chauves-souris. Sept jours pendant lesquels, loin du monde extérieur – pas d'électricité, pas d'argent, aucune connexion –, ils tentent une autre vie. Ils y rejoignent un groupe d'Iraniens qui deviennent des «amis à vie». Sept jours de tutoiement avec le soleil : «Tu te lèves, je me lève. Tu te couches, je me recouche!» Sept jours de danse jusqu'à «ne plus distinguer les bras des pieds», d'ivresse de tous les sens. Sept jours sans aucun vent contraire, et pourtant ça souffle fort dans le désert du Nevada.

Le huitième jour, après le bûcher du géant de bois, ils

rebranchent leur portable, et là, une suite de messages leur annoncent des problèmes, des catastrophes, la présence d'un vent vraiment contraire. Dans le saut, elle avait soulevé ses épaules et ses bras pour s'alléger et se lancer au maximum de l'impulsion. Mais voilà, le vent contraire de tous nos livres d'histoire souffle dans sa direction. Nos contemporains diraient que c'est la faute aux Anglais. En fait, il s'agit de l'embargo américain qui interdit toute transaction commerciale ou financière avec l'Iran. En qualité de citoyenne iranienne, résidant en Iran, elle ne peut être engagée par aucune compagnie américaine. Les messages sont répétés sur tous les tons, par différentes voix.

Elle se voit au seuil de la mort, dans les secondes qui précèdent l'extinction, les dernières lueurs. Elle voit, comme au cinéma, toute sa vie. L'alerte rouge : elle est recroquevillée dans l'abri, sous les escaliers de la maison étroite, elle sursaute et compte le nombre de bombes déversées sur un quartier pas si loin de chez eux. Elle se voit, dans leur salon, cherchant le monsieur au pantalon jaune moutarde, son futur beau-père, condamné à mort. Elle voit son père fouiller tous les tiroirs à la recherche d'un titre de propriété pour prouver encore une fois, devant la justice, que leur maison leur appartient vraiment. Elle voit son père interdit de travail, au chômage, devant des mots croisés. Elle voit la milice fracasser, sur le trottoir, le violoncelle d'une amie.

Elle a tout ce passé en elle. Mais le présent, sous le ciel des États-Unis, n'est pas plus clément. En Iran, les artistes sont soupçonnés, poursuivis, maltraités et les mêmes, lorsqu'ils arrivent en Occident, dans le berceau de la

démocratie, sont griffés et écorchés par les sanctions :
« Tu ne travailleras pas ! »

Maintenant que je la connais – ou crois la connaître –, je
sais comment elle peut réagir à une déception amoureuse
– la froideur du désigné au téléphone un certain jour – ou
à la perte d'un proche – celle de son metteur en scène
modji par exemple. Elle se tord, elle noircit et elle enlaidit.
Ses yeux mêmes deviennent tout petits, minuscules cavités
sombres. Mais là, elle me dit, sur le ton du petit voyou que
je lui connais par ailleurs, qu'elle osa s'enhardir, qu'elle se
redressa, qu'elle devint une combattante. Marcher sur les
pas de Jeanne d'Arc. « Ma guerre commença ce jour-là ! »

Les mots de son enfance, toujours les mêmes, comme
un disque rayé, sonnent à ses oreilles : « Untel ne peut
pas monter sur scène, une autre est interdite de publication... » Elle est aux États-Unis d'Amérique et la même
phrase revient : « Tu n'as pas le droit de tourner ! »
Les sanctions économiques visent les moteurs d'avion,
les sacs de blé, mais pas une actrice... Elle est férocement
déterminée : « Embargo de merde, tu ne m'auras pas ! »
Sur le chemin du retour, elle évite de regarder le coucher du soleil. Autre chose à faire. Le tournage commence
dans vingt jours. Elle a une semaine pour devenir rési-
dente d'un autre pays. Elle pense au Qatar. Là-bas ça doit
être plus facile qu'en Europe. Mais ça ne marche pas. On
lui apprend que tous les avocats de Hollywood sont mobi-
lisés, qu'elle commence à coûter cher et que la direction
de la Warner a, déjà, trouvé une remplaçante. Elle ne plie

pas. Quelqu'un, à coup sûr, trouvera une solution. Elle n'a pas renoncé à son grand saut. Elle est au sommet de l'impulsion et, bientôt, elle va griffer le sol, le sable. S'il y a quelqu'un qui griffe, c'est elle, et non pas le rapace de l'embargo. « Je serai plus forte que toutes vos lois ! »

La dame de Londres s'en veut de l'avoir choisie : « Quelle erreur cette *cup of tea* ! » Les numéros un, deux et trois de la Warner veulent voir l'erreur, cette empêcheuse de tourner rond, cette empêcheuse de tourner tout court. Ils la convoquent. Au terme de la réunion, ils sont plus décidés que jamais à l'engager. Le *director* lui-même conclut en jurant que seul Bush pourra le dissuader de renoncer à Sheyda. Un membre très influent, très haut placé du State Department, un ami d'un ami d'un ami, se charge personnellement de débloquer l'affaire, à Washington. Après son intervention, le ton change à Hollywood, les avocats deviennent aimables et promettent, *for sure*, de trouver, *as soon as possible*, une issue. « Exception culturelle », voilà. Elle sera engagée par la succursale de la Warner à Londres, qui par sa domiciliation peut déroger au blocus, en qualité d'exception culturelle.

Elle a gagné, mais elle a agi. Elle a remué ciel et terre, elle a même réveillé, in extremis, une princesse qatarie, rencontrée lors d'un festival : « Un titre de séjour avant l'aube, est-ce possible ? – *La, la, la, la...* » Une série de négations en arabe. Fin de la conversation. « Dao, me pardonneras-tu ? » Elle se promet, une fois que tout sera fini, quand Jeanne d'Arc aura déposé son armure, quand le grand saut sera accompli, de revenir au non-agir taoïste.

Le tournage a lieu au Maroc et elle... Elle quoi encore ?
Elle n'a pas de visa, voilà. Gloire au passeport iranien !
Le célèbre *director*, ami du souverain chérifien, appelle
l'ambassadeur du Maroc. Celui-ci utilise une des photos-
souvenirs de Sheyda – pas celle où elle conduit un cup-
cake à la vanille au festival Burning Man – et en fait une
photo d'identité conforme aux exigences consulaires. Il
tamponne et signe. « *You-you-you ! Al-Maghrib yorahib !*
Bienvenue au Maroc ! »

La veille du tournage, elle a rendez-vous, dans son
hôtel, avec son partenaire, la méga-superstar. L'accès à
son étage est bloqué par la sécurité. Elle a tous les passes et
des accompagnateurs, des « bols plus chauds que la
soupe », des gens payés pour te foutre la trouille, l'es-
cortent pas à pas. Dans l'ascenseur, son cœur se débat
bruyamment, sous sa chemise, comme un oiseau se
cognant à une vitre. « Chut, tais-toi, ils vont croire que j'ai
peur, que je suis impressionnée. » La porte s'ouvre. Nouveau personnel de sécurité, nouveaux contrôles. Jusqu'où
ça ira ? Dieu lui-même ne se cache pas à ce point-là. On la
laisse s'avancer. Elle frappe à la porte. Un serveur ouvre.
La voici dans un grand salon. Le *director* – elle commence
à l'appeler par son prénom – se lève et s'avance, souriant. Il
est le verre d'eau fraîche que réclament ses lèvres assoif-
fées. Puis, c'est le tour de la méga-superstar, « un être
simple, un homme ordinaire, barricadé dans une suite, au
dernier étage d'un hôtel. C'est ça la célébrité ? ». Ils commencent, bientôt, à travailler. Grâce à elle, l'infirmière, qui
était d'origine arabe, devient iranienne et cite des poèmes
de Hafez.

Premier jour de tournage. L'accès au plateau est interdit sur un périmètre d'un kilomètre. Gardes du corps, vigiles, policiers, civils avec talkie-walkie, rien ne manque. Elle arrive. Sa doublure et quatre caméras l'attendent. Soudain, elle est en Iran avec l'unique caméra, en face de la bergère aux mains crevassées par le froid, de la mère au poignet tailladé par le verre, en face d'elle-même.

Tout le monde est là, toute l'équipe du film mais aussi le producteur, les avocats, et même les distributeurs. Ils veulent la voir, voir de quoi est capable cette fille venue tout droit de l'«axe du Mal». Ils filment la scène de la clinique. Au *cut* final, tout le monde applaudit. Elle est fière, elle garde la tête haute. Elle pense avoir défendu son pays. Ce tournage est aussi une façon de leur dire : «Voyez de quoi vous vous privez en continuant à nous boycotter, à nous rejeter, à nous diaboliser ! »

Deux mois et demi de tournage, d'amitié et de fraternité avec la superstar. Baignades, jet-ski, volley-ball, dîners, promenades, sorties en boîte, claustration dans un carré VIP, d'où ils ne voient que le postérieur des gardes du corps. Elle est de Téhéran, lui de New York. Mais ils se parlent. Il est préoccupé par l'environnement, elle lui suggère de porter un masque et d'assister au Burning Man. «Vas-y, ça te fera du bien ! » lui lance-t-elle de son siège entouré de *men in black*.

Un jour, ailleurs, elle lui demande ce qu'il veut être dans la vie. Et il répond : «Un bon acteur ! » Pour elle, c'est une révélation. Elle joue depuis l'âge de quatorze ans et elle a toujours considéré le cinéma comme une «arme

froide », un langage de combat, un chemin vers la libération. Mais jamais comme un métier, comme un but en soi,
un idéal. On peut donc simplement désirer être un bon
comédien. Si elle était croyante, elle pourrait prier pour le
devenir. « Un bon acteur, c'est comme Einstein, le sommet
du sommet. » Et elle ne l'avait pas encore réalisé. Merci.

Peu à peu, elle prend possession de son personnage.
Elle le connaît mieux que tous. Une Iranienne entourée
d'Américains, n'est-ce pas un peu son histoire ? Ils lui font
confiance. Un doute, un refus, un petit « mais non » dans
sa bouche suffit pour que l'infirmière agisse autrement.
Elle n'a qu'à dire, du bout des lèvres, sans insister : « Une
musulmane pratiquante ne serre pas la main d'un homme »
et, immédiatement, assistants, scénaristes et le *director* lui-
même l'entourent pour se laisser conseiller. Quand le journaliste, incarné par la superstar, veut serrer la main de
l'infirmière, elle s'esquive et elle lève craintivement, le
regard vers la terrasse de sa mère, puis vers les terrasses de
ses voisines et les terrasses de toutes les croyantes. Elle est
observée. Des femmes voilées veillent à ce que la main
d'un homme, d'un mâle, ne touche pas celle de la bonne
petite musulmane. Un petit geste d'adieu devient un sacri-
lège, un *big deal*, une limite à ne pas franchir. Tu serres la
main d'un homme et tu vas direct, sans escale, en enfer.

Dans le saut, elle projette ses jambes et ses bras vers
l'avant, vers le point de chute. Record mondial battu :
première actrice iranienne venue directement de Téhéran
filmée par Hollywood.

Nous sommes toujours dans le Midi. Ses mimosas ont
envahi la moitié de mon bureau. Elle va sur YouTube et

me montre un extrait de ce film. Assise au bord de la mer, elle doit caresser le cou de son partenaire. Elle se rappelle : les quatre caméras, sa doublure, Alex, la fiancée de la superstar, le *director*, etc., tous sont là. Mais elle ne peut pas toucher un homme face à la caméra. Derrière elle, dix ans de cinéma iranien, des rôles ethniques, physiques, psychologiques, mais jamais le bout du bout d'un doigt sur un corps d'homme. Jamais. La caméra qui lui a donné naissance ne l'a pas dressée pour ce genre d'effleurement. Elle sait que ce n'est rien, juste un doigt sur un cou. Mais ça lui semble grave, comme si un enfant, à peine éloigné de sa mère, se mettait, soudain, à fumer.

Elle n'a jamais dissimulé quoi que ce fût à la caméra. La caméra est le réservoir où elle déverse son cent pour cent, la caméra est son refuge, sa maison éternelle, sa mère, une mère surtout. Toucher le partenaire c'est comme fumer devant la mère, devant les yeux noirs de la mère et même pas à son insu. Sheyda n'y arrive pas.

Lorsqu'elle me montre cet extrait, finalement coupé au montage, je ne comprends pas pourquoi, de tous ses films, son choix s'est posé justement sur ce passage, dans lequel, après une lutte intérieure, elle effleure, à peine, la main de son partenaire, et puis son cou.

Ce jour-là, devant moi, à la campagne, elle se met à pleurer. Un ami qui arrive à l'improviste nous aperçoit, enlacées. Il reste sur le seuil de la porte, sans oser rentrer. « Ce n'est rien, ce n'est rien ! » lui lancé-je. Il me tend une botte de salade sauvage, des *repountchous* en occitan, et s'en va, confus, sans insister. Elle se mouche, puis elle ajoute : « Mon but, pour ce livre, était d'arriver là, à cet instant où une vie bascule ! » Son image s'est figée sur l'écran. Elle montre les yeux de l'infirmière et me dit qu'elle ne pourra plus jamais avoir ce regard, qu'après son retour en Iran et les sept mois d'interrogatoire, quelque chose, dans son regard, a définitivement changé.

Quand elle dit : « Ma vie bascula à cet instant » – l'infirmière effleurant le journaliste –, je ne la comprends pas encore. Pour Sheyda la caméra-mère, aimante et protectrice, garante de son *aberou*, va dorénavant laisser la place à l'objectif-amant, capricieux, instable, mettant à chaque plan son *aberou* en jeu.

Me débattant contre les branches de mimosa et ne sachant que faire de la botte de *repountchous*, j'interromps notre séance de travail. Mais aujourd'hui, je voudrais tellement l'interroger : « Et si c'était à refaire ? »

Un jour, sa mère au téléphone lui demande si elle a tourné pour Hollywood. Elle nie. Sa mère insiste, des rumeurs courent dans tout Téhéran... Sheyda dément. D'ailleurs, elle a exigé, par contrat, que son nom soit divulgué au tout dernier moment. La Warner a accepté. Sauf qu'un Iranien faisant partie de l'équipe a appelé quelques amis à Téhéran et que, comme le dit une expression persane, « les murs ont des souris et les souris ont des oreilles ». Elle rassure sa mère : « Nous rentrerons bientôt. Cette année, les vacances ont été un peu plus longues, c'est tout. »

Sheyda veut annoncer elle-même son exploit hollywoodien, son grand saut en longueur, et pourquoi pas lors d'une conférence de presse, avec toute sa panoplie : table longiligne, drapeau de l'Iran, bouquet de fleurs, photo du Guide, gâteaux et jus de fruits. Elle en est si fière. Elle n'a jamais mal agi, jamais. Elle a partout, presque toujours, respecté le *hedjab*. Son personnage aurait pu être l'héroïne de n'importe quel film antiaméricain, tourné en Iran, et le scénario aurait eu l'aval de tous les ministères, de la Guidance, des Renseignements, et même de la Maison du Guide, lequel, on le sait, est très sensible aux intérêts de l'islam dans le Moyen-Orient.

De ce point de vue, son personnage est irréprochable. Le Guide lui-même pourra voir le film. Elle est à deux doigts d'imaginer que le régime va la remercier : un simorgh d'honneur pour la récompenser d'avoir artistiquement œuvré pour la stabilité de la région, coiffée du bonnet d'infirmière ou voilée d'un foulard, sur tous les plateaux de tournage, pendant les cent vingt-huit minutes du film. Elle dit, avec son accent de voyou : «Que mon souffle soit chaud, longue vie à moi, *damam garm !*» Elle a vraiment réalisé une performance et elle rentre au pays, la médaille olympique au cou, sur la plus haute marche, l'air de dire : «J'ai sauté pour vous !»

De retour à Téhéran, elle est gonflée comme un ballon, comme une femme enceinte. Elle porte un message à ses confrères, à son père, à tous les acteurs : «Non, nous ne sommes pas RIEN. Là-bas, il ne faut pas se sectionner le poignet pour attirer la confiance du réalisateur, il ne faut pas exposer, des heures entières, ses mains au froid pour qu'elles rougissent, gonflent et donnent l'impression d'avoir été piquées par des milliers d'aiguilles. Là-bas, nous ne sommes pas au service du chef-opérateur et de l'ingénieur du son. »

Dans mon bureau à Paris, elle se lève, arpente la pièce, délimite un plateau de tournage imaginaire, situe la caméra, le micro, les assistants et le réalisateur, puis elle me décrit une scène où elle doit pleurer. Action. Elle secoue violemment la tête, se griffe le visage et les larmes coulent. Le chef-opérateur intervient. *Cut.* Il s'approche de Sheyda et chuchote à son oreille, sans que le réalisateur n'entende : « Shidi *djan*, peux-tu moins remuer ? Tu sors du cadre ! » Action. Elle réduit ses mouvements, érafle ses joues et réussit de nouveau à pleurer. Cette fois, l'ingénieur du son baisse la perche. *Cut.* Il avance, lui aussi, vers Sheyda, et murmure – autour de dix-huit à vingt décibels, tout se mesure en décibels pour ces techniciens-là – à l'oreille de l'actrice et à l'insu du réalisateur : « Shidi *djan* peux-tu te lamenter plus fort ? Je n'ai plus le micro directionnel. Que je me meure pour ton beau visage, fais un petit effort pour moi ! » Shidi *djan* réduit les oscillations de sa tête, lance plus fort sa voix, pleure intensément et joue. *Cut.* On arrête tout. Insatisfait, le réalisateur exige une quatrième prise.

Elle a fini son imitation et ajoute qu'au Maroc le silence du chef-opérateur et de l'ingénieur du son la déconcertait sérieusement. Représentait-elle, à leurs yeux et à leurs oreilles, une moins que rien, inapte à être corrigée ? Un jour, elle finit par aller les voir : « *Alexander, do I take place correctly ?* » Il la fixe de ses yeux bleus : « *What ?* » Elle pense s'être mal exprimée. Son anglais serait-il défaillant ? Elle répète sa phrase. Le chef-opérateur semble très confus. Elle s'en va, se disant que son travail doit, globalement, satisfaire le bel homme aux yeux bleus. Même chose avec l'ingénieur du son : *« Bob, do you have my voice clearly ? »* Il n'est pas sourd, mais lui aussi lui fait répéter sa phrase.

Dix micros, quatre caméras, une doublure, une *green room*, avec douche et peignoir en velours de coton, sofa et bar, un bar rempli de fruits, de jus, de chocolat et de biscuits : tout ça, bon sang, juste pour un acteur. « En Iran, quand tu tournes à l'extérieur et que tu veux te reposer, on te fait asseoir sur le trottoir, au bord du caniveau. Une chaise en fer, c'est le summum, le grand maximum. Et si tu as soif, l'épicier du coin se fera une joie de t'apporter une bière non alcoolisée ! »

Alors que la caravane de... (elle appelle la superstar par son diminutif)..., on dirait la tente de Kadhafi ! « Ils avaient fait venir un cuisinier, pour lui, de Los Angeles ! »

À ses collègues en Iran, des RIEN comme elle, elle veut dire que là-bas, aux États-Unis, les acteurs ont de la valeur et sont traités comme des chefs d'État : voyages en première classe, suites dans des palaces, voitures avec chauffeur, médecin personnel. Elle veut leur dire qu'il suffit qu'un acteur dise aïe pour qu'une clinique se mobilise. Oui, un acteur a le droit de dire aïe, le droit de souffrir, le droit même de tout arrêter.

Rien à voir avec ses propres tournages qui duraient quarante-huit heures d'affilée, sous la neige. Elle se rappelle ses pieds gelés par le froid. Rien à voir avec son appel au secours : « Pitié, laissez-moi dormir ! » et la réponse du metteur en scène qui, pour tout remède, lui offrit son propre regard : deux minutes d'«œil dans l'œil» contre une semaine de sommeil. Rien à voir non plus avec son rôle de mère gazée, dans lequel elle sectionna, délibérément, pour montrer sa loyauté à son réalisateur, le poignet de sa main droite et assista, passivement, à la lente crispation de son autre main. Des mains de pianiste paralysées au service du cinéma de guerre. Rien, mais vraiment rien à voir avec le comportement de celui-là qui la guérit, sans les pompiers et les médecins, juste en écartant son foulard et en caressant, contre les interdictions islamiques, le front de sa muse – «De bas en haut», précise-t-elle –, favorisant ainsi l'éclosion de la main gauche, comme un bourgeon, comme une rose.

Quant à la *wrap party* du film américain, dans un palais éclairé de bougies avec au milieu un bassin digne des *Mille et Une Nuits,* là non plus rien à voir avec les fêtes de fin de tournage en Iran où, dans le meilleur des cas, le producteur invite l'équipe dans un *tchelo kababi*, une rôtisserie bas de gamme, pour qu'elle engloutisse à la va-vite des brochettes carbonisées sentant le gras et l'amidon.

Elle se compare à Zarathoustra dans l'œuvre de Nietzsche, un sage resté solitaire durant longtemps et qui décide de redescendre de sa montagne parmi les hommes pour leur enseigner la sagesse acquise.

La sagesse que Sheyda a acquise est simple : «Nous ne sommes pas rien ! Nous nous donnons corps et âme (l'expression est employée à sa juste valeur), et, en contrepartie, nous ne réclamons rien. Nous essayons de faire passer tout le sentiment que le cinéma exige à travers une caméra défaillante, un micro d'un autre temps, et en retour nous sommes exposés à la menace, à la terreur ! J'étais enceinte de toutes ces informations ! Je voulais dire que là-bas, notre importance, à nous les acteurs de rien du tout, est telle que des milliers de figurants doivent en cinq minutes gagner leur place. Pour quoi ? Pour que nous, acteurs de rien du tout, nous ne nous fatiguions pas.» Cinq minutes pour la mise en place des figurants, quatre caméras, dix micros, une doublure, quatre hélicoptères, pour qu'un homme ou une femme soit au meilleur de sa forme au moment, presque sacré, de jouer.

Une sagesse nouvelle que Sheyda a acquise : jouer a de l'importance. Des centaines de personnes sont mobilisées, là-bas, « sur la montagne de Zarathoustra», pour qu'un acteur puisse bien jouer. Des sommes faramineuses, des dizaines de millions de dollars, sont versées aux acteurs pour les élever dans les hauteurs du ciel et les traiter comme des étoiles.

L'échelle est longue. Que de barreaux pour monter de rien aux étoiles !

Elle revient sur la scène où, dans le film américain, elle ne peut pas toucher son partenaire devant la caméra, alors que la veille elle faisait du jet-ski avec lui, en maillot. « Où suis-je, que m'est-il arrivé ? » Elle s'interroge. Trois ans séparent cette scène d'un film dans lequel elle est une danseuse du ventre et d'un autre où elle incarne une femme violée. Dix prises de vues pour que la caméra enregistre toute la scène du viol sans perdre une once de douleur sur son visage, et surtout sur son corps.

Elle dit qu'elle n'est plus la même personne. Elle revient sur la photo diffusée sur le Net, cette « satanée photo » sur laquelle elle se présente torse nu. Elle dit que dans son pays – dans mon pays –, une actrice doit dissimuler son corps, un musicien doit composer des chants révolutionnaires, un danseur doit pratiquer des mouvements harmonieux. Pas d'autre issue, pas d'autre choix.

Son message, la sagesse de Zarathoustra, ébranle cet ordre. Alors on dégonfle, par tous les moyens, le ballon qui fait *pfitt*. On fait avorter la femme enceinte. Elle dit même, réminiscence de sa période chrétienne, qu'on la « crucifie ». Elle fixe l'écran de mon ordinateur et ajoute : « Si j'étais rentrée la tête basse et désolée, mortifiée, saccagée, rien ne serait arrivé. On m'aurait laissée vivre dans mon pays et continuer à jouer, à être RIEN… »

Elle dit ça mais elle dit aussi, comme une fille qui défend sa mère, après avoir déclaré que celle-ci l'a laissée grelotter dans le froid, qu'elle ne s'est pas occupée de son sommeil, ni de sa fatigue, qu'elle n'a pas remplacé ses draps, ni son matériel scolaire, que cette mère est celle-là même qui fait ses valises pour applaudir son enfant à Cannes, à Berlin et à Los Angeles. Celle qui au retour de ces voyages n'a qu'une hâte : garnir victorieusement toutes les tables du salon des trophées de son enfant. Une mère sévère mais une enfant au talent immense.

Elle me résume tout en trois formules : « Iran : moyens nuls, artistes déconsidérés, dépréciés, dénigrés. France ou Europe : moyens faibles, artistes considérés, appréciés et respectés. Hollywood : moyens immenses, artistes super-considérés, super-appréciés, super-respectés, avec des "super" partout, comme dans leurs sandwichs, dans leurs immeubles et dans leur vie. »

La proscrite

J e me rappelle avoir croisé Sheyda dans un café, alors
qu'elle était de passage à Paris et devait retourner au
Maroc pour la fin du tournage. Elle me dit que «son
cœur se serrait» pour l'Iran, qu'elle voulait rentrer là-bas
le plus vite possible, retrouver les gardiens de la Révolution, oui, et même la milice. Elle contracta ses yeux et sa
bouche, resserra ses poings en les remontant au niveau
de ses joues – comme on le fait devant un bébé à cro-
quer – et elle ajouta : «Ah, mes *pasdaran*!»

Un mois plus tard, elle foule la neige de l'aéroport de
Téhéran en athlète vainqueur : Mike Powell, huit mètres
quatre-vingt-quinze, record du monde, Téhéran-
Hollywood, le grand saut. Et pourtant, le régime de
«ses» *pasdaran* lui a réservé un beau paquet de sur-
prises. Elle n'a qu'à fermer les yeux et piocher à sa guise.

D'abord ils interdisent la projection de son dernier film.
Son partenaire, le bel acteur iranien, y joue le rôle d'un
chanteur qui doit affronter différentes interdictions : pas
de studio, pas de public, pas d'album. Privé de scène, il est
contraint de se produire chez des particuliers, où il accepte

un premier joint et, vite, passe à de fortes doses d'héroïne. Le film, qui avait pourtant obtenu l'autorisation de tournage, se voit maintenant privé de festival. Ordre du ministère de la Guidance, à moins que... à moins que Sheyda, en post-production, ne fasse dire à son personnage que le chanteur a été interdit de scène à cause, précisément, de son addiction à la drogue.

La phrase est ajoutée. Elle agit comme un sésame et la direction du festival de Téhéran accepte finalement de projeter le film. Mais il lui faut une troisième autorisation, celle d'accès à l'écran. La Guidance fait une fixation sur le prénom du personnage et le long manteau qu'il porte, un *aba*. En effet, le prénom qui pose problème est celui du Guide suprême en personne, et l'*aba* le vêtement distinctif des religieux iraniens, leur soutane en quelque sorte. La Guidance est ferme sur ces deux points : « Trop de coïncidences ! » Aucune tentative d'explication ne les fléchit. Même si la moitié des shiites portent ce prénom, même si l'*aba* est ce long manteau que tous les grands-pères jettent sur leurs épaules décharnées avant de déambuler dans leur intérieur mal chauffé tout en injuriant les Anglais, véritables et seuls responsables des malheurs qui s'abattent depuis toujours sur l'Iran.

« J'étais présente quand le metteur en scène a demandé un vêtement, quelque chose de large. Un assistant est revenu avec un *aba*. Il n'y avait là rien de prémédité. Mais *ils* y ont vu un affront aux religieux ! Un affront ! »

Les fameux *ils*, ceux qui commençaient à lui manquer.

Il fait froid. Le foulard protège ses oreilles de la bise. L'Alborz est enveloppé de neige. Le metteur en scène du film avec le bel acteur est au plus bas et elle, qui n'a encore rien révélé de son aventure hollywoodienne, savourant l'arrière-goût de son tournage, la *wrap party* célébrée dans un palais des *Mille et Une Nuits*, survole les cimes. Le sommet du Damavand, à soixante-six kilomètres de Téhéran ? Non merci. Cherchez-la plutôt du côté de l'Everest, ou de l'Annapurna. Là peut-être vous aurez une chance de l'apercevoir, adossée à quelque paroi mythique. En chinois, l'Everest est d'ailleurs appelé « déesse de l'Univers ». En tibétain, « Déesse » tout court. Elle est encore là, sur les hauteurs, quelque part, elle plane, inconsciente de son destin bouleversé.

À Téhéran, elle continue pourtant à piocher dans sa besace de malheur. Un autre film, dans lequel elle conduit une moto, vient d'être interdit d'écran. La Guidance n'a pas apprécié, voilà. Aussi simple que ça. Le Ministère pourra, à la limite, fermer les yeux sur la moto mais pas sur une femme déterminée, émancipée, indépendante. Sheyda doit encore ajouter une phrase – vive la post-production – pour amollir le caractère de son personnage, le rendre hésitant, dépendant, faible.

Autre mauvaise pioche : la Guidance, encore elle, barre son nom dans un nouveau projet.

Le film américain, source de ses soucis. Elle prépare tout un dossier et se rend à la Guidance islamique. Son interlocuteur est un *Homo islamicus* de chez *Homo islamicus*. À quoi ressemble-t-il ? Elle a du mal, maintenant, à se rappeler son visage. Elle ajoute pourtant : « Mais à force de côtoyer les artistes, quelque chose dans son attitude s'était affiné. C'est lui qui m'a dénoncée. Tout est de sa faute. Pot d'chambre, sous-merde, vieille fiente... »

Elle se tient face à ce pot d'chambre, cette sous-merde, et déballe les photos du tournage. Elle a respecté, presque partout, le *hedjab*, ce fichu qui protège les cheveux des femmes, et par là leur honneur, de la libido perpétuellement menaçante des hommes. Le censeur qui, selon les préceptes islamiques, ne la regarde jamais en face, porte ses yeux sur une photo de Sheyda coiffée d'un bonnet d'infirmière et de la méga-superstar. A-t-il vu son film aux recettes explosives ? Et s'il l'a vu, dans quelle version ? Celle, doublée en persan, où les amoureux sont frère et sœur ?

Dans ce nouveau rôle, celui de la suspecte, de la traîtresse et de la renégate, Sheyda agit comme une novice. La rencontre avec le censeur, son baptême du feu. Quand, le cœur battant, elle lui montre une ou deux photos d'elle dévoilée, il la rassure : « C'est bien, c'est bien, montrez-nous vos failles et nous saurons vous défendre. Nous aurons les bons mots pour faire taire la presse. C'est bien, très bien même. » Sheyda est presque rassurée. Elle est cette écolière qui, avant d'être interrogée, lève la main et avoue sa paresse, son étourderie. Et le censeur, telle une maîtresse rassurante et compatissante, lui dit que l'essentiel est d'admettre ses fautes, de se présenter soi-même et de se dénoncer, une maîtresse qui congratule, qui dit : « Bravo », qui dit aussi : « Tu auras la meilleure note de toute la classe ! »

En bonne élève, Sheyda lui décrit l'aspect anti-impérialiste du film et présente son propre personnage comme un ferme allié des intérêts des musulmans. Et pourtant, elle sent que le censeur reste impassible, qu'il n'est là que pour débusquer les délits, les écarts, les poèmes à moitié appris, les divisions inachevées. Il sourit et la rassure quand elle se dénonce, quand « un demi-bol cache un autre bol ». Et il dit, en souriant, à Sheyda : « La prochaine fois, n'acceptez rien sans nous prévenir ! » Mais à partir de ce jour, il cherchera à débusquer l'autre bol, autrement dit la faille, la brèche, la fêlure inadmissible dans la vie de cette jeune actrice.

Elle se rend à Londres pour un hommage rendu au cinéma iranien. Elle joue là-bas, me dit-elle, le rôle d'une ambassadrice culturelle. Elle s'y montre en foulard, aux côtés de l'ambassadeur officiel, et elle défend le film réalisé par son metteur en scène *modji*, mort un an plus tôt. Elle ne craint ni les photographes ni les tapis rouges et elle se fait partout accompagner par un officiel à la belle voix, un lecteur du Coran qui chante, après les projections, dans la voiture officielle, des chansons de Gougoush, notre Madonna.

Mais les nouvelles d'Iran ne sont pas encourageantes. Le producteur du film avec le bel acteur est au bord de la faillite. Interdit de projection, il est vu et revu sur YouTube. Les copies se vendent sous le manteau, ou plutôt sous le tchador, et les paroles de la chanson se répandent dans tout l'Iran : « Je ne me sens pas bien. Je n'ai pas de tes nouvelles. J'ai un drôle de sentiment. Je regarde ma montre. Je demande : "Quelle est cette sensation ?" Quelqu'un me dit : "C'est la trahison." »

Derrière leur volant, les filles, cigarette aux lèvres, chantonnent : « Tra-hi-son », et battent le tempo en appuyant sur la pédale du frein. Des écouteurs dissimulés sous leurs mèches effilées, dégradées, une bande de garçons traverse la rue et énonce, simultanément, comme dans un clip mille fois répété : « Tra-hi-son. » Debout au milieu du carrefour, même l'agent de police règle la circulation au rythme de « Tra-hi-son » et agite son bâton blanc de gauche à droite.

Sheyda, qui a été nominée pour son rôle de motocycliste, s'apprête à rentrer en Iran pour y recevoir le simorgh de la meilleure actrice. Les journaux la déclarent favorite. Cette fois, elle dédiera le prix à son père, ce père jamais récompensé, maudit, mis à l'écart.

Son portable sonne. Elle est à Londres, dans la voiture diplomatique décorée du drapeau de l'Iran. À ses côtés, le lecteur du Coran chante, admirablement bien et sans aucune fausse note, les paroles d'un tube de Gougoush : « Je suis venu établir la coquetterie ! » Au téléphone, Sheyda reconnaît la voix d'un des membres du jury du festival de Téhéran. La liaison n'est pas bonne. Elle demande, très poliment, au diplomate de s'interrompre un instant. Il lui obéit. Sheyda est persuadée qu'elle a été couronnée. Mais la besace du malheur, même invisible, l'accompagne ici comme ailleurs. Au bout du fil, on lui apprend qu'elle a été écartée au profit d'une actrice jouant le rôle d'une femme au foyer, une femme qui reste fidèlement à la maison et n'arpente pas les rues à moto, une femme modèle, à reproduire à plusieurs milliers d'exemplaires. Elle raccroche et, d'un signe de main, autorise le diplomate à poursuivre son récital. Il ne demande que ça et reprend aussitôt : « Je suis venu établir la coquetterie ! »

Dans le rôle de la mère gazée, Sheyda fait pleurer tous les spectateurs, iraniens, anglais, indiens et pakistanais. Un jour, elle reçoit un appel de son agent lui disant qu'elle est pressentie pour le personnage féminin d'une superproduction en rapport avec la Perse, le désert et les sables. Elle est à Londres avec Alex, le réalisateur de ce nouveau film aussi. Quelle coïncidence ! Cette fois aucun vent contraire, apparemment. Ils se donnent rendez-vous. Il la filme : « Ma décision est prise. J'ai déjà vu plusieurs de tes films. Ce sera toi et personne d'autre. Mais, tu sais, Walt Disney est une grosse boîte et ils n'admettent aucune erreur. Ils exigeront peut-être d'autres essais. » Puis, en guise de support visuel, il lui montre quelques photos de paysages désertiques, des dunes, des chameaux et deux ou trois arbres isolés. Dans son film précédent, Sheyda s'était permis d'émettre quelques doutes sur telle ou telle scène, d'exprimer de timides « mais non ». À présent, plus résolue, elle s'autorise à critiquer ouvertement les images étalées sous ses yeux : « Fausse piste. »

En deux semaines, deux petites semaines, elle peut se rendre en Iran et rassembler, sur place, une documentation irréprochable, digne d'une thèse de doctorat, où aucune erreur ne peut être admise. Ensuite elle participera aux essais, avec des poches remplies de sable. Elle sait qu'aucune actrice au monde ne pourra être sa rivale dans le désert. Le sable, elle connaît. Le sable est son élément, son lit nuptial. Une nuit, sous les étoiles, elle lui fit l'offrande de quelques gouttes de son sang. Qui d'autre oserait incarner la mystérieuse princesse qui doit libérer les sables du temps ? Elle a déjà joué dans le désert, le vrai désert, et non pas le désert du cinéma, avec des dunes en toile peinte et le *hou-hou* du vent en bande sonore. Elle a cohabité avec les sauterelles, les mantes et les coléoptères. Elle a passé toute une nuit, dans la forteresse de Bam, à jouer d'une harpe invisible, l'instrument de cette virtuose du VIe siècle dont les légendes disent qu'elle connaissait tous les secrets des cordes, ce qu'on entend et ce qu'on n'entend pas.

La production lui propose de rester, mais elle décide de rentrer. « Deux semaines, dans deux semaines, je serai de retour. » Walt Disney paye ses billets aller-retour. Elle retourne à Téhéran, comme en transit, le temps de réunir quelques livres, de réparer l'instrument d'un ami, d'acheter du caviar auprès de notre fournisseur commun, le très célèbre serveur, brocanteur et revendeur de contrebande, de se muscler pour le rôle, de parfaire son équitation et de se répéter, au galop, lorsqu'elle perd le contrôle de son cheval : « Cirer la selle avec les fesses ! Cirer la selle avec les fesses ! » Ce retour injustifié n'est pas autre chose qu'un vent atrocement contraire.

Dans le taxi qui les conduit à l'aéroport de Téhéran, au terme des deux semaines Alex et Sheyda écoutent en boucle la chanson du film avec le bel acteur. Le chauffeur avoue qu'il l'a vu dix fois, douze fois, vingt fois. Mais elle est déjà de l'autre côté de la Manche, de l'Atlantique, et les noms qui vagabondent dans sa tête sont ceux du réalisateur anglais et du majestueux Ben Kingsley, ses prochains collaborateurs. Téhéran est désormais derrière elle et le bel acteur avec.

Ils enregistrent leurs bagages. Tout le monde la salue, la

congratule, l'encourage : « Ce film parle de nous tous, de nos douleurs, des obstacles sur nos routes. Merci, mille fois merci. » Le personnel au sol la prévient de la présence inquiétante, démesurée, d'agents secrets : « Ce soir, il va y avoir une arrestation ! » Elle s'apitoie sur le sort de cet infortuné qui sera interdit de sortie, soumis à interrogatoire et séquestré. Elle passe la police des airs. L'officier tamponne son passeport. Alex la suit. Quelques mètres plus loin, alors qu'elle se trouve dans la zone de transit, elle entend son nom annoncé par les haut-parleurs, mais avec une erreur : M. (au lieu de Mme) Rahdad Shayan. Au même moment, de droite comme de gauche, une horde d'hommes en civil se rue vers elle. Sheyda, encerclée, s'immobilise. Les agents font de même. Ils cherchent un suspect de sexe masculin. Ils la regardent : « Madame Shayan, c'est vous ? » Elle est toujours immobile, elle ne dit rien. « Qu'avez-vous fait ? » Elle pense aux boîtes de caviar de contrebande dissimulées dans ses chaussettes au fin fond de sa valise. Elle pense au succès du film avec le bel acteur. Elle ne dit rien. Aucune explication.

Un homme se démarque des autres agents. Costume gris, chaussures noires, il est de petite taille et a des yeux qui louchent. « Votre passeport s'il vous plaît. – Il doit y avoir une erreur ! » Elle le tire de son sac et le lui confie.

Il saisit le passeport et, tout en le feuilletant, émet des critiques sur le film à succès, lentement, comme s'ils avaient tout leur temps. Alex rappelle qu'ils sont attendus, que l'embarquement vient de commencer. Le petit homme ajoute, à voix basse, sans aucune hâte, que le film est négatif, qu'il constitue un mauvais exemple pour la jeunesse.

Un mauvais exemple, sans aucun doute. Puis il s'en va, le passeport à la main. Quand il revient, c'est pour annoncer qu'aucune erreur n'a été commise et qu'un plaignant, le procureur, a déposé une plainte contre Sheyda devant la cour de la Révolution, division de la Sûreté nationale. Elle pense aussitôt à l'ami de son père, celui qui portait un pantalon de velours côtelé et qui, un jour, cessa de venir dans la maison étroite. Lui aussi avait eu affaire à cette cour. Entendre à la suite les mots « cour » et « Sûreté nationale » équivaut à recevoir une condamnation à mort. Fusillade, pendaison : même pas le choix. Sheyda, qui porte sur le dos deux ordinateurs et un instrument de musique, subitement se courbe. Elle ne peut plus se relever. Elle se bloque.

Il y a quatre jours, j'étais moi-même en Iran, prenant l'avion pour la France dans le même aéroport. Là, je tentai d'observer le contrôle des passeports, le salon de transit, la machine à cappuccino de la cafétéria, les porte-clés Persépolis du magasin d'artisanat et les petits hommes en costume gris, tout cela avec les yeux de Sheyda. Je m'assis sur une banquette en fer du long corridor et j'essayai d'écrire une page ou deux. Impossible. Écrire sur Sheyda, à l'aéroport de Téhéran, c'est s'installer sur la place du Vieux-Marché à Rouen pour retracer la mort de Jeanne d'Arc. Impossible. Impossible même de noter les annonces d'arrivées et de départs, émises par une voix féminine : « Les passagers à destination d'Istanbul sont priés de se rendre à la porte 12. » La même voix, douce et raffinée – mais je l'imagine sortant de la lèvre moustachue d'une grosse femme *tchadori* –, annonça enfin notre départ.

Quelques heures plus tard, j'étais à Paris, chez moi, le dos immobilisé, cassé. Une autre manière d'écrire sur elle.

Le dos courbé, Sheyda se trouve maintenant dans le long corridor, entourée de passagers qui la photographient. Elle pleure. Des enfants se jettent dans ses bras. Elle les enlace. Elle sourit. *Clic-clic.* Devant elle, bientôt, une longue file d'admirateurs. Les portables deviennent des appareils photo, deviennent des armes. Les portables font mal. Aïe. Alex tente de repousser les gens. Il devient garde du corps. L'hôtesse d'accueil de Turkish Airways – la compagnie qu'ils doivent prendre pour se rendre à Londres – les rassure. Elle devient même une amie : « Revenez quand vous voulez ! On vous trouvera toujours une place ! »

Sheyda m'explique : « Le procureur qui m'accusait d'avoir ébranlé la sûreté nationale le faisait au nom du peuple. Ce même peuple qui, en face de moi, me donnait tout son amour et me réclamait une simple photo ! »

Elle sourit, elle pleure, elle se donne à ce peuple aimant au nom duquel elle vient d'être requise. « Gardez-moi et laissez-la partir, ne serait-ce que pour vingt-quatre heures ! » dit Alex. Le petit homme est inflexible. Si cela ne dépendait que de lui, Sheyda serait déjà dans l'avion, un verre de mauvais jus d'orange à la main. Le sort de Sheyda ne se décide plus à l'aéroport mais à la cour de la Révolution.

Elle veut partir. Elle est attendue à Londres. Les prénoms de là-bas lui reviennent : Marc, Ben, Jess. Les réentendra-t-elle un jour ? Une petite fille en robe rose s'approche d'elle : « Pourquoi es-tu si triste ? » Sheyda ne sait que répondre. Les passagers s'engagent dans un tunnel qui zigzague en descendant. Plus bas, un car les attend pour les conduire sur la piste. La fille en rose, tout en envoyant des baisers à Sheyda, disparaît dans le tunnel, un peu comme Alice dans le terrier. Le petit homme désigne la ligne jaune et recommande à Sheyda de ne pas la dépasser : « Au-delà, ce n'est plus l'Iran ! » Elle fixe la ligne jaune à moitié effacée, usée par les pas. Peut-elle se liquéfier et se glisser, à travers les fentes et les craquelures, de l'autre côté ? Le petit homme dit encore quelques mots du genre : « Je ne comprends pas votre dernier film, je vous préférais dans le rôle de la mère gazée ! » puis il range le passeport de Sheyda dans la poche de son pantalon gris et ajoute : « Pardon, au revoir, bon courage ! » Il s'en va.

Les passagers disparaissent. Alex se rend auprès de la police des airs pour neutraliser le tampon de sortie. Ils ont, officiellement, quitté le territoire iranien. S'ils étaient enlevés, le gouvernement hausserait les épaules : « Portés disparus ? Allez chercher ailleurs. Ce n'est pas sur notre territoire que l'enlèvement a eu lieu ! »

Elle trouve une banquette – probablement la même sur laquelle j'ai pris place il y a quatre jours – et, *akh*, elle s'y effondre. Oubliés, le saut en longueur, le jet-ski avec la superstar, les carrés VIP dans les boîtes. Elle est assise sur une chaise en fer de l'aéroport Imam-Khomeyni de Téhéran. À ses pieds, deux ordinateurs et un instrument de musique, et dans sa tête, la perspective du va-et-vient, le va plutôt que le vient, auprès de la redoutable cour de la Révolution. Elle a mal. Elle me dit : « Ma vie a commencé avec ces douleurs ! » Je me rappelle aussitôt un poème d'un de nos plus grands poètes contemporains, Ahmad Shamlou, qui dit précisément la même chose :

La montagne commence avec une première pierre.
L'homme avec la première douleur.
Et moi, je commençai avec ton premier regard...

Elle dit que là, sur la banquette en fer de l'aéroport, elle comprit enfin qu'elle touchait à son but, qu'elle se rapprochait de ses totems, de Jeanne d'Arc, de Tahereh, de Forough, que la vie ordinaire s'éloignait à toute vitesse et que les premières pierres, les premières douleurs et les premiers regards allaient faire d'elle une montagne, une femme et une amoureuse.

Sa vie s'inverse, sa vie l'invite à jouer à pile ou face. Elle choisit pile et c'est face qui sort, la face de la République islamique d'Iran. Elle n'a que vingt-quatre ans. Trop tôt pour baisser les bras.

Elle veut négocier avec le sort et changer de jeu : « Je renonce au pile ou face. La marelle, s'il vous plaît ! » Enfant, c'est elle qui dessinait, à la craie, les plus beaux tracés sur l'asphalte de la cour de récréation. Son cloche-pied était impeccable, enviable même, rien à dire. Aucune fille ne l'égalait. Toujours la première à placer son caillou sur le 9.

Le sort, le destin, la providence – quel mot employer dans ce cas ? – accepte, et elle lance le caillou. Elle a toujours été forte à la marelle. Mais la petite pierre tombe systématiquement hors du parcours. Elle perd sans avoir même commencé. « Accordez-moi encore une chance, une toute dernière ! Je connais plein de jeux. Je peux même vous divertir, entrer dans la peau d'un personnage et jouer une mère, une bergère, une infirmière… »

Son interlocuteur est un type sérieux, glabre, à l'image de la mort dans la pièce de son père, pas d'anecdotes, pas de blagues, surtout pas de plaisanteries sur les Rashtis (la province du Gilan est réputée pour ses cocus), comme celle de cet homme qui se flatte d'avoir offert à sa femme, un an auparavant, un voyage à Las Vegas. « Et cette année ? » lui demande un ami. « Je suis allé la rechercher ! » Non, l'interlocuteur de Sheyda, si interlocuteur il y a, ne cherche pas à s'amuser ou à la regarder traire une brebis. Cet interlocuteur, si interlocuteur il y a, veut l'obliger à jouer pour perdre. Voilà ce qu'il exige de Sheyda.

Jouer pour perdre.

Elle veut ajouter qu'il y a aussi des rôles dans lesquels on peut tout perdre, sa raison, sa famille, ses proches et même sa vie. Mais c'est trop compliqué. Cela risque d'énerver davantage encore l'homme à qui elle parle.

Elle pense au poker, à ses quatorze ans. Elle est assise sur les genoux du chef-opérateur de son tout premier film. Il est deux heures du matin et elle bat le paquet de cartes. Ses coups de bluff auraient fait la fierté des joueurs les plus habiles.

Dix ans ont passé. Elle rentre d'un tournage américain. Le saut en longueur, elle l'a effectué haut le pied. Mais le distributeur céleste des cartes, celui que l'on cite en dirigeant les regards vers les étoiles, en a décidé autrement. Il la veut à terre : « Joue au poker, allez, joue ton dernier atout ! »

La cave, le montant de ses jetons, est constituée de la maison étroite, d'elle-même à bicyclette, en garçon, le crâne rasé, de la voix du visiteur tous les samedis soir du désigné à ses côtés dans un sous-sol de parking, mangeant une glace au chocolat de la marque Pak – la seule qui vaille –, du metteur en scène *modji*, son ange des larmes, du bulldozer qu'elle conduisit dans le désert, juste avant de s'unir à Alex... Le jeu commence. Elle s'entend dire « passe », « passe » et encore « passe », puis « tapis ». Pas le tapis rouge qui l'attend bientôt, à la sortie du film américain, mais le tapis de la dernière mise, étalé sur le seuil de la défaite. Elle perd encore.

Elle pense à la roulette. Elle veut gagner à tout prix, se donner, enfin, toutes les chances. « Faites vos jeux ! » Elle mise ses personnages, l'adolescente de la campagne, la mère gazée, la bergère kurde et l'infirmière musulmane sur tous les numéros. « Les jeux sont faits ! » Elle mise sur 32, 15, 19, 4, ses chiens, son 4 × 4, ses carnets noirs, le manteau déchiqueté par l'acide. « Rien ne va plus ! » Le croupier l'éloigne de la table de jeu. Elle a misé sur trente-six des trente-sept cases. Mais c'est trop tard. Un seul numéro lui a échappé. La bille se met à tourner et tourner dans le récipient circulaire. Elle ferme les yeux. La bille, elle le sait, va se placer dans la case maudite.

Le temps de la défaite est annoncé. *Tic-tac.*

Ils sont dans le taxi. Elle fixe les feux rouges des voitures. Rouges. Maintenant elle ne me parle plus que par métaphores. Quand elle dit « rouge » et répète « rouge », il faut entendre « sang, danger, blessure, meurtre ».

Qu'elle est longue, la route du retour, celle-là même sur laquelle elle s'était engagée, quinze jours auparavant, lorsqu'elle rentrait de Londres en nirvana ! Et ce tunnel souterrain, combien de kilomètres ? En verra-t-elle un jour le bout ?

Elle est dans les bras d'Alex : « Tant qu'il est là, tout va. Son étreinte est faite pour moi, c'est du sur-mesure. » Elle pense à leur désert. Elle répète trois fois le nom de ce désert et elle ajoute, comme pour exorciser une prochaine fuite : « Ma vie tient dans trois placards. » Alex la rassure. Où qu'elle aille, il lui enverra le contenu de ces trois placards. « C'est l'année du Rat ! » C'est la faute aux rats si elle est coincée à l'aéroport. Alex insiste et l'apaise : « Nous balayerons les rats ! » Pauvres rats de l'astrologie chinoise, accusés d'empêcher un voyage, de saboter un casting. Elle cherche d'autres responsables : son rôle d'infirmière dans le film américain ? Les chansons de Gougoush dans la voiture diplomatique à Londres ? Le film à succès, et pourtant interdit ?

Ils arrivent à la maison. Le lendemain le téléphone sonne. C'est Londres : « Vous n'avez pas embarqué ? Quel est le problème ? » Ils savent que dorénavant, toutes leurs conversations sont écoutées.

Ce jour-là, à leur demande, un intermédiaire réussit à accéder au texte de la plainte déposée contre Sheyda. Le dossier ne fait que trois pages, presque rien, un dossier *off side*, une brindille, comparé à ceux de milliers d'autres personnes.

Au lieu de se rendre, à dix heures du matin, au casting, à Londres, elle va, vêtue d'un long manteau de sa mère, un vieux manteau des années quatre-vingt, à la cour de la Révolution.

Là, elle s'interrompt et me dit : «Cette partie est mon accouchement. Je suis enceinte de tous les détails, du sentiment que j'éprouvais quand je me lavais les mains dans les toilettes de la cour de la Révolution. Sans ces détails, il manquerait à mon bébé une oreille, un doigt. Tu peux tout faire avec le reste de ma vie, mais les sept mois d'interrogatoire sont à moi, resteront à moi. »

Je l'écoute me raconter pour la troisième fois ses sept mois d'interrogatoire. Je reprends des notes. Je rectifie mes écrits précédents. Je supprime des passages. Je souligne des phrases. Et je recompose tout, en espérant ne pas avoir mutilé son bébé.

Elle est assise à ma gauche, dans la bibliothèque de notre maison. Elle prend un papier, un stylo et reproduit le plan de la cour. Au tout début de notre travail, le printemps dernier, elle m'avait dessiné sa maison, la maison étroite de son enfance, et aussi une salle de répétition. Plus tard, elle me dessinera aussi les bureaux du ministère des Renseignements et de la Sécurité nationale. Sa maison, une salle de répétition et des maisons d'arrêt, rien d'autre, sauf quelques cœurs, un tronc d'arbre et un œil.

Elle commence à tracer une rue en pente. Le seul endroit où elle peut garer sa voiture. Une impasse qui monte. «Voilà mon destin ! » Sa voiture rétive cale, se rebelle, ne se soumet pas. Elle ne rechigne pas à monter, non. Leur maison se trouve d'ailleurs dans une rue qui monte, mais celle-là, cette impasse, est réellement incommode, rebutante. En face de la rue en pente se trouve un marché aux fruits – je note tous les détails – et en descendant, à droite, la porte principale de la cour de la Révolution. Elle est accompagnée par un producteur magouilleur, connu pour ses flirts avec le régime. Alex reste dehors, quelque part sur le trottoir.

Elle rentre, se laisse fouiller et accède à un hall rempli de visiteurs. Sur son plan, les visiteurs sont dessinés par des croix, trois rangées de cinq croix. En face, l'accueil. Elle communique à une des employées son propre numéro de dossier. Lequel ? Elle ne me l'indique pas. Mais je suis sûre qu'elle a dû le marquer quelque part, dans un de ses carnets noirs.

En découvrant le bureau où doit se rendre Sheyda, la fille, sous son tchador noir, devient jaune, bleue, rouge. Tout l'arc-en-ciel passe sur son visage. Elle donne une carte à Sheyda. La voici munie, subitement, d'une succession de numéros, sésame de la vie qui s'inverse, cryptogramme du malheur. Un jeune et gentil soldat vérifie sa carte et la laisse rentrer. Elle découvre un immense hall avec, sur la gauche, un comptoir et derrière le comptoir un vendeur de boissons, chips et cacahuètes. Sur la feuille, elle dessine un rectangle et écrit en persan « buffet ». Elle me dit en riant que les malheureux visiteurs qui sont entassés dans l'accueil, les trois rangées de cinq croix, sont privés de ce buffet, réservé à ceux qui possèdent une carte d'entrée, comme la sienne. Se considère-t-elle comme une privilégiée, une de ceux qui ne sont pas représentés par des croix et qui jouissent du droit de s'acheter des chips avant de répondre à toutes les questions ?

Plus loin, à droite, se trouve un large escalier. Elle monte au troisième étage. « Le bureau de la Sûreté nationale, s'il vous plaît ! » Une heure et demie plus tard, après des dizaines d'allers et retours, elle localise finalement l'endroit, au fond d'un très long couloir. Elle le situe à l'extrémité gauche d'une feuille A4 prise dans sa largeur.

L'homme chez qui elle doit se rendre, son plaignant, est le numéro trois du système judiciaire de l'Iran. Elle pénètre enfin dans le cabinet du procureur général. Trois bureaux en fer, trois secrétaires et un pot de fleurs, « en superforme, vert de chez vert ». Sans ce pot, elle serait morte : « Lui seul m'a permis de tenir ! » À chaque visite, elle se demandera le secret du pot : « Être là, dans une pièce de larmes, de lamentations, de vies qui basculent et se porter si bien, comment fait-il ? »

Elle se présente à un premier secrétaire, un handicapé de la guerre, au majeur mutilé. Il paraît serviable et sincèrement préoccupé par le sort des visiteurs. Mais il la confie à son collègue, un homme aux yeux mi-clos, à la mine sombre. « Ça commence mal, c'est le pire des trois ! » Le troisième porte une barbe fournie, une agate au doigt et des chaussures à l'arrière rabattu, faciles à déchausser pour se lancer dans la prière. Avachi sur sa chaise, il ne dit rien. Il ne dira jamais rien. Il sera toujours à l'image de ses chaussures, rabattu.

« Va t'asseoir ! » lui lance le deuxième secrétaire. Le ton est sec, arrogant, dur. Elle s'exécute et se dirige vers un siège vide, dans le long couloir. Les chaises sont placées d'un seul côté. Elle insiste sur « un seul côté » : « Pour éviter le face-à-face, pour que les visiteurs ne se voient pas, ne se regardent pas ! » Elle prend place à côté d'un jeune homme ligoté. Il lui sourit. Elle sait qu'il ne faut pas se parler. Sans la regarder et en maintenant la tête droite, son voisin chuchote un numéro de téléphone pour que, une fois dehors, Sheyda prévienne sa famille. Elle retient le numéro, sans aucun signe d'approbation. Partout des caméras, des caméras hostiles, plantées là pour la dénoncer, l'accuser. Quelqu'un arrive et la sépare du jeune homme. Elle choisit alors, plus loin, une rangée de chaises inoccupées.

Après deux heures d'attente, elle est appelée au bureau. Elle s'y rend avec le producteur magouilleur. Le secrétaire à la mine sombre et aux yeux mi-clos n'apprécie pas la présence d'une tierce personne : « Elle ne peut pas s'exprimer toute seule ? Elle n'a pas de langue ? » Le producteur, d'une voix nasillarde, entame un baratin religio-sociopsychologique : « Le Prophète, que la paix et le salut d'Allah soient sur lui, n'a-t-il pas mis en garde ceux qui s'en prennent aux droits des faibles, c'est-à-dire les femmes et les orphelins. *Hadj agha*, considérez cette fille comme une de celles qui doivent être protégées ! » Le secrétaire, comme d'ailleurs tout le monde dans le système, n'apprécie pas les intermédiaires. « Qu'elle revienne seule, qu'elle parle seule, qu'elle tremble seule, qu'elle souffre seule ! » Pour un peu, il ajouterait : « Qu'elle joue seule ! »

Il les renvoie sans aucune explication : « *Hadj agha* Son Excellence M. le procureur général est absent ! Revenez après-demain ! »

Le jour dit, elle se rend, de nouveau, à la cour de la Révolution. Elle gare sa voiture dans la rue qui monte, longe le marché aux fruits, passe par la détection à rayons X, l'accueil, le soldat, le buffet, les trois étages et le secrétaire. Elle salue le pot de fleurs, son cher pot de fleurs, son oxygène, elle s'assied sur une chaise dans le long couloir, observe les gens ligotés – « Pourquoi sont-ils là ? » –, elle prend une aiguille, des fils, et brode sur son sac en toile des points de tige, des points de croix, ah, des points bouclés, ah. Le soupir sied à ce travail. Elle brode aussi des lettres. En une heure, elle a piqué « cour ». Il lui reste à écrire « de la Révolution, division de la Sûreté nationale ». Elle a tout son temps pour le faire.

Elle a gardé le sac comme la robe sans manches avec laquelle elle se montrera, à New York, sur le tapis rouge, cheveux, bras et jambes bien visibles. Dans la catégorie « reliques », un ami de ses parents a également conservé le manteau qu'elle portait, lorsque, adolescente, elle fut victime d'une agression à l'acide.

Elle ne regarde pas l'heure, ni les détenus qui la reconnaissent. Elle brode. Déjà, au début de la Révolution, les Iraniennes dont les maris étaient emprisonnés ou exécutés s'étaient, sans aucune raison, mises à tricoter. L'aiguille posséderait-elle une vertu antalgique ?

Elle a fini la lettre D. On vient la chercher pour la conduire dans le bureau de *hadj agha* Son Excellence M. le procureur général. La pièce est envahie de tables sur lesquelles trônent des piles de dossiers. Elle n'est pas seule. Des centaines, des milliers de suspects devront, un jour ou l'autre, passer par ce bureau. Le procureur est formel. La

cour de la Révolution – elle frotte de son doigt les lettres
C, O,U, R brodées sur son sac en toile – refuse définitivement qu'elle joue dans un film hollywoodien. «Ce n'est
pas trop vous demander!» ajoute-t-il d'une voix alanguie
– une voix qui a tout son temps – et sans jamais la regarder
à travers ses épaisses lunettes. Elle répond que ce film a
déjà été tourné, qu'elle s'est rendue personnellement au
ministère de la Guidance – pour un peu elle ajouterait :
«Auprès d'une maîtresse compatissante» – afin de prévenir justement les autorités et anticiper toutes les conséquences. Elle signale et souligne, ici comme là-bas, l'aspect
anti-impérialiste du film. Le procureur semble pressé :
«Revenez avec le scénario et les photos du tournage!»

L'après-midi même, elle reçoit des appels de Londres :
«Qu'est-ce qui se passe?» La directrice de casting du
nouveau projet ne peut pas concevoir, *unbelievable*, que
pour un petit essai de quelques minutes, Sheyda doive
passer par la cour de la Révolution, l'équivalent du
Comité de salut public mis en place jadis par le gouvernement révolutionnaire français, et qui condamna à la guillotine Marie-Antoinette, Danton, Camille Desmoulins,
Robespierre et quelques d'autres. «*What's wrong?*
What's happening there?» Que répondre?

Elle ne désespère pas et se présente de nouveau à la
cour : la rue qui monte, le marché aux fruits, décorés des
poissons rouges et des germes de blé annonçant le printemps et notre nouvel an, la fouille corporelle, l'accueil, le
soldat, le buffet, les trois étages, les trois secrétaires, le pot
de fleurs, son cher pot de fleurs, les femmes en larmes, les
hommes cassés, et le bureau rempli de dossiers.

Le procureur général n'est pas seul. Un autre homme est présent. Il a la trentaine, une raie sur le côté, des sourcils épais, des yeux acerbes et des mains longilignes, à la fois très belles et très laides, des mains tellement douces qu'à peine effleurées elles se dégonflent, des mains de première main, jamais utilisées. Les yeux vissés au sol, Sheyda le salue. Lui n'hésite pas à la regarder, va directement au but, et lui réclame le dossier complet du film déjà tourné, le premier, pas celui qui concerne la Perse, les sables et «je ne sais quoi encore». Sheyda se répète. Elle l'a déjà fourni au ministère de la Guidance. Son interlocuteur est intraitable. Il l'exige, le veut, le jour même, au Centre culturel de la jeunesse.

Je demande à Sheyda : «Centre culturel de la jeunesse ?» Le lieu m'est familier. Il est doté d'une très belle librairie pour enfants et d'une salle de théâtre où, toute petite, j'allais voir, dans les jupes de ma mère, des pièces d'avant-garde. Elle m'explique que cet homme cherchait à dissimuler qu'il travaillait pour le ministère des Renseignements, d'où le choix de ce centre.

À la recherche d'un film aux couleurs anti-impérialistes du célèbre *director*, Alex appelle des amis cinéphiles, réveille son M. Vidéo – tout le monde, en Iran, a ses propres MM. Vidéo, Parabole, Drink –, et trouve enfin une copie de qualité. Ils se rendent au Centre culturel de la jeunesse – ils auraient pu, ce jour-là, me croiser en train d'acheter soixante cahiers à motifs ethniques, cadeaux pour les soixante élèves de l'école iranienne de ma fille, à Paris – et y déposent, comme à la poste restante, tous les

documents requis. Aux trois pages du dossier initial vont
s'ajouter cent vingt pages du scénario en anglais, son équivalent en persan – établi par les traducteurs zélés du ministère, ceux qui probablement traduiront également ce
livre –, une vidéo, des photos de la superstar, de Sheyda et
de leur célèbre *director*. Bref, ce qu'on appelle un « lourd
dossier ».

Londres, de nouveau, au téléphone : « *What happened
to you ?* » Londres est pressé. Londres a programmé les
essais : « Si vous ne pouvez pas venir, enregistrez-les sur
place ! » L'aventure de Ponza se répète, sauf que cette fois
ils sont à Téhéran, dans une mégapole de douze millions
d'habitants, engloutis dans le smog, sous la surveillance
étroite et permanente des services secrets. Pour les besoins
du film, lui rappelle-t-on, elle doit défriser ses cheveux et
porter des lentilles. « Promis, je le ferai, sans faute ! »

Entre deux visites à la cour de la Révolution, elle se rend
dans un salon de coiffure et, entourée de filles venues pour
des mises en plis, des extensions, des mèches, des dégradés, des plongeants, elle s'assied dans le fauteuil, ferme les
yeux et rêve au film. Que fait sa rivale américaine avant les
essais ? Attend-elle, elle aussi, dans de longs couloirs, aux
côtés d'étudiants ligotés, un rendez-vous improbable ?

Alex la filme. Comme à Ponza, il doit compresser la
vidéo et l'envoyer. Il monte sur les toits d'une société alle-
mande, pose son portable sur le sol en béton, se connecte,
via la parabole réputée puissante de cette entreprise, et
réussit à expédier, en bas débit, l'enregistrement. *Danke
schön.*

Le vent contraire, je n'en parle même pas. Ce à quoi ils sont confrontés dépasse la direction et la force des vents. Le dossier du vent contraire est définitivement clos.

Londres appelle : « Les essais sont convaincants. Mais il faut venir, et pas plus tard que jeudi… »

Ses journées se passent à écrire des lettres au procureur général. Elle lui apprend que le temps presse, jeudi, jeudi, jeudi… Elle attend deux jours et s'adresse de nouveau à la cour de la Révolution. Elle pourrait à présent faire le parcours, de la voiture au bureau de la Sûreté nationale, les yeux bandés. À force de la côtoyer, l'irrespectueux secrétaire s'est radouci, tempéré. Un léger sourire pourrait même se détecter, parfois, à travers les poils de sa barbe. Il la fait rentrer sans trop attendre. Cette fois, Son Excellence M. le procureur général réclame le scénario du nouveau film, celui qui est en rapport avec la Perse, les sables et le désert : « Apporte-le-moi et je te promets de faire en sorte que tu puisses partir jouer ! » Première promesse, premier espoir. Mots que se répète Sheyda en descendant les trois étages, contournant le buffet, évitant les rayons X, et regagnant sa voiture garée dans l'impasse qui monte.

Peu après, son portable sonne, avec un numéro qui s'affiche, le 1*1*1, et une voix qui la convoque, pour le lendemain, avenue Hemat, n° …

Elle me donne l'adresse exacte, celle du ministère des Renseignements et de la Sécurité nationale : « Si tu roules sur l'autoroute Hemat, tu les vois ces bâtiments. La hantise ! » Je ne les localise pas. Depuis toujours, mon obsession est la prison d'Evin. Quand j'étais enfant, une autre autoroute passait non loin de cette zone pénitentiaire, isolée sur une colline. La voiture avançait à toute allure, je relevais les yeux vers cette prison politique et je frissonnais. Aujourd'hui la ville, les commerces, les immeubles ont investi la colline et les automobiles passent indifféremment devant le portail d'entrée. Et moi, je frissonne toujours.

Elle me dessine un autre plan, le troisième et dernier, moins encombré, avec, en bas à gauche, une série de fleurs, et à droite : *Norouz mobarak*, ce qui signifie en persan « bonne année ». Nous fêtons, en effet, notre nouvel an le 21 mars. Son *Norouz mobarak* est, pourtant, écrit, à l'envers : *Karabom zuoron* (un peu japonais tout à coup). Elle situe le bureau où a lieu son interrogatoire entre les vœux inversés et une touffe de marguerites.

Sheyda est investie par la haine, dominée, mangée, rongée, habitée par la haine. Elle est la haine. Et elle hait la haine. Au ministère des Renseignements, Sheyda observe la laideur ambiante, les visages déformés, irréguliers, loin, très loin des règles d'harmonie édictées par Léonard de Vinci : les yeux à mi-hauteur de la tête, la partie supérieure de l'oreille alignée sur les sourcils... D'où viennent ces gens ? Ont-ils été embauchés dans les services secrets en raison de leur extrême hideur, grâce, justement, à leurs chemises maculées et malodorantes ? Elle remplit ses poumons de cette odeur, un mélange de sueur, de salissure, de tabac, d'oignon et de pollution. Elle souffre, elle veut souffrir : « Un artiste qui ne souffre pas n'en est pas un ! » Puis elle fredonne un poème de Forough :

Il faut dire quelque chose.
Il faut dire quelque chose.
Je voudrais me soumettre à un déchaînement.
Je voudrais pleuvoir de ce grand nuage.
Je voudrais dire
Non, non, non, non.

Elle imagine le martyre de Tahereh : étranglée, un petit matin du mois d'août 1850, dans la maison du chef de la police de Téhéran, puis jetée dans un puits.

Qui s'abreuva à l'eau de ce puits, qui ?

Elle a garé sa voiture, « en oblique », précise-t-elle, gravi quelques marches, sonné à une porte qui ne paie pas de mine, traversé la détection à rayons X, observé des prisonniers, aux mains et aux pieds ligotés, assis par terre, le visage contre le mur, pour enfin rejoindre la salle de l'interrogatoire.

La pièce, elle me la décrit en détail : un carré de cinq mètres sur cinq, une enfilade de fenêtres grillagées en haut de deux murs, un bureau en fer, le drapeau de l'Iran, une poubelle, un canapé aux ressorts cassés, trois fauteuils déglingués, une table basse et un néon au *viz-viz* incessant.

Elle s'assied dans un des trois fauteuils. Elle veut s'empêcher de respirer l'air de cette pièce. Quel air ? La salle manque d'air, d'oxygène, de tout ce qui fait vivre un être vivant. Un vestibule de l'au-delà. Elle se persuade que le néon, au-dessus de sa tête, émet une lumière paralysante. Les fenêtres mêmes ont oublié leur nature première, jamais ouvertes, jamais nettoyées. À quoi servent-elles ? Elle se console : « De l'autre côté, du côté des gens sans dossier et sans plaignant, Alex peut les voir ! » Les fenêtres, subitement, lui deviennent bienfaisantes, un lien de plus avec Alex et le monde qui reste préservé de la lumière engourdissante et du bruit assourdissant de ce néon, si singulier.

Deux hommes arrivent. Ils sont toujours deux dans les interrogatoires. Elle a déjà rencontré le premier, l'homme aux mains belles et laides, et déposé à son nom, au Centre culturel de la jeunesse, un dossier lourd, très lourd, avec scénario, vidéo et photos. Mais l'autre, le second, lui semble étrangement familier. Il porte une barbe de trois jours, très *fashion*, un jean, un tee-shirt, des lunettes de marque. Il est frais, coquet et soigné. Oui, elle a dû le voir, mais où ?

« Oubliez le film sur la Perse » : premiers mots qui sortent de la bouche de l'homme déjà rencontré et premières notes prises par l'homme au visage familier. Pendant tout l'interrogatoire, le premier interrogera et le second notera. Leurs rôles resteront quasiment les mêmes. Le premier jouera aussi le méchant et le second le gentil.

« Qui t'a contactée pour le film qui est déjà tourné ? » Il s'adresse à Sheyda dans un mélange de « tu » et de « vous », selon la manière de parler rustique qui, après la Révolution, s'est répandue dans toute l'administration. Cela donne : « Vous, réfléchis bien ! »

Avant de venir au ministère, son entourage expérimenté, familier des interrogatoires, lui a recommandé de parler très peu, le minimum, de ne répondre aux questions que par de tout petits oui et non. Mais là, devant les deux hommes, celui qui interroge et celui qui prend note, elle parle, elle parle, elle ne fait que ça : parler. Elle dit que la famille de sa mère est bahaïe, que la bibliothèque de son père regorge d'ouvrages communistes, elle dit qu'elle connaît une princesse qatarie, elle dit qu'un homme très haut placé, du State Department, a œuvré pour l'obtention de son permis de travail américain.

Elle raconte tout, comme une imbécile, comme une suicidaire. Elle s'invente des peurs, des falaises et elle se précipite vers le vide. Elle est convaincue qu'elle sera embarquée pour la prison d'Evin et que son ultime destination sera la grue de pendaison, le vide.

« Dis-moi, qui vous a choisie pour le rôle ? » Elle donne immédiatement le nom de son premier contact, une directrice d'une agence de casting anglaise. L'interrogateur n'est pas satisfait. Il voudrait mettre la main sur le nom d'une autre agence, une agence avec un grand A, un A comme dans Central Intelligence Agency. Il est persuadé que Sheyda a été infiltrée, qu'elle possède des renseignements de toute première main, que tous les gens qui ont travaillé sur le film, de la directrice de casting au chef-opérateur aux yeux bleus, tous sont au service de la CIA ou du Mossad.

Elle a déjà tout raconté : sa mère, son père, le Conservatoire – dans le même ordre que pour ce livre. Que dire de plus ? « S'il m'avait demandé la couleur du slip de ma mère, je la lui aurais dite ! »

L'interrogateur hausse le ton. Elle s'imagine que l'étape suivante est une gifle, puis le fouet ou le câble. Mais il rit. Elle, non. L'autre homme, celui au visage connu, continue à prendre des notes. Après le ton furieux et hilare, l'interrogateur passe au timbre menaçant : « Avec ce que tu as fait, votre place est ailleurs. Si tu es ici, en face de moi, remerciez le régime ! » Puis il la congédie. Elle se dit que la gifle, le fouet et le câble sont reportés à un autre jour.

Alex l'attend dehors. Il s'était préparé, au cas où Sheyda ne sortirait pas, à alerter une de ses fans, une étudiante activiste, et aussi la Maison des artistes. Elle-même avait pris toutes ses précautions : deux slips, deux tee-shirts, au cas où elle serait conduite à la prison et éventuellement passée au câble.

Une fan aux aguets, deux slips, deux tee-shirts, toute cette préparation pour avoir la possibilité de participer à des essais, autrement dit, selon le vocabulaire des gens du cinéma, à un casting.

Elle rejoint Alex, les yeux écarquillés, la bouche ouverte, et lui dit qu'elle a eu peur, qu'elle a tout raconté. Elle regarde la montagne, l'autoroute, le visage d'Alex – « Alex, tout ce que je veux, c'est toi ! » – et emmagasine toutes ces images comme si l'ange de la Mort la guettait déjà. L'interrogateur vient de lui demander d'oublier le prochain film. Lui demandera-t-il, demain, d'oublier tout projet et, un autre jour, ailleurs, dans une cellule noire et froide, d'oublier sa propre vie ?

Elle monte dans la voiture, ouvre la fenêtre, laisse flotter la bordure de son foulard et pense au « vent des cent vingt jours » qui souffle, en été, sur le Sistan, une province du Sud-Est. « Je dois aller au Sistan, nager dans la mer d'Oman et tisser des kilims de couleur sombre. Je dois partir ! »

Elle ne va pas au Sistan, mais elle se présente de nouveau à la cour de la Révolution. Première étape : fouille corporelle. Une femme et deux enfants la précèdent. Une préposée à la sécurité, tchador noir et moustache tout aussi noire, demande à la mère de retirer ses vêtements. Elle s'exécute et enlève son manteau. Mais l'autre, la moustachue, n'est pas satisfaite. Elle lui arrache le pull, ensuite la chemise et, comme un homme vicieux – les traces de ses doigts persistent sur le corps de la mère –, le soutien-gorge. *Boum !* Une bille de couleur orange tombe et roule sur le sol. Sheyda remarque qu'elle contient une poudre blanche. La bille est à ses pieds. Elle pourrait l'envoyer dehors. Mais elle ne le fait pas. Encore aujourd'hui, elle s'en veut de ne pas l'avoir fait. Les enfants pleurent. Sheyda suit du regard le circuit de la bille. Elle sait que cette bille ne peut contenir que de l'héroïne, ultime présent d'une épouse aimante à son homme incarcéré, et probablement condamné à mort.

La femme moustachue sort de la cabine et crie : « Un objet vient de tomber par terre ! Qui l'a pris ? » Elle regarde tous les visiteurs, suspects dans d'autres affaires et soupçonnés d'avoir dissimulé l'« objet ». Personne ne répond. À l'intérieur du réduit, la mère, toute nue, fond en larmes : « Ne tuez pas mon mari ! Ayez pitié de nos huit enfants ! » Deux de ces enfants sont maintenant dans les bras de Sheyda.

Le calme revient. Son tour arrive. Fouille rapide. Elle est correctement habillée et sa serviette ne contient aucune bille bourrée de drogue mais une série de lettres destinées au procureur général. Elle passe par l'accueil, le soldat, le buffet, les escaliers et l'intraitable secrétaire qui la fait attendre dans le couloir : «*Hadj agha* déjeune !» Elle brode les lettres R, É, V, sur son sac en toile. Une heure plus tard : «*Hadj agha* prie !» Elle pique O, L, U. Puis, après une autre attente de deux heures, on l'appelle pour l'entrevue.

Hadj agha se lève de son bureau, avance vers Sheyda et lui dit à voix basse, comme s'il était lui-même contrôlé et persécuté, comme s'il avait peur d'être entendu, lui qui capte tout, intercepte tout, lui la grande oreille : «Vous savez, mon fils est votre fan...» Persécuté persécuteur.

Le fils de Son Excellence M. le procureur s'avère être un fan absolu de l'actrice, fan jusqu'à avoir mis sa photo sur l'écran de son portable. Il est plus affectueux qu'avant et pourtant il lui confirme qu'elle ne partira pas de sitôt. La formule est presque mot pour mot celle employée par l'interrogateur : «Le nouveau film, celui qui parle de la Perse, n'y pensez plus !» Elle cherche une solution : «Gardez Alex comme otage, comme tout ce que vous voulez, et laissez-moi partir juste pour vingt-quatre heures !» M. le procureur a d'autres rendez-vous.

Elle est convoquée au ministère des Renseignements, où son interrogateur lui demande d'arrêter de fréquenter la cour de la Révolution. Il lui demande aussi de l'éclairer sur l'affaire de la fouille corporelle à l'entrée de cette même cour : «C'est quoi, cette histoire de la femme à l'accueil ? Pourquoi tu veux absolument aggraver ton cas ?» Étrange : ce type des Renseignements veut que, elle, Sheyda, l'informe, lui, sur ce qui se passe à la cour de la Révolution. Conclusion immédiate : les caméras de surveillance de cette cour sont surveillées par le ministère des Renseignements. Et vice-versa ? Celles du ministère des Renseignements lui-même, qui les surveille ?

En guise d'au revoir, l'interrogateur lui dit qu'il va voir si elle pourrait partir et jouer dans le nouveau film, qu'il va voir si elle pourrait, oui, oui, tout au conditionnel. Ce n'est pas le réalisateur anglais qui décide du sort de Sheyda, c'est son interrogateur du service des Renseignements iranien.

Elle ne lâche pas et se rend, d'elle-même, encore une fois, à la cour de la Révolution. Assise dans le couloir, elle continue sa broderie. Elle en est à présent aux lettres T, I, O, N. Puis elle va aux toilettes, situées en face de la longue rangée de chaises. Elle ouvre le robinet et lave ses mains sous un filet d'eau glauque. Ses mains brûlent : même brûlure qu'après l'agression à l'acide, des années auparavant. Comment ont-ils fait pour remplacer l'eau par de l'acide ? Elle regagne sa place, sur la rangée de chaises qui fait face au mur des toilettes. Une femme se trouve là. Cette femme lui parle, sans la regarder, sans laisser paraître qu'elle s'adresse à Sheyda. Elle parle comme dans un monologue de théâtre. La femme dit : « Mon mari travaillait dans une centrale nucléaire. Il est allé quelque temps au Japon et il a fait autre chose. Quand il est rentré, ils l'ont emprisonné comme espion et condamné à mort. Ça fait treize ans que je me bats pour réduire sa peine à la perpétuité. Ma vie c'est venir ici, à la cour de la Révolution, où on refuse de me recevoir, et aller à l'hôpital trois fois par semaine, pour la dialyse. » Sheyda reprend sa broderie et s'attaque à la lettre D. Un jeune garçon vient s'asseoir près d'elle.

« Madame Shayan, que faites-vous ici ? » Sans attendre la réponse de Sheyda, il enchaîne : « On m'a arrêté pour la vente illégale de... (il donne le nom du film avec le bel acteur). Je vous conjure au nom de Dieu et de tous les saints de m'aider. Je n'en ai vendu que cent copies. Je connais quelqu'un qui en a vendu mille. Pitié, aidez-moi ! » Sheyda, qui vient de finir la lettre D, pique le E. Son cas est bien plus grave que le délit de son voisin, le jeune vendeur à la sauvette. Elle ne peut rien pour lui. En persan, nous disons : « Gare à ce qu'un aveugle conduise un autre aveugle ! » Dans leur cas, il faudrait plutôt dire : « Gare à ce qu'une aveugle conduise un borgne ! » Le secrétaire lui fait savoir qu'elle ne pourra pas être reçue. Elle lui confie une dernière requête, destinée à Son Excellence M. le pro cureur général, et elle s'en va.

Elle sort et rejoint Alex sur le trottoir. « Combien d'heures, de minutes, de secondes a-t-il passées à arpenter l'espace entre la cabine téléphonique et le marché aux fruits ? »

Une cabine téléphonique, c'est dans une cabine téléphonique de leur quartier qu'ils se rendent, la nuit, incognito, pour appeler, comme la dernière des cartes à abattre, la superstar en personne. Elle s'appuie contre la porte vitrée et essaie, sans trop s'embrouiller et sans troubler son ancien partenaire, de lui décrire la situation : essais, casting, passeport, interrogatoires, services secrets, temps, un peu de temps. Dehors, l'embouteillage habituel, les voitures qui klaxonnent, un jeune homme, la trentaine, qui sort de la pharmacie un flacon à la main − est-il un employé des services secrets ? Le flacon ne cache-t-il pas une caméra ? –, un petit garçon qui achète des chewing-gums – à coup sûr des mini-micros ! –, deux filles qui avancent d'un pas décidé – vers le ministère des Renseignements ? À l'autre bout du fil, le jour vient de se lever et la superstar, sirotant son jus vitaminé carotte-gingembre, lui promet d'intervenir auprès des studios Disney et de prolonger le délai, de remettre ce menaçant jeudi, jeudi, jeudi à un autre jour, un peu plus loin, un peu plus rassurant. Elle raccroche et se dit que personne, dehors, ne peut soupçonner l'identité de son interlocuteur. Une toute petite satisfaction dans cette nuit de peur. Puis elle appelle le célèbre *director*. Les mêmes mots, les mêmes requêtes.

Elle m'explique qu'une rumeur sérieuse affirmait qu'il fallait se méfier des portables, lesquels seraient dotés de micros espions miniatures. À la maison, pour communiquer avec Alex, elle retire les piles de son Nokia, le dépose dans le micro-ondes et, enfin rassurée, lui dit qu'elle ne croit plus à l'entremise du producteur magouilleur, qu'ils ont besoin de quelqu'un de plus influent, de plus efficace.

Ils pensent que leur vie est sous contrôle, qu'un homme, posté sur le trottoir d'en face, les guette, qu'il est préférable de ne plus se parler. Non, ne plus se parler, s'écrire, juste s'écrire. Ils s'échangent des Post-it sur lesquels ils notent : « Quelqu'un d'autre. Il nous faut quelqu'un d'autre ! »

Un homme – je ne sais pas qui – présente à Sheyda un tueur professionnel, un de ceux qui travaillent clandestinement pour le compte du ministère des Renseignements, un de ceux qui ont peut-être participé, jadis, au meurtre du père d'une de ses amies du Conservatoire. Il arrive à un rendez-vous clandestin : la quarantaine, petite barbe, aucune trace de sang sur les mains, un homme tout à fait ordinaire. Il est au courant de tout et il a des conseils à donner : « Arrête tes lettres juridiques. Laisse tomber ce producteur à la manque. C'est un propre à rien. Écris avec tes mots. Écris que ta rémunération est de deux millions de dollars et que si tu es écartée du film, cet argent sera versé à Israël ! C'est tout, *was salam...* »

Un homme – toujours le même ? – lui apprend que des gens très haut placés, deux anciens présidents de la République, ont essayé d'intercéder en sa faveur. Mais en vain. Deux anciens chefs d'État, incapables de lui faire restituer son passeport et de lui permettre de quitter l'Iran pour vingt-quatre heures.

Sheyda et Alex vont ensemble à la cour de la Révolution. Elle lui fait découvrir la fouille corporelle, l'accueil, le soldat, le buffet, les trois étages et enfin l'intraitable secrétaire, avec lequel, pourtant, elle se permet de petites plaisanteries : « Qu'elle est belle votre chemise ! » De plus en plus tolérant, il les garde dans son bureau – traitement de star –, les fait asseoir à côté du pot « vert de chez vert », ce pot qu'elle affectionne tant, et va jusqu'à complimenter Alex sur sa barbe. Ce jour-là, elle n'a même pas le temps de saisir son sac en toile et de continuer sa broderie. La porte s'ouvre. Le procureur général l'accueille. Il lit la lettre : « Deux millions de dollars ! Ton cachet est de deux millions de dollars ! Dépêche-toi, cours au ministère des Renseignements ! »

Elle est une balle de ping-pong, renvoyée de la cour de la Révolution au ministère des Renseignements et de la

Sécurité nationale. Là, l'interrogateur, qui s'imagine être à la tête de la censure à Hollywood, reproche au film de présenter les Perses comme des sauvages. Il feuillette nerveusement un manuscrit, la traduction en persan du scénario, et cherche des phrases soulignées. L'homme au visage connu, comme une dactylo experte, écrit tout : « Les Perses comme des sau... » Il n'en a pas fini avec cette phrase que l'autre, son supérieur, demande à Sheyda de faire en sorte qu'on coupe – il imite le mouvement des ciseaux, c'est tellement banal pour lui de couper – la scène où ceux-ci apportent des têtes tranchées sur un plateau et suggère, avec un vocabulaire mielleux : « Si tu pouvais, éventuellement, t'arranger pour... » Pour quoi ? « Pour faire savoir au scénariste que la scène du baiser est vraiment de trop. » Il tape plusieurs fois de la main sur le scénario : « Vraiment de trop. » Sheyda note les recommandations de l'interrogateur. Mais celui-ci veut un engagement, si possible solennel : « Je ne te fais rien écrire, rien signer. Accepte juste ce que je t'ai dit et pars, va jouer ! » Elle le lui assure du bout des lèvres en se disant qu'elle partira, jouera en Amérique et ne reviendra plus. L'interrogateur a une autre demande : « Tu pourrais me donner quelques noms de réalisateurs iraniens qui abusent des comédiennes ? Tu dois en connaître ? » Elle en connaît quelques-uns. Mais là, elle se tait. Pas de nom, même du bout des lèvres. Dernière chose : « Il nous faut un gage de deux millions de dollars, ensuite, c'est certain, ton passeport te sera restitué ! »

Un gage. Une garantie. Elle me dit qu'en deux heures, elle a pu rassembler l'équivalent de deux millions de dollars en biens immobiliers. «Toute la famille, tous les amis s'y sont mis.» Alex se charge de déposer les titres de propriété à la cour de la Révolution et elle, pour gagner du temps, se précipite au ministère.

Comme toujours, on la fait attendre une heure dans la même pièce à l'odeur de renfermé, avec pour ambiance sonore le *viz-viz* du néon. Le duo arrive, le méchant interrogateur et le soi-disant gentil scribe. Le premier exige une dernière promesse : «Il faut certifier que, sans notre autorisation, tu ne joueras dans aucun film!» Qu'est-ce qu'elle doit dire? «Oui, oui, dorénavant je vous apporterai tous les scénarios. Nous nous mettrons sur le canapé aux ressorts cassés et, à la lueur du néon paralysant qui émet ce *viz-viz* à rendre fou, nous lirons ensemble les textes!»

L'autre, le scribe, se dit passionné par le cinéma : «J'ai vu tous vos films. Ma femme vous adore!» A-t-elle poussé la dévotion au point de mettre, elle aussi, la photo de Sheyda sur l'écran de son portable? Le scribe ne le dit pas. Mais il a, lui aussi, une toute dernière recommandation : «Si, un jour ou l'autre, vous me rencontrez, en dehors d'ici, dans quelque ambassade, ne dites rien!» Elle promet : «Oui, oui, monsieur...» Elle se répète les noms du scribe, de l'interrogateur, du secrétaire, du procureur général. Elle les imagine en cellules cancéreuses, proliférant dans sa tête et détruisant les cellules normales, les noms d'avant la plainte, ceux, par exemple, d'un metteur en scène anglais et d'un acteur oscarisé.

Elle revient au nom du scribe. C'est avec lui justement qu'elle quitte le ministère. Ils doivent se rendre dans une succursale de la cour de la Révolution, dans l'immeuble

dit en brique, avenue Jordan, et récupérer enfin le passeport.

Ils y sont. Mais le portail est fermé. Les heures de visite
sont terminées. Le scribe, pourtant, a le pouvoir d'ouvrir
les portails, de pénétrer dans les locaux et de revenir avec
le passeport.

Il le lui donne. Elle l'a, dans sa main. Elle peut partir.
Alex, d'ailleurs, réserve immédiatement deux places pour
Londres, sur un vol de nuit. Ils roulent sur l'autoroute
Hemat. Elle appelle son agent.

« Ils ont choisi la fille ce matin même. C'est fini. Tout
est fini ! » Telle est la réponse.

Elle descend de la voiture, marche sur le gazon qui
borde l'autoroute et regarde le soleil qui se couche. Que
faire d'autre ? Alex la prend dans ses bras. Elle pleure. Le
scribe dit qu'il est vraiment désolé. Elle reste sur le gazon
de l'autoroute qui s'appelle Hemat, du nom d'un martyr de
la guerre, et qui signifie « Effort ». C'est bien tout ce qu'elle
a fait, tout ce qu'elle a dispensé. Mais elle a perdu. Tout cet
effort, ce *hemat*, pour rien, pour qu'elle reste RIEN.

Les voitures se succèdent. Elle n'arrive pas à accepter
son sort. Elle me dit : « J'ai tout fait, mais j'ai perdu. Alex
aussi. Encore plus que moi. Ce rôle, pour lui, était encore
plus important que pour moi. Il attendait tous les jours,
sept heures durant, derrière les portes de ces locaux
sinistres. Deux semaines d'angoisse, des heures et des
heures d'interrogatoire ! »

Elle répète : « J'ai perdu la guerre ! »

Norouz approche, notre nouvel an, le 21 mars, premier
jour du printemps. À cette occasion, tout s'arrête, tout,

même les interrogatoires. Elle est convoquée, ping ou pong, à la cour de la Révolution ou au ministère des Renseignements ? Peu importe. Toujours est-il qu'on lui fait savoir que rien n'est fini, qu'il faut qu'elle revienne après les fêtes, qu'elle doit revenir pour le film déjà tourné, que tout va réellement commencer, les questions, les réponses, les assignations. Elle me dit innocemment : « Peut-être faisaient-ils tout ça juste pour me revoir ! »

Elle célèbre, chez elle, dans le quartier de mon enfance, la fête du Feu et elle saute, comme des millions d'Iraniens le font depuis trois millénaires, sur d'immenses bûches, afin de tirer de la flamme son ardeur et de lui laisser sa propre pâleur. Elle saute, précise-t-elle, après avoir humecté son visage d'eau et enduit ses sourcils de vaseline – pour éviter la brûlure : « Au dernier feu, malgré l'eau et la vaseline, je n'avais quand même plus de cils. »

Quand j'étais en Iran, les plus grandes bûches étaient allumées par nos soins. Encore aujourd'hui, mes amis du lycée s'en souviennent. Ici, à Paris, j'essaie de transmettre à ma fille une petite bribe, une flammèche de ce rituel. Et même si nous ne pouvons pas sauter sur un feu de plus d'un mètre – celui de mon enfance –, je tiens à ce qu'elle lui adresse, comme le veut la coutume, la phrase cérémonielle : « Je te donne ma pâleur, je te prends ton ardeur » en sautant par-dessus une ou plusieurs bougies. Je me contrains même à célébrer cette fête dans son école française. Sept bols de bougies placés dans le parc Monceau et des élèves de CM1 franchissant le feu minuscule, en récitant : « *Zardiye man az to, sorkhiye to az man !* »

Quand Sheyda, la sportive, la championne de crawl et de basket, saute sur le feu, elle soupire : « *Zardiye man...* » Ah !

Personne n'est au courant des interrogatoires, même pas ses parents : un cinquième de la vérité. Que pourraient-ils faire, alors que l'intervention de deux ex-présidents s'est montrée inutile ?

Le nouvel an arrive, avec son lot de vœux. Qu'est-ce qu'elle peut espérer ? Sortir des griffes de la cour, du ministère, sortir tout court ?

Un réalisateur lui lit son scénario. Elle me dit que cette lecture suffisait à lui donnait des frissons, la chair de poule. Elle signe immédiatement. Elle va jouer, ah, jouer, et retrouver ses caméras bienveillantes, celles qui ne l'épient pas, ne la mettent pas en danger.

Pendant les fêtes, tout le monde se déplace. Sheyda et Alex vont dans le désert, le désert de leur union, de leur lune de miel. Elle veut faire le deuil du nouveau projet, l'enterrer là-bas, dans le sable, l'ensabler en quelque sorte, et admettre, une fois pour toutes, que c'est bel et bien fini.

De retour à Téhéran, à la fin des treize jours de fête, elle est « invitée » – je ne veux pas me répéter et dire « convoquée » – au ministère des Renseignements. Même pièce, même duo, mêmes questions, mêmes réponses.

Les répétitions commencent, comme dans un atelier. Quand son téléphone sonne, ce n'est plus Londres, mais le réalisateur iranien. Il est inquiet. La Guidance lui a déconseillé de travailler avec Sheyda. Elle appelle l'interrogateur, le méchant – après tous ces mois, elle est en mesure d'avoir le numéro du portable d'un agent secret –, et elle lui demande un peu de compréhension : « Rassurez-le, je vous prie. Comment peut-il démarrer son travail avec des menaces ? » L'interrogateur n'en fait rien.

Un matin, pour les besoins de ce film, Sheyda se rend dans un salon de coiffure – le même que celui où elle s'était fait défriser pour le projet avorté – et, cette fois, se fait épiler les sourcils et colorer les cheveux. Ensuite, elle fonce à la succursale du ministère, retrouve, après une heure d'attente, le fameux duo et demande à l'interrogateur d'arrêter de lui mettre des bâtons dans les roues : « Laissez-moi jouer, c'est tout ce que je veux ! »

L'interrogateur a une nouvelle requête : « Refuse ce rôle, refuse-le sans dire que ça vient de nous. Et nous te lâchons... » Elle craque et pleure pour la première fois : « Qu'est-ce que vous voulez de moi, bon sang ? Si vous voulez que je parte, pourquoi avoir confisqué mon passeport ? Si vous voulez que je reste, pourquoi m'empêcher à tout prix de travailler, de jouer ? » Il répond, tout simplement : « Mais ce que nous voulons, c'est que vous partiez tous ! »

Sourcils épilés, cheveux colorés, ah, elle se rend à une nouvelle répétition. Sa mission : refuser le rôle sans que personne ne sache pourquoi. Un pur caprice, quoi. Elle me dit qu'ils devaient jouer des scènes qui ne seraient pas dans le film, qu'ils devaient apprivoiser le passé de leur personnage, vivre l'avant, l'antécédent, ce que le public ne verrait pas.

Dans le scénario tel qu'il est écrit, elle doit jouer le rôle d'une femme qui décide de marier un de ses amis célibataires, fraîchement rentré d'Europe. Pendant cette répétition, le metteur en scène demande à Sheyda d'improviser un moment de la vie de cette fille lorsqu'elle était amoureuse de ce garçon. Dans le film, le public n'en saura rien. Mais les deux protagonistes partagent ensemble ce secret.

Elle joue. Enfin, elle joue.

Son téléphone sonne. La voix du méchant interrogateur : « Alors ? » Ce qui veut dire : « As-tu refusé le rôle ? Y as-tu mis un terme ? » Elle dit : « Non ! Je ne peux pas. Ne me demandez pas de ne pas jouer ! » La voix se polit, devient presque aimable et dit : « Tu nous as donné trop de soucis. Je vais essayer d'arranger les choses. Tu sais pourquoi ? » Non, elle ne le sait pas. « Parce que, l'autre jour, j'ai été touché par tes larmes. »

Nous sommes dans le Midi, toujours à Colombières-sur-Orb, à l'ombre d'un parasol, devant un bol de melon. Elle se lève et injurie l'interrogateur : « Va te faire foutre, pompe à merde, face de cul ! » Elle ne le dit pas avec l'intonation du petit voyou mais avec la voix de son double masculin, la voix d'Amir devenu homme, moustachu, barbu et furieusement en colère.

Elle raccroche et, avant de rentrer, comme on le dit ici, « dans la peau de son personnage », elle doit laisser croire que tout va bien, jouer à la femme sans aucun souci, angoisse zéro.

Quelques jours plus tard, elle est de nouveau dans la succursale du ministère. L'interrogateur lui propose un dernier marchandage : « Tu renonces à tout film étranger et nous t'accordons l'autorisation de jouer. » Tout ce qu'elle veut c'est jouer, jouer immédiatement, tout de suite. Elle n'hésite pas à écrire : « Pas de film étranger sans avoir consulté M. l'interrogateur. »

Elle dévale en vitesse les escaliers du bâtiment, sort en « gladiateur » et se jette dans les bras d'Alex, toujours là, toujours présent. Elle revoit cette scène en *slow motion*. Elle se sent victorieuse, comme un avocat chevronné après une brillante plaidoirie. La promesse qu'elle a faite est d'une simple consultation, ne serait-ce qu'auprès des services secrets. Dans cette bataille, perdue d'avance, elle a gagné un point, et pas des moindres : le droit de jouer dans un film dont elle adore le scénario.

Elle est à peine arrivé chez elle – « Comme tout est beau, comme les nuages sont séduisants, comme le vent est caressant, comme je suis rusée et intelligente, comme tout ça est derrière moi, comme je m'éloigne du numéro 1*1*1, du *viz-viz* du néon, des trois fauteuils... » – que le « gentil » scribe au visage familier la rappelle : « Revenez, revenez le plus tôt possible ! »

Le bureau en fer, les fenêtres grillagées, le *viz-viz* du néon et le « gentil » scribe qui, seul pour la première fois, lui demande de rectifier le document écrit : « Changez "consultation" par "accord". M. l'interrogateur est bien au-dessus de toute consultation. C'est lui qui décide. Écrivez que sans l'accord de nos services vous ne jouerez plus dans aucun film étranger, sans ça il sera furieux ! » Elle écrit, elle signe. Elle se croit, maintenant, autorisée à jouer. Mais quelle faveur !

Le scribe se lève et, subitement, tend le bras. Pourquoi ? Sheyda réagit comme s'il voulait lui serrer la main.

Désorienté, il lève le regard vers le plafond, vers la grille du climatiseur, et désigne une caméra. Un membre des services secrets a peur d'être espionné. Même lui. Cercle dans cercle et dans cercle encore. Sheyda, filmée à son insu, pendant des mois et pour rien du tout, Sheyda dans le rôle de la suspecte, de la perturbatrice de la Sécurité nationale, du danger public. Elle pique un fou rire. La peur a changé de camp. Une simple poignée de main aurait pu secouer la carrière de l'exemplaire scribe. Troublé, il lui demande, cependant, des nouvelles de son voyage dans le désert, comme pour souligner, par deux traits rouges, que même s'il est lui-même inspecté, il doit rester aux yeux de Sheyda son inspecteur, son espion, son vérificateur.

Devant moi, sous le parasol, elle avale un morceau de melon et se demande, me demande : « Comment un régime peut-il considérer une comédienne comme son ennemie ? Se sentent-ils à ce point vulnérables ? À ce point en danger ? Jouer le rôle d'une infirmière dans un film américain méritait-il ce traitement ? »

Elle pense à la coiffure de l'interrogateur, la raie placée très bas sur le côté gauche et elle se dit : « Spermatozoïde ravalé, dans quelques années, tu ne porteras plus cette coiffure officielle, dans quelques années, tu ne seras plus là ! »

J'ai envie de dire à Sheyda qu'elle se trompe, que son interrogateur, si un changement de régime survient, changera de coupe de cheveux et de vêtements, ça, oui, mais restera à sa place, que cette place, derrière un bureau en fer, dans une pièce aux fenêtres grillagées, sera, hélas,

toujours occupée, que la Savak du Shah est devenue la Savama de la République islamique et deviendra la Sava quelque chose d'un futur État – si changement il y a. Si changement...
Je ne lui dis rien. Elle le lira.

Satisfait, l'interrogateur appelle Sheyda et lui demande encore une toute petite chose : le scénario du film qui va bientôt être tourné. «Oui, oui, je le ferai, mais je vous apporterai aussi la vidéo de *La Vie des autres*!» Cette vidéo et le scénario, elle ne les a jamais donnés à son interrogateur.
Son metteur en scène aussi lui demande une promesse – que de promesses! –, celle de ne jouer dans aucun film étranger jusqu'à la sortie de son film (ce qui peut durer trois ou quatre ans) et de dédommager la production en cas de tout arrêt du tournage décidé par les autorités. Elle ne signe rien. Elle ne peut pas jurer, certifier, garantir que pendant quatre ans elle refusera toute proposition – venant par exemple de Scorsese – et qu'elle remboursera intégralement les investisseurs si jamais elle est arrêtée à un feu rouge, dans une fête, lors d'un concert...
Le tournage doit avoir lieu dans le Mazandaran, sur les côtes de la mer Caspienne – j'ai envie d'ajouter, dans la province d'où je suis originaire. Mais le ministère des Renseignements, au dernier moment, suspend le film. Le duo de vérificateurs tape des pieds et envoie, par SMS, une pluie d'avertissements à la production : «Vous feriez mieux de ne pas engager cette actrice, sinon problèmes!» Le réalisateur, malgré tout, prend le risque de commencer

le tournage. En guise de bienvenue, il ordonne aux acteurs d'être extrêmement vigilants, de ne pas enfreindre les lois. Même pas une goutte d'alcool.

Elle aussi reçoit des SMS. Le ton est le même, menaçant, troublant. Elle se met face à la mer et elle pleure, puis elle se fait maquiller, se rend sur le plateau et joue les scènes de joie, d'euphorie. Elle joue. Elle sait le faire.

La mer, la pluie et l'humidité sont les éléments principaux du film. Tous les jours, avant chaque prise de vues, une citerne d'eau froide – de l'eau d'elle ne sait pas où – est déversée sur les acteurs. Leurs chaussures mêmes sont trempées. Elle joue en suivant le parcours d'une goutte d'eau dans une de ses chaussettes. Parfois, l'eau de la citerne est insuffisante. Alors, ils doivent se précipiter dans la mer et s'y mouiller de la tête aux pieds, avec leurs foulards, leurs manteaux et leurs baskets. Quand ils finissent de jouer, pas une serviette pour les sécher. Sheyda en réclame. « C'est la moindre des choses, non ? Une serviette de rien du tout pour que l'acteur de rien du tout se sèche ! »

Ces petites revendications l'isolent du groupe, comme s'ils jouaient au foot : tous sur la moitié gauche du terrain et elle, seule – avec le gardien de but quand même –, sur la moitié droite (ou l'inverse). Elle commence à se sentir différente. Le saut en longueur, l'Everest, l'Annapurna ont laissé en elle quelques petites traces. Avant, elle non plus n'aurait rien demandé.

Elle est végétarienne et les plateaux-repas contiennent de la viande. Elle réclame de la pastèque et une petite salade arrachée du potager de la voisine. Lorsqu'on les lui

apporte, les acteurs font la gueule. « Pour qui se prend-
elle ? Pour Kate Winslet dans *Titanic* ? Madame désirerait
une douche portative, des souffleurs d'air chaud et de la
cuisine macrobiotique peut-être ? » Elle voudrait tant leur
dire que réclamer de l'eau chaude, des serviettes et un
quart de pastèque n'est vraiment pas un caprice, en tout
cas pas un caprice de star.

Elle dort dans la plus minable des chambres, « un trou
à rats ». Quand elle proteste, on lui rappelle qu'elle avait
demandé à être seule. Personne ne sait pourquoi elle a,
justement, besoin d'un peu de repos, d'un semblant de
tranquillité.

Sur le tournage, le metteur en scène lui verse dans le
gosier, régulièrement, une quantité de farine de pois
chiches. Il trouve que sa voix est trop reconnaissable,
qu'il faut la casser : « Parle vite ! » Pour se préparer, elle
penche la tête en arrière, tend le cou et crie. On entend
ses hurlements à l'autre bout de la villa, et même jusqu'à
la route. Elle hurle contre l'interrogateur, contre le
canapé aux ressorts cassés, le *viz-viz* du néon, contre l'eau
pestilentielle des toilettes de la cour de la Révolution,
contre sa pourriture de destin. Elle crie pendant un quart
d'heure, face à la mer. Après quelques jours de gavage à
la farine de pois chiches et de vociférations, la tête penchée en arrière, sa voix se brise et elle joue, en parlant
vite, avec un timbre méconnaissable.

Une des actrices lui raconte qu'une semaine avant la
mort de son propre frère, elle avait rêvé de la perte d'une
de ses dents. Un matin, Sheyda se réveille la bouche remplie de sang, une dent dans la main. Elle se précipite

devant la mer : « Qui vais-je perdre ? Mon père ? Alex ? »
Elle l'écrit à Alex. Il se propose de venir. Elle refuse.
Quelques heures plus tard, il est là. Il refuse qu'elle reste
dans ce trou à rats et l'emmène dans la villa d'une amie,
au milieu d'une forêt hallucinatoire, comme dans les
visions succédant à une prise d'acide. Un de leurs copains,
d'ailleurs, a été conçu dans cette même forêt après une
dégustation de LSD par ses parents. Joli début dans la
vie. C'est là que, dorénavant, elle habitera, dans une maison délabrée, mangée par les termites, s'effondrant lentement sur sa tête. Elle la compare à l'Iran. Tout est dit.

Chaque matin elle se lève en respirant l'odeur si particulière du Mazandaran, qu'elle appelle « le Nord » : un
mélange d'humidité, de bouse de vache, de fumée lointaine et d'herbe. Elle conduit, contre toutes les recommandations du réalisateur, sa propre voiture, et se rend sur le
plateau en écoutant les chansons d'Amy Winehouse. Elle
a peur de tout, même du retour d'Alex à Téhéran : « S'il
s'en va, je jeûne. Il faut qu'il reste ! » Mais il s'en va.

Dans la villa, elle est seule, malgré la présence discrète
de trois femmes djinns – les vrais locataires de la villa,
selon la gardienne – et de rires constants, ceux des chacals.

Sur le plateau, même solitude. Elle sent que toute
l'équipe, sauf le chef-opérateur, lui est hostile. Le réalisateur y est pour quelque chose. « Il crée dans la vie les
mêmes situations que dans le film », dit-elle.

Elle est seule, sur le plateau, dans le film, comme dans
sa villa : « Je veux un enfant. Je veux être heureuse. Je
veux une vie normale. » Mais chaque nuit, dans la maison
délabrée, alors qu'une poudre de bois se déverse sur sa

tête, elle se fait violer par l'interrogateur. Il la déchire, l'écartèle, la taillade de part en part. La broderie, le fil et l'aiguille ne servaient-ils pas à recoudre toutes ces blessures ? Chaque nuit, malgré elle, elle retrouve le duo, le gentil et le méchant, et tout le ministère dans son lit.

Au réveil, elle a vieilli de vingt ans. Au réveil, elle est une femme ménopausée, mais vivante. Au réveil, elle respire, elle vit. « *I'm back to life !* » – même vieillie, même stérile.

Sur le tournage, lors d'une dispute avec son mari, elle doit se faire gifler par lui. Or, le mari du film n'est pas un acteur professionnel et quand il frappe, putain, il frappe. Elle reçoit le coup et me dit : « C'était comme dans les dessins animés, quand le choc est suggéré par des oiseaux qui tournent dans la tête de Jerry, attaqué par Tom. » Cependant, elle n'interrompt pas la scène. Sheyda a si chèrement obtenu le droit de jouer que pour rien au monde elle ne s'arrêtera, même si elle éprouve, du côté de l'oreille affectée, une perte auditive. On l'entoure, on la rassure : « Ça ne peut pas être ton tympan ! » On ne l'emmène pas voir un médecin. On ne s'en excuse pas.

Elle ne pense même plus à la réaction de l'équipe si cela s'était produit sur le tournage américain. Les comparaisons sont terminées. Elle n'est plus sur l'Everest mais au bord de la Caspienne, au niveau de la mer, à zéro mètre d'altitude.

Le soir, dans sa villa aux trois djinns, elle se douche et appelle les parents d'Alex, mais pas Alex. Elle a peur de ses réactions. Le lendemain, elle entend des voix dans son oreille. Ils sont obligés de la conduire dans un hôpital public.

«*Akh, akh*, tu dois faire tes adieux à cette oreille. Le tympan est percé !» C'est le généraliste de l'hôpital public qui parle. Il conclut : «Cette oreille ne sera plus une oreille pour toi !» Elle pleure. Son oreille absolue de musicienne ! On la conduit chez un spécialiste. Mais son cabinet est fermé. Alex, qui a fini par savoir, arrive, admoneste le réalisateur et l'acteur – trop tard, le mal est fait. Il l'emmène finalement auprès d'un ORL dont le cabinet est ouvert.

Celui-ci ausculte l'oreille de Sheyda. Même diagnostic : tympan percé. Alex interroge le médecin d'une manière précise, scientifique. L'ORL leur apprend qu'ils ont droit à un dédommagement pouvant aller jusqu'à sept mille euros. Il prescrit à Sheyda des antibiotiques et surtout il lui interdit de monter dans un avion et de traverser les routes montagneuses, à haute altitude, qui séparent le Mazandaran de Téhéran. Il lui interdit aussi toute baignade. Autrement dit, elle ne peut en aucun cas quitter le lieu du tournage. Son monde se restreint de plus en plus. D'abord interdiction de voyager à l'étranger et maintenant interdiction de voyager tout court : «Tu ne bougeras pas !»

L'équipe du film fait des va-et-vient à Téhéran, mais pas elle. Les autres acteurs affrontent tous la mer – la moitié de l'histoire se passe dans l'eau –, mais pas elle. Jamais.

Quand le réalisateur lui demande de pleurer, elle ne pense plus à son ange des larmes, mais au répugnant, au puant et au méchant interrogateur. Toutes les larmes du film lui sont dues. «Il a défilé sur mon âme !» dit-elle, une parade militaire, tout un 14 Juillet avec des unités à pied et d'autres motorisées sur l'âme de Sheyda.

L'atmosphère du tournage reste pourrie. Le réalisateur continue à l'isoler du reste du groupe. Son seul baume est le médecin ORL. Tout ce qu'elle espère c'est que les trente minutes de consultation s'allongent, s'étirent, échappent au cycle du temps. « Je n'avais qu'une toute petite demande ! » me dit-elle.

Le médecin palpe le lobe de ses oreilles, examine ses narines et elle oublie tout, la cruauté de l'interrogateur, le dédain du réalisateur, tout sauf le fait qu'elle a omis de se moucher le nez. Elle imagine l'aspect de ses propres crottes agrandies dans le spéculum du médecin : « Merde, pourquoi je ne me suis pas mouchée avant de venir ! » Cependant, elle s'est lavée avec un savon rapporté de Los Angeles, un savon parfumé, assorti à la moquette moelleuse, à la lumière tamisée et aux fauteuils en cuir des bureaux de la Warner, un savon bien de là-bas, un savon qui n'a rien à voir avec le ping-pong des services secrets, un réalisateur indifférent et un tympan percé.

Son vœu est exaucé. Les trente minutes de consultation s'allongent et vont même réussir à s'étaler sur une demi-page, et pourquoi pas une page entière. Elle s'est lavée avec le savon parfumé, elle a mis ses plus beaux vêtements et déclenché la séduction à demi-mot, à mots voilés, à double sens, cette séduction très particulière selon laquelle « tu rejettes par la main et tu attires par le pied ». « Ma femme m'a fait remarquer que je ne parle que de vous ! Elle voudrait tellement vous rencontrer ! » lui dit-il en auscultant de sa main froide – plus froide que le corps de Sheyda – la cicatrice qu'elle porte au poignet. « Venez dîner avec madame votre épouse chez moi, un soir, quand mon mari sera de retour ! » lui dit Sheyda. « Votre mari ? » L'otorhinolaryngologiste l'imaginait célibataire. Il avait pris Alex pour un médecin légiste, venu évaluer le montant du dommage corporel.

Ce tournage est indissociable du praticien ORL, d'elle se laissant photographier à la sortie du cabinet médical, d'elle poursuivant la voiture du médecin jusqu'à l'entrée de sa cité, d'elle attendant quinze jours avant de se parfumer, de s'accoutrer et de se laisser examiner le tympan avec le spéculum froid, très froid. « Ça se recoud petit à petit ! » lui dit enfin le spécialiste. Ouf. L'état du tympan s'améliore en effet, le tournage se termine et elle rentre à Téhéran.

C'est incontestablement son meilleur film iranien. Mais elle n'est pas comblée. Elle s'imagine être la sous-structure d'un ministère, une sous-structure bradée, vendue par ce même ministère, celui de la Guidance, à un autre, celui des Renseignements. C'est tout ce qu'elle est. Rien d'autre. Elle tombe de l'Everest, de l'Annapurna. Elle tombe et elle se fracasse. Elle avait construit une chambre, une maison, une ville entière, mais sur du brouillard. Rien ne tient. Tout vacille, tout tangue. Une seule personne peut ébranler toute sa vie.

Elle a joué, oui, enfin elle a joué. Mais son travail repose sur le vide, sur un trou noir. Aucune protection, pas d'assurance, menaces et terreur de partout, de la famille, de l'entourage, de l'État, d'un jeune mollah de Qom qui peut te viser du doigt et t'envoyer en enfer.

À Téhéran, Alex est d'avis qu'ils devraient quitter l'Iran avant la sortie du film américain. Mais elle veut fêter son anniversaire. Elle veut être de toutes les soirées, de toutes les beuveries, prendre tous les risques : du whisky à l'heure du thé, dès cinq heures de l'après-midi. C'est sa seule liberté, son unique réponse au régime. Elle se prend pour un lapin, une lapine plutôt, qui va s'attaquer à un lion. Le lion est dans une cage. La lapine s'approche lentement des grilles et chatouille le fauve. Ensuite, elle s'enfuit en se disant : « Ha, ha, ha, ha, je lui ai mis un doigt dans le cul ! » Les lunettes surdimensionnées, les mèches peroxydées, les yeux fluorescents des jeunes Iraniennes, ce n'est que ça, un doigt dans le cul du lion.

Un matin, elle est réveillée par Alex. Leurs téléphones sonnent de toutes parts. Elle se précipite sur son ordinateur. Séisme, cataclysme : les sites en persan et la plupart des journaux iraniens ont annoncé la sortie du film avec la méga-superstar et donné une information selon laquelle Sheyda Shayan a été empêchée de quitter le territoire national. Alex est furieux : « C'est ce que tu voulais, ce que tu voulais vraiment. Que faire maintenant ? »

Quel est ce message, qui se cache derrière ?

Elle appelle le procureur général, le père du fan. Le ping-pong reprend. Elle se rend à la cour de la Révolution. Son Excellence lui montre quelques feuillets où il est question de le déstabiliser, de le dénoncer, lui, auprès de son supérieur hiérarchique. L'accusation, écrite par *ils* ou tout simplement par *lui*, l'interrogateur, se termine ainsi : « Malgré le danger que représente ce film, le procureur la protège. Allez savoir pourquoi ! »

Son Excellence s'adresse à Sheyda : « J'ai dû m'expliquer (il montre discrètement l'étage supérieur d'un signe de la main). Tant que le film américain n'est pas sorti, nous ne pouvons pas vous condamner. J'essaierai de vous protéger aussi longtemps que je serai là. Mais jusqu'à quand je serai là, personne ne le sait. Vous avez votre passeport... » Et puis, plus un mot.

Elle se demande par quel jeu secret du destin son sort est tombé entre les mains des criminels. Si elle possédait la lampe merveilleuse et que le génie en sortait pour exaucer ses vœux, elle ne demanderait pas d'être catapultée à Londres six mois plus tôt sans passer par l'aéroport, non. Elle demanderait : « Ô génie, fais en sorte que je puisse empêcher le spermatozoïde du père de l'interrogateur de pénétrer l'ovule de sa mère. Fais-moi intervenir au moment de la conception, ramène-moi à cet instant-là... »

Elle veut partir. Elle me corrige : « Jamais je n'ai voulu partir ! » Je rectifie : « Elle doit partir, partir le plus tôt possible. »

Mais avant de partir, un ami lui conseille de prendre de l'opium, cette chose exécrée par son père, par l'entourage de son père, mais qui est « le seul baume, le seul remède ». Et qu'est-ce qu'elle aime ça ! Elle dit aussi que si elle était restée en Iran, elle serait devenue opiomane. On la photographie dans les rues et on la plaint dans les soirées : « Pourquoi es-tu si brisée, si cassée ? » Elle s'est aussi engagée dans l'humanitaire et, comme ambassadrice de la lutte contre la tuberculose, elle se rend au chevet des malades atteints du sida. Sheyda leur parle mais elle se parle aussi à elle-même : « Que t'arrive-t-il ? Cette drogue, cet alcool, ces fêtes, jusqu'où ? » Elle sait qu'il y aura très bientôt un terme à tout ça. Aussi commence-t-elle à filmer sa ville,

depuis sa voiture, une bière entre les cuisses. Elle se dit :
« Sheyda, la prochaine fois que tu visionneras cet extrait,
tu ne seras plus en Iran. Regarde bien la bière, les forces de
l'ordre, la banque Passargad, l'embouteillage… » En off, la
voix d'Alex : « Cache la bière ! » et son souci permanent de
la préserver d'elle-même et des conséquences de ses actes.

Aujourd'hui encore, malgré les sévices de son interrogateur, elle me dit qu'elle est persuadée qu'il travaillait
pour son pays. Elle est convaincue que les gens sont heureux en Iran. « Regarde le pique-nique sur le gazon des
autoroutes, la salade aux œufs et aux pommes de terre, le
samovar, le jeu de dames, le badmington, la radiocassette,
le déhanchement des tout-petits, la dent en or de l'oncle,
l'agate du père, le faux Chanel de la mère, les lunettes des
filles, tu n'appelles pas ça le bonheur ? »

Mais Sheyda a vu le revers de ce bonheur, l'au-delà des
placards, le plein pouvoir d'un homme de trente-quatre
ans sur son destin. Elle a vu la face obscure de l'Iran,
l'ange, la mère nourricière transformée en démon tueur.
« Je suis dans les bras de ma mère et je tète, les yeux
fermés. Quand je les rouvre, je me retrouve dans les griffes
d'un monstre, et j'aspire du goudron. »

Elle était rentrée de son tournage hollywoodien gonflée
comme un ballon, avec la fierté d'avoir travaillé pour son
pays et l'espoir d'être choyée à son retour. Mais la voilà
soupçonnée d'affinités avec la CIA. « Il faut être fou pour
oublier ça ! »

Tout se précipite. Alex la blâme. Il fallait partir avant :
« Avant ! Tu m'entends ? » Sheyda commence à vendre ses
biens, à donner des procurations. Elle se prépare à partir.

Mais que prendre ? Les carnets noirs, les photos, les disques durs d'ordinateur, le ciel, les murs, les amandes vertes ? Elle sait qu'il faut y laisser une partie de soi, et non des moindres. Elle détaille : « Mon cœur est là-bas, mon âme est là-bas. J'ai juste pris mon corps et je suis partie ! » Elle est très précise : « J'y ai laissé neuf dixièmes de moi. Neuf dixièmes de moi sont restés là-bas sous la menace, en danger, comme un enfant entre les mains d'un pédophile. Je n'ai pu sauver qu'un dixième de mon être ! »

Les jours qui précèdent le départ sont comme une rêverie. Elle-même n'existe plus. Elle devient une ombre, une illusion, un effet sonore, une tache sur un vêtement. Elle est encore en Iran, mais elle est déjà partie. Où ? Ailleurs, dans le territoire des ombres, des fantômes, des inanimés. Elle meurt tout en étant vivante : une morte qui respire et qui marche. Je me rappelle, subitement, qu'elle avait employé cette expression ailleurs, tout au début de notre travail. Je feuillette mes notes et je découvre le passage sur le sacrifice d'un mouton. Elle jouait alors le rôle de la bergère, dans les montagnes de l'Ouest, et le film commençait par cette scène. Elle avait alors pensé à Azraël, choisi un vieux mouton, posé la main sur le crâne de l'animal et senti que sa vie le quittait à toute allure : « Une mort avant la mort ! » Se considère-t-elle, à présent, comme un objet de culte : un chapelet, un tapis de prière, un mouton, un mouton qu'on fait coucher sur le côté gauche, la tête tournée vers La Mecque, le pharynx au contact du couteau ?

Elle porte son propre deuil et pleure sur Sheyda Shayan trépassée. Elle est comme un soldat sur le front, à l'affût de chaque seconde. Et malgré cela, elle doit s'excuser auprès de son frère aîné d'avoir décliné son invitation ou faire croire aux amis qu'ils ne partiront pas, qu'ils sont décidés à rester, et tout ça avec le sourire, s'il vous plaît, *cheese*.

Elle se rend à Ispahan, sur le tournage de son père, pour lui faire ses adieux. Il l'embrasse mais sans aucune parole rassurante du genre : « Ne t'inquiète pas. Tu reviendras ! ». Elle filme la scène. Elle veut tout garder, tout mettre dans une carte mémoire et se dire : « *Youpi*, rien ne m'a échappé ! » Sheyda monte dans sa voiture, elle démarre et dépasse son père et son frère qui sont debout au bord de la route. Tout en s'éloignant, elle traîne des kilomètres de cordes et de liens, elle les tend jusqu'à la déchirure.

Elle a peur, constamment, peur qu'on ne la laisse pas s'en aller. Et puis soudain apparaît l'homme au pantalon en velours côtelé. Il lui dit de se débarrasser de l'effroi, de tout frémissement. Il lui dit de se battre, de sortir de sa torpeur, de garder la tête haute et de lutter pour ses droits. « Je ressemblais à une souris, vois-tu ? » me dit-elle. Elle veut partir et elle ne veut pas partir. Surtout pas.

Elle se rend auprès d'un ami de son père, qu'elle appelle « oncle » – « Un ancien prisonnier politique, qui a séjourné trente ans dans les prisons du Shah et sept ans dans celles de la République islamique, une détention plus longue que celle de Nelson Mandela » –, et lui demande le b.a.-ba d'une grève de la faim. Comment faut-il s'y prendre ? L'ancien prisonnier lui apprend qu'il faut faire passer l'information trois jours avant dans la presse, que le début est très difficile et qu'il faut boire du thé sucré, car le but est de pouvoir poursuivre longtemps la grève et non pas de mourir. Il lui parle des cellules de la redoutable prison d'Evin, comme des chambres d'un hôtel longtemps fréquenté. Il lui parle des cellules collectives, celles qui sont éclairées en permanence, et des cellules individuelles, pas plus grandes que la paume de la main... Il lui conseille : « Ma fille, ne te laisse pas abattre. *Ils* ont été formés pour ça. L'essentiel, c'est de maintenir ton équilibre mental ! »

Pour dérouter ceux qui écoutent leurs téléphones, Alex achète plusieurs billets d'avion. Ainsi repérée, une amie intellectuelle a été attaquée, sur la route de l'aéroport, par des soi-disant voleurs, et privée de son passeport. Trois mois plus tard, elle a été conduite à la prison d'Evin. Ils veulent à tout prix éviter ça, la perte de leurs passeports, le séjour prolongé et une éventuelle arrestation de Sheyda après la sortie du film.

Ils organisent une fête chez eux et expédient leurs passeports et leurs bagages dans des voitures séparées. Par précaution, toujours. S'ils sont attaqués – par de prétendus voleurs – sur la route de l'aéroport, les passeports au moins seront à l'abri, dans d'autres mains. Sinon, si les prétendus voleurs s'emparaient de leurs passeports, ils devraient attendre au moins six mois pour les remplacer, six mois de trop, six mois qui se termineraient, sans nul doute, dans la cellule à l'ampoule jamais éteinte.

Elle quitte sa maison, ses chiens et Hosseyn *agha*, le vaillant gardien de son quartier – celui-là même qui m'ouvrait le portail de notre grand-rue. La voyant partir, il lui dit, comme il m'avait dit, trente ans plus tôt : «Vous reviendrez!»

C'est elle qui conduit. Elle descend la ville, du nord au sud. Les quartiers chics cèdent la place aux immeubles modestes et les cabriolets dernière génération aux motos qui ronflent. À l'aéroport, elle se gare à la même place que sept mois auparavant, lorsqu'on lui avait confisqué son passeport.

Ses deux frères et sa mère sont déjà arrivés. Le frère aîné s'emporte contre Alex : «Tout ça est de ta faute!» Il ne connaît qu'un cinquième des ennuis de sa sœur. Et Alex, à ses yeux, est le seul responsable de ce départ précipité, un départ de voleurs.

Sheyda leur dit rapidement au revoir et aussi : «Je reviendrai peut-être!» Personne ne réagit. «C'était comme la seconde qui précède une explosion atomique!»

Elle entre, avec Alex, dans le hall d'enregistrement. Persuadés qu'elle est interdite de sortie, les passagers l'interrogent. «On verra, on verra, je ne sais pas!» Que peut-elle dire de plus? Ils ont un excédent de cent vingt kilos. «Ce n'est pas grave. Ne vous souciez pas de ça!» lui dit l'employé d'Iran Air.

Elle se rend auprès d'un responsable de l'aéroport et lui demande – inspirée par l'homme au pantalon en velours côtelé –, la tête haute et sans crainte aucune, d'éclairer enfin sa situation. Peut-elle partir, oui ou non? Le ton est ferme. Pas un soupçon d'hésitation dans la voix.

Après sept mois de silence, elle réclame ses droits. Et comme la nouvelle de son interdiction de sortie est publique, elle est décidée à réclamer publiquement ses

droits. Si on l'empêche de partir, elle dressera une tente
devant la Maison du cinéma et entamera une grève de la
faim.

Le responsable montre du doigt la zone de transit,
située au-delà de la police de l'air. Son sort sera déterminé
là-bas, dans un *no man's land* juridique situé en Iran et en
dehors de l'Iran.

Elle ne retourne pas embrasser sa mère. Un instant, elle
hésite. Et si on la laissait partir ? Elle a l'impression qu'une
corde demande à s'étirer mais qu'une chaîne l'immobilise
au sol. Elle est la corde. Qui est la chaîne ? Elle n'a plus
aucune force. Elle est une morte ambulante.

Elle passe par la police de l'air. Une fille en tchador
tamponne son passeport. Elle s'arrête à l'endroit où sept
mois plus tôt, après l'annonce de son nom, deux groupes
d'agents s'étaient précipités pour l'arrêter. Elle regarde les
caméras de surveillance en agitant les bras : «Je suis là,
venez m'arrêter, me ligoter, m'empêcher de partir. C'est
ça que je veux maintenant ! En fait, je ne veux pas partir !
Venez, je vous en prie, empêchez-moi de m'en aller ! »
Aucune annonce. Elle n'a pas embrassé sa mère. Sa mère
l'attend derrière une vitre. Alex conseille à Sheyda de se
diriger vers la salle d'embarquement avec discrétion,
comme dans une salle d'examen lorsqu'un candidat a
triché et ne veut pas être pris. Partir et ne pas partir.

Elle entend la voix d'un homme : «Madame Shayan ? »
Elle le regarde comme son sauveur, celui qui va confisquer
son passeport et éviter, au dernier moment, son départ.
Elle veut rester, elle veut entamer une grève de la faim,
elle veut devenir la Mandela de l'Iran ! Elle se hausse sur

la pointe des pieds et fait signe à sa famille de l'attendre. Elle ne partira pas, ça au moins c'est sûr. Elle rit. Subitement, elle s'enhardit. Elle se sent presque heureuse. La voix est celle du petit homme au costume gris, aux chaussures noires, aux yeux qui louchent. Il est suivi, quand même, de cinq autres agents. En vieil ami – ils se sont croisés sept mois plus tôt dans la même zone de transit –, il entame des salamalecs chaleureux, fastidieux. Le petit homme réclame le passeport de Sheyda. Elle le lui cède avec plaisir et confiance. Elle est un prédateur qui va se battre, un aigle, un faucon. Elle va leur montrer sa force. Le petit homme : sa première proie.

Avant que Sheyda ne l'avale tout cru, il feuillette le passeport. Tout ce qu'il sait c'est que l'actrice ne peut pas partir, que son nom figure sur la liste noire, ou rouge. Elle ne s'écroule pas comme la dernière fois. Non, loin de là. Elle traite le petit homme de haut, de très haut, du sommet de l'Everest : « Mon passeport sort des mains de vos amis des Renseignements. Vous ne leur faites pas confiance ? » Puis elle fait signe à sa mère de l'attendre. Elle ne va pas tarder à les rejoindre.

Le petit homme hésite. Qui doit-il croire, sa propre liste ou le passeport bien légal, tamponné et signé par les hautes autorités ?

Une employée d'Iran Air arrive, tourne « comme un papillon » autour de Sheyda, affirme au petit homme, d'une voix aiguë, que le capitaine ne peut pas indéfiniment retarder l'avion, qu'elle lui accorde encore cinq minutes, qu'ensuite elle fera descendre les bagages. Au même instant, elle adresse un clin d'œil à Sheyda. Le petit homme s'en va pour une ultime vérification. À présent, Sheyda est persuadée qu'elle ne partira pas. Elle rentrera chez elle, elle saluera Hosseyn *agha* le gardien, caressera ses chiens et se préparera pour la grève de la faim. Elle est forte, vivante et prête à faire du petit homme et de ses acolytes une toute petite bouchée.

La fille d'Iran Air la rassure : «Vos bagages resteront dans la soute. Le capitaine ne décollera pas sans vous. Il attendra tout le temps qu'il faudra!» Après trois quarts d'heure, le petit homme revient. Il restitue le passeport et apprend à Sheyda qu'il ne peut joindre aucune autorité responsable, qu'elle peut partir.

«Comment? demande-t-elle.

– Partez!»

Elle entend, du fin fond de son être, un bruit d'explosion, celle d'une balle dans son cœur. Elle me décrit la scène au ralenti : sa mère derrière les vitres, les bras qui s'agitent, ses oreilles qui n'entendent plus, comme dans un film muet, les images qui se brouillent, qui s'emmêlent, déconnectées, lointaines déjà. Alex la traîne. Elle veut revenir sur ses pas. Alex lui rappelle qu'il ne reste que quatre-vingts mètres avant la ligne jaune, avant l'extérieur, le dehors. La fille à la voix aiguë la précède. Sheyda veut appeler sa mère, juste un petit au revoir. Mais son portable ne marche pas. Elle avance : quatre-vingts mètres, soixante-dix-neuf mètres. Serait-il possible que ces quatre-vingts mètres s'étirent et se déploient? Serait-il possible que, plus loin, les escaliers de l'avion conduisent au vide et à rien d'autre, que l'avion lui-même se cloue au sol, que tout le passé soudain se fige?

Soixante-dix mètres, soixante-neuf mètres. Devant elle

s'ouvre un tunnel qui serpente et descend. Il est vide maintenant. Les autres passagers l'ont parcouru depuis longtemps. Elle se retourne : personne, plus de mère, plus de frères. Le car est aussi désert que le tunnel. Et les escaliers conduisent, hélas, à la porte de l'avion, « à la guillotine », pense-t-elle. Deux hôtesses l'accueillent. Tout est prêt pour le décollage. La fille d'Iran Air la fait asseoir sur le siège du premier rang, 1A. Elle lui ferme sa ceinture et lui dit de sa voix toujours aiguë : « Sois victorieuse ! Nous sommes tous avec toi ! »

Les passagers applaudissent, comme au cinéma, quelquefois.

Elle attend, elle espère encore que les *pasdaran* vont envahir l'avion, l'arme au poing, et la forcer à descendre. Non, ils ne viennent pas. Elle est aspirée par le siège. Une partie d'elle est définitivement enfouie dans les garnitures en cuir du siège 1A.

L'avion décolle et survole l'Iran. Elle souhaite, du fond de son être, qu'il soit détourné et qu'il regagne aussitôt, « selon les ordres de l'armée de terre, de l'air, de je ne sais quoi d'autre », Téhéran. Mais le simulateur de vol affiche la Turquie. C'est fini.

Une phrase me vient à l'esprit, écrite par Victor Hugo à Guernesey, le 14 février 1848, sur une page des *Misérables* : « Ici, le pair de France s'est interrompu, et le proscrit a continué. »

Dans ses dernières pensées, Sheyda se répète qu'il lui manque un cercueil. Elle a deux cents kilos de bagages et elle voudrait un cercueil. Avec un homme pour fermer ce cercueil.

Elle est partie. Elle ferme les yeux. Joue-t-elle encore ? Elle ne peut pas le dire. Elle croit voir un homme qui s'approche. Elle est allongée dans son cercueil. Il tend le bras et rabat le couvercle. Geste ordinaire, comme on ferme des paupières sur des yeux qui ne voient plus. Il fait ça chaque jour, sans doute.

Tout devient noir, comme dans une salle de cinéma juste avant la première image d'un film.

DU MÊME AUTEUR

MANI, LE BOUDDHA DE LUMIÈRE, CATÉCHISME MANICHÉEN CHINOIS, « Sources gnostiques et manichéennes », t. 3, Paris, Le Cerf, 1990.

LES PORTEURS DE LUMIÈRE. PÉRIPÉTIES DE L'ÉGLISE CHRÉTIENNE DE PERSE, IIIᵉ-VIIᵉ SIÈCLE, Paris, Plon, 1993 ; Albin Michel, 2008.

Mowlana, LE LIVRE DE CHAMS DE TABRIZ. CENT POÈMES, traduit du persan et annoté par Mahin Tajadod, Nahal Tajadod et Jean-Claude Carrière, introduction de Mahin Tajadod, « Connaissance de l'Orient », Paris, Gallimard, 1993.

LE DERNIER ALBUM DES MIRACLES. CHRONIQUE D'UNE FAMILLE PERSANE, Paris, Plon, 1995.

À L'EST DU CHRIST. VIE ET MORT DES CHRÉTIENS DANS LA CHINE DES TANG, VIIᵉ-IXᵉ SIÈCLE, Paris, Plon, 2000.

ROUMI LE BRÛLÉ, Paris, J.-C. Lattès, 2004.

Roumi, AMOUR, TA BLESSURE DANS MES VEINES, traduit du persan par Mahin Tajadod, Nahal Tajadod et Jean-Claude Carrière, introduction de Jean-Claude Carrière, calligraphiés par L. Metoui, Paris, J.-C. Lattès, 2004.

SUR LES PAS DE RÛMI, illustrations de Federica Matta, Paris, Albin Michel, 2006.

PASSEPORT À L'IRANIENNE, Paris, J.-C. Lattès, 2007.

DEBOUT SUR LA TERRE, Paris, J.-C. Lattès, 2010.

PAROLES PERSANES, textes présentés et recueillis par Jean-Claude Carrière et Nahal Tajadod, « Carnets de sagesse », Paris, Albin Michel, 2012.

Composition IGS-CP
Impression CPI Bussière en septembre 2012
Éditions Albin Michel
22, rue Huyghens, 75014 Paris
www.albin-michel.fr

ISBN : 978-2-226-24425-3
N° d'édition : 20451/01. – N° d'impression : 122962/4.
Dépôt légal : octobre 2012.
Imprimé en France.